故事会

2011·47

(9月-10月)

合订本

STORIES

上海故事会文化传媒有限公司　出品

图书在版编目(CIP)数据

2011《故事会》合订本.47/《故事会》编辑部编.
上海：上海锦绣文章出版社，2011.12
ISBN 978-7-5452-1048-4

Ⅰ.①2… Ⅱ.①故… Ⅲ.①故事-作品集-中国-当代 Ⅳ.Ⅰ①1247.8

中国版本图书馆CIP数据核字（2011）第267984号

责任编辑：刘迎曦
封面设计：李宝强
责任督印：张　凯

2011故事会合订本47
(9月-10月)
《故事会》编辑部　编
上海锦绣文章出版社·上海故事会文化传媒有限公司出版
地址：上海绍兴路74号
电子信箱：gushihui@263.net
网址：www.slcm.com
中国图书进出口上海公司发行
地址：上海市广中路88号
电话：36357888
ISBN 978-7-5452-1048-4/I·344

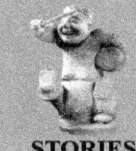

494 2011 SEMIMONTHLY 上半月刊 9月

STORIES

欢迎登录本刊主办的“故事中国网”(www.storychina.cn)

故事会

STORIES

2011 年 9 月

上半月刊 · 红版

何承伟:社 长、主 编

夏一鸣:副社长

吴 伦:常务副主编(兼绿版负责人)

姚自豪:副主编(兼红版负责人)

本期责任编辑:吕 佳

电子邮箱:lujia411@yahoo.com.cn

红版发稿编辑:

姚自豪 叶小萌 李天然

美术编辑:李宝强

电脑制作:郭瑾玮

本社办公室电话:021-64375030

上半月刊编辑部电话:021-64332325

下半月刊编辑部电话:021-64336469

(上海市绍兴路 74 号 邮编:200020)

主管、主办:上海文艺出版(集团)有限公司

出版单位:《故事会》编辑部

发行范围:公开

出版、发行总监:张 凯

电话:021-64313938

广告业务:上海故事会文化传媒有限公司

广告总监:张 淮

广告业务:021-34010383

广告投诉:021-64333738

广告经营许可证

沪工商广字 3100320080016 号

发行:中国图书进出口上海公司

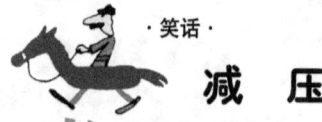

·笑话·

减压

秦大姐的儿子今年参加高考，考试结束后，同事们都关心地问她儿子考得怎么样，有没有发挥出平时的水平。

秦大姐说“儿子说他没考好，正郁闷呢。”

同事安慰道：“你儿子学习成绩一向优异，是不是你给他的压力太大了？”

秦大姐说：“我没给他施加什么压力呀！我只是让他牢记简单的四个字。”

同事问：“哪四个字？”秦大姐说：“北大清华！”

（汪　杰）

（本栏插图：包丰一）

灰心

妈妈要带女儿出门做客，出发前，妈妈化起了妆，女儿看了，好奇地问：“妈妈，你在做什么？”妈妈说：“在涂粉底啊。”女儿又问：“为什么要涂粉底？”妈妈笑道“涂了粉底可以让妈妈更漂亮。”

过了一会儿，妈妈用海绵把脸上多余的粉底擦掉。女儿看见了，不解地问：“妈妈，怎么啦，为什么又把粉底擦了？是不是灰心了？”

（鱼多多）

没资格说

一家人看到电视里拍卖陈年白酒的新闻，父亲叹道：“以前咱家的白酒也不少，要是不喝，留到现在肯定挺值钱的。”儿子接话道：“就是，那些酒要是留到现在，我房子的首付都够了。”母亲听了就骂儿子：“你这臭小子，没资格说这话。你爸每次喝酒，都是在开完你的家长会以后，生闷气借酒浇愁！”

（陈玉昆）

伞兵与地质人员

漂亮的主妇正与伞兵情夫幽会，丈夫突然回家，情夫忙跑到阳台上躲藏。好几个小时过去了，情夫还是没机会出来，于是他鼓足勇气，敲着阳台的门窗，说：“对不起，打搅你们了，我的部队正在附近练习跳伞，大风把我刮到你们阳台上了！”

主妇装出一副生气的样子，不料丈夫却安慰她说：“没关系，这理由还说得过去。昨天我朋友突然回家，在他家的卫生间里还发现一个地质人员在抽水马桶里找石油呢！”

（偶　然）

请　假

有个小学生的奶奶过世了，这天要出殡，小学生想起老师说过，请假一定要事先说，于是他就写了个请假条，在“事由”一项上写了“出殡”。

老师看后纠正他说，“事由”应该是请假的人要去做的事。小学生点点头，拿着请假条回到座位。一会儿，他把改过的请假条交给老师，老师一看，只见事由从“出殡”改成了“陪葬”。

（于琳娜）

大有进步

丈夫：“女儿学声乐大有进步。”

妻子：“你怎么知道？”

丈夫“她肺活量提高了。以前她练唱时只有楼下的邻居抗议，现在连隔栋楼的都跑来抱怨了。”

（赵　静）

谁说轻松

妻子把家里的钱都花光了，丈夫埋怨道：“我辛苦赚来的钱，你怎么轻轻松松地就全花了？”妻子说：“谁说轻松？我花那些钱的时候心情是很紧张的。”丈夫忍不住问道：“你到底拿去做什么用了？”妻子幽怨地说：“打麻将。”（李亮云）

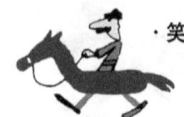

·笑话·

神枪手

一家人逛游乐场，爸爸看到一个射击游戏摊位上有奖品赠送，就想一试身手。他每射击一次，电子报数器就报出一次成绩：“七环、六环、五环……”

十发子弹用完，爸爸连一个小奖都没拿到。妈妈忍不住嘲笑道：“看你笨的！”接着她端起枪大声说：“看我的！”

妈妈瞄准，射击……电子报数器大声报出了妈妈的成绩：“脱靶！”

妈妈正脸红呢，3岁的儿子却在一边欢呼起来：“耶！还是妈妈棒，一枪就得到一个大拖把！”

（汪　杰）

后遗症

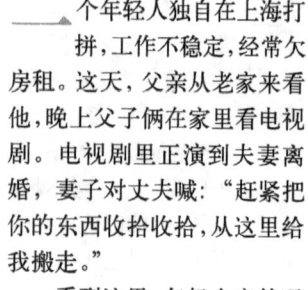

一个年轻人独自在上海打拼，工作不稳定，经常欠房租。这天，父亲从老家来看他，晚上父子俩在家里看电视剧。电视剧里正演到夫妻离婚，妻子对丈夫喊：“赶紧把你的东西收拾收拾，从这里给我搬走。”

看到这里，年轻人突然叹了口气，说：“我听着这话害怕。”父亲疑惑地问：“怕啥？”

年轻人一脸委屈的表情，说：“有太多房东对我说过这话了。”

（郭传新）

造　句

女儿上一年级了，这天做作业时她向妈妈求助：“妈妈，我不会用‘充满’造句，你帮我想想吧。”妈妈耐着性子启发女儿：“充满”就是很多、装满的意思，比如，房间里充满了欢笑、厨房里充满了香味……

女儿恍然大悟地“哦”了一声，说明白了。妈妈高兴地说：“那你现在造个句让妈妈听听。”

女儿看着妈妈想了一会儿，说：“妈妈穿了一件连衣裙，里面充满了妈妈的肉肉！”

（闻　新）

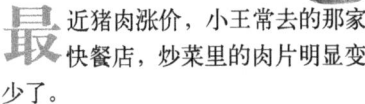

醉鬼赏月

三个男人喝完酒后去赏月。

甲说："看！天上有两个月亮！"

乙说："不，是三个！"

两人争吵不停，请丙来评判。

丙看了一下，说"你们问的是哪一排？"

（罗智敏）

天山童姥

一位漂亮MM上了公交车，掏出一张卡来刷卡，只听刷卡机发出声响："嘀，老人卡！"全车人呆住了，都望着那个MM，那MM却满不在乎地说："看什么看，没见过天山童姥啊？"一大爷见状，赶忙起身说："来，大娘，您坐这……"

（路　昊）

信任游戏

一对情侣逛街，女生突发奇想，要玩一个信任游戏，她闭上眼睛，让男友领着自己走路。两人坚持了好久，一直顺利地上了地铁。女生感觉到地铁上人很多，可男友还是扶着自己坐下了，接着她就听到男友在自己耳边小声说："千万别睁眼，这个座位是别人让的……"

（桃之妖妖）

西葫芦太多

最近猪肉涨价，小王常去的那家快餐店，炒菜里的肉片明显变少了。

这天，小王在这家店里买了一份西葫芦炒肉，看着满满一盘西葫芦，连个肉渣都不见，他忍不住抱怨道："这西葫芦也太多了吧？"服务员看了小王一眼，拿起铲子，狠狠扒拉掉一些西葫芦，又把盘子递给了他。

（它山石）

本栏欢迎来稿，读者、作者可将有新鲜感、有精彩细节的笑话佳作投寄给我们。来稿一经采用，最高稿费为一则100元。本期责任编辑电子信箱：lujia411@yahoo.com.cn。

到香港去看电影

□郭来人

冯伟是个小有名气的作者，最近好事不断，大作频繁见报不说，还凭才华俘获了一个女网友的芳心。女网友叫“小雨丁香”，名字颇有诗意，几次视频聊天后，冯伟对小雨丁香很有好感，产生了见面的想法。最后两人一商量，想出了一个别致的见面方法——报名参加同一个旅游团，来个香港三日游，在旅途中演绎浪漫。

为什么把目的地选在香港呢？原来，小雨丁香是个电影发烧友，这次旅游除了两人见面，她还有一个重要目的，就是去香港看一部新的大片，这部大片等内地上映还要好几个月呢。小雨丁香还说，到时她要把电影录下来，回来看个够。她叮嘱冯伟，到时千万别忘了带上DV机。冯伟一激动，特意花一万多块钱买了个崭新的DV机。

一切准备妥当，到了出发的日子，冯伟早早来到机场，可是左等右等，就是不见小雨丁香的影子。冯伟不停地拨打她的手机，却总是关机。眼看出发的时间快到了，冯伟抱着一丝希望再次拨打小雨丁香的号码，这次拨通了，还没等冯伟说话，手机那头先传出一个女子嘤嘤的哭声，似乎还有“快准备手术”之类的背景声。冯伟焦急地问：“丁香，你怎么了？”

只听小雨丁香哽咽着说：“伟，真是对不起，我不能陪你去香港了。来机场的路上我被车撞了，现在我在医院，腿疼得很……”

冯伟的心一下揪了起来，忙问：

“你在哪家医院？我马上过去，香港去不去没关系，我要照顾你！”

小雨丁香哭着说：“呜呜……不行，你一定要去香港，不去的话，旅行社也不会退钱的，几千块钱没有了，太浪费了……更重要的是，你还记得我给你说的事情吗？”

冯伟知道，小雨丁香还念念不忘她的电影，赶紧答道：“我怎么会不记得？这样吧，反正我带了DV机，到了香港，我帮你把电影录下来，让你想看几遍就看几遍。”

电话那头，小雨丁香似乎破涕为笑：“到时候你得陪着我看！”

冯伟的骨头都酥了，连声回答：“当然当然，一定一定！”

到了香港，冯伟无心观赏风景，好容易等到晚上自由活动，他晚饭都顾不上吃就赶到影院。正好电影马上就要开始了，他买了票，急忙跑了进去，找到座位，准备好了DV，电影也就开始了。

冯伟一边选好角度录像，一边美滋滋地想，回去后该怎样拥着小雨丁香看电影。电影还没放到一半，突然，冯伟感觉有人拍了拍自己的肩头，回头一看，后面站着两位香港警察。警察和气地对他说：“先生，我们是海关的工作人员，接到影院的报告，说发现你在盗录。影片开头已公告禁止录像，你的行为涉嫌违法，请跟我们走一趟吧。”

冯伟赔着笑说：“我这是录了回家自己看的，不是拿去卖的，也不会传到网上——要不，我不录了，我马上就收拾起来行吗？”

警察客气但坚决地说：“对不起，电影院是不准录像的，我们必须依法办案。”没办法，冯伟只好跟着警察走了。

冯伟原想这不过是小事一桩，批评教育一下，马上就能回宾馆。不料警察又是问话又是做笔录，忙活了大半夜，还告诉他，第二天必须上法庭。

冯伟以前常在香港电视剧中看到

开庭的场面，没想到自己有一天也站到了法庭上。不过这次审判没有律师的唇枪舌剑，法官很快判决：“没收作案工具，罚款三千元！”

等从法庭出来，旅游时间也结束了，回程的飞机上，看着兴高采烈的团友，冯伟不由垂头丧气：自己这次旅游，什么都没看到，还被没收了新的DV机，再加上罚款、团费，白白损失了近两万元！

回家后，冯伟第一件事就是跟小雨丁香通电话，这一切都是因她而起的，如果她知恩图报，收获一份真挚的爱情，倒也算因祸得福。在电话里诉说完了事情经过，冯伟问道：“你在哪个医院？我马上去看你。”

不料小雨丁香冷冷地说：“我好好的住什么院！”

冯伟奇怪了：“你不是出了车祸吗？”

电话里传来一阵轻轻的笑声：“哪有什么车祸？我是骗你的。实话告诉你，让你去香港盗录电影，也是我设计的一个小小计划。怎么样，这次旅行刺激不刺激？”

冯伟顿时觉得热血上涌：“你这样损人不利己，究竟想干什么？”

小雨丁香却转移了话题：“你经常写文章，听说过‘小禾’这个名字吧？”

小禾？冯伟感觉对这个名字太熟悉了。

小雨丁香接着说道：“老实告诉你吧，小禾就是我常用的笔名。你剽窃过我多少文章，连你自己也记不清了吧？我多次警告你、揭发你，毫无作用。这次让你去盗拍电影，就是想让你体验一下，侵犯别人的版权、不尊重别人的劳动成果，会有什么后果！”

冯伟只觉得脸上滚烫，手哆嗦着，电话差点没掉到地上。

（**题图、插图**：安玉民　梁　丽）

意外，真是意外

◆ 昨天晚上把自行车放在楼梯间，早上一看，居然还在那里。

◆ 看完了一集电视连续剧，中间居然没插播广告。

◆ 在小摊上买了5斤香蕉，回来复秤，居然真的有5斤。

◆ 和对面那户人家住在一个单元几年了，昨天发现，他居然知道我姓什么。

◆ 患了感冒，去医院看病，医生居然只给我开了五十多元的药。

◆ 那个货车司机撞了人，他居然把伤者送到医院去了。

◆ 表妹今年17岁了，正读高二，她居然还没有男朋友。

◆ 公交车上，有个小偷正在掏一位女士的钱包，居然有人很勇敢地喊："抓小偷！"

◆ 看"中超"联赛转播时居然没打瞌睡。　（**推荐者**：南极冰）

搞笑一句话

◆ 你胖了，你的男人对你的爱没变，但是平均在每块肉上的爱就少了。

◆ 我不喜欢骂人的原因是，害怕礼尚往来。

◆ 晚自习上，老师说："别以为我不知道你们玩手机，没有人会无缘无故地盯着自己的裤裆傻笑……"

◆ 不介意你骗我，介意的是你的谎话总骗不了我。

◆ 我建议大家对我的长相，理解为主，欣赏为辅。

◆ 足球运动员靠腿吃饭，所以退役叫挂靴；网球运动员靠球拍吃饭，所以退役叫挂拍；靠脸吃饭的影视明星退休了，应该叫做挂面吧。

◆ 一年四季，一直在减肥，从未敢上秤；一旦上秤，四季如冬。

◆ 求婚告白——你想不想一失足成千古恨？机会来了。

（**推荐者**：万青青）

·快乐辞典·

让人笑翻的实习医生病程记录

◆ 一病程写道:“今天天气暖洋洋,我随主任去查房,主任问病人怎么样,病人说好,主任笑了,病人也笑了……”(身边发生的真事,后来主任把那病历从六楼扔了下去。)

◆ 一实习医生在病程中描述:患者稍显苍老的头上缀着缕缕银丝……

◆ 一病程结尾写道:目前诊断明确,但鉴于手术费用不菲,这对患者家庭的经济实力提出了严峻的挑战。

◆ 绝对经典的记录:患者神志清,精神好,能吃能喝,切口长势喜人。

◆ 夏天,患者告诉实习医生,这段时间不爱吃饭,只喝啤酒,于是病程记录写道:患者一度以啤酒为生……

◆ 病程最后写道:病人住院一个月,今日回家洗澡,故无法小结。

◆ 听说过一份病历,写的是病人被狗咬伤,这样写道“人狗大战,狗胜。”

◆ 一个真实的病程记录:今天我跟主任查房,走进病房,主任站在病床左边,我站在右边。主任一言不发,我也一言不发……

◆ 抢救病人记录:主任三步并作两步冲到病人床前,当胸一拳……

(**推荐者**:生如夏花)

爆笑段子

◆ 餐馆分吸烟区和非吸烟区,健身房也应该分自恋区和非自恋区。自恋区周围全是镜子,服务生先问客人:“先生您自恋吗?”“恋。”“您这边请。”

评论: 不要那么在乎健身的效果,关键是享受过程。

◆ 今天是高考的日子,我上午11点才醒。室友望着我说:“语文都考完了,你怎么才醒啊?”我坐在床上就开始哭,心想:真是对不起父母啊!抑郁了半天,突然想起我已经大一了。

评论: 恭喜恭喜,这可真是从噩梦中惊醒。

◆ 某杂志招聘记者,约了一些同学面试,保安不让他们进去,面试官叫同学们自己想办法。后来,翻墙进去的都成了狗仔队,讲理进去的成了评论员,撒泼打滚的后来都提拔成了主编,硬打进去的,后来成了保安……

评论: 很好的面试方式。

◆ 唐僧:“我是不是玉树临风?”众徒:“是。”唐僧:“我是不是博学多才?”众徒:“是。”唐僧:“我是不是英俊潇洒?”众徒:“是。”唐僧:“那为什么刚才捉我的女妖说要吃我而不是爱我?”

评论: 想要当妖怪,心中必须没有爱。 (**推荐者**:汪 杰)

(**本栏插图**:安玉民 梁 丽)

真情像一杯酒，酿出生活的芬芳……

三个女人

□佘远香

在北京的一座旧四合院里，租住着三户天南海北来的家庭。这三家的男人都在外打工，女人带着孩子操持家务。三个女人年纪差不多，彼此相处得很融洽，平时就相互称呼为“大妹”、“二妹”、“三妹”。

这天傍晚，大妹去幼儿园接女儿，接好女儿，经过胡同口，看到许多人围在一个小摊前，摆摊的是个身着民族服装的小伙子，只听小伙子大声地吆喝着：“羊皮羊皮！正宗的新疆羊皮，三百块钱一张。”

大妹见不断有人买下羊皮走了，又不断有人围上来，场面很火热，不禁动了心，也挤了进去。她拿起一张羊皮摸了摸，感觉非常柔软舒适，只是价格有点贵，正在犹豫，那小伙子眼尖，发现了她们这对母女，于是热情地劝说：“大姐，您看我这羊皮质量，又好又完整，您买两张可以做件成衣，买一张，也可以做件儿童风衣了，包你们穿在身上又舒适又暖和。”

一旁的女儿听了，马上拉着大妹说：“妈妈，我要穿羊皮风衣。”

大妹抬头看了看，天气越来越冷，冬天就要来了，女儿正需要添置御寒的衣服。于是她咬了咬牙，选中了一张羊皮，正准备从包里掏钱，一侧头，看到同院的二妹带着儿子远远地走了过来，于是忙喊：“二妹，你快点过来，买张羊皮给你儿子做件冬衣吧。”

二妹听了就走过来，她拿起羊皮轻轻摩挲着，看上去也很心动，可当她听说价格后，马上放下羊皮，对大妹说："你给女儿买吧，我最近手头有点紧。"说完就拉着儿子走了。

大妹望着她的背影，不禁叹了口气，这才想起，前些日子，二妹的婆婆生了场大病，不但把家里所有的积蓄全花光了，还在外面借了一笔债。一件孩子的衣服就要几百块钱，对二妹来说，真算是奢侈品了。

大妹想到这里，也放下羊皮，拉着女儿走出了人群。女儿明白自己的衣服就要泡汤了，哪里肯干，哭着不肯走。大妹对女儿说："宝贝，听话，你想呀，要是你穿上了羊皮衣，而阿姨家的小弟弟没有，他是不是会很伤心啊？"

女儿听了，认真地想了想，最后点点头，说："那好，我们等小弟弟家有钱了，再一起来买。"

大妹笑着点点头，快步上前，追上前面正走着的二妹。二妹打量了她一下，问："羊皮呢？你怎么没买？"

大妹说："我刚想买，才发现身上没带钱。这样也好，我本来就舍不得，小孩子干吗穿这么贵？到时买件一百来块的棉袄，一样暖和。"

二妹的嘴唇动了动，最后却什么也没有说，也许她心里明白大妹的想法吧。两人默默地牵着孩子向家走去，刚走进院子大门，就看到三妹站在院子里，手里举着一块羊皮，正在细细地察看。大妹笑了笑，她们三个人，就属三妹的老公最能挣钱，而且三妹的家境不错，买张羊皮当然不是很困难的事。

三妹见她们走进院子，忙说道："大妹二妹，你们看到路口卖羊皮的没有？快点去买，去晚了就没有了。"见两人没有反应，她又急急地说："这羊皮质量不错，真的，去年我妈在商场花一千块买的羊皮衣，质量都没这么好，错过就可惜了。"

大妹和二妹对望了一眼，大妹说："我们看到了，可现在手头都没钱，不买了。"

三妹听了这话，愣了，举着羊皮

的手也垂了下来。

大妹回到屋里，天色已暗了下来，她便开始做晚饭。这时她发现家里的盐用完了，就出门向超市走去。走到胡同口，看到那个卖羊皮的小伙子正准备收拾摊子，摊子上还剩着一张羊皮。

大妹经过时，不禁多看了几眼，小伙子仿佛认出她来了，忙叫道：“大姐，别犹豫了，这最后一张羊皮，我就便宜点，两百五十块卖给你。”

大妹听说降价，又动了心，她走过去拿起羊皮仔细看了看，发现没问题，就要小伙子再便宜点。小伙子想了想，一跺脚说：“算了，反正我明天就要回去了，这最后一张羊皮，你出两百块拿走好了。”

大妹听了喜不自禁，忙掏钱买了下来。她回到院子，拿着羊皮来到二妹家，对她说：“二妹，你猜这羊皮多少钱？只要两百！天黑了就剩最后一张了他才降的价，今天真是捡到便宜了。”然后她又说：“我已经想好了，这张羊皮就用来做两件背心，我女儿你儿子一人一件，这样两个孩子心里都舒坦。”

二妹望着大妹，想说话，却觉得喉头被什么哽住了，她顿了顿才说：“也好，一百块钱，我还是出得起的，等改天有了钱我补给你。”

第二天早上，大妹拿着羊皮来到一家裁缝店，店里的老师傅五十来岁，戴着一副老花镜，他拿起羊皮看了看，点头说：“不错，是块好料子。”当他听说大妹要做两件儿童背心时，不禁摇头叹息：“可惜了，这么完整的一张皮料，完全可以给孩子做件上好的风衣嘛。”

大妹听了只是笑笑。

大妹回到院子时，碰到一大早就出去买菜的三妹，大妹就问她昨天买的羊皮准备做什么衣服。三妹一边走一边说：“哦，那块羊皮啊，我后来退了。”

大妹一怔，她突然明白了：自己买到的羊皮，应该就是三妹去退掉的，难怪那么紧俏的羊皮还能剩下一张来。她赶忙问三妹为什么要退，三妹故意生气地说：“谁叫你们都不

编读聊天室：众手浇开故事花

有人传、有人讲才是好故事，这期编读聊天室选取了“故事中国网”的网友们对最近几期作品的精彩点评：

网友“幸福在哪里”点评5月（上）《讲规矩》：交通规则没了，我爸是李刚；刑事逻辑没了，药家鑫激情杀人；良知没了，地沟油、染色馒头大摇大摆摆上餐桌；规则没了，潜规则横行霸道……《讲规矩》讲了一个有关道德的故事，讲出了规矩的美好，也讲出了故事的美好。

网友“先后天下”点评6月（上）《惹祸的花盆》：子不教，父之过，父母是孩子的第一任老师，《惹祸的花盆》为人们敲响了“家庭教育无小事”的警钟。一个花盆，直击时弊，“砸”出了三个人的不同表现，真可谓是“一盆三雕”。为人父母者，责任重于泰山啊！

网友“312126375”点评6月（上）《找保姆》：这篇故事清新隽永、回味悠长，在故事中能感受到人与人之间的关怀与温馨，不过似乎可以换一个更好的标题。“找保姆”，重点应该在找，但整篇故事没有“找”的意思，更多地体现了女主人同保姆之间的“情意”。

网友“幸福在哪里”点评7月（上）《推童车的男人》：故事如同一个长镜头：一路上，尼尔推着童车走向目的地——珠宝店；与几个陌生人的相遇，则是这一长镜的分镜头。对尼尔而言，这是一段走向新生的路，本来准备犯罪的尼尔，人性的污渍被几个陌生人用爱、信任和尊重擦亮了，并因此熠熠生辉……

买？到时候三个孩子一起玩，你们俩的孩子都没有羊皮衣穿，我儿子一个人穿着有什么意思？人暖了心也不暖的。”

大妹连连摇头：“你家的条件好，何必跟我们一样。”然后又说，“告诉你，你退掉的那张羊皮，我买回来了。”

说到这里，大妹突然想起了什么，忙转头向裁缝店跑去。赶到时，老师傅已在皮料上画好了尺寸，正要下剪，大妹气喘吁吁地说：“等一下。”

老师傅望着她，问：“怎么了？”

大妹不好意思地说：“我想问一下，您这里可以做帽子吗？我、我想用这张羊皮做三顶儿童帽。”

“这……”老师傅望着她，眼里尽是困惑。

是啊，一张羊皮想让三个孩子都能分享，只有做帽子了。大妹想，大家很早的时候就说过，进了一个院子，就是一家子，一家的孩子，又怎么能厚此薄彼呢？

（**题图、插图**：安玉民　梁　丽）

这是一块特别的石头：有人将它“点石成金”，有人却因它“搬起石头砸了自己的脚”，更出人意料的是，它“石破天惊”，揭出一段隐秘……

点石成『精』

□大刀红

三峡石

近年来，喜爱收藏石头的人越来越多。香溪河边就盛产一种石头，人称三峡石，三峡石硬度高，色泽晶莹，是上好的观赏石。这天，当地的一个农民鲁寒山在香溪边挖石头，竟意外地挖到了一块奇特的三峡石：那石头色白如雪，个头巨大，鲁寒山带着一家四口挖了整整一天，这块巨石才显出原形，大家一看都吃了一惊：原来，这石头足有一头水牛那么大。

鲁寒山见这块石头除了个大，形状也十分怪异，很像个什么东西，一时却说不上来。原来，鉴赏石头，除了颜色，还要看形状，如果成形，价钱就会上一个档次。鲁寒山想了想，就给城里的女婿黄得敏打了个电话，让他回来参谋一下。黄得敏在交通局上班，见多识广，他接到电话，就向局长请了假，匆忙赶到了岳父家。

在岳父家的院子里，黄得敏对着巨石瞧了半天，愣是没瞧出个子丑寅卯来。这时，有几个石头贩子找上门来，出价最高的愿花一万元买这块石头。翁婿两人正在犹豫，一辆小车停在了院门口，车上下来一个中年男人，自我介绍名叫鞠安。

鞠安是当地最大的石头商贩，他出价十分爽快，一块在别人眼中普通不过的石头，他却肯出两三倍的价钱，这其中的奥秘，就在观石。鞠安自己总结了一套观石的经验，从石头的硬度、颜色、形状、质地、来历等各个方面来琢磨石头。经他看过的石头，往往有“点石成金”的奇效。

见鞠安来了，许多人都来凑热闹。鞠安围着巨石转了两圈，又用手沾了些水，在石头表面擦了擦，最后对鲁寒山伸出三根指头，说：“三万。”

别人最高只出一万，而鞠安一下子就出了三万，鲁寒山没有理由不答

应，两人当即就握手成交了。

生意做成后，鞠安就打电话联系吊车和货车。这时，一直在旁边观看的黄得敏忍不住问鞠安：“鞠老板，这块石头我们都觉得像个东西，可又说不出来，你给我们说说，也让我岳父心里落个实。”

这句话问出了在场所有人的想法，只见鞠安笑了笑，说：“像匹骆驼。”

在场的人听了，又围着石头转了一圈，可还是没看明白。这时，吊车开来了，石头被吊了起来，吊车师傅正准备把石头放上车，却被鞠安阻止了，他说，石头一定要按骆驼的形状放好。

在鞠安的指挥下，石头侧翻了一个身子，突然，一头憨态可掬的双峰骆驼出现在众人眼前，那驼峰、那脑袋、那身子，无不活灵活现……

文化石

看到眼前的这一幕，众人心服口服，有个石头贩子不由对鞠安竖起大拇指，说：“真是‘神眼’！这块石头，转手就可以卖十万。”

鞠安笑笑，没有回答，其实，他心中的价位比这还要高得多。观石，只是鞠安贩石发财的手段之一，他还有另一套不为人知的“点石成金”之法。

鞠安回到家，把骆驼石放在院子

里，从不同侧面拍了几张照片，接着他打开电脑，从网上下载了几张沙漠图片作为背景，然后把骆驼石的照片剪切上去。白色的骆驼石卧在黄沙上，让人仿佛听见沙漠深处，驼队扬着驼铃声而来……

鞠安对这几张修改过的照片很满意，立马登录了“三峡奇石网”，把照片贴到论坛里，并在照片下打了这么一段文字：“香溪出美女，名叫王昭君，王昭君和亲漠北二十余年，一直想回家省亲，可惜不能成行。相传，昭君有头白色的骆驼，是她心爱的坐骑。昭君死后，白骆驼不食粮草，抑郁而死。后来，它的魂魄载着昭君的魂魄回到香溪故里，因为昭君不愿再离去，白骆驼遂化作石头，永远地留在了香溪……”

写完这段话，鞠安意犹未尽，又在后面添了几句，他没想到，这最后画蛇添足的几句话，后来竟然带出了另一段故事。

把图文做完，鞠安满意地按了回车键，发出了帖子，然后就去睡了。一觉醒来，见论坛上自己那个帖子已经跟了几页，大家都在问，现在这块石头在哪儿，还有不少人询问石头的价钱。

鞠安的这一招叫“文化炒作”，他用一段蕴藏历史的文字赋予了骆驼石文化内涵。如果炒热了，石头的价钱就会如他所料，翻上几番。

鞠安的炒作还没有结束，他熟识的记者很快在《香溪日报》上对这块奇石进行了报道，一时间，全市都知道鞠安手里有这么一块石头，前来观看的人络绎不绝。

这块奇石到底值多少钱，鞠安一直没有抛出价格，他对那些来参观石头的人说：“这块石头是我这些年来最好的藏品，你们看，形如驼，毛似雪，天工地造，百年难遇。”

这个态度，是让那些没有诚意的买家知难而退，吸引真正有购买意向的人来竞价。终于，有人愿意和鞠安坐下来谈价钱了，不过，这个人让鞠安很是意外。

观赏石

来和鞠安谈价的人是黄得敏，黄得敏身边还跟了一个人，就是石头的发现者鲁寒山。

鲁寒山对鞠安说：“我想把卖给你的那块石头买回去。”

鞠安听了很是吃惊，他以为鲁寒山是来和自己扯皮的，忙说“生意已经成交，你怎能反悔？”

见鞠安这样说，黄得敏忙宽慰他：“你放心，我们不是来扯皮的。当初这块石头是我们三万元卖给你的，现在，一口价，我出三十万回购，你看合适吧？”

听黄得敏这样说，鞠安才安心。

三十万已经超过了鞠安的心理价位，他当下就答应了。

黄得敏掏出早已开好的现金支票递给鞠安，成交后，鞠安心里还是有点疑问，他问黄得敏："这块石头，你们买去做什么用？不会是私人收藏吧？"

黄得敏笑着说："我也不是有钱人，哪有闲情逸致出三十万买块石头放在家里？你知道吗？香溪河边刚竣工了一座大桥，是我们交通局负责建造的，局长让我买一块石头作为观赏石立在桥头，增添大桥风景。"

过了一段时间，鞠安果然发现，那块骆驼石立在了新建的香溪大桥的桥头上。为了立这块骆驼石，交通局先修了一个三米高的基座，然后把骆驼石立在了基座上。基座周围嵌上大理石，正面写着"香溪大桥"四个大字，侧面则刻上了鞠安编写的关于骆驼石的那段网文，让鞠安很是欣慰了一把。

但鞠安没有想到的是，半年后，这桥就出事了。

镇妖石

那天早上五点，发生了里氏5.4级地震，新建的大桥经不起震动，竟然倒塌了，不幸中的万幸，没有死人。

之所以没有死人，是因为骆驼石突然滚落，挡住了一辆正准备上桥的客车，客车司机见面前有障碍物，急忙踩刹车。接着，司机便看见大桥如同跌落的积木一样散架、倒塌……

这座新桥是按抗震8级以上设计的，造价上亿，谁料比豆腐渣还碎。

上级成立了专案调查组，一查，果然是质量问题；再一查，是交通局的局长和承包商勾结在一起，偷工减料造成的。查到最后，查出交通局长的经济问题，贪污受贿上千万。

让鞠安没想到的是，检察院给他发来传票，要求他配合调查。在检察院，鞠安又意外地遇见了鲁寒山。原来，交通局长因为大桥设计的需要，要为新桥建碑立名，就想买块景观石立在桥头，顺便赚上一笔。在网上一浏览，刚好发现鞠安在卖骆驼石，局长想起，这块石头不是手下黄得敏的岳父挖出来的吗？于是就让黄得敏从中联络，开价三十万，然后以一百万的价格倒卖给交通局，仅这一笔，局长就赚了七十万。

听了这个价格，鞠安吓了一跳，一百万的天价，这是他做梦也没想到的。事后，鞠安宽慰鲁寒山说："老哥哥，这个案子跟我们没有关系，你卖石头卖的是运气和力气，我卖石头卖的是眼光和文化，交通局长卖的却是权力和贪欲，他被抓是理所当然的。老哥，到我家喝杯酒，去去晦气。"

鲁寒山摇摇头，说他还要去监狱

看望女婿黄得敏，这次大桥倒塌，黄得敏是甲方监理，因为质量监管不严，被判刑了。见鲁寒山郁闷的样子，鞠安便陪着他去见黄得敏。

在监狱接见室，黄得敏一见鞠安就开口问道：“你在网上不是说骆驼石是神兽，能驱邪镇妖、禁压不祥吗？”

原来，交通局长也知道大桥存在质量问题，因而惶恐不安，就拜请了一位风水先生，寻求破解之法。风水先生让交通局长在桥头立一尊神兽，压一下邪气。

局长上网，在搜索引擎上输入“神兽”两个字，便看见鞠安最后趁兴加上去的那段话“白骆驼乃神兽，可驱邪镇妖，禁压不祥，保一方平安。”恰好局长又听黄得敏说过，那块骆驼石是黄得敏的岳父卖给鞠安的，就派黄得敏出面，回购了这块石头。

听了黄得敏的话，鞠安哭笑不得，那几句话只是他临场发挥的戏言，没想到局长还当真了。更出乎他意料的是，这几句话居然灵验了——骆驼石及时滚落，救了几十条性命，还揭露了交通局长的罪行，也算是驱邪镇妖、保一方平安了。

后来，鞠安才听说，所谓的骆驼石显灵，是因为那个承载骆驼石的基座也是个“水货”，质量不过关，抵挡不了5.4级的地震。基座在大桥倒塌前先震垮了，骆驼石自然就滚倒在道路中心，挡住了正要上桥的客车……

事情过后，这块骆驼石被移到了公园里，不少不明内情的市民纷纷前去顶礼膜拜，说骆驼石是块神石，及时滚落，救了许多人的性命。也有人恭维鞠安，说他真的有点石成“精”的本领。鞠安并没有澄清这件事，也许，这世界上多一个传说，可以让好人欣喜，让坏人胆颤……

（**题图**、**插图**：魏忠善）

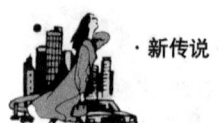

·新传说·

规矩

□于　强

孙健大学毕业后，进了一家报社做记者。这天，他接到群众爆料，说在鸡毛乡蒜皮村外的山坡上，有人竟然花几百万建造了一座占地十多亩的墓地，听说那墓地金碧辉煌，有别墅有喷泉有泳池有球场，比活人住得还豪华哩。

孙健喜出望外，这可是条吸引眼球的轰动新闻啊！他赶紧背上相机，拔腿就走。没想到刚走出办公楼，就遇到报社的记者老马，老马见孙健一路气喘吁吁，就好奇地问："这么心急火燎的干啥去啊？"

老马是报社的老油子，为人精灵古怪，孙健怕对他说出真相，传出去让别人捷足先登，就支支吾吾地说："没……没什么事，我去乡下拍几张风景。"

老马听了，眯着眼打量着孙健，突然说："你是想去鸡毛乡蒜皮村采访那个百万墓地的事吧？"

孙健大吃一惊，忙问他是怎么知道的。老马嘿嘿一笑，说："小孙啊，你不懂规矩吧？"

规矩？什么规矩？老马不答，只拍拍孙健的肩膀，说："去一次也好，这规矩嘛，你经历过就懂了。小伙子，采访回来，记得准备一支笔、几张草稿纸，到时你一定用得上。"说罢，老马哼着小调走了。

孙健一头雾水，可是也没多想，继续赶路。不久来到一个岔路口，他从没去过蒜皮村，不知该往哪边走，这时，路旁一个晒太阳的驼背老头瞅了他半天，突然开口："年轻人，是去蒜皮村采访那个百万墓地吧？"

孙健惊奇不已，怎么这个乡下老头也知道自己的目的？于是点点头，问："老人家，你知道去蒜皮村该走哪条路吗？"

驼背老头一指右边的小路，孙健道了谢，拔腿就走，不料那老头却叫住他，说"年轻人，你不懂规矩吧？"

孙健不解："啥规矩？"

老头不答，只笑眯眯地说"从这里往东二里地有个小诊所，大夫姓赵，地方不难找，直走就到，记住了，你一定用得上。"

孙健纳闷了："我又没生病，找大夫干什么？"说着也没多想，继续朝蒜皮村走去。

到了村口，孙健四下张望，正想找人问路，就见一个中年妇女迎上来说："你往西走半里地，翻过一道山沟，爬上山坡，就能找到那个百万墓地了。"

孙健愣住了，自己还没开口问，人家就指路了，他好奇地问："大嫂，你怎么知道我要去那里？"

中年妇女憨厚地一笑，说"大兄弟，你不太懂规矩吧？"

怎么一个农村妇女也说自己不懂规矩，到底是啥规矩？孙健问她，她却不说，只是变魔术似的从衣袋里掏出好几张合同书，说："大兄弟，看你刚步入社会，一定还没买过保险吧？我这里有人身意外险、伤残保险，半险、全险都能入，花费不高，买个安心，即入即保……"

孙健差点气笑了，原来是个卖保险的，就不去理睬她，继续向前走去。走出老远，那妇女还在孙健身后喊："我是为你好啊！唉，年轻人，不知道好歹，我告诉你，往前走有片小树林，记得折根木棍，一定用得上……"

孙健没工夫理她，快步离去。一路上他又遇到两拨人，一拨向他推销祖传跌打止疼草药，一拨向他兜售带铁掌的跑鞋。孙健心想：今天真邪门，这帮人是不是疯了？一个比一个古怪。

不久，孙健终于找到了传说中的百万墓地。嘀！还别说，这墓地比传言中的还漂亮，白色的三层小洋楼、浮雕喷泉、大理石游泳池……如果不是里面竖了一块墓碑，乍一看还以为是哪个大老板的别墅呢。孙健按捺不住兴奋的心情，掏出相机就准备拍照，突然一阵犬吠，不知从哪里蹿出几条牛犊似的狼狗，龇牙咧嘴地就冲向孙健。

孙健“妈呀”一声，撒腿就跑，几条狼狗紧追不舍，眼看尖利的狗牙就要“吻”上他的臀部了，孙健突然一脚踏空，从山坡上“骨碌碌”地滚了下去。山坡不算太陡，到了平地，孙健的脸划破了，腿脚崴了，相机碎了，采访袋丢了，除此以外，倒也没什么大损失。幸好那几条恶狗没追下来，只站在山坡上狂叫了几声，便离开了。

孙健浑身散了骨头似的，踉踉跄跄地爬起身，把这事从头到尾一想，才醒过味来：难怪那些人向自己推销跌打止疼药和跑鞋，敢情他们都知道这里有恶狗守墓啊！现在相机没了，他只能一瘸一拐往回走。

刚走到村口，就见那个推销保险的妇女似笑非笑地看着他：“大兄弟，我早劝你买份保险，你不听，你看看你现在……”

孙健一听，鼻子都气歪了：“你明明知道那墓地有狼狗守着，为啥不事先提醒我？”

卖保险的妇女一脸无辜地说：“我咋没事先告诉你？我不是对你说过，往前有片小树林，让你折根木棍吗？你有了打狗棍，那些狼狗还敢追你？”

孙健被这话噎住了，许久又问：“你刚见我时，说我不懂规矩，那是什么规矩？”

卖保险的妇女乐了，她凑在孙健耳边说：“你知道那片墓地是谁家的？那是我们蒜皮村村主任的，去那里采访要事先询问村主任，让他陪着去赶狗才行，你不懂这个规矩，孤身一人就硬闯。你知道吗？像你这样的记者已经被狗咬了好几个了。”

孙健无语，只得垂头丧气往回走。走到岔路口，那个驼背老头还在，孙健记起他告诉过自己，往东二里地有个诊所，大夫姓赵，于是赶紧去包扎了伤口，止血止痛。之后他走去问驼背老头：“以前有许多来采访的记者都被狗咬了，是吧？”老头点点头，孙健问：“那你怎么知道我也会被狗追呢？”

“因为你不懂规矩嘛！”驼背老头说，“你知道那墓地是谁家的吗？”孙健说知道，是蒜皮村村主任家的。老头嘿嘿笑着说：“那你还不知道，那村主任就是这鸡毛乡乡长的大舅子吧？鸡毛乡穷乡僻壤，有记者来，都是乡长陪同采访，那时别说狗，就是老虎也不敢咬人。可你自己背着相机去采访，肯定没通知乡里，不被狗咬才怪哩。”

孙健听了，算是服了。

回到报社，孙健找到老马，向他诉说了自己的遭遇，然后问老马，早上他说自己不懂规矩，到底是什么规矩？

老马呵呵笑着说：“小孙呀！你还年轻啊！”老马说，百万墓地这么大的新闻，报上为什么不登，还不是因为报社的压力大吗？你年轻气盛，不懂规矩，不向领导请示就擅自去采访，能成功才怪呢。

孙健还是不解：“可路上那些人怎么知道我是记者，要去墓地呢？”

老马摇头叹道：“你脑子怎么不开窍？你背着相机、挎着采访袋，背包上还印着报社的名字，兴冲冲地朝蒜皮村墓地的方向跑，除了瞎子，谁看不出来？”

孙健恍然大悟，随即他又问：“你当时要我回来后准备一支笔、几张草稿纸，又是为什么呢？”

老马拍拍他的肩膀：“过几天你就知道了。”

几天后，孙健果然知道为什么要准备纸笔了：报社领导对他擅自采访的行为非常生气，责令他写一份检讨，为了防止他从网上拷贝，领导特意规定，检讨必须用纸笔来写。

（**题图、插图**：魏忠善）

红版编辑部各编辑邮箱：

姚自豪：yaobianji@126.com;
吕　佳：lujia411@yahoo.com.cn;
叶小萌：xiaomeng.ye@gmail.com;
李天然：chin_poet@163.com。

·新传说·

换房

□蔡美美

汪源最近日子过得挺滋润，夫妻俩工资涨了，几年前买的房子还清了贷款，儿子也很可爱。可是这天，妻子黄慧欣突然对正在玩电脑的汪源说："老公，儿子不小了，咱们是不是该考虑一下他的学位问题了？"

汪源吓了一跳："儿子才多大呀？要拿学位，怎么也得上大学后吧？你也太超前了！"黄慧欣说："我说的不是硕士博士的学位，是中学的学位。现在读好的中学，都需要学位指标。"

汪源还有些疑惑："现在不是就近入学吗？咱们儿子在附近上学不就可以了？"黄慧欣戳了他一指头："你呀，就知道玩电脑。咱们这个区的中学都是普通学校，我查过了，咱们市的名校大都在老城区，按规定，必须在本区有房、成为本区居民一年后才能申请到学位，所以咱们现在就得行动，把家安到老城区去。"

汪源犹豫了："咱们刚刚过上安稳日子，这又得折腾——"这时，在一旁看电视的父亲汪伯发话了："我支持儿媳妇，为了咱孙子的前途，必须折腾这一回。你们去找合适的学区房吧，我帮你们带孩子。"

黄慧欣雷厉风行，周末就拉着汪源去老城区找房，这一找才发现，事情远远没有想象的那么容易：房主都知道学区房的价值，奇货可居，稍微便宜点的，房子又实在太差，两人看不上眼。

半年后，两人终于通过中介找到

一套符合要求的二手房，决定去看看。开门迎接他们的是一对年轻夫妇，非常热情，女的介绍说：“别看我们这房子老，可是和名校近，带学位，来看的人不少呢。我们还年轻，短期内不想要孩子，而且我们都在新城区上班，路太远，这才想买套新城区的房子。要不，这房子还不想卖呢。”

听说这房子带名校的学位，黄慧欣不禁怦然心动，可是一问价钱，赶得上一套同面积的新房了！想起刚才房主的话，她突然灵机一动，说道：“我们现在住的房子和这里差不多大，但要新得多，如果你们愿意，咱们可以交换，这样你们上班方便，我给孩子找到了学位，两全其美。”

一听这话，汪源急了，把妻子拉到一旁埋怨道：“你疯了吗？这房子周边环境比我们那儿差多了，怎么就换？”黄慧欣白了他一眼，说：“我没疯。咱们找这学区房都找了半年了，你看容易吗？要是再不搞定，就耽误儿子上学了。我这样建议，还不知道人家肯不肯呢！”汪源知道妻子说的是实情，只得叹了口气，无奈地同意了。

问明了汪源家房子的情况，那对年轻夫妇也有些心动，答应找个时间去看房。汪源他们刚松了口气，却听身后有人冷冷地说：“你们又让人来看房了？换什么房？我在这里住惯了，哪儿我也不去！”两人回头一看，是个老太太。

此后，无论怎么做工作，老太太态度坚决，就是不同意，两人只得离开了。房主夫妇把汪源他们送到门口，无奈地说“这房子是我奶奶的，房产证上也是她的名字，老人家恋旧，没办法。”

回到家里，黄慧欣唉声叹气，汪伯问明了情况，想了想说“我去找老太太聊聊吧，老人和老人好说话。你们继续找房。”

汪源原以为父亲只是随口说说，没想到第二天父亲对他说，他已经去找了那老太太，聊得不错，不过怕把

事情搞砸，他没提房子的事，等以后时机成熟再说。

汪源张大了嘴合不拢，黄慧欣竖起了大拇指："老爸，你真行呀！"汪伯一拍胸脯："为了孙子，我豁出去了。"

此后，汪伯就经常去找那老太太，路远，常常一去就是一天，回来后向儿子儿媳"汇报"进展：今天一起去公园晨练了，明天一起去广场跳舞了……末了还总要补一句，是和一大帮老头老太太一起的，你们别想歪了。汪源听了，开玩笑说："老爸，你这是用美男计呀！"汪伯正色答道："别胡说，虽说你妈去世早，我心里可只有她。"

汪源吐了吐舌头，不敢再开玩笑了。他知道父亲和母亲感情好，母亲去世多年，父亲不但没再婚，还经常去母亲的墓地看看，陪母亲说说话。

就这样，汪伯继续每天去找那老太太"交流感情"。黄慧欣看在眼里，忍不住对汪源说："你爸不会真喜欢上那老太太了吧？我看他干脆把那老太太娶了吧，那倒两全其美了。"汪源说："别胡说，我还不知道我爸妈的感情？"黄慧欣撇了撇嘴："你妈都去世多久了，你爸和那老太太天天在一起，就不会日久生情？你还是有点心理准备吧，别到时候接受不了。"

果然，过了一段时间，汪伯的情绪有点异样了，他从老太太那里回来，再也不有说有笑地"汇报"了。有一次，汪源看到父亲回来的时候眼睛红红的，好像流过泪，一问，汪伯说刚去过汪源母亲的墓园。汪源心里"咯噔"一下，他知道，父亲每次做重大决定前都会去母亲的墓地，同母亲"商量商量"，难道父亲真的要再婚，是去同母亲道别的？想到这里，汪源坐不住了，找父亲旁敲侧击地打听，却问不出个所以然来。

忽然有一天，那小两口找上门来，说老太太终于同意换房了，所以他们来看房。仔细看过房子，小两口笑嘻嘻的，看来挺满意。双方约定，找个时间把手续办了，相互把房子过户。

小两口一走，黄慧欣就兴奋地大叫一声："太好了，我儿子终于可以上名校了！"看着妻子兴高采烈的样子，汪源却高兴不起来。

正在这时，汪伯回来了，进门就问那小两口有没有来看房，事情定下来没有。汪源还没回答，黄慧欣抢着说："已经定了，老爸，你可真厉害！能不能告诉我们，你是怎么说服那老太太的？"汪伯笑着答了一句："保密。"就回房去了，神色很不自然，汪源心里的疑问更强烈了。

房子很快换好了，汪源一家搬进了"新家"。搬家那天晚上，黄慧欣烧了一桌子好菜，以示庆祝。几杯酒下肚，汪伯却始终心事重重，一副欲言又止的样子。汪源和妻子对望了一眼，点了点头，汪源给父亲斟满酒，说道：“爸，你想说啥就说吧。别担心，我们两口子都是有文化的人，能想得通，也能接受。”

汪伯有些吃惊：“原来你们都知道了？搬家前我不告诉你们，就是怕你们接受不了。你们真没意见？”黄慧欣说“爸，瞧你说的，你找个老伴，这是好事嘛，汪源开始还有些想不通，我劝了他，现在他也赞成了，就等你开口，我们给你道喜呢！”

汪伯一听，几乎跳了起来“你们想到哪里去了！为了换房，我去给那老太太做工作，一开始她怎么也不答应，后来混熟了，我了解到她比较迷信，最大的心病就是对自己以前买的墓地不满意，嫌地方小，风水也不好。这些年墓地涨得比房子还快，她想重新买，又出不起那钱。我一想，你们母亲去世多年了，去年，我花大价钱在她当年落葬的墓园买了一块墓地，那可是我们市最好的墓园了！于是我自作主张，把自己那块墓地和老太太换了，她这才答应换房。这事我是犹豫好久才下的决心，还去你妈墓地和她说了，求她看在孙子面上，同意我换换‘房子’。唉，原想和你们母亲离得近些，百年之后也能互相陪伴，现在恐怕是不成了——”

汪源和妻子听完这番话，都怔住了，一时竟不知说什么好。

第二天是个周末，汪源正玩着游戏，在一旁看报纸的妻子突然尖叫了一声。汪源吓了一跳：“怎么了？”黄慧欣指着报纸说“你看这篇报道，市里新的规划已经出来了，这几所名校都要搬出老城区，迁到新校区去，咱儿子的学位又没了！”

汪源长叹了一声“天啊，难道还要换房？”

（题图、插图：谭海彦）

·新传说·

一个人的军训

□郭　选

耿彪是个退伍军人，眼下在一个小区当保安。一天，小区里一位叫老范的业主热情地邀请耿彪到他家做客。耿彪觉得很奇怪，他与老范并不熟识，顶多也就碰面时点点头，咋突然间请起客来了呢？耿彪一再推辞，可老范好像铁了心要请他，好话说了一箩筐，连拉带拽，把他拽到了家。

一进门，耿彪就受到了贵宾级的隆重接待，鸡鸭鱼肉摆了满满一桌子，全家人跑前跑后，端茶倒酒，忙得手脚不沾地。耿彪一头雾水，说："老范，无功不受禄，有什么需要帮忙的你就说吧，不然这么多酒菜，我怎能消受得起啊？"

老范说："我也是老菠菜直筒子，有话就直接说了啊！我是想请你来当教官，搞军训。"

耿彪奇怪了："搞军训？训谁？"

老范一指旁边的儿子："就是他，我儿子。"

说起老范的这个儿子小范，耿彪还真是印象深刻。前天他值班的时候，过来一个二十多岁的小青年，穿戴不整，西装长，裤子短，更惹眼的是剃着个光头，搭眼一看，不是小偷就是二流子。小青年要进小区，被耿彪拦下了，小青年说自己就是这个小区的，耿彪不信，因为以前从来没有见过他。僵持之下，小青年打了个手机，结果老范闻讯赶来，说小青年是自己的儿子，几年来一直在外地上班。

就小范这形象还搞军训？耿彪打心眼里怀疑。

小范见父亲提到他，赶紧端起酒杯，说："耿哥，来，小弟敬你一杯！早就听说大哥你当过兵，功夫好，路子广，以后小弟就跟着你混了——不，是跟着你军训了，你可要罩着小弟啊！"

耿彪听着这不伦不类的话，就跟吃了个苍蝇似的，他是个耿直的人，喜怒表现在脸上。老范一看耿彪的神色，忙呵斥小范："让你军训，又不是让你拜大哥，看说的都是什么话！到哪也改不了你那痞子气，快到厨房里看看汤熬好了没有。"

支走小范，老范叹了口气，对耿彪说，他这儿子小时候学习还挺好的，后来交了些不三不四的朋友，沾染了坏习气。最后老范说出了自己的想法："都说部队是个锻炼人的好地方，破铁也能炼成钢，可像他这样子，到部队去锻炼是没机会了，我就想找个当兵出身的，按照军训那一套整治整治他，让他走上正路。我一打听，你在部队里是业务尖子，就想麻烦你利用空余时间，训一训他，去去他身上的邪气，请千万不要推辞。"

耿彪一听这话，就豪爽地答应下来，别人求他办事，只要是好事，他从来没拒绝过。老范说，军训地点就定在相隔小区一条街的公园里，事后还有酬劳。耿彪压根就没想过钱的事，只是提议说，小区里就有空地，很方便，为啥要舍近求远呢？

老范吭吭哧哧半天，也没说出个所以然来，耿彪猜测他是不好意思被邻居看见，也就没再强求。

于是，一有时间，耿彪就领着小范到公园里军训。耿彪要求相当严格，一举一动必须符合标准，差一点都得重来。他本以为小范坚持不下去，没想到小范看起来流里流气，真正训练起来，还挺卖力的。休息的时候，小范还很感兴趣地询问耿彪在部队的情形，耿彪总是有问必答，滔滔不绝地说起当年火热的生活。

经过一段时间训练，小范有了脱胎换骨的变化，走起路来挺胸抬头，精神倍儿棒，再加上新长出来寸把长的头发，乍一看，还真有点军人风范。

就在耿彪刚有一点小得意的时候，发生了一件他意想不到的事情。这天，一个在派出所当副所长的战友找到他，说想和他单独聊聊。

见了面，副所长先询问了耿彪现在的收入情况，又问他业余时间做些什么，一番话云山雾罩，问得耿彪糊里糊涂。耿彪瞅瞅战友："你今天喝多了还是咋的？尽问些不着边际的，想说什么就说吧，就咱俩还绕什么圈子？"

副所长有点尴尬地点点头，说：“那我就直说了。最近咱们这个辖区里，连续发生了几起入室盗窃案件，居民们都很担心。有居民向我们反映，说你这段时间和小区里一个叫小范的劳改释放人员走得很近。”说到这里，副所长咳嗽一声，停了片刻才继续说道，“那个小范，曾因偷窃被判刑，出来没多久。你作为保安，经常和他一起出出进进，居民看到了，觉得没有安全感啊……”

耿彪连忙说：“我这是给他军训呢。”接下来就把老范怎样请他吃饭、怎样请他给儿子军训的事说了一遍。

听完耿彪的解释，副所长摇摇头，说：“你呀，还是这么容易相信别人。你想想，什么时候听说过给一个人搞军训？老范小范这么做，动机真像他们自己说的那么简单吗？会不会有其他用意？你最好把他们的真正意图弄明白，免得被人家当枪使。”

这番话把耿彪说傻了，他是个眼睛里揉不得沙子的人，副所长刚走，他就气呼呼地来到老范家，打算问个究竟。开门的是老范的妻子，她指指卧室，说爷俩都在里面打电脑呢，你去看看吧。

老范父子俩围在电脑前非常投入，就连耿彪走到他们背后都没有察觉。耿彪看了看屏幕，发现小范正在合成相片，他把自己的头像移到一个穿军装的人身上，还不时问老范，这样效果如何，有没有破绽，能不能骗过别人。

原来他们真的在合计着骗人，而自己竟然成了他们行骗的帮凶，怪不得他们不愿在小区里军训，原来是有不可告人的目的啊！耿彪怒从心头起，大喝一声：“你们在干什么好事？”

两人吓了一跳，不约而同蹦了起来，等看清是耿彪，赶忙堆上笑脸打招呼。耿彪一挥手：“别跟我打哈哈，老实说，你们这样精心设计骗局，打

算骗谁？”

父子俩对视了一下，老范开口道：“我们是准备骗人，可不是你想的那样。”

耿彪斜了他一眼“骗就是骗，难道你骗人还有理了？”

小范接话道：“耿哥，我们做的这一切，的确是为了骗一对老夫妇，让他们认为，我真的当过兵。”说着，他的神色凝重起来，说起一件让他刻骨铭心的事来。

小范服刑的监狱，在一座山脚下，有一次天气预报说有特大暴风雨，监狱方考虑到可能发生山体滑坡、泥石流等灾害，打算把犯人转移到安全地带。转移路上，山上突然掉下一块飞石，径直向小范砸来，小范一时没有反应过来，傻在那里了。就在这千钧一发之际，有人猛地把他推到一旁，小范得救了，而那个人却被飞石砸中，失去了生命。那是一个负责押送的武警战士，也是家中的独子。

小范哽咽着说：“以前我玩世不恭，破罐子破摔，从那件事发生以后，我意识到，我的生命来之不易，我要负起责任。那个战士为我牺牲了，我呢，就想当他父母的儿子，替他尽孝！”

老范补充说，要是小范以现在的身份去照顾老人，不要说老两口有顾虑，就连小范自己，都觉得为他们抹了黑。父子两人想了又想，老人对谁最信任？自然是儿子的战友，于是小范预备以这样的身份去那个战士家，看望老人，照顾他们的余生。但是，没当过兵的人与真正的战士，走路说话上就有很大不同，让小范军训、了解部队生活，就是为了让他扮演得更像。

最后，小范诚挚地对耿彪说：“一开始我们没说实情，是怕说了后你不会答应，毕竟，这是撒谎。其实，我也不知道这样的方法好不好，不过从我的内心来说，这就是最好的办法。”

耿彪听后没有说话，拉起小范就走。老范忙问他要去哪里，耿彪吐出几个字：“再训一次！”

（题图、插图：谭海彦）

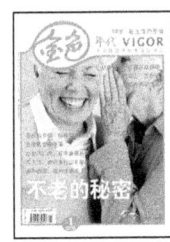

本篇改编自阿刀田高的小说。阿刀田高（1935— ），日本著名作家，擅写短篇小说，曾获日本文坛直木奖，现任多个日本文学奖项的评审委员。作品大多写凡人琐事，在轻松的叙述中展现奇巧的构思。该作品选自其获奖短篇小说集《拿破仑狂》。

恋爱总在意料之外

恭平是那种毫不浪漫的人，他年轻时就对爱情没什么兴趣，他总觉得，恋爱如果太投入，不会有什么好结果。他对别人的恋情也不关心，即使是身边有人陷入热恋，他也要经过很长一段时间才会发觉，所以，当同住一个屋檐下的女儿向恭平坦白恋情时，他真是吓了一大跳。

女儿哭着说，和那个家伙已经交往一年了，自己听从了对方的哄骗，盗用了公司的公款。恭平听到“盗用公款”几个字，脑中顿时一片空白。这一年来，女儿经常晚归，自己却没有留意，身为父亲，实在是太失职了啊！

看着痛哭失声的女儿，恭平不禁心如刀割，问道：“你究竟盗用了多少公款？”

女儿答道：“大约两百万元。”

恭平叹了口气，这可不是小数目，世上这么多男人，为什么女儿偏偏迷恋上那种吃软饭的小白脸？

这时，女儿抬起满是泪水的脸，看着恭平，期待地问：“爸，你有没有办法……”

恭平为难地搓着手，他知道，自己根本没钱。恭平在朋友的厂里担任

仓库守卫，父女俩就住在仓库旁的宿舍里，平时的收入只够基本花费，可看着女儿期待的眼神，恭平还是坚定地说：“放心吧，爸爸会想办法。”

那天晚上，恭平失眠了。他反复思考盘算着，不知不觉天快亮了。这时，门外发出沙沙的响声，是家里的宠物狗长毛回来了。恭平怕狗运动不足，每晚都解开锁链，放它自由行动。这狗无论晚上跑得多远，天亮前一定会回到家里。

恭平看着宠物狗，突然想到了什么，他一边喂食，一边摸着狗说：“长毛啊，这次的事，你也得帮忙哦。”

其实，恭平想了一夜的点子很简单，那就是：绑架。

恭平心想：只要逛逛高级住宅区，就能在庭院里发现嬉戏的幼童，对这些有钱人家来说，两百万根本不算什么。而看玄关门牌就能得知主人姓名，一旦知道姓名，就很容易查到电话。

于是，恭平开始在四谷附近的高级住宅区物色对象，没多久，他就找到了符合条件的家庭——那是一幢时髦的西式别墅，宽广的庭院铺着漂亮的草坪。草坪上，一个走路还摇晃的男童正在津津有味地玩着沙土。

恭平发现，只需通过玄关旁边的小门，就能轻易地闯入庭院。孩子的母亲似乎正在屋里接电话，虽然不时探头望向庭院，但立刻又消失了身影。恭平心头一跳：机会来了！

“小朋友，来，和伯伯一起出去玩。”恭平轻轻抱起男童，穿过小门就快步离开了……

当天下午，恭平在一个公用电话亭拨出了电话“喂，是南云家吗？您是南云太太？请您听清楚——您的孩子在我手上，请在银行关门前准备两百张不连号的一万元钞票。区区两百万，我想今天就可以准备好吧？”

接着，为了加强效果，恭平用粗暴的口气说：“老子可没那闲工夫等到明天，我可是很没耐心的！你们胆敢报警，小孩就立刻没命！”

电话那头颤抖着问：“小、小、小孩真的没事吗？”

“这点不用担心，不过，你们如果不乖乖照办，老子就一把捏死他！听懂了没？”

“好，好！求求您，千万别伤害孩子！”

“两百万换小孩的性命，太便宜你们了，赶快准备赎金吧！”

恭平简短地说完，立刻挂断电话，心还在“扑通扑通”地跳着。他决定，过一个小时再拨第二通电话，在那之前，他得先陪男童玩。这个孩子似乎一点都不怕生，看到恭平对他招手，笑着摇摇摆摆地走了过来，脸上还带着酒窝。恭平心想，要不是女儿不争气，自己也到了抱孙子的时候了……唉，这笨丫头，竟然挑上那种烂男人!

下午两点多，恭平拨了第二通电话到南云家，这次应答的是位男性，应该是男童的父亲，他说“我们已经遵照您的要求，准备好钞票了。求求您，千万别伤害孩子!”

恭平很满意，又提出了新的要求:“你们先把钞票全部用熨斗烫平，捆成一束，要捆得像新钞一样……接下来的事我会再联络。”

第三次联络在六点过后，电话一响，同一个男人立刻接起来。

恭平问:“钞票打包完了吗?”

对方回答:“完成了，我的孩子还好吗?”

恭平说“他玩得正开心呢。赎金就由你来交付吧。你备好车子，别忘了带手电筒，我会再打电话来。”

打完这个电话，恭平在晚餐的果汁中掺入微量的安眠药，男童喝了就睡着了，恭平把他安置在仓库一角。

和往常一样，女儿七点多下班回家了，恭平观察她进门时的神色，知道盗用公款的事还没暴露，总算放下心来。他故作轻松地对女儿说“那笔钱我跟厂里借了，明天就能筹齐。”

“真的吗?太好了……”女儿眼中泛着泪水，突然，她低头跪下，哭道:“对不起，爸爸，我绝对不会再犯。”

恭平感到一阵欣慰:自己做的这一切都是值得的。

他等女儿睡着后，牵着狗儿长毛，骑着自行车前往多摩川河岸。车程大约两小时，在那里，他要办一件事。

办完事，回家的路上，恭平第四次拨电话到南云家，这时已经半夜一点。恭平指示对方:“立刻带着赎金和手电筒开车到火车站，站前有间二十四小时营业的咖啡厅，到那儿等我。如果老子发现有警察出没，你的孩子就会没命!”对方连声答应了。

话虽这么说，恭平也知道对方多半会报警，他可从没想过要大摇大摆地出现

在那么危险的地方。

两点半，恭平已经回到家，他拨出了最后一个指示电话：“南云先生，你顺着咖啡厅前的道路向北直走，抵达多摩川的大堤时再向右转，顺河岸走五百米后，你仔细注意河岸边，应该可以看见一间破屋。你带着赎金和手电筒去那间小屋，记住，只准你一个人去。从大堤上能清楚地看见河岸，如果你敢擅自行动，就永远见不到小孩了。”

“知道了，我会遵照您的命令。”

“好，立刻行动。”

经过几次电话指示的磨练，恭平下达指令的口气越来越熟练。

打完电话，恭平就上床了，可他怎么也睡不着，身体很疲惫了，头脑却十分清醒。他闭上双眼，脑海中浮现出一幅幅现在可能发生在多摩川河岸的景象——

一轮明月照着河岸，交赎金的男子环顾四周，警车说不定也来到了堤岸附近，可是，刑警无法走下大堤，因为警方不知道歹徒究竟藏在哪。如果刑警的行踪暴露，孩子就性命难保，这是所有人都明白的事。

男子大步地走向河边，河岸上看不见任何人影，但他一定会找到小屋，那是一个废弃的置物间。男子走近小屋，小屋门上贴着一张白纸，男子用手电筒照向白纸，读着纸上的文字，那是恭平用报纸上的铅字拼贴而成的，上面写道：“屋中有只狗，狗的肚子上绑着一只皮袋子，请放入约定的赎金，然后解开狗的锁链，接着在小屋中等待一小时，才能走出小屋。别让我听到你向警方联络！胆敢违抗命令，后果自负！”

男子推开吱嘎作响的门，小屋中有个不断动弹的东西，啊，是一只大狗。男子将那包钞票放入狗腹下的袋子，解开锁链，狗儿抖抖身子，便从小屋墙上的破洞钻了出去。

即使有人在远处监视小屋，也绝对不可能留意突然现身的狗儿，河岸上出现流浪狗本就稀松平常。

狗儿在河岸上奔跑着，不断嗅着，速度逐渐加快，看来是找到了回家的路。它饿坏了，昨天中午之后，主人就没有喂过它，它现在只想赶快回家……

恭平从未如此焦急地等待天亮，他几次钻出棉被，打开后门，向外遥望。天快亮时，恭平不小心打了个盹，突然，他听到门外有声响。

“长毛吗？”恭平大声叫着打开后门，狗儿立刻扑了进来，它腹部下方的皮袋中放着厚厚一叠纸包。

恭平忍不住叫出了声：“太好了，我成功了！”

后续的工作一点也不费力。恭平等男童睡醒后，用自行车载着他去了很远的幼儿园，将他放在安全的玩沙

场，然后拨电话到南云家，告知男童的方位。随后，他把钱给女儿送了过去。

当天晚报的社会版上，大幅报道了这起奇特的绑架案，叙述歹徒如何利用狗儿运载赎金。恭平看了报道才知道，原来南云家事先真的没有报警，直到将现金放进狗儿的皮袋中，早上回家后才通报警方。报上说，南云家的处理方式严重妨碍了警方办案，而且今天早上男童已经平安返家，警方一定更无心继续搜查了。案子唯一的有力线索是狗儿的外貌，但是，送赎金的父亲大概在黑暗中慌了神，竟然说："那是一只黑狗。"长毛明明是一只褐色大狗……

托那位父亲的福，恭平不用杀死长毛了，他实在不忍心杀死最大的功臣。恭平觉得自己运气很好，看来可以放心了。

三天后的中午，两位刑警造访恭平家。刑警看到锁在庭院里的长毛，立刻说道："喔，就是这只！身怀巨款逃走的狗。"

恭平心头狂跳："您说什么？"

刑警的语气突然变得严肃起来："别再装蒜了，恭平先生。麻烦你到警局走一趟吧。"

望着刑警自信的态度，恭平知道自己逃不了了，可是，警方究竟是从哪里发现破绽的？在警车中，那位刑警有些同情地对垂头丧气的恭平说："你那只狗啊，在绑着皮袋回家的路上，跑去了刑警队长家。"

恭平不明白："狗……跑去了刑警队长家？"

"是啊，队长清晨回家时亲眼目睹的。"刑警解释说，"你家的狗，看来跟队长家的母狗是一对呢，难道你都不知道吗？"

怎么可能？长毛明明早就过了那种年纪了……恭平望着窗外的街景，不禁喃喃说道："怎么都是一个样儿，净挑到不该挑的对象。"

（**推荐者**：顾　诗）

（**题图、插图**：佐　夫）

这年头流行“晒”，晒工资晒博客晒幸福，晒啥的都有，可赤裸裸直接晒钱的，还真少见……

阿P晒钱

□芦宏伟

前段时间，阿P家对面搬来一户新邻居，从院子里望见人家搬来的家具，阿P就倒吸了一口冷气，知道这家的经济条件比自己家要好上许多。果然，后来知道，新邻居家不但家具高档，还有一辆十多万的轿车。

阿P这人特好面子，生怕被别人看轻，就暗下决心：无论如何也不能在气势上输给新邻居。

却说这天下午，阿P的儿子在门口玩遥控汽车，新邻居家的小男孩看到了，就嚷着向他爸爸要玩具汽车。新邻居的男主人叫赵勇，他爱人叫张娟，只听赵勇在哄孩子：“乖，咱不玩小汽车，咱家有大汽车，你看小汽车玩起来多没意思呀！”

阿P听在耳里，立马就气得涨红了脸，心想：你这是什么意思？我家穷，只配玩玩具汽车，就你家有轿车吗……

从此，阿P就跟赵勇一家较上了劲儿：赵勇从外面买苹果回来，阿P看到了，就马上跑到超市，也买一大袋苹果，在院子里大声说：“咱这是正宗的红富士苹果，又脆又甜，那种乱七八糟的苹果，谁吃啊！”

有一次，张娟买了一双皮鞋，阿P也破天荒地花六百多块钱给妻子小兰买了双名牌皮鞋，还在院子里嚷嚷：“这女人啊，要穿就穿名牌，那种三百块钱以下的鞋子，穿在脚上纯粹是丢人……”

赵勇两口子很快看了出来，对门邻居这是在跟自己比富啊！赵勇两口子觉得阿P好无聊，懒得理他，可次数多了，心里也难免憋上了一股子气。

这天，从外面开来一辆崭新的小车，缓缓驶进了赵勇家——阿P一看傻了，赵勇这是换新车了啊，看样子，这车少说也要二十几万！这下，阿P不吭声了，这可不是几斤水果几件衣服的问题，要弄一辆几十万的车，把阿P卖了也买不起……

但阿P就是不想让人比下去，从此，他一有空就想着挣回面子。

这天吃晚饭时，小兰感觉阿P眼神怪怪的，吃完饭，就见阿P在客厅里背着双手，走了一圈又一圈。终于，

阿P一把拉住小兰，把她拉进了卧室，打开床头灯，从床底下拿出一个皮包，拉开拉链，说："你看！"小兰朝皮包里面一瞅，不由"啊"地叫出了声——原来，皮包里是大捆大捆的百元钞票！

"你……你哪来这么多钱？"小兰拍着胸口问道。阿P嘻嘻笑道："我去抢银行了！这钱就是要对付对面赵勇一家！"小兰吓得浑身发抖："阿P，你要面子也不能抢银行呀，那是要杀头的……"

见收到效果，阿P乐得哈哈大笑，悄声跟小兰说："你仔细看看，这事你可千万不能朝外说……"

小兰好不容易稳住神，伸手拿过一捆钱，借着昏暗的灯光一看，惊讶地张大了嘴巴。原来那一捆捆钱，只有上面几张是真的，下面花花绿绿不知是什么纸币。"这到底是怎么回事啊，快说！"

阿P得意地抹了一把脸上的汗，说出了事情的真相。原来阿P知道自己的经济力量有限，为了扳回面子，他找到在银行的同学，弄来大量的练功券，练功券与人民币大小一样，是供银行职工平时点钞训练用的。阿P为了不让赵勇一家看出来，还特意在每叠上再放几张真的一百元。这不，把小兰也唬住了。

小兰听阿P解释完，用拳头砸他："死阿P，亏你想得出来，这面子

就这么重要？”

阿P狠狠地说道：“我们绝不能让人比下去！明天你一定要帮我演好这场戏！”

第二天是休息天，赵勇一家三口出去逛街，一出院门，就看到对面阿P家敞开着院门，惊人的是，他们赫然看到阿P的院子里摆放着一大片红灿灿的百元钞票。阿P靠在一张躺椅上，眯着眼睛，拿着一把扇子悠闲地扇着。

赵勇和张娟对望一眼，都在想自己是不是看花了眼，再看过去，的确没错，远远望去，那些钞票整整齐齐地一张挨着一张，排了一排又一排，每排钞票的一端上压着一根竹竿。这些数不清的钞票码在阿P脚下，静悄悄的就像严阵以待的士兵，而阿P呢，自然就是拥有这些士兵的大将了。

这时，小兰从屋里走了出来，叫道：“阿P，又晒钱呢！”

“是啊！”阿P懒洋洋地说，“这些钱藏在床底下，这几年忘了拿出来晒，你看，都快发霉了，还有一些被老鼠咬了……今天先把这批钱拿出来晒晒，改天把另外一批也搬出来晒晒，唉，就是院子太小了，否则能一次多晒些，也不用这么麻烦分批晒了……”

哇，真牛啊！晒了一院子钱，听那口气好像晒红薯干一样。赵勇张娟心里都“咯噔”了一下，暗想：还真是没看出来，对门这邻居是真人不露相啊！

“阿P啊！”小兰又拖着长长的声音说，“你看人家买房买车买高档家具的，你藏那么多钱在家里有什么意思啊？”

“这你就不懂啦！”阿P慢悠悠地说，“俗话说人各有志，我阿P平生不爱名车别墅，不爱吃香喝辣，就一个嗜好，就是把钱藏在床底下，天天躺在一堆钞票上睡觉——这才叫‘舒服’呢！”

听到这里，赵勇张娟两口子终于听明白了，阿P这是在炫富啊，可炫富用得着赤裸裸地把钞票拿出来晃吗？他们议论了好久，也没分析出阿P的真正动机，最后只总结了一个词套在了阿P头上：脑残！

自从赵勇两口子发现阿P“脑残”，以后置办什么东西，就低调了许多。阿P一看，得意了，心想：金钱的力量就是大啊，拿钱出来摆一摆，就把对方斗下去啦，哈哈……

过了个把月，这天阿P又把钱在院子里铺了好大一片，一边晒，一边嘴里还嚷道：“最近天气太潮，这钱不晒晒啊，又要发霉了，唉，真麻烦……”赵勇两口子知道阿P在晒钱，故意在家里不出门，心想，你就在那自导自演吧！

阿P靠在躺椅上，像欣赏宝贝似的看着地上的钞票，哼着小曲，忽然刮来一阵大风。本来阿P晒钱时，已经想到了这点，所以在每排钞票上都压了一根竹竿用来镇住钞票，可这次的风太大，很多钞票都挣脱竹竿，被大风卷上了天。好在风来得猛，去得也快，还没等阿P站起身来，风势已消，钞票纷纷从空中飘落下来。有两张钞票调皮地飞过阿P的院子，晃晃悠悠地落进了赵勇家的院子里……

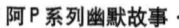

赵勇家的院门半开着，阿P瞪大眼睛望着那两张钞票，急忙撵了过去。这时，赵勇刚好到院里收衣服，他看到阿P的一只脚已经跨过自己的院门，也看到了掉落在院子里的钞票，就侧身朝旁边一躲，意思是给阿P让道，让他来捡钱。

阿P看赵勇身子一闪，觉得他是

在表示对自己的不屑，跨进院门的一只脚瞬间停在半空中，接着又收了回来。阿P冷哼一声，高傲地说：“丢了就丢了，我不要啦，不就两百块钱嘛，无所谓！”

赵勇实在气不过，将两百元钱捡起来，高声朝屋里喊：“张娟，带上孩子，上饭店！”

阿P那个心疼啊，上面几张可是真钱呀，可是话已说出口，再去要回钱，这脸朝哪里搁？阿P正在左右为难呢，社区民警找上门来了。刚才一阵大风不是刮起很多钱吗？其中绝大部分是练功券，有人捡到了，不知这是什么，还以为是假币哩。一报警，警察自然要找上门来。

这下阿P的面子可丢大了，居民们都在一旁看热闹，知道了事情的真相，都说阿P是吃饱了撑的。回到家，小兰也忍不住埋怨阿P：“整天就知道和别人攀比，弄些练功券来晒，看，把警察也招来了吧。”

阿P灰头土脸的半天没说话，突然他一拍大腿，叫道：“老婆，你说得对，以后我再也不晒练功券了，我要努力挣钱，下次晒真的钱！”

小兰傻眼了：“什么，你还想有下次啊？”

“你不懂。”阿P神秘地一笑，“把钞票铺在地上晒的那种感觉，真的很爽！”

（题图、插图：王　俭）

钦差选妃

□陈　墨

仙人指点

这一年，当朝太子十七岁，该大婚了。皇上的三宫六院总共就生下这么一个独苗，太子的婚事自然成了皇上心中的头等大事。

这天夜里，皇上做了一个梦，梦见一个白须飘飘的仙人自天而降，声如洪钟地说："你家太子妃，须生在齐天大福之家，降生时自带金饭碗，现身时天降花雨，骑龙抱凤。切记切记！"

这个梦做得太真切了，醒来后，仙人的模样仍历历在目，皇上很激动，心想，自己的皇儿福泽深厚啊，竟能惊动仙人来指点姻缘，这下可好了，就照仙人说的几条去选太子妃！

皇上兴致勃勃地起床，眯起两眼咂摸起仙人的话来，可这一咂摸不要紧，越咂摸心里越发慌，怎么呢？原来仙人说的这几条，没一条能实现。

仙人说，太子妃要生在"齐天大福之家"，谁不知道，世间唯有他皇家才是齐天大福家，皇家娶亲，总不能自娶自家吧？

仙人说的第二条，"降生时自带金饭碗"，这也不可能啊，没听说过哪家生孩子，连带着生出一只金碗来。

后边的那两条就更不着边了，太子妃现身时要"天降花雨，骑龙抱凤"，自盘古开天地，谁见过天降花雨？那龙凤更是神兽啊，哪能让人骑着一个、抱着一个？

皇上耷拉了脑袋，正在怏怏不乐，太监来报，首辅陈桢求见。皇上心思一动：陈桢是三朝元老，见多识广，不如跟他说说自己的梦，于是立刻下旨，宣陈桢觐见。

等陈桢见过礼，皇上就对他如此这般地说了昨夜的梦。陈桢听后清了清嗓子，故作惊喜地说：“吾皇大喜啊！依臣之见，此梦实乃吉兆也。”

皇上眼睛一亮：“怎么讲？”

陈桢抖了抖精神，就信口扯开了：“所谓天降吉人，地生异象，太子妃绝非凡人，现身时才会出现异象。仙人既已指点清楚，只需按此寻访即可，想我泱泱大国，何愁寻访不到？”

皇上一想，对啊！我富有四海，何愁找不到一个儿媳妇！于是开金口降旨道：“卿所言甚是，朕就派卿去寻访太子妃！”

陈桢一听，差点哭了，悔不该信口胡说，现在这片愁云飘到自己头上来了，如何是好？他心里一慌，两腿一软，不由跪倒在地。

皇上见陈桢面色激动，咕咚一下跪那了，心里挺感动，忙双手扶起他，动情地说：“卿定能不辱使命，在一年之内，寻访到太子妃！”

事到如今，陈桢再怎么不愿意，也只得领命了。

寻访民间

从宫里回来，陈桢吃不下睡不着，苦思冥想仙人说的那几句话，还别说，几天后，竟真有些开闷儿了。

他想，仙人说的四条儿，乍听起来一条儿都不可能，可是变通一下，实现起来也不难。你看第一条，“生在齐天大福之家”，能生出太子妃的人家是谁？是皇上的亲家呀，俗话说“亲家亲家，亲如一家”，与皇上亲如一家，自然是齐天大福之家啦。

第二条，“降生时自带金饭碗”，孩子降生，亲友都会送“落生礼”，想必太子妃降生时，“落生礼”里就有金饭碗，那不就是她带来的嘛！

后边的两条更好说了，太子妃现身时要“天降花雨，骑龙抱凤”，到时只要观察哪个女子出现时有此异象，那个女子就是太子妃！

思路清晰了，陈桢也气定神闲了，他细细想来，老百姓家生孩子，只会收到瓷碗、木筷之类的落生礼，不会有金饭碗这么贵重的礼物，看来，太子妃多半生在官宦之家。

陈桢决定走捷径，他将朝中家有适龄女子的官员排了序，逐一遴选。结果，出生时收到过金饭碗的女子不少，可面试时没有一个出现异象的。陈桢着急了，看来太子妃不在官宦之家，得赶紧去民间寻找！

于是陈桢亲自带队，离京开赴各省。转眼间，全国十三个省已被过筛子一样过了十二个，最后就只剩贵州省一个叫桃花村的地方了。

陈桢来到桃花村，拿过案上的适龄女子花名册，见上边总共三十一位，他点了点头，按惯例问了一句：“这些女子的家中是否都愿意？”

一旁陪同的里长忙答道：“都十分愿意。这几日，桃花村家家忙着熬猪油、买豆腐……”

“什么？熬猪油、买豆腐？”陈桢不明白。里长赶紧解释，桃花村历来出美女，家家都对女儿的美貌很下工夫，村里流行一句俗语：“女儿若要好皮肤，外敷猪油，内服豆腐。”

外敷猪油就是将猪油熬好晾凉，浸入大团棉花，再用这棉花为女儿擦抹全身，日子久了，皮肤滋润得白嫩又有光泽，就像丝绸一样。而“内服豆腐”就是天天给女儿做豆腐吃，让细嫩的豆腐养出细腻的肤质。

陈桢听了，好奇地问：“这外敷猪油倒也罢了，可天天都要吃豆腐，岂不让人倒胃？”

里长连连摆手，说：“大人有所不知，桃花村有一绝，小吃‘齐天豆腐’，就是吃上一世，也不会腻的……”

刚说到这儿，那些待选女子来了，里长赶紧打住话头。陈桢命人带进一个女子，抬头一看，这女子皮肤白皙，娇媚异常，陈桢点了点头。可女子进来时并没有异象出现，接着进屋的第二个也没有……直到三十名女子择视完毕，没有出现一点异象。

“完了！”陈桢手抓长髯，绝望地叹道，“老夫要愧对皇上的重托了！”他不经意间又瞧了一眼案上摆着的花名册，忽然觉得有些不对：册上的适龄女子明明有三十一名，可刚才只来了三十名，最后那个叫玉珠的女子竟然没来。

莫非是抗旨行了婚嫁？陈桢不禁

拍案怒喝："胆大包天，竟敢抗旨！"说着将花名册扔到了里长面前。

里长吓坏了，慌忙叩头禀道："大人，玉珠心智缺损，所以无法召唤。"

"心智缺损？"陈桢冷笑一声，"只怕是托辞吧！她是哪家的女子？快快从实道来。"

里长叩头如捣蒜，慌忙答道："她是齐天大福家的女儿。"

"齐天大福之家！"陈桢心里一跳，猛地从座位上蹦了起来，这不是仙人说的第一条吗？

里长颤声解释："就是……就是村东头，做大福的齐天大福家。"

陈桢明白了，桃花村人的口音，将"豆腐"说成"大福"，"齐天豆腐家"让他们一说，就是"齐天大福家"。

陈桢忙对里长说："你快将这个'齐天大福家'的情况详细道来。"

里长趋前一步说了起来——

原来，村里有个老汉姓齐名天，承继祖业做豆腐，此人厚道实诚，总是挑最好的豆子，用桃花江水浸泡，再用桃花石做成的石磨细细研磨。他做出来的豆腐白嫩似凝结的蛋清，切一块放在那，过两三个时辰也不出汤出水，进锅里一见热，立刻就飘散出一股沁人的奇香。因为好吃，"齐天豆腐"就叫出了名号。可老实人遇烦心事，齐天娶亲后，媳妇一直没有生养，直到四十岁才生下一个闺女，两口子还顾不上乐和，就傻眼了，怎么呢？这个孩子长得太丑了。

怎么个丑法呢？这个闺女自打生下来，就长着一层灰黑灰黑、皱皱巴巴的粗皮，这硬粗皮糊在脸上，连眉眼都分辨不清，能不难看？再说头发，这孩子生下来就长了一脑袋癞，结着痂，焦黄一片地糊在头顶，就没长出过一根头发来。更郁闷的是，这闺女还是个痴呆，除了偶尔呼爹叫娘，便不会说其他话了。

里长说完，试探地问："大人，皇家选太子妃，这样的女子……"

陈桢叹了口气，心想：走遍了全国，现在就只剩这最后一个了，机缘巧合，她竟是"齐天大福"家的女儿，不管她是呆是傻，也要看上一看！

天降吉人

转天一早，陈桢乘轿，随行骑马，一会儿工夫就到了玉珠家附近。只见她家前拥一条桃花江，背靠一座桃花山，山上山下、江水两岸密密匝匝都是桃树。此时桃花正旺，大朵大朵的桃花缀满枝头，就连桃花江的水面上，也漂满一层粉红色的落英。

好一个灵秀之地！陈桢心中赞叹。这时，里长用手往前一指，说道："大人，前边骑龙的那个就是玉珠。"

"骑龙？"陈桢闻言一惊，忙向前看去，只见不远处有一道蜿蜒的田垄，一个黑灰色的人儿正两腿横跨，在垄上骑坐着。

“原来是这么个骑垄！”正在此时，一阵大风平地而起，刮得桃花漫天飞舞，桃花在天空中打了几个旋，如雨点般落到骑着垄的玉珠身上。

“天降花雨！”陈桢正在惊叹，就见一只锦毛大公鸡被大风惊着了，扑棱棱展翅飞了起来，一下飞到骑在垄上的玉珠跟前，玉珠呵呵一笑，一把将大公鸡抱在了怀里。

“骑龙抱凤！”陈桢激动得大喊一声，“就是她，她就是太子妃！”

陪同前来的地方官们都吓了一跳：这个又丑又呆的女子就是太子妃？一个官员忍不住低声提醒陈桢：“大人，太子妃理应品貌出众，行步如青云出岫，吐音如流水滴泉，这女子没有一条符合啊……”

“不，四条已符合三条了！”陈桢冲口而出，“现在就差金饭碗了。”想到此，他命人将齐天请来，问：“生玉珠那年，有人送过金饭碗作‘落生礼’吗？”齐天连连摇头，他说，生玉珠那年，只有媳妇的娘家哥哥送了一口磨豆腐的缸，再没其他礼物了。

陈桢不甘心，他派人把齐天家翻了个底朝天，结果也没找出一丝儿带金子的物件。眼看寻访的一年限期将满，再不启程就来不及了，陈桢咬咬牙，吩咐一声：“来人，给太子妃备轿更衣，启程返京！”

流光溢彩的凤冠霞帔是从京里带来的，此刻穿在了玉珠身上。玉珠她娘流着不知是欢喜还是难过的眼泪，看着自己又呆又丑的闺女坐到轿子里，被皇家当太子妃抬走了。

一路上，陈桢心里七上八下，这个玉珠，虽说暗合了仙人的三个条件，可毕竟还有一个金饭碗没着落呢，皇上若是问起来怎么交待？

轿子里的玉珠可不管这些，这会儿她只知道自己难受——太热了！她长了一身厚皮本就怕热，现在又被捂

进一个四面不透风的轿子里，哪受得了？开始几天，随侍的妇人还偷偷将轿帘掀开一条缝，让她凉快点，后来离京城越来越近，妇人也不敢照顾她了，轿帘遮得严严实实。玉珠热得满脸是汗，痒得难受，她懵懵懂懂地用手去抓，这一抓可不要紧，竟把脸上那层厚厚的粗皮整个儿抓了下来，露出了一张婴儿般白皙粉嫩的面庞！她又觉得身上也痒得难受，便伸手探进衣服里使劲抓，三抓两抓，身上的硬粗皮也被抓了个干干净净。

没了硬粗皮，玉珠感觉凉快多了，可脑袋上还是热得不行，于是她又伸手去抓那一头癞，这一抓，一头结成壳子的癞痂竟整个被她揪了下来，露出了里边的一头如墨青丝……

轿子里这么大的动静，轿外的人却不知道。此时轿子到了宫门前，上了拱桥，按照礼仪，轿子要落在拱桥的桥顶，太子妃得亲自步行下桥，进宫觐见皇上。

轿帘打开了，人们只觉得骄阳下一道金光闪过，不由自主向轿内看去，这一看，所有人都惊呆了：只见轿里端坐着的玉珠面如观音，色若映雪，鬓发如黛，怀里还抱着一个金灿灿的金饭碗。

“原来这金饭碗一直顶在她头上！”陈桢心内狂喜，见人们呆立在那，他赶紧吩咐：“快扶太子妃下轿。”

玉珠毕竟是个痴人，见轿帘掀开了，心里高兴，抬腿就往外走，一不小心一脚迈了个空，从桥顶骨碌碌滚到了桥下，一口鲜血喷了出来。

陈桢顿觉天旋地转：从这么高的桥顶跌下，就是不死也得摔残啊……突然，桥下的玉珠缓缓爬起身来，轻移莲步来到陈桢跟前，端端正正地道了个万福：“玉珠见过陈大人！”

陈桢惊呆了：原来，玉珠竟是个天璞之人，多亏这一摔，震出了从胎里带来的蒙心之血，就似璞玉去掉外皮，恢复了聪慧的本性。

陈桢喜不自禁，大家前呼后拥地护送着玉珠进宫。皇上一见玉珠的品貌，龙颜大悦，下旨摆宴犒赏。

宴罢，陈桢风风光光回府了，他的夫人早已恭候多时。夫人担了一年的心，此时见老爷荣归，不由叹道：“老天保佑，没想到老爷真能找到太子妃。”陈桢飘飘然地一拍胸脯，对夫人说：“老夫是谁？哪有办不了的事？”

正在这时，就听太监在外朗声道：“皇上有旨，宣首辅陈桢乘金顶轿即刻进宫。”陈桢回头看了一眼夫人，笑道：“看，一定是皇上的赏赐来了。”他转身悄悄问宣旨的太监：“万岁爷要给老臣什么封赏？”

太监头摇得像个拨浪鼓，说：“不，刚才万岁打了个盹，他老人家又做了个梦……”

（**题图、插图**：黄全昌）

·我的故事·

遗失的唐卡

□雁翎

这天我下班回家，发现书房里一沓过期的杂志不见了，心里一惊：那些杂志中可夹着女友送我的一幅唐卡呢！我忙问母亲把杂志放到哪里去了。母亲答道“我刚卖给收废品的了，反正也是旧书，放着占地方。”

我听完一下呆了，那幅唐卡是女友从西藏带回来送我的生日礼物，书本大小，上面是一尊佛像，色彩鲜艳，听说颜料是用绿松石、珍珠等天然矿物研磨而成的，千年都不会变色。

突然，我想起刚才上楼时，与那个收废品的老太太擦肩而过，也许她还没有走出小区。想到这里，我飞快地走下楼去。

在小区里绕了一圈，终于在一栋楼前看到了老太太，她正在用秤称着居民们拎来的各种废品。我刚想上前说明真相，讨回唐卡，突然想起一桩事来：几个月前，有个同事不小心把家里一只古董花瓶当成废品卖了，当他醒悟过来去找回时，那个收废品的已明白了花瓶的价值，说什么也不肯拿出来。同事咽不下这口气打起了官司，结果却输了，人家法官说了，东西卖了，归属权就是买方的了。

想到这里，我停住了脚步，心想，这会儿直接问老太太要唐卡，不是打草惊蛇吗？于是我决定打电话向朋友“智多星”求助。朋友听完我的诉说，想了想，说：“有了，我这就到你们小区门口，等着那个收废品的出来。”我刚想再问，朋友已挂了电话。

这时，老太太已做完了那几笔生意，挑着两篓子废品向小区外走去，我只好紧跟着她走了出来。到了小区

门口，只见朋友不知从哪里弄了辆三轮车，已守候在那里，我正疑惑，就听朋友冲老太太喊道：“老太太，你这是往废品站去吧？不如都卖给我算了，我出高价。”

原来朋友动的是这个脑筋！我佩服之余，紧张地看着老太太，只见她问朋友：“你是收废品的？我以前怎么没有见过你？”

朋友笑着说：“我是回收公司的代表，所以出的价格也高，比如这废纸，我出一块一斤，你看怎么样？”

看来这价格挺诱人，老太太不假思索地答应了。两人算清了价格，老太太接过钱，高兴地走了。

老太太走后，我来不及向朋友道谢，就急不可耐地找出自己那沓杂志翻起来，可把每本杂志都翻遍了，也没看到唐卡。朋友见状，帮我把整堆废品都翻了个遍，还是不见唐卡的影子。突然朋友一拍大腿，说了句：“糟糕，金蝉脱壳！”

朋友推测，一定是那老太太早已发现了唐卡，不动声色地把它收了起来，她不但得了宝贝，还做了一笔好生意，真是精明。

唉，折腾半天落了个空，我心灰意冷了，只希望女友已忘了它，最起码也要等我们结了婚才想起。

可是，怕什么就来什么，周末我约女友喝咖啡，女友突然问道：“我送给你的那幅唐卡，你还保管着吧？”

我一下慌了，结结巴巴地说：“当、当然保管着啊，你送的东西，我怎么会不珍惜呢？”

女友说“那好，我今天晚上正好有空，就上你家看看，看唐卡有没有被弄脏弄坏，有没有发霉虫蛀。”

我一听就头疼了，要知道，女友在这方面特别认真，万一知道我把她送的礼物弄丢了，肯定会很生气。

我心事重重回到家，母亲说起今天又卖了一些废品，我忙问：“还是上次你卖书给她的那个老太太？”

母亲说“是啊，她就住在我们小区后面的巷子里。她从不在秤上做手脚，我们都喜欢把东西卖给她。”

我不由冷笑一声，心想，这可真是知人知面不知心。没有唐卡，今晚怎么向女友交待？想了半天，我决定去找那个老太太，不管花多少钱，一定要把唐卡弄回来。

根据母亲说的，我来到了老太太住的巷子，正想找人打听，突然，我看到巷口有个六七岁的孩子，手里拿着什么东西在玩，仔细一看，那不正是我的唐卡吗？我想了想就明白了：这孩子一定是老太太的孙子，也许她当初并不知道唐卡的价值，只是觉得上面的画像漂亮就收了起来，然后就随意地拿给孩子玩。

太好了，从孩子手里拿走唐卡要容易得多了。我走上前，掏出十元钱，和气地对那孩子说：“叔叔好喜欢你

这幅画，我给你钱买糖吃，你把这幅画给我好不好？”

那孩子见了钞票，咧嘴笑了，可正在这时，一个戴眼镜的男子走了过来，只见他犀利的眼神往这边一扫，就大声说道：“好精美的唐卡！是谁这么粗心，把这么珍贵的东西拿给小孩子玩？”

男子话音刚落，从巷子里走出一个人，正是那个收废品的老太太。老太太从孩子手里拿过唐卡，惊讶地问：“你说啥？这个东西很值钱吗？”

男子点头道：“对啊，这是唐卡，做工讲究，还有收藏价值。我就是搞收藏的，你出一千块钱卖给我吧。”

真倒霉，半路杀出个程咬金！我听说有些人专门喜欢到老巷子里来捡漏，没想到被自己碰上了。唐卡怎么能落到他手里呢？我忙对老太太道：“卖给我吧，我出一千五怎么样？”

不料那男子也不肯放手，马上说出两千，我急了，只好加价，等我出到五千块时，那男子终于沉默了。我松了口气，刚想掏钱，不料老太太看了我俩一眼，说：“你们都走吧，出再多的钱我也不卖。”说完进屋去了。

我顿时傻了，那男子叹了口气，对我说：“算了，走吧，我看啊，这老太太听我说唐卡有收藏价值，八成要留着自己升值了。”说完摇摇头走了。

怎么会这样？没办法，现在只好去买一幅一模一样的唐卡，希望能蒙混过关。我找遍了全市，没想到，别说完全一样的唐卡，就连卖唐卡的商店都没有。

一直到天黑，我才筋疲力尽地回到家，一进门，母亲就劈头数落我：“难怪你整天魂不守舍的，原来丢了东西，为什么不早说呢？”说完，母亲拿出一幅唐卡。我一看，这不正是我丢失的那幅吗？这是怎么回事？

母亲说：“是那个收废品的老太太送来的。她说自己起先不知道唐卡的价值，幸好今天碰上懂行的人要买，她才知道这东西很值钱，就赶着送来了……”

（题图、插图：佐 夫）

平安四季粥

□尘世伊语

城里最大粥铺的少东家余德海得了重病，余家请遍了名医，都无可奈何，摇头说道，他想吃点啥，就给他吃点吧。

大家心里明白，这是没药治了。原来，余家有一种奇怪的遗传病，男丁大多活不过二十岁。余老夫人见此，仰天长叹一声：“这是命啊，可怜我家德海还未娶妻生子……”她忍着眼泪，来到儿子床前，轻声问道：“德海啊，乖儿子，你想吃点啥？”

躺在床上的余德海努力睁了睁眼睛，张嘴吐了一个字：“粥。”

要说别的没有，要喝粥，这还不容易？余家就是开粥铺的呀。佣人把铺子里最上等的各色粥端到床前，不料余德海只是摇头，一口也不碰。老夫人犯愁了，这时，一个佣人犹豫地说道：“今早有人来送粥，说给少爷喝，被我关在门外了，现在还站在门口呢。”

余老夫人奇怪地问：“会有这种事？是谁啊？”

佣人回答道：“是城东的一个寡妇，叫江娘。我家少爷看她孤儿寡母的，经常接济她一些银两。她说，自己听说少爷病重，天未亮就起来熬粥，特地送来，务必请少爷喝了。我怕她添乱，不许她进来，她就一直在门外等着。”

老夫人点点头，说“倒是个知恩图报的女子，难为人家一片好心，把她请进来吧。”

不一会儿工夫，佣人带进两个人来，一个面容清秀的少妇牵着一个小男孩。那小男孩长得虎头虎脑，老夫人越看越喜欢，拉过来问道：“你叫什么名字？”男孩答道：“李见升。”

少妇从随身带的篮子里端出一碗粥，掀开盖子，喷香扑鼻。老夫人问：“你就是江娘？这粥是你熬的？”江娘轻声细语地答道：“贫妇自幼就会熬粥，给什么人喝什么粥，颇有些心得。”

老夫人点点头：“这叫什么粥？”江娘回答道：“平安四季粥。”老夫人点点头：“平安四季，好名字。”她转身扶起余德海，舀了一勺粥，送到他口边。

余德海喝了一小口粥，脸上泛出了红光，他看了一眼江娘，说了一声：“好！”一歪脖子，没了气。

老夫人顿时哭晕过去，好不容易缓过神来，对江娘说道：“多谢你的粥，我家德海是喝了平安四季粥，这才安心上路的，你们娘俩以后就留在我余家吧。”

于是江娘母子俩住进了余府，江娘就在厨房里帮工。她最擅长的就是熬粥，米粥、面粥、麦粥、豆粥、菜粥、果粥、乳粥、肉粥、鱼粥、药粥……经她烹饪，全都美味非凡，大家都说，江娘的手艺比余家粥铺的大师傅还好呢。

日子一天天过去，江娘的儿子李见升长大了，越长越英俊，余老夫人越看越喜欢。这天，余老夫人唤来江娘母子俩，说道：“见升渐渐长大了，我也一把年纪了，我想，以后把我们余家的产业都交给见升打理。”

江娘一听，忙磕头道谢，余老夫人拉起她说道：“不过，我有一个条件。答应了，以后这余家的一切，都归见升了。”

江娘一脸疑惑地看着余老夫人，余老夫人一字一顿地说道：“让见升改姓余，余见升。从此以后你离开余家，和余见升再无瓜葛。”

江娘顿时愣住了，过了好久，方才缓缓说道：“好。”余老夫人立刻眉开眼笑，给了江娘一笔盘缠，江娘当日就离开了余家。

江娘离开余家后并没走远，她用余老夫人给的钱开了一家小粥铺，取名“平安粥店”，就开在余家粥铺的对街。一个女人开店虽然辛苦，但凭着江娘的好手艺，平安粥店的生意总算维持了下来。

此时，余见升改姓之后已经是余家粥铺的少东家，他时常站在粥铺门口，看着江娘在对面的铺子里忙进忙出……

这天，江娘正招呼客人喝粥，一个人大步走了进来，大家一看，这不正是余家粥铺的少东家余见升吗？只见他黑着脸皱着眉，一副来者不善的样子。

余见升走进小店，捡了旁边的位子坐下，叫道：“给我一碗平安四季粥。”江娘拿过碗，给他盛了满满一碗，余见升冷冷地看了一眼，突然端起粥，走到门口，全部倒进了门口的垃圾桶里。

众人都可惜地直摇头，余见升“啪”地拿出一两银子，拍在桌上，扭头走了。这是唱的哪出？莫非是来砸场子的？大家都看着江娘，江娘倒是一副不气不恼的样子，过去收拾了碗，收了钱，继续做生意。

第二天，余见升又来了，照例点了一碗平安四季粥，还是一口不吃，全倒进了垃圾桶，又留了一两银子。有人气不过，对江娘说：“他这不是成心触你霉头吗？有这么对自己亲娘的吗？他再来，你别卖给他了。”江娘却只是笑笑，说：“他出了钱，买了粥，是喝是倒，是他自己的事。”

从此，余见升每天一大早都来买粥、倒粥，引了好多人专门来看热闹，可江娘就是不发火，也不轰人。大家都有些失望了，不过心细的人发现，江娘给余见升舀的粥越来越稀了，有人就说：“该，谁让他这么糟蹋粮食？反正这粥他都不喝，就该给他喝点白

开水。”

终于有一天，余见升拿着那碗可以照出人影的粥，他不倒了，而是摆在大门口，对大家喊道:“大家都来看看啊，平安粥店就卖这么稀的粥，这是给人喝的吗？太不像话了！”这么一吆喝，大家明白了，原来余见升算准了他天天倒粥，老板娘一定会把最稀的粥给他，这样他就可以借机找茬闹事了。

大家都看着江娘，不料江娘并不慌张，她拿出勺子，走到那碗粥旁边，顺着粥面轻轻一划，一层白粥皮被刮了下来，上面一颗接着一颗像绽开的糯米粒，接着她又继续刮了一层，黄灿灿的，一看就知道是小米。她一勺一勺地刮开，粥皮凝了一层又一层，各色材料丰富异常……众人都看呆了。

终于刮完最后一层，江娘罢了手，她对余见升说道:“我们家的平安四季粥只稠不稀，而这碗粥皮是最珍贵的，铺子里一天熬下的所有粥，只能结出这一碗，哪里会稀？”余见升听了，一言不发，站起身走了。

众人见状，一下围了过来，七嘴八舌地对江娘说:“以后，这碗粥就卖给我吧。”“我出双倍的价买。”

江娘见余见升走了，无力地摆了摆手，说:“这碗粥皮只留给我儿子喝，他是我儿子，从小喝这粥皮长大的。”

大家愤愤不平地说，哪有这种儿子，为了抢生意，竟挤兑母亲的买卖……江娘低下头，不说话了。

这次事情过后，用料实在、黏稠绵密的平安四季粥就出名了，大家茶余饭后都津津乐道，说余见升怎么搬起石头砸了自己的脚。不少人慕名来到平安粥店，一尝为快。

从此，江娘的生意蒸蒸日上，余家粥铺却越来越冷清，没过多久，余家粥铺竟关门了。大家都替江娘高兴，说这不孝儿子总算得了报应，不料江娘知道后，却关上门整整哭了三天三夜。众人都很奇怪，江娘边哭边说“一定是见升死了。”众人不信，到余府一打听，竟然果真如此。

江娘这才说出一个秘密：原来，见升本就是余家的孩子，自己当年和余家少爷余德海暗生情愫，生下了私生子，但余家的家规严厉，两人不敢公开。后来余德海病重，江娘听说了，就想方设法和他见上了最后一面，后来便顺水推舟，让孩子认祖归宗。

众人听罢，方才顿悟，细细算来，余见升今年正好二十岁！

江娘哭着说:“见升是从小喝我的粥皮长大的，怎么可能不明白其中的奥秘？他是知道自己日子不多了，宁愿背上恶名，也要在去世前帮我把招牌立起来啊！”

（题图、插图：安玉民　梁　丽）

父母的肖像

□谭必久

特殊作业

周末，美院附中给毕业班布置了一道家庭作业，要同学们为自己的父母画一幅素描肖像，周一交卷。同学们一听炸了锅，有的高嚷父母出差了咋办，还有的抱怨父母已经离婚，怎么拉到一起做模特？班主任贺老师却不紧不慢地说：“我只给你们透露一点，这次作业，是美院负责自主招生的卓副院长亲自给你们出的摸底题，别的我就不多说了。”

同学们议论纷纷，钟伟却很高兴，同学们的难题，他一个都没有，父母都是普通工人，既不出差，更不出国。他心里暗喜，凭自己的功底，这次正好露一手，不愁考不上美院。他上完晚自习回家，见父母还没回来，电视机旁放着好几张纸条，他摸起一张一看，上面写着：“饭在电饭煲里，我上中班去了。”这是妈妈留的。钟伟又抓起一张纸条，上面写着：“公司任务紧，今天下班晚，别等我吃饭。”不用说，这张当然是爸爸留的了。

钟伟叹了口气，下一碗面条自个儿吃了，正构思父母肖像的造型布局，妈妈回来了。听说儿子要给自己画像，她笑道：“哎哟，妈长得不漂亮，画出来丢人。”

钟伟说：“这是学校布置的作业。谁说你不漂亮？妈妈在我心中最美。”

妈妈顿时心花怒放：“好儿子，妈没白疼你。行，你想怎么画就怎么画。”钟伟告诉她要画一张父母的合

像，妈妈说：“那还不简单，你对着我们的照片画一张不得了？”

“那不一样，说了你也不懂。明天你们都休息吧？别忘了我给你们画像啊！”说完钟伟打个哈欠，上床睡觉了。临睡前，他听见妈妈还在用那台吱吱作响的洗衣机洗衣服。

第二天钟伟醒来已经九点多了，他一骨碌爬起来，见爸爸正在厨房里炖排骨汤，急忙问道：“妈呢？”

爸爸说：“她们公司赶出口任务，早上打电话来催加班去了。”

“啊？那我画画怎么办？”钟伟急忙问道。

“你妈说她尽量下午赶回来，不过下午你得快点画，我晚上还要去加班。”

钟伟不禁有些着急：“今天不是双休吗，你们怎么比平时还忙？”

爸爸一边剁排骨一边说：“我们这样的小公司，别说双休，连加班费都难得拿，你爸妈有份工打就不错啦！”钟伟懒得听，自个儿在一边想画稿去了，想来想去，他灵光一现，对，就画爸爸下厨，让妈妈给他系围裙，表现家庭的温馨。可是想归想，没有父母做模特，他只好先慢慢打腹稿。

钟伟眼巴巴等到下午五点，妈妈也没回来，爸爸吃了饭要去加班，看来，今天是泡汤了。

妈妈到天黑了才回家，见儿子满脸不高兴，就拍拍他的脸，说：“我的小祖宗，行啦，我今天给工长请假了，他要扣我200块钱我都认了。大家听说你要给我和你爸画画，都说我养了个好儿子哩！”

忙中添乱

第二天早上钟伟还在睡，妈妈就叫醒了他，说早点准备好了，快起来吃饱了好画像。钟伟“呼啦呼啦”吃完饭，就给爸妈安排起角色来，让妈妈给爸爸系围裙。

妈妈呵呵大笑：“这有什么值得画的？要是让外人看到，会说你妈是个懒婆娘，尽让老公当烧火佬儿。”可说归说，她还是老老实实按照钟伟的布置，找来围裙。钟伟让妈妈从后面给爸爸系上，然后让爸爸回过头微笑地望着妈妈。他刚画上几笔，妈妈就喊，说比在车间里看五台细纱机还累。

钟伟很快就将妈妈的大致轮廓线画出来了，正要画爸爸，爸爸的手机响了，他接完电话，久久没抬头。妈妈急了，问：“什么事，说话呀？”

爸爸望了一眼钟伟，叹口气：“车间的配电柜出了事儿，老板亲自打的电话。”

妈妈说：“厂子里那么多人，缺了你这根胡萝卜就不能成席？不去，要去也得让儿子画完了再去！”

看到爸爸坐立不安，钟伟扔下画笔说：“爸你快去吧，你这副样子让我怎么画？”

爸爸听到这句话，马上换了衣服就要走，临出门的时候，他说："儿子，我去去就回，保证不耽误你完成作业。"爸爸走后，妈妈安慰钟伟说："别怪你爸爸，他找到这份工作不容易。"

钟伟尽管心里烦躁，还是勉强忍住，说："行啦，我先画你，等爸爸回来再补画他。"

正说着，有人敲门，钟伟开门一看，是邻居刘大爷。妈妈忙打招呼："您屋里坐，我们钟伟正给我画像呢。"没想到刘大爷瞪了他们一眼，说："你们还有这闲心？大家都去找开发商评理去了，出大事啦！"

原来，钟伟家的这个小区最近要拆了盖新楼，可听说补偿费还不够买套二手房，妈妈已经为这事心烦了好几天，当然，这一切她都没和儿子说过。这时听刘大爷这么说，妈妈赶紧问："出什么事了？"

刘大爷又是摇头又是叹气，说道："补偿方案出来了，每平米最高只有三千。大家都去找开发商了，我就是来通知你的，每家必须要出一个人参加，老钟呢？"

妈妈说："他们厂子有事，我跟您去，这还得了，走！"

钟伟回过神来的时候，妈妈和刘大爷早已"噔噔噔"地走了。他在空空的房子里转了几圈，回过身，一把将画纸抓下，哗哗撕了。

原汁原味

转眼星期一就到了，贺老师说的没错，美院的卓副院长真的亲自来评点毕业班的作业了。只见35幅作品静静地挂在大厅，卓副院长在校长和贺老师的陪同下，一一观看。贺老师向卓副院长介绍道："您不知道，为了完成这次作业，班上发生了不少故事呢。有个同学的爸爸正在乌鲁木齐出差，为了给儿子当模特，连夜乘飞机赶了回来。还有一个同学的妈妈在住院，回家吊着水给女儿当模特……"

卓副院长摇摇头，接着看下去，35幅作品看完，校长请他提意见，他说："总的看起来，同

学们的技法都不错，但对题材的理解……怎么说呢，还谈不上有深度。哦，对了，我记得你说过，毕业班有36个同学，怎么只有35幅作业？”

校长说“有个同学偷懒，为了完成作业胡乱涂鸦，我就没让挂出来。”

卓副院长哈哈大笑：“奇文共欣赏嘛，拿来看看。”校长只好叫贺老师取来递给卓副院长。展开作品后，校长在一边笑道：“您看，这叫什么作品，乱七八糟。”

卓副院长一看，只见画的背景是一幅隐约的结婚照，主体是一个冰箱，冰箱上贴着两张纸条，其中一张写着一行字：“我加班去了，饭在电饭煲里。”另一张写道：“嗯，酸辣土豆丝味道不错，下班回来先睡，别管我，厂里人手少，还得赶工。”

卓副院长看了许久，问：“这个同学在吗？”

校长说：“我已经批评他了……”

卓副院长摆摆手说：“你将他请来再说。”贺老师走后，卓副院长问校长：“你看过齐白石的《蛙声十里出山泉》吗？”

校长点点头，卓副院长又道：“齐白石只画了一群蝌蚪，却能让人体会到蛙声十里的意境。这幅画也一样，虽无人物出场，父母生活的艰辛和夫妻间的温馨却跃然纸上……”

正说着呢，钟伟耷拉着脑袋跟在贺老师后面进来了。卓副院长上下打量钟伟，见他额头冒汗，拍拍他说：“别紧张，叫什么名字啊？”

钟伟回答后，卓副院长要他讲讲作品的创作经过。钟伟红着脸，讲了父母不能为他做模特的经过，最后他没办法，无意间看到爸爸妈妈平时相互写的留言条，突然感到他们很不容易，老板不让他们上班时接电话，也为了省电话费，这才经常写留言条。就这样，他想起画这么一幅画……

钟伟讲完，有些惶恐，呆呆地望着卓副院长。卓副院长沉吟片刻，问钟伟：“你的油画怎么样？”

钟伟还没开口，贺老师插嘴道：“还不错的，在班上算名列前茅。”

卓副院长笑了：“那行，我给你一个星期时间，将这幅作品画成油画，我想，这幅画可以送到年底全省美术展，有没有信心？”

钟伟听了，一时没明白过来，竟有些茫然，校长呵呵大笑：“没问题，没问题。”贺老师大喜过望，说：“我一定全力辅导！”

卓副院长望了他们一眼，说：“别添乱，我要的是原汁原味。”说着，他拍拍钟伟的肩：“后生可畏，好好努力，不要让他们添一笔，就看你的了。”

钟伟点点头，眼泪哗哗地流了下来。

（题图、插图：杨宏富）

高考落榜后，小桥遭遇了人生中最大的挫折，也邂逅了改变命运的贵人，他教会小桥：即使身陷低谷，也要让梦想飞……

让板龙飞

□龚　纯

1.为爱情憋一口气

小桥是美院附中毕业班的学生，他在美术联考中成绩优秀，可在文化课统考中却一败涂地，与心仪的美院失之交臂。这一切，都是因为谈情说爱耽误了学习。

小桥的女友叫翠翠，是他的同班同学，两人约好一起进美院，结果翠翠考上了，小桥却落了榜。成绩出来后，翠翠的父亲找到小桥，说了些很难听的话:“你连大学都没考上，哪配得上翠翠？男人要有自知之明！”小桥听得面红耳赤，嗫嚅道:“叔叔，你相信我，我一定会有出息的。”翠翠的父亲冷笑一声:“那就等你有出息了再来找我女儿吧。”

小桥听了这话，决定去复读，不料做小买卖的父母突遭车祸，家里顿时乱成一锅粥，复读的计划也搁浅了，小桥想，还是先找份工作吧。

可工作哪有那么好找，一个多月过去了，投出的简历都石沉大海，小桥有点烦。这天，他不知不觉走到翠翠就读的美院门口，刚想进去找她，可一想起她父亲的话，又收回了脚步。他信步往前走去，来到一个巷子口，见几个小孩围在一个摊位前，他上前一瞧:呀，这不是“转板龙”吗？

“转板龙”是本地的叫法，在北方叫糖画，在南方叫转转糖、转金龙。老板在一块方形木板上画一圈花鸟虫鱼的图案，顾客拨动转杆，指针停到哪个图案上，老板就用麦芽糖做一个对应的东西。如果转到龙，那就最划得来了，因为龙是最气派最难画最耗糖的。小桥小时候转过好多次，可从没转到过龙。如今，见到多年未见的玩意，小桥觉得很亲切。

老板是个六七十岁的老头，手法挺娴熟。小桥站了一会儿，看他画了一只蝴蝶、一只小虾和一匹马，糖画线条流畅，惟妙惟肖。小桥来了兴趣，便问老头，能不能转了后让自己画，钱照给。老头抬起头:“你会画？”他眯缝着眼打量了一下小桥，“你想画也行，不过别糟蹋了我的糖。”

小桥很想转个龙，结果却只转到一个兔子。老头起身把位子让给小桥，小桥坐下后突然有些激动，小时候他就梦想着像糖画师傅一样，信手画出好看又好吃的糖画来，后来，他还因此迷上了绘画。

小桥毕竟有绘画的底子，尽管拿糖瓢的手有些发紧，他还是有惊无险地把兔子画了出来。老头点点头:“画得不错。”小桥有些得意:“其实这东西挺简单，没多少技术含量。”老头有些不悦:“小伙子，不要说大话，没几年的功力，想画好糖画是不容易的。”小桥年轻气盛，也不退让，说:“你看我第一次画就像模像样，要是我做这生意，也能跟你一样，一天赚个几十块！”

老头哼了一声，沉思片刻后说:“这样吧，小伙子，我们打一个赌。”

2. 为面子打一个赌

小桥问怎么个赌法，老头说:“既然你瞧不起这门手艺，那么我和你各守摊一天，无论你挣多少钱，我都要挣到你的三倍。如果我挣不到，就输了。”

小桥笑道:“看不出您还挺较真的，就不怕误了生意？”老头哈哈一笑:“我画了一辈子糖画，还怕耽误这几天？”小桥问输赢有什么奖惩，老头说，如果自己输了，就把打赌这两天的收入都给小桥；如果自己赢了，就罚小桥老老实实在他摊子前呆上24小时。

小桥觉得这个赌法很有趣，心想闲着也是闲着，不如陪老头玩玩，就

答应了。

第二天，小桥早早来到小巷，老头早已等着他了。昨天老头已教了小桥熬糖的方法，所以准备工作很快完成，趁时间尚早，小桥赶紧练习。他照着转盘上的图案一一尝试，一会儿画小鸟，一会儿画小鱼，画砸了就把它们重新放进糖锅里熬。一个多小时过去，小桥觉得自己画得有模有样了。

等到九点半，才有一个大人抱着小孩来光顾。小孩转了个螃蟹，小桥凭感觉给他画了一个，可粘竹棍时出了问题，原来，小桥画得磨蹭，融的糖干了，竹棍粘不上去。他只好再加点热糖，才把竹棍固定住，可用铲子把螃蟹从大理石板铲下时，不小心又弄断一个蟹钳。小孩拿到螃蟹，有些失望。小桥不管那些，反正自己挣到了第一个2元钱。

接下来，小桥又零星地画了几个。午后，一个民工模样的人过来了，他拼命一转，居然转到了板龙！小桥心里叫苦不迭：小时候自己转了无数次，都没转到板龙，怎么刚做半天生意，别人就转到了？这板龙又难画又费工夫，这不是耽误自己挣钱吗？

小桥只好硬着头皮画板龙，画了半天，却只画出个无精打采的龙来。民工调侃道："小兄弟，你画的是中国龙还是外国的恐龙啊？"小桥一脸尴尬。

一天下来，小桥总共画了18个糖画，挣了36元。看着手里一把散钱，小桥颇有些欣慰，他想，老头至少要挣108元才能赢自己，那容易吗？

第二天，轮到老头守摊了，小桥等了半天，老头才姗姗来迟。他不慌不忙把家当摆好，然后揭开大理石板上的白纱布，上面惊现一条早已画好的板龙！老头把板龙插在龙须草架上，那龙活灵活现，仿佛立刻就要腾云驾雾。

小桥从没见过这等精细的龙：先看龙头——龙眼传神摄魄，龙须细腻飘逸，龙口吞云吐雾；再看龙身——龙鳞片片，龙骨娇健；末看龙尾——舒展轻灵，似乎正要扶摇直上重霄。

这绝对是艺术品！

有了这绝佳的广告，老头不用吆喝，很多人就围了上来。有人问这龙卖不卖，老头摇摇头，说想要就得自己转。于是，大伙纷纷掏出2元钱试试手气，结果转到的无非是虾子、蝴蝶之类。老头一一认真对待，画出来的糖画无不栩栩如生。

人群中有个老外，拿起相机"咔咔"直照，他也转了两次，分别转了一辆自行车和一只公鸡，虽然没转到板龙，但也满意而归。

不用说，老头这天的收入颇丰，最后一清点，老头挣了120元。

既然输了，小桥决定认罚，他笑嘻嘻地问老头，是不是要自己明天来

罚站一天？老头一本正经地说：“不是一天，是24小时！”小桥诧异道：“一天不就是24小时吗？难道你要按一天8小时算，要我陪你三天？”

老头笑道：“我要你一个星期三次，一次1个小时，直到24小时全部用完。”小桥简单一算，惊道：“那不是整整两个月吗？”

3.为诺言忍一时气

小桥觉得老头在故意整自己，面露不悦。老头说：“年轻人，愿赌服输！如果连一个七十岁的老头都要骗，你以后还怎么在社会上混？”

小桥被这么一激，脸涨得通红：“陪就陪，不就是两个月吗？”老头乐道：“好好好，守信就好，守信才有出息。”老头问了小桥的电话号码和家庭住址，说以后一定要随叫随到。

等回到家，小桥就后悔了，这是干吗呀？自己工作还没找到，竟和老头玩起无聊的赌局，以后拿什么娶翠翠？小桥很想放弃，但一想到老头轻蔑的眼神，又觉得无论如何不能让人看不起。

没过几天，老头就通知小桥去“罚站”。等小桥到了，老头却根本不搭理，只是自顾自地画糖画，小桥只好默默地在旁边观看。

此时寒假未完，附近的小孩子把老头的摊子围了好几圈，争着让老头画糖画。这时，一个老外突然挤了进来，用不太流利的中文说道“老先生，你能给我画个龙吗？”

小桥一看，这不是上次那个拍照的老外吗？老头瞅了瞅老外，说“要想画糖，必须自己转，这是规矩。”老外没办法，只好试试运气，结果连转五次，只转到小鸡小兔之类。

老外想了想，从背包里取出一个画框，说：“老先生，你看看这个。”只见画框里竟嵌着一个糖画公鸡，“这是你上次给我画的，太美了！”

老外告诉老头，上次他拍了很多糖画的照片，发给了美国的画家朋友，朋友非常喜欢，尤其对那条活灵

活现的板龙赞不绝口，朋友强烈要求他回美国前，一定买条龙带回去。说着，他拿出一张花花绿绿的钞票，说："这是100美元，您愿意帮我画一个龙吗？"

100美元，那不是600多元人民币吗？见老头不动声色，老外又掏出100美元，诚恳地说："老先生，明天我就要回国了，我很想帮朋友实现心愿。您的龙实在太美了，不能带它回国，是我的遗憾。"

老头终于被老外的诚意打动了，说了声"今天破例了"。小桥很兴奋，上次打赌的时候，只见到老头已经画好的板龙，一直没机会看老头亲手演示，现在有眼福了。

只见老头从包里取出一些稀奇古怪的工具，有大号的豁嘴瓢，有小号的尖嘴瓢，有刻着不同印纹的金属圈、金属棍，还有几个精细的起子、钳子，这些东西小桥从未见过。

正当小桥纳闷的时候，老头已经勾勒了龙头的雏形，接着，他几笔糖汁抹过，两个龙角立刻一扬一掩，他又用极小的尖嘴瓢，轻轻拉上几笔，细如发丝的龙须跃然板上。画完龙头，老头忽然提速，很快画好龙身和龙尾，但他不忙着刻画龙鳞，而是继续把龙爪带出，接着回过头来，趁龙身糖汁未干，用带有印纹的金属棍，娴熟地压在龙身上，龙鳞顿时显现。然后，他用精细的起子，轻轻刻掉龙爪上的碎糖，稍加修饰，这一加工，几个龙爪顿时显得孔武有力。对龙尾，老头并未过多雕琢，而是就势而止，干净利落。

当整条龙插上草架，围观的人群爆发出一阵掌声。老外喜滋滋地取过板龙，递过200美元，老头不想要，老外却说，自己说话算数，而且，这条龙值这个价。

这晚，小桥失眠了。他想不到老头的龙能卖出200美元，要是自己掌握了这门手艺，那不是发了？

老外把糖画用画框装饰起来的做法，也给了小桥很大启发。如果包装得好，糖画就不仅仅是看几眼就吃掉的零食，而将是有收藏价值的艺术品。小桥越想越兴奋，一夜都没睡好。

4.为计划丢一回脸

接下来，小桥再去老头那"罚站"就殷勤多了，往往一个小时过了，还舍不得走。很快，打赌的24小时要结束了，小桥心里挺为难：到底是回家自己研究糖画呢，还是干脆拜老头为师？老头这样怪，会收自己为徒吗？犹豫半天，他还是决定拜老头为师。

这天，小桥鼓足勇气向老头表露了自己的想法，老头怪异地看着他："你想拜我为师？为什么？"小桥不知怎么回答，便瞎诌道："这几个月，我被您高超的技艺所折服，不跟您学，将是我一辈子的遗憾。"

老头呵呵一笑："你太会拍马屁了！你陪了我两个月，还算有些诚信和恒心。"小桥一听这话，赶紧准备下跪，这一招他之前就想好了，这些民间艺人最喜欢磕头拜师，这样显得有诚意。没想到老头一下扶住了小桥："急什么？我又没答应你。你以为当我的徒弟那么容易？当初有个外国留学生出3万拜我为师，我都拒绝了。"

3万？小桥傻眼了。莫说3万，他身上300都没有。老头想了想，说："这样吧，你要拜我为师也行，但有一个条件：我把摊子交给你两个月，要是你能挣到3000块，我就收你为徒。3000块就算你交的学费。"

没想到老头还有这一招，小桥抗议道："您什么都没教我，就叫我去摆摊，这也太难为我了吧？"

老头眯缝着眼看着小桥："你在我旁边看了两个月，难道什么都没学到？你第一天画糖，就挣了36块，难道现在两个月还挣不到3000块？"

小桥想了想，点头答应了。可看和做毕竟是两回事，才摆摊三天，小桥就明白，画好糖画不容易。大半个月过去了，他只挣了600多块。

小桥不想坐以待毙，就把摊子搬到美院附小旁的大街上，果然，光顾的小孩明显增多了。这天，一个小孩转了一个糖画后，突然问小桥会不会画日本动画《海贼王》里的人物。这句话给小桥带来了灵感：自己以前就喜欢漫画，要是把卡通形象变成糖画，会不会更受欢迎呢？他决定大胆尝试一下。

小桥找来一些流行的卡通形象，如海贼王、奥特曼、喜羊羊、灰太狼……然后反复练习，因为有基础，画起来事半功倍。接着，他在糖画转盘外围加设了一圈卡通形象，转一次3元。

没几天，小桥的生意就火了，来转糖画的小孩子络绎不绝。就在小桥准备再接再厉时，发生了一件意想不到的事：他竟遇到了翠翠。

自从翠翠进美院后，两人就没怎么见面，只在QQ上保持联系。小桥惊喜地站起身，这才发现，翠翠身边还有一个帅气的男生。看到小桥在摆摊画糖画，翠翠也有些惊讶，她愣了好一会儿，才和小桥打招呼："小桥，

这是美院的高材生袁野。袁野，这是我的高中同学小桥。”

听到翠翠只介绍自己是高中同学，小桥心里挺不是滋味。袁野看了一眼小桥的糖画，漫不经心地道：“画得不错啊，为什么不读我们美院呢？”小桥一下子答不上来，袁野还颇有兴致地转了个螃蟹。等他们走后，小桥突然不想干了：自己费尽心思到底为什么？女朋友都被人抢跑了！

这时，正好老头过来转悠，小桥立即向他提出了放弃的想法。老头沉吟片刻，就问翠翠的电话是多少，然后，他帮小桥拨通了翠翠的电话。电话里，翠翠告诉小桥，袁野是大四的学长，今年保送了研究生，两人只是一般朋友而已，小桥这才放下心来。

虚惊一场之后，小桥继续向3000元迈进。很快，两个月的时间到了，可小桥挣到的钱只有2800元，老头会答应收他为徒吗？

5. 为梦想闯一条路

小桥很想向父母借钱凑齐3000元，但又不屑于撒谎，于是他就拿着2800元去见老头。老头摇摇头，说小桥没有完成任务。“不过，”老头话头一转，“我可以给你一个弥补的机会，你当场画一个板龙，如果画得好，我就收你为徒。”

小桥有些心虚，因为板龙很少被转到，所以他练得不多。好在摆摊两个月，手法娴熟了不少，他硬着头皮画了起来，很快，一个秀气的板龙诞生了。

老头仔细看了小桥的板龙，说：“比第一次画得好多了，可是，你的板龙没有飞起来。没有腾云驾雾的气势，何以称龙？只有把图案刻在心底，才能画出精气神。”小桥有点不明白，问怎么刻在心底，老头说：“观察。”

老头告诉小桥，英国有一个孤独症画家，拥有惊人的瞬间记忆能力，任何景色他只要看过几分钟，就可以过目不忘，并能在画布上精确地复制出一天甚至一周前看过的风景，细节相似度高达90%。

“这是天赋，常人难以做到，但我们可以通过反复观察，记住我们要画的东西。转盘上的图案就那么多，我给你一个月时间，你要像背书一样把它们背得滚瓜烂熟。到时候，我再教你画糖。”老头说完，挑起家当就走了。

小桥看着老头的背影，突然喊道：“到哪里去观察啊？”老头头也不回地答道：“动物园，大自然，博物馆……”

老头是不是在忽悠自己？小桥有些疑惑，但又觉得老头说得有道理。

小桥是个认准事就去做的人，在

这一个月里，他观察了很多花鸟虫鱼，还拍下大量照片，从中选取了30种作为糖画对象，每天观察，研究，识记，很快，这些图形已了然于心，于是，他又找到了老头。

老头让小桥画了几个糖画，小桥果然出手不凡。“嗯，还凑合，有些进步。”老头颔首微笑。小桥松了口气："那您该收我为徒了！"

“收徒？”老头故作吃惊，“还收什么徒？我的糖画手艺不都教给你了吗？从你跟我打赌到现在，差不多半年了，我不是一直在教你吗？”

小桥目瞪口呆，忽然有种受骗的感觉，似乎从打赌那天起，自己就钻进了老头的“圈套”里。

老头继续说道：“东西我都教给你了，剩下的就是反复练习。如果你真想把糖画学好，我可以在你开始练摊的时候指导你。”

就这样，小桥又开始了练摊生涯。老头把那些古怪的工具也送了小桥一套，原来，这些都是老头悉心钻研、发明的工具。

这天，小桥又在画糖，一个中年男人站在他摊前看了好久，然后自我介绍，说他姓蔡，是美院的老师。他说小桥的糖画很美，在得知小桥高考落榜后，就邀请小桥有空到美院旁听自己的课程。小桥大喜过望。

这样，小桥来到美院跟着蔡老师旁听，几个月下来，他既学了东西，又时常能见到翠翠，别提多高兴了。

好事接踵而来，这天，蔡老师对小桥说，有个日本友人想组织中国的民间艺人去日本交流，正好一个糖画艺人生病去不了，他就推荐了小桥。小桥把这件好事告诉老头，老头也很高兴，他掏出一叠钱塞到小桥手里："这是你上次挣的2800块，带上吧，用得着！"小桥很感动，他突然觉得，其实老头还是很有人情味的。

在日本交流的10天里，小桥现场画的花鸟糖画和卡通糖画受到了日本朋友的欢迎，而随身带去的三幅用画框装饰的糖画，居然卖出了30万日元，折合人民币2万多呢，小桥第一次感受到了成功的喜悦。

回国途中，几个民间艺人说起一个此次没有赴日的老艺人，都唏嘘不已。小桥问此人是谁，发生了什么事，

大伙告诉他，对方也是搞糖画的，七十多了，听说得了癌症。有人惊讶地问小桥“你不是顶替他来的吗？怎么不知道他？”小桥一打听对方的名字，马上惊呆了：这不是教自己画糖画的老头吗？

回国后，小桥赶忙去找老头，蔡老师告诉他，老头住在市肿瘤医院的病房，小桥心急火燎地赶去了。

当小桥看到病床上形销骨立的老头时，顿时泪如雨下。老头听到小桥的声音，微微睁开了眼。小桥哽咽地说“我刚刚得知，我所有的机会都是您给的，是您找到蔡老师，让我去美院旁听，是您向日本友人推荐我，您为什么不跟我明说呢？”

老头挣扎着靠在床头，吃力地说：“你是个要强、爱面子的孩子，我要是跟你直说，你未必愿意去。只有你真正感受到别人对你的欣赏，才会越来越有信心，越来越有动力。”

“我真的不知道该怎么谢您，以前我还以为您故意捉弄我，想不到您对我这么好。”小桥又哽咽了。

老头露出一丝笑意“其实，我才要感谢你呢！”“感谢我？”小桥不解。

老头把原委娓娓道来——早在一年多前，老头就查出了癌症，医生说只有半年多的活头。老头倒不怕死，唯一担心的是，他这门手艺找不到传人。美院的蔡老师是他的老朋友，曾推荐了好几个学生跟老头学，可他们似乎瞧不起这下里巴人的东西，心血来潮学了几天后，就不了了之。倒是有一个老外主动想跟老头学，老头却不答应，总觉得自己民族的东西，应该先传给中国人。

“唉，现在的年轻人，对我们民间艺术看不上眼了，幸亏遇到你！从你第一天主动画糖画开始，我就觉得你是个好苗子，于是我想方设法把你留在身边，让你慢慢地爱上糖画。你有基础，守诺言，有恒心，无论如何，我也要把你培养成糖画高手！”接着，老头从枕下取出一个发黄的笔记本，“这是我一辈子画糖画的心得，送给你吧！”

小桥听到这里，扑通一声跪在地上：“师傅，我给您磕头了！”说完，他恭恭敬敬地磕了三个响头。

老头微微地点点头，继续说道：“你年轻，懂得改良和创新，只要你坚持下去，一定能把糖画发扬光大！现在，我只有一个请求——无论你以后顺还是不顺，一定不要丢了糖画，好吗？”

小桥用力地点点头。

几天后，老头平静地离开了人世。在老头的遗像前，小桥把自己画好的板龙，放在纸钱中燃烧，他喃喃地说：“师傅，我画的板龙也可以飞起来了，您好好看看吧……”

之后，小桥一边继续画糖，一边研究糖画装饰技术。为了让糖画在画框里保存得久，不粘连，不融化，他想了很多方法。他把装饰起来的糖画寄放到画店里卖，渐渐地，他的糖画有了些名气，售价也逐年提高。再后来，他租下一个门面，创建了糖画工作室，工作室的名字就叫“让板龙飞”。等翠翠快毕业时，小桥的事业已经红火起来，他想，是时候告诉翠翠自己混出名堂来了。

可是，当小桥找到翠翠时，翠翠正和那个叫袁野的研究生手牵着手散步呢。翠翠告诉小桥，袁野是研究美术理论的，很有才，在相处中她已渐渐喜欢上了他。

小桥没想到奋斗了几年，竟是这样的结局，不过，他现在坦然多了。他想起师父临终前的话：无论顺或不顺，一定不要丢了糖画。

几天后，美院的蔡老师给小桥打电话：“现在的研究生太喜欢闭门造车了，研究民间糖画的毕业论文居然不找专家！明天我叫他来找你，你好好指导一下。”

小桥客气地说：“好，我竭尽所能。对了，这个学生叫什么名字？”

蔡老师说：“他叫袁野。”

（**题图、插图**：张恩卫）

·本刊信息传真·

故事会■新浪 微故事大赛

9月征集主题：舞 台

让你的脑细胞兴奋起来，一起跳个舞吧！

这是一次对灵感、睿智、情感和文字驾驭能力的挑战——

用1条微博，讲完1个故事。

《故事会》杂志和新浪微博（weibo.com）联合主办2011微故事大赛，邀请各路故事名家、草根英雄和世外高人展开较量！活动持续全年，每月产生一名金奖得主。

本次大赛所有作品通过新浪微博平台征集，分为“命题故事”和“自选题故事”两部分，命题故事每月一个主题，当月设金奖1名，奖金1字10元（字数低于120的按120字计），银奖2名，奖金1字5元；自选题故事由作者自由命题，全年评出金奖1名（5000元），银奖2名（2000元）。优秀作品将在《故事会》上刊登，并结集出版。更多详情请登录新浪微博页面搜索“故事会微故事大赛”或故事中国网(www.storychina.cn)了解。

本月微故事主题：舞台 请您根据该主题构思一篇微博故事，力求情节出人意表，立意隽永深远，文字鲜明生动，本月的微故事达人或许就是你！

（本期刊物特别选登7月微故事大赛优秀作品，详见P83）

另：故事会新浪官方微博（weibo.com/storychina）已开通，欢迎关注我们！

两百年前，一位将军和一个泥瓦匠结为挚友；两百年后，他们的后代又在皇陵相遇，生死关头，会演绎出何种新的传奇……

皇陵传奇

□於全军

1.金刚墙

明朝年间，十六岁的天启皇帝即位，刚登基第一天就宣布了一件事，什么事？说出来一般人恐怕不相信，是造陵！

原来这天启皇帝有个特殊爱好，喜爱土木之术，说白了就是爱做木匠泥瓦匠的活计。他还是太子的时候，就整天做个木凳、砌个小房什么的，现在大权在握，便闹着要亲自动手，修造自己归天后的皇陵——德陵。群臣当然不干，纷纷上本劝阻，天启皇帝没法子，只得下旨，派了两个人主持修陵，由他亲自督造。

修陵之地在京城西北郊外，主持的是一文一武，白公公和将军鱼成龙。白公公拿到这差事满心欢喜，为这个，他可没少向当朝第一权监魏忠贤送礼啊！将军鱼成龙却喝起了闷酒，为啥？现在天下狼烟四起，反了三十六路烟尘、七十二股草寇，其中一股最大的，都打到黄河边上了。鱼成龙出身戎马世家，从小受的教导就是建功立业、封妻荫子，现在倒好，缩在后方修起陵墓来了，他能乐意吗？

可他就是再不乐意，也不能公然抗旨啊，只好同白公公来到修陵工地。到了工地后，鱼成龙干脆酒杯一端，万事不问，把所有事情都推给了白公公。一转眼，朝廷给下的两年限期将过，鱼成龙这才放下酒杯，来工地视察。这一看他就傻了，地宫是造好了，可是最后一道环节，用来整体封闭地宫、起防盗作用的金刚墙，刚修了一半就塌掉了！

限期内完不成皇家工程，可是要处以重罪的呀！鱼成龙立时吓出一身冷汗，忙找白公公商议。

白公公此时正优哉游哉地看一本算命书，他闻言微微一笑："鱼将军啊，你说的那是太祖时候的老黄历了，现在谁还这么较真啊？咱们这工程修了快两年，你见皇上亲自来看过吗？他皇宫里有多少好玩的啊！反正咱们开一天工，上头就拨一天钱，塌掉就重修，管什么限期？你就不要咸吃萝卜淡操心了。"

白公公不急，鱼成龙急。据前线传来的战报，现在义军和官军的战船隔河对峙，说打就打过来了。好在官军形势占优，义军不敢强攻才这么耗着。鱼成龙盼着工程尽快结束，好上前线，于是他就去催工匠们。

工匠们说："鱼将军有所不知，这金刚墙是防范盗墓贼的，用的是特制的五十六斤重的金刚砖，泥瓦匠的手艺稍有不精，修到半截就会坍塌。不瞒您说，这墙都塌三回了，您要是真着急，不如去请住在长陵陵村的郭永春郭师傅，当初皇上还是太子的时候，都请他教过泥瓦匠活呢。"

鱼成龙一听，上马就要去陵村，这时白公公来了，他揪住鱼成龙的马缰说："这个郭永春我早就听说了，他脾气犟不说，根据相书上讲，对你还相克。你姓'鱼'，他姓'锅'，鱼入锅中，大大不妙啊！"鱼成龙武将出身，哪管这个，说了一声："料也无妨。"打马去了。

所谓长陵，下葬的是明成祖朱棣，长陵的陵村里，居住的大多是当年修陵工匠的后人，还有守陵兵丁的家属。这是历朝修陵的惯例，几乎每座大型皇陵完工，附近都会有这样的陵村。

鱼成龙一到陵村，就向人打听郭永春师傅，村民说：“你来得不巧，郭师傅刚才搬家了，两个陌生人说是他亲戚，接他出村向南去了。”

鱼成龙心里纳闷，哪有这么巧，刚要找他，他就搬家了。于是鱼成龙打马朝南边追去，不多时就见前面有两人骑着快马，拥着一辆驴车往前赶路，车辕上坐着一位五十多岁的老者。那两个骑马的都蒙着脸，操着公鸭嗓子吆喝着驴，看样子不像搬家，倒像是强盗绑了肉票逃跑。

鱼成龙见状大喝一声：“前面的人等等，我有话说！”两个公鸭嗓子回头一看，忽然一齐快马加鞭，扔下驴车跑了。

鱼成龙赶上前去一问，驴车上的老人正是郭永春。鱼成龙就问，刚才那两个是什么人，看上去鬼鬼祟祟形迹可疑。郭永春抬头看看鱼成龙的装束，说道：“看您金甲白袍，莫非就是主持修建德陵的鱼将军？那两人是我亲戚，接我到南边住几天的。”

鱼成龙不信，既然是亲戚帮忙搬家，为什么一见自己就跑了？郭永春却像未卜先知一样，说：“您是来找我砌金刚墙的吧？我这就动身，别的事情您最好别问！”

2. 生死锤

鱼成龙见郭永春态度坚决，也就不再追问，他带郭永春到了修陵的工地，工匠们见郭师傅到来，都上前问候，原来郭师傅是瓦匠行的老行尊，工地上不少人都是他的徒子徒孙。

鱼成龙觉得时间紧迫，就催促郭师傅快快动手。郭师傅却不紧不慢，他吩咐徒弟们拌好三合土，自己掏出个小口袋来，从口袋里倒出些白色粉末掺入三合土，这才挥着荷叶铲上架砌墙。整个过程既不用吊线，也不用水平仪，砌完一段回头再看，横平竖直，就像用快刀切出的豆腐块。鱼成龙正要喝彩，郭师傅摇摇手说，这不算什么。他招手叫来一个徒弟，让徒弟拿根铁钎来：“给我往里钻！”结果，铁钎都钻弯了也没钻进去。

鱼成龙满心欢喜，有这么一位高手，看来金刚墙不日就能完工了。他对那些白色粉末挺好奇，就问郭师傅那是什么。

郭师傅呵呵一笑：“这是能让墙变得更结实的秘方，不过不能说出来，不然就砸了我们泥瓦匠的饭碗了。”鱼成龙见关系到人家的行业机密，就没再问，他吩咐手下亲兵，拿银子赏赐手艺高超的郭师傅，却被不知什么时候来到的白公公拦住了。

白公公把鱼成龙拉到一边，悄悄说：“郭师傅留不得啊！你忘了那天我说的话了？”鱼成龙笑笑，还是不以为然，他从来就不信那一套。

白公公见状，一咬牙关，说：“你

跟我到帐中来，我给你讲讲当年‘生死锤’的事！”

在大帐里，白公公拉开了话匣子：这事得从明成祖修长陵说起。那时候修陵比现在严格得多，虽然成祖遵从大臣建议，废除了惨无人道的“活人殉葬”，却采用了另一种同样吓人的“生死锤”制度。这个制度是这样的：先调来五十名工匠，分段修造金刚墙，完工以后，再调来五十名犯了罪的兵勇，让他们用铁锤对着墙连砸三下。若是金刚墙被砸倒，就杀掉工匠重新造；若是金刚墙安然无恙，说明工程合格，就要杀掉兵勇！这残酷的制度使得人人拼命，才打造出永不倒塌的金刚墙，真正称得上是固若金汤！

鱼成龙听得头皮发麻，当年明成祖以杀伐夺国，手段惨烈之处，是他这个没打过一场仗的太平将军难以想象的。他压下心头惊悸，好半天才问：“这事你是怎么知道的，和我又有什么关系？”

白公公说：“我白家先祖，乃是修造长陵的厨子，所以流传下一些事情。我还知道，你鱼家先祖鱼彦章，当年手使一百二十八斤擂鼓瓮金锤，人称李元霸转世，本是成祖的站殿将军，却因犯了军纪，也被贬为五十名兵勇中的一个。他力大无穷，锤下击塌了九段金刚墙，也因此杀掉了九名工匠。按那时的规矩，只要击塌十段金刚墙，兵勇就可以免罪走人，可就在第十段金刚墙合龙时，你家先祖遇上了郭永春的先祖郭勤。”

说到这里，白公公顿了一顿，鱼成龙紧张地问：“后来呢？”

白公公叹了口气，说：“鱼入锅中，还有个好？我白家先祖只是个厨子，不知道详情，但是那一天，走出工地的是郭勤，不是鱼彦章。郭勤一介小小泥瓦匠，哪敌得过一百二十八斤大锤？一定是姓氏相克，所以现在这姓郭的也万不能留！”

鱼成龙听完暗想，看如今郭永春的手艺，当年郭勤砌的墙敌得过先祖

的大锤也说不定，再说白公公的先人也没有目睹详情，不可全信。这时，他想起在京城的家里有本鱼氏家谱，从来没有细看过，何不回去翻翻，看看先祖鱼彦章的事迹？

京城离工地不远，骑快马大半天就到了。鱼成龙找出家谱，翻到鱼彦章那页，果然是功劳赫赫，有一大堆头衔，但死的时候，却只是“兵勇”，看来白公公所言不虚。奇怪的是，写到死亡缘由时，只有一行字：“得郭勤襄助，但未能免难。”难道说，郭勤不但不是鱼家的仇人，当年还帮过自家先祖？鱼成龙百思不得其解。

3. 三合土

回到德陵工地，鱼成龙找来郭师傅，问起了两百年前的旧事。郭永春听他讲述完，大摇其头，说自己确实有位叫郭勤的先祖，但和鱼彦章的瓜葛却闻所未闻。末了，郭师傅拍着胸脯说“我郭家世代做泥瓦匠，遵循的是祖师鲁班爷传下的规矩，一、手艺要实打实，绝不偷工减料以次充好。二、做人要厚道，绝不祸害东家。”

话说到这份上，鱼成龙便不再问这些陈芝麻烂谷子的事，他吩咐郭师傅，在保证质量的前提下尽快完工，郭师傅满口答应。

快两个月光景，金刚墙修到了最后阶段，该合龙了。瓦匠行有个规矩，墙壁合龙的前一天晚上要请师傅们吃宴席、响鞭炮，第二天太阳未露头就要开工，中午前必须完工，这才吉利。

鱼成龙依照规矩，去跟白公公支银子，准备开宴款待诸位。没想到白公公一听要支钱，就嘬起了牙花子：“鱼将军，你是不当家不知柴米贵啊，上头拨了钱不假，可是层层都要克扣，到我这里也就刚够买原料，哪有闲钱办酒席？”鱼成龙不信，他提出要看账本，白公公这才勉强拿出些散碎银子来。

吃过宴席，燃过百子鞭，鱼成龙吩咐各位师傅早早休息，明天凌晨丑时开工。大家都休息了，鱼成龙可没睡，他是操心前线战事，睡不着。此时前线的局势又变了，各路官军源源开赴河边，人数已是起义军的五六倍。鱼成龙知道，起义军必败无疑，要是自己去晚了，战事一结束就没有军功可拿了。现在他就盼着工程早早完工，早早上前线，早早立军功。

因为心里有事，鱼成龙翻来覆去睡不着，就出帐遛个弯。这一遛就遛到了金刚墙工地，远远的，他看到工地上有两个人影在嘀嘀咕咕，看身形，一个是郭永春郭师傅，另一个竟是白公公。鱼成龙心里奇怪，这两人从来不说话的，现在怎么还聊得挺神秘？于是他悄悄走过去，想听听两人说什么。

这时，两人聊着聊着竟吵起来

了，声音一大，鱼成龙听了个清清楚楚。白公公说："你要是不听我安排，我就把你的秘方告诉鱼将军。那东西我早就猜了个八九不离十，那可是犯死罪的！"

郭永春声音低沉："你提的要求，不合鲁班爷的规矩，我不能答应，至于秘方，你猜错了，和你想的不一样。"

鱼成龙还要往下听，就听"啊"的一声惨叫，他忙冲了出去。只见白公公手拿一柄腰刀，正砍在郭永春的手腕上，郭永春捂着手正要理论，见鱼成龙突然出现，他忽地转身就跑，跑到马棚里，跨上一匹快马跑出了工地。

白公公对鱼成龙大喊一声："你知道他往三合土里添的是啥东西吗？是胶粉！这种东西暂时会使金刚墙坚硬无比，但遇上水很快就会烂，这样就为盗墓贼留下道路了，看样子姓郭的多半就是个盗墓贼。还有，当年鱼彦章的大锤为什么砸不倒郭勤的墙？一定也是用了胶粉，你鱼家先人遭了暗算！"说罢，带了两名小太监，骑马追下去了。

鱼成龙半信半疑，他觉得郭师傅不像这样的人，想了想，也上马随后追赶。

郭永春逃的方向是他的家，长陵陵村。到家后，他进房匆匆拿了一样东西，又出门上马往长陵跑。鱼成龙和白公公一路追赶，到了长陵，眼看就要追上，却见郭永春在前面忽然下马，掀起地面上的一块石板，俯身钻进了下面的一个大洞。

鱼成龙和白公公赶紧下马，站在洞口往下一看，只见洞内四壁分布着金刚砖，看样子这是在长陵的金刚墙上打了洞，里面直通明成祖的陵墓！白公公对鱼成龙说："你看，这个一定是盗洞，你不是一直想立功升迁吗？机会来了，盗墓贼在下面惊扰先皇遗体，只要你下去抓他上来，奇功一件啊！"

鱼成龙听着心动，当真下了马，

点着一支火把跳下了地洞。不料他刚下去，就听白公公在洞外一声大喝：“给我堵住洞口！”随即和两个小太监合力移来一块巨石。

这时鱼成龙就听那两个小太监哈哈大笑，声音就像两只公鸭：“这下他不会再挡咱们的财路了！”他心里一惊，这声音好耳熟，分明就是当时胁迫郭永春搬家的那两个蒙面人！

4. 糯米粉

鱼成龙被困在地洞里，眼见出口被堵，只好另找出路。他打着火把往里走，一路尘土飞扬，只能看个模模糊糊。忽然他碰到一件东西，猛抬头，顿时吓了一跳，眼前竟是一具直立的骷髅！

鱼成龙好歹是个将军，胆子还是有的，他举起火把仔细一看，才发现这骷髅靠着墙，所以才没有倒下。只见这骷髅头戴头盔，腰系佩刀，衣着装扮像是一个兵勇，鱼成龙注意到，那佩刀的刀把上，刻着一个小小的“鱼”字。鱼成龙不由纳闷，这兵勇也姓鱼？不会和自己有什么关系吧？

正在奇怪，骷髅那边闪出一个人影，说道：“将军不必疑惑，这具遗体就是你的先祖鱼彦章！”

鱼成龙抬头一看，说话的正是先逃进洞里的郭永春。鱼成龙想到郭永春可能是盗墓贼，宝剑一晃抵住了他的胸膛。郭永春却没事人一样笑笑，说：“这个地洞是没有另外出口的，我要是死了，你也活不了，何不先定下神来，听我说说你先祖的故事？”

鱼成龙闻言，暂时收起宝剑，问道：“听白公公说，我家先祖锤不倒第十堵金刚墙，死在工地上，他怎会出现在这个盗洞里？”

郭永春叹了口气，慢慢讲述起来。

原来两百年前，郭永春的先祖郭勤接到官府征召，去修金刚墙。郭勤和鱼彦章，一个泥瓦匠，一个守陵兵勇，本该是你死我活的敌人，可没想到，修墙的那段日子里，两人一见如故，竟成了肝胆相照的朋友。郭勤知道，凭自己的手艺，砌好的墙有十成把握抵住鱼彦章的大锤，可鱼彦章是难得的猛将，一旦边寇来犯，他远比自己这个泥瓦匠重要得多。最后，郭勤竟然在使用的三合土中，大量掺入一种东西，以期墙软易倒，大锤能锤倒金刚墙。

郭永春说到这里，鱼成龙忍不住问道：“掺入了什么东西？”郭永春微微一笑：“是糯米粉。先祖郭勤本要用来做凉糕吃的，为救鱼彦章就匆匆掺了进去。”

鱼成龙点头，问：“这么说，鱼彦章锤倒金刚墙了？”

郭永春摇摇头道：“奇就奇在这里。砸墙的时候，不知为何，你家先祖只使了三分力，结果金刚墙没有倒，但也不是完好无损，金刚墙歪了！原来，那糯米粉具有比石灰还强的黏力，墙体竟然歪而不散。更邪乎的是，金刚墙外面填充着大量黄土山石，在压力作用下，歪斜的墙壁又缓缓复原，变成了标准的直线。”

鱼成龙闻言，啧啧称奇。郭永春继续说：“从此，我家先祖就悟出一个道理——修筑金刚墙时，要在粘合金刚砖的三合土中拌入糯米粉。”

鱼成龙点点头，道：“既然这样，这墙到底算锤倒没有呢？”

郭永春道：“当时在场的监工看得目瞪口呆，也不知道这墙算击倒还是算没击倒，禀报后，成祖竟然下旨，两人同时释放！说起来，若是我家先祖郭勤不掺糯米浆，鱼彦章砸不倒金刚墙，自然死定了；若鱼彦章使出全力，未干透的金刚墙一定会倒，郭勤就活不了。幸而两人同时心存善念，这才一起免了祸。两人在工地喝完最后一顿酒，正要各奔东西时，鱼彦章突然跪倒在我家先祖面前！”

郭永春说，鱼彦章行此大礼，是想求郭勤一件大事。原来，鱼彦章之所以从将军贬为兵勇，是因为他和宫中一个女官私自相恋。他一心望求免罪，好和心上人团聚，这才奋力锤倒了九堵金刚墙，不料，在锤最后一堵金刚墙的前夜，鱼彦章得到消息，那女官已被成祖关入了地宫，陵墓竣工封闭之时，她就会被当做活人祭。鱼彦章绝望之下，心存死念，再加上郭勤和自己情同手足，因此才在锤墙时只使了三分力。

鱼彦章含泪对郭勤说，相恋的女官已怀有他的骨肉。他和女官相恋有罪，但孩子是无辜的，恳求郭勤带他挖开金刚墙，救出女官。郭勤本不想坏了鲁班爷的规矩，可又实在不忍心，当晚果真从自己刚砌的那段悄悄挖开了金刚墙，也就是现在这条地道，放鱼彦章进去救人。半个时辰后，女官安然救出，鱼彦章却被里面的机关所伤，死在了这条地道里。

郭勤连夜把女官送到鱼氏一族，悄悄生下后代。因为这是灭九族的大罪，所以鱼氏家谱含糊其辞，郭永春明明知道详情，也始终不愿意提起，而鱼成龙自幼父母双亡，竟也没人和他提起先祖的这段传奇。直到现在生死关头，郭永春这才说了出来。

听到这里，鱼成龙又有了疑问："照你所说，金刚墙是可以挖开的，是不是因为墙里掺了糯米粉，就不结实了？"

郭永春摇摇头："掺入糯米粉的金刚墙一旦干透，比单纯使用三合土还结实数倍，但是有句老话，一物降一物。"

鱼成龙忙问这东西是什么，郭永春笑道"这是绝对不能说的，不合鲁班爷的第二条规矩。不然一旦传到盗墓贼耳中，那还了得！"

话虽这么说，郭永春却领鱼成龙回到被封的洞口，拿出个小瓶子来，慢慢淋到了四围的金刚砖上。刹那间，鱼成龙闻到一股刺鼻的酸味，知道方才郭永春回家拿的物件就是这个了，他不由说了声："原来糯米金刚墙怕的是老陈醋……"

5. 白蚂蚁

半个时辰后，金刚墙缝里的糯米浆逐渐软化，郭永春用刀撬起几块金刚砖，就能出入了。两人钻出地洞，此时天色已明，两人就一起去工地找白公公算账。鱼成龙百思不得其解，白公公为什么要对自己下黑手？

郭永春说，那天催逼自己搬家的两人确实是太监，等鱼成龙从后面追上来，这两人就低声威胁说，这事不得跟鱼将军提片言只字，只管去工地筑墙就是，不然他们会暗地里下黑手。至于和白公公的争吵，是因为白公公让他在最后合龙的时候，不要往金刚砖缝里放浆，修到半途要让墙塌掉。郭师傅断然拒绝，没想到白公公竟然拔刀伤人。

讲到这里，郭师傅也疑惑起来，他说，他的那帮徒弟也知道三合土里要掺糯米粉，掺上后金刚墙决不会塌，可他们从来没掺过。而主事的白公公，不但不督造建墙，反而要他把墙砌塌，这其中的缘由实在难以明了。

说话间两人已到工地，一进大帐，鱼成龙就呼喝自己的亲兵，要他们把白公公抓起来。没想到四个亲兵上来，反把鱼成龙和郭永春绑上了。

这时白公公笑嘻嘻地进来，一脸得意"鱼将军真是命大啊，居然逃出长陵地底，不过我已收买了你的亲兵，他们现在都听我的。我会向魏公公禀告，你伙同贼人郭永春，偷掘先皇陵墓，被我当场击杀！"

鱼成龙怒喝"姓白的，我跟你有

什么仇恨，要对我下此毒手？”

白公公还是一副笑模样：“咱们没仇，可是你这人太较真，有碍我的财路啊。事到如今，也不必瞒你，是我严令工匠们把墙修塌的，这样工程延期，上面就会不停地拨钱，这钱可有一大半落到我袋里啊！你想，我今儿修明儿塌，明儿修后儿再塌，这工地就是我的聚宝盆，可你偏偏要请老倔头郭永春，我就知道他不答应弄虚作假，这才提前让他搬家，可还是被你追上了。追就追上吧，不听话我大不了杀了他，可你不该提出查我的账！你看看现在，皇上一门心思在宫里做家具砌砖瓦，从魏公公到你的亲兵，大家不都是赶紧捞钱吗？你知道我为谋这个差事送了多少钱吗？只有你不识时务，老想着赶紧完工上前线……”

“住口！”鱼成龙一声断喝，“本将军只知道保家卫国，不知道贪财误事。”

白公公一听，嗤地笑了：“保家卫国？你是为了早早升官吧，你能比我强多少？”

这话一说，鱼成龙没词了，他内心深处还真是这么想的。白公公喝令亲兵，把鱼成龙的衣甲袍带剥下，然后将两人拉到帐后杀了！亲兵依言，拉到后面正要开刀，忽然一声炮响，数不清的大汉冲进来，把亲兵砍翻在地，把鱼成龙和郭永春解救了。

来者不是别人，竟是攻破险阻、杀到此地的义军！白公公看得目瞪口呆，前线不是官军占优吗？怎么会这么快打过来？

义军首领不屑地一笑：“你们督造战船的官员偷工减料，用有白蚁的木板造了船底，结果前天晚上，两艘战船漏了水。漏水战船上的官兵还以为是义军从水下凿破了船，就呼起救来。这一呼救不要紧，所有兵士都人心惶惶，无心恋战，不少军官竟然开始逃跑，我们见状一阵掩杀，就杀了过来！”

白公公闻言一声长叹，先皇打下的铁桶般江山，竟被小小白蚁覆没了，覆巢之下，安有完卵？现在自己只有等死了。忽然，他看见鱼成龙走进大帐，他不但没死还被松了绑，白公公忍不住叫喊起来："他是这里负责修陵的将军，为什么放了他？"

义军首领露出狐疑的神色，说他要是将军，为什么没有盔甲官服，还被你们绑起来了？白公公正要说话，被郭永春打断了："你们别听他的，我俩都是工匠，因为得罪了这太监才被绑的，不信你们问问帐外的工匠。"工匠们其实早已对白公公不满，闻言都叫起来："我们可以证明！"

鱼成龙和郭永春最后都被放出工地，随着工匠们往外走。这时外面旌旗招展，到处都是义军的旗帜。鱼成龙感叹不已，说先皇数百年基业，怎么落到这种地步，难道这就是气数使然？

一旁的郭永春闻言笑了，他说："江山是被贪官污吏糟蹋的，跟气数有什么关系？战船毁于白蚁，'生死锤'锻造的金刚墙毁于老陈醋，道理还不是一样？"

鱼成龙一声长叹，不知自己在这乱世还能做什么。郭永春大笑："要不你就做个泥瓦匠吧，保证比那劳什子将军来得实在！"

（题图、插图：杨宏富）

·本刊信息传真·

共青团中央学校部 故事会杂志社 联合举办"我的青春故事"征文大赛

征文内容：欢迎创作或搜集整理一批以党的历史或当地革命故事为基础，具有鼓舞人、激励人、感染人、影响人的优秀故事作品；或以第一人称讲述个人成长经历中的感人故事以及与个人成长经历有关的励志故事。

征稿要求：作品要有故事特点，情感真挚，立意健康，篇幅一般不超过3000字。

参赛对象：28周岁以下的青年（重点参与对象为中学、中职在校学生）。

奖项设置：本次大赛设特等奖1名，奖金5000元（含税）；一等奖10名，奖金各1000元（含税）；二等奖30名，奖金各500元；三等奖50名，奖金各300元。对指导学生参赛成绩突出的老师，我们将颁发优秀指导奖，人数30名，各奖励《话说中国》一套（价值1100元）。

征稿时间：2011年5月8日到8月31日。

来稿方式：电子信箱：mhpingpang@163.com；在线投稿：登陆《故事会》官方网站"故事中国网"（www.storychina.cn）投稿专区；邮局投稿：投稿至上海绍兴路74号故事会杂志社，邮编：200020。稿件后请注明作者姓名、出生年月、学校年级、指导老师（如无指导老师可不写）、通讯联系方式等。

千手观音

有一次冰雪封冻了铁路，火车站里人满为患。突然，一个妇女高举着婴儿，在人群中大喊“快救救我的孩子！”就在妇女要随人流倒地的一刹那，旁边一个警察赶忙伸过手去，稳稳地接住了孩子。

孩子接住了，可人群依旧拥挤，警察也快要站不稳了，情急之下，他拼命地喊：“托住孩子，托住孩子！”旁边有人伸出手托住孩子，同时也大喊：“托住孩子，托住孩子！”越来越多的人将手举了起来，“托住孩子”的喊声响成一片……

很快，孩子被传送到安全地带，众人托举孩子的一幕被定格在照片上，乍一看，就像千手观音！

人人伸出一只手，就是救苦救难的千手观音。

（**推荐者**：吴雪仙）

别样道歉

公交车开到一个站点，上来一对男女。男人一副气鼓鼓的样子，女人却满脸堆笑，挨着男人坐下。

明眼人一看就知道，这是一对刚刚吵完架的夫妻。只见女人去握男人的手，却被猛地甩开了，看来女人想求和道歉，男人却不肯接受。过了一会儿，女人伸出手去，在男人的头上拿下了什么东西，好像是一根稻草。这一次，男人没有动。

女人什么也没说，可能觉得在公共场合不方便说出来吧，但她没有停止行动。不知什么时候，女人伸手挽住了男人的手臂，又过了一会儿，女人把头靠在男人的肩上。最后，女人再次去握男人的手，这一次，男人没有抽回，反而握住了女人的手。

到站后，男人和女人手拉手下了车。女人用了半个小时，无言地完成了一次道歉。半个小时里，我们可以说很多伤害对方的话，可以让怒气增长十倍，但也可以完成一次美好的道歉。

（**作者**：温小暖；**推荐者**：于林娜）

小举动也能伤人

小张去大理旅游，遇到一个老乡，两人聊得很投机，就住进了同一个房间。小张问老乡来大理干吗，老乡拿出个袋子，打开一看，里面全是冬虫夏草，原来他到大理是来贩虫草的。小张开玩笑："还是把袋子扎好，你就不怕晚上睡觉后，我抓一把？"

老乡的脸色变了，说"你这是骂我呢！咱们已经是朋友了，我咋能不信任你？"

小张觉得一股感动涌上心头。睡觉前，小张脱了衣服，习惯性地把衣服塞在枕头下。第二天小张起床，老乡却早走了，结账时服务小姐告诉小张，房钱已付，还给了他一张纸条，上面写着："我以为我们已经是朋友了，看到你把衣服塞在枕头下，才明白你心里还是防着我。房钱已付，祝你旅途愉快！"

这时，小张才明白对方为什么要将虫草的袋子敞开，原来，他是用这种特殊的方式来表达信任。

（**作者**：付交煌；**推荐者**：璞中兰）

生死表决

一架英国班机在高空飞行，驾驶舱的一块挡风玻璃突然碎了！巨大的气压将机长的大半个身子吸出舱外，万幸的是，他被赶来的两名空姐死死拽住一条腿，才没有被完全甩出去。

如果不能及时堵住进风口，舱内的氧气至多只能维持三十分钟。但是，机长还在机舱外，也就是说，要阻住进风口，就必须丢掉机长。

英航规定，机组人员有义务牺牲一切来确保乘客的安全，因此在乘务长的授权下，一名空姐走到客舱内，请大家表决，赞同丢掉机长的人可以举手，举手的人超过半数，就将丢下机长。空姐说完后，有人开始举手，飞机上一共有八十四个乘客，就在举手的人快要超过四十二个时，突然，一个一直举着手的人，把手慢慢放了下来，紧接着，又有一个人把手放了下来，接下来是第三个、第四个……结果是，举手的人竟然为零！

最终，这架飞机在副机长的驾驶下，在事故发生后第二十二分钟成功迫降，而在极寒中冻了二十多分钟的机长，在医院里也被奇迹般地救活了。

八十四名乘客在生死关头的表决结果，体现了人性的光辉。

（**作者**：牧徐徐；**推荐者**：赵自力）

（**本栏插图**：安玉民　梁　丽）

学写作文，从读故事开始

故事会■新浪 微故事大赛

7月优秀作品选登 （主题：情书）

@漫南 二十年前你死活不同意我的求婚，就是因为我没车没房。现在我买了房子，你想怎么住就怎么住；买了车，你想去哪儿都可以送你去。家里请了佣人，你再也不用劳累。我发誓，我一定会好好对你，不会让你受一点点苦。现在我满足了你的所有要求，希望你同意把女儿嫁给我。

@单人癖 他喜欢上了一位女孩，却迟迟不敢对她表白。于是，我鼓励他写封情书给她。几天后，我问他进展如何。“不知道，我发了邮件给她，但她没回我。”“邮件有什么用啊，她又看不到，写纸条给她啊。”他若有所思，拿起笔写字。我探过头去，只见上面写着：“请注意查收邮件。谢谢。”

@男儿国 他跟老婆吵架后说了句：“明天就去离婚！”然后摔门而出。晚上回家，儿子递给他一张纸：“这是妈妈给你的。”他以为是离婚协议，纸上却写着：“情书：亲爱的，我们和好吧——我是妈妈。”歪歪扭扭的字体一眼便知出自儿子之手。沉默了良久，他抱起儿子：“咱们去接妈妈下班喽！”

@正版无字仓颉 他寒门学子，她富家千金。他鼓足勇气给她写情书：我爱你，但是……她回信，也是五字：……但是，我爱你。他们喜结连理。婚后，一场大火从天而降。他安然无恙，她却再不敢照镜子。她留下遗书也是最后一封情书：我爱你，但是……幸亏他发现及时！她在医院醒来，床头有一张纸：……但是，我爱你！

@正宗庄稼汉 半年铁窗，他备受煎熬，既悔恨又伤心。他认为该来的都没来。在农村生活的前妻来了，给他带来了一包新贴的玉米面大饼子。每个饼子上面是五个粗大的手印。她说：人活着就像这手印，难免有三长两短的，想开点，我等你。看着大饼子上的手印，他落泪了：这是他大半生收到的最暖心的情书！

@杨信社 笔会上，一杂志社主编爱上一女作者，事后主编在邮箱里给女作者发了一封情书，女作者回复：“情书收到，我会认真考虑。”此后主编焦急等待了两个月，女作者终于羞涩地答应了。可是等主编通知亲友后，女作者又犹豫了。主编问原因，女作者说：“我想让你也尝尝过了终审但不见刊的滋味！”

@倒霉的提拉米苏 今天是他和她的金婚日，他们拒绝了子孙们安排的庆祝晚宴，手挽手依偎在海滩上看着夕阳慢慢落下。“我说得没错吧，”他说，“只有我才是五十年后依然陪你看日落的人，跟那封情书上写的一样。”

（大赛启事请见P69）

跳槽惹出的20万

□熊　雄

刘红医科大学毕业后，在上海一家民营医院应聘做护士。那边的工资高，待遇好，两年下来，刘红的存款已达到了六位数。可是，年前刘红接到了大姑的电话，说在河南老家的母亲突然走不了路了。刘红心急如焚地请假回家探母，这才发现母亲得的是慢性肌肉萎缩性偏瘫。

刘红的父亲去世早，多年来她们母女俩相依为命，刘红努力挣钱就是为了让母亲晚年过上好日子。看到病床上形容憔悴、头发花白的娘，刘红心如刀搅，她暗暗下了决心。

几天后，刘红参加了老家当地一家公立医院的招聘考试，她业务出色，公立医院很快表示：愿意与她正式签订聘用合同。得到这样的承诺，刘红立即回到上海，向现在任职的那家民营医院提交了书面报告，要求解除原聘用合同。

民营医院的院长也是识宝的，他觉得刘红是个人才，便对她极力挽留，还承诺可以加薪，但是刘红一想到母亲，就毫不犹豫地谢绝了。她也很坦率，说明自己在河南已经找到了新单位。

一个月后，刘红与新单位正式签约，开始了新的工作。不料，两个月后的一个上午，上海那家民营医院的院长打来电话，说刘红单方面离职，要她赔付违约金20万元。刘红顿时傻眼了，赔20万，这不等于两年来自己

白干了？

刘红哀求道："院长，我也舍不得离开上海，但我母亲确实离不了我的照顾啊！"

院长在电话那头沉默了片刻，说："我能理解你的心情，但是规矩不能破，不然其他人都学你的样，我们医院不乱套了？"

刘红记得很清楚，自己当初和民营医院签约时，合同上写明：凡本医院的医务人员工作不满15年，提前单方面中止合同的，应付违约金20万。刘红越想越不安，她忙咨询了身边略懂法律的朋友，自己是否要赔这笔巨额违约金。朋友说，只要你真的签了这份合同，就逃不脱违约责任，这叫"谁违约，谁负责"。

刘红是个大孝女，为了照顾母亲，也为了避免上法庭，她千方百计凑齐了20万，给原单位汇了过去，虽然有些心疼，但想想只要人在，钱迟早会挣回来的。

过了一段时间，刘红有个同学回来休假，聚会时，刘红无意中说起此事，巧的是，这同学是个律师，听完事情的经过，当时就跳了起来："你，你真是不懂法，赔了冤枉钱，你赶紧打电话，要回20万。"

刘红精神一振，忙追问道："我可是签了合同的，难道可以赖掉？"

同学解释道："《劳动合同法》第22条规定，劳动者违反服务期约定的，应当按照约定向用人单位支付违约金，但违约金的数额不得超过用人单位提供的培训费用。劳动者解除劳动合同，只要提前三十日以书面形式通知用人单位即可。你没有接受过那家医院的培训，又提前三十日以书面形式向医院提出解除合同的请求，所以不存在违约金的问题。"

刘红听后，又仔仔细细地读了一遍《劳动合同法》，心里定了，她决心去向上海那家医院要回20万。

律师点评：

《跳槽惹出的20万》故事涉及的法律问题是：劳动者向用人单位提出解除劳动关系的步骤。首先，在用人单位没有过错的情况下，劳动者解除劳动合同，必须提前三十日以书面形式通知用人单位，不能说走就走。如在试用期内或用人单位有法定过错，劳动者可以随时解除。

另外，如果用人单位为劳动者提供专项培训费用，对其进行专业技术培训的，劳动者违反服务期约定，需按照约定支付违约金，但违约金的数额不得超过所供支出费用。

据此，基于刘红原单位没有为她支付过培训费用，而且，她已经在解约前三十天提出了书面申请，因此刘红无需再承担违约金了。

（**题图**：安玉民　梁　丽）

·手机版故事·

医者

悬崖上长着一种植物，逢春天就开出紫色的花，传闻趁新鲜服下一朵，对肺病患者有疗效。一位郎中路过此地，听说此事，决定来年花开时去采下两朵，因为他的孩子和他的一位患者都不幸染上了这种病。

第二年的春天，郎中果然来了。临上崖前，人们都劝他三思而行，因为地形太险峻，而药草也不一定有神效，然而郎中仍然坚持攀了上去。他说病人现在情况很危急，他不愿放过一丝挽救的机会。

当郎中终于平安落地后，人们长出了口气，但发现他只采下来一朵花，于是有人问他："难道你的那位患者已不幸去世了吗？"

郎中说："不，去世的是我的孩子。" （作者：佘远香）

网站改名

有一家做男性网站的公司，去一个著名男装企业拉广告，磨破了嘴皮，人家打发乞丐似的给了五百元，说没办法，我们按网站受关注的程度出价，你们网站的点击率太低。这家网站公司一打听，另一家挣了五千，别的和他们都差不多，只有网站名字不同，他们的网站叫"男人网"，人家叫"帅气男人"。

这家公司开会一合计，当即就把网站名字改了，叫"特帅男人"，嘿，点击率真的高了十多倍！

再去拉广告，五千是拿到了，可更郁闷了：听说另一家网站拿了五万！也就改了两个字，改成了"魅力男人"。这家公司有点不敢相信，试着改成"魅力非凡男人"，果然点击率又高了几倍！

简直神了！于是这家公司瞄上了对方，可没多久，"魅力男人"网站消失了，然而人家广告费照拿，而且拿了一百万！这家公司很快打听到了人家新网站的名字，一看，差点没晕过去——人家这次什么男人也不叫了，网站从内容到形式全变，名字叫做"漂亮女人"。 （作者：亮 坡）

"岳阳杯"幽默故事创作大赛征文选登
本活动由上海市松江区岳阳街道与本刊共同举办

宝葫芦

□郭振宇

安大宝出外旅游时结识了一个酒友。临别，酒友送了安大宝一个葫芦，他说，这葫芦可是个宝贝，装酒的话，最少能装几万斤。

安大宝以为酒友开玩笑，也没在意。回到家，他想往葫芦里灌点水，就打开水龙头。没想到灌了好一会儿，葫芦也不见满，更神奇的是，葫芦的重量也丝毫不变。安大宝这才知道酒友说的没错，这是个宝贝！

晚上，安大宝拿着葫芦向家里人显摆了一番，大家都看呆了。

过了几天，安大宝开车去加油，汽油又涨价了，安大宝骂了一声，突然他灵机一动，有了主意。第二天，他拿着葫芦来到加油站，让工作人员往葫芦里加一万元钱的汽油。工作人员以为安大宝疯了，安大宝说："我没疯，这是宝葫芦，你就加吧。"工作人员半信半疑，开始加油，加着加着，工作人员呆了：这葫芦太神奇了！加完油，安大宝高高兴兴抱着葫芦回了家，心想，涨吧，这回不怕了。

晚上一家人吃饭，安大宝的父亲喝了一口酒，说："这回好了，不怕酒涨价了，昨天我去酒厂买了两千斤高粱白，够我喝好几年的了。"

安大宝一惊，赶紧问："你把酒放哪了？"父亲说："当然是放宝葫芦里了。"安大宝正要说话，他母亲一下把筷子摔到了他父亲的头上，骂道："死老头子，买酒怎么不告诉我一声？我买了一千斤酱油放葫芦里了！我的酱油呀，全白扔了……"

安大宝正要说汽油的事，这时儿子跑进里屋，抱出了葫芦，哭丧着脸，边跑边嚷："天啊，我的可乐！一百瓶啊！"

神投手

□许清华

有个外地旅游团，旅游时看到一个许愿池，池心的假山上挂着个铜铃，就都想试试手气，纷纷将硬币向铜铃砸去，不料无一砸中。

这时，走过来一个小贩，吆喝道"砸铃许愿了啊！纯手工弹弓，八十八元一把！"说着，小贩从手提袋里掏出一把弹弓来，把硬币当石子儿，瞄准后拉弓一射，只听"当啷"一声——准确地击中了铃铛。

这个旅游团各行各业的都有，有人不服气了，对小贩说："我就不信，不用弹弓砸不中铃铛。我当年在部队是出名的神投手，手榴弹投射百发百中！"说着，这人把一枚硬币用力向假山掷去。"叮当"一声，砸在了铃铛旁的石头上，一连三次，都没砸中铃铛，这人只得作罢。

另一位团员说："我是铁饼运动员，得过全省冠军，我来！"可他连扔数枚硬币，也无一砸中。

小贩一看兴奋了："不用我的弹弓，只凭手砸，谁要是能砸中铃铛，中一次我白送一把弹弓！"

这时，一位白发苍苍的老人走上前，问小贩说："你说的是不是真的？"小贩看了老人一眼，不屑地说："当然了！一言既出，驷马难追。"

只见老人右手拇指和中指捏住硬币，根本没瞄准，轻轻一弹，硬币"嗖"的一下激射而出，"当啷"一声脆响，铃铛剧烈地摆动起来。人们惊呆了，老人一鼓作气，几枚硬币连连弹出，枚枚命中！小贩目瞪口呆，半天才回过神来，对老人连连拱手："我服了！没想到碰上您这位武功高手。请问您是哪派的掌门人？"

老人笑了："我哪会什么武功啊！我当了一辈子中学老师，刚刚退休。当年我在课堂上，用粉笔头扔调皮的学生，就练出了这手绝活。"

高强度运动

□冷 空

阿明不爱运动，人到中年，身体很快发了福。他媳妇见他体质不断下降，便督促他参加体育锻炼，整天逼他跑步、压腿、爬楼梯。

这天，媳妇接到单位通知，要到外地培训三个月，阿明暗暗高兴，心想，这下可自由了。不料媳妇一到外地就打电话回来，问阿明有没有做运动，可阿明正在睡大觉呢！媳妇知道后非常生气，整整说了阿明一个小时，阿明没办法，只好答应明天一定锻炼。

第二天媳妇又打电话回来，问阿明锻炼了没有。阿明随口说锻炼了，媳妇就问做的什么项目，阿明想了想，说爬楼，平时一天爬两次，今天爬了五次！其实，阿明今天忘拿了东西，这才多爬了几次。媳妇信以为真，说：“不错，不过这还不够，要加强。”

到了周末，媳妇又打电话回来，督促阿明锻炼。阿明说自己锻炼了，还是爬楼。媳妇说运动量太小了，阿明说：“我加了点难度，负重两斤爬楼。”媳妇听后很满意。

过了一星期，媳妇又打电话回来，问还坚持着吗？阿明说坚持着呢，现在负重五斤了，媳妇听后放心地挂了电话。

过了一个月，媳妇在电话里又提起锻炼的事，阿明说“现在我天天负重十斤爬楼！”媳妇听后很高兴，让阿明别太着急，锻炼要循序渐进。

终于三个月满了，媳妇培训回来，一看，阿明整整胖了一圈，立即气得跳了起来：“你真的锻炼了吗？锻炼还长这么胖？这不是睁着眼睛说瞎话吗？”

阿明摸摸肚子，理直气壮地说：“你走了三个月，我长了十几斤，相比以前，不是相当于背了十几斤在身上吗？我不但背着爬楼，还满大街走呢！”

脂肪转移

□胡玲菲

大梅最近很苦恼，因为她的体重不断攀升，减肥也不见效果。这天，大梅上网购物，突然被一则广告吸引：本店推出史上最强减肥法——脂肪转移，无痛苦，无副作用，立马见效。大梅很感兴趣，就买了下来。

没过几天东西就送到了，大梅打开包裹一看，里面不是药，而是一部手掌大小的机器，机器上面有三个按钮，分别是输入、启动、停止。

首先要输入“脂肪转移的对象”，该输入谁的名字呢？大梅想了想，对，就是她，周静静！这个漂亮的女大学生进单位没多久就夺走了大梅的主管位子，大梅恨恨地输入了“周静静”三个字，按下启动按钮。奇迹发生了，大梅感觉裤子一下掉到了地上，她从140斤瘦到了80多斤！

大梅的神奇改变让公司的同事大吃一惊，纷纷围住她问这问那，大梅只是笑而不答。奇怪的是，怎么没见到周静静呢？一打听，原来周静静一夜之间全身浮肿，请假了。

这机器太奇妙了！从此，大梅再也不怕胖了，因为她知道，自己吃下的卡路里全部会转到周静静身上。

这天，大梅又买了好多零食，正吃着，突然“砰”的一声巨响，大梅吓了一大跳，闻声望去，只见脂肪转移机冒出一股浓烟，紧接着，大梅听到自己衣服撕裂的声音。她赶紧跑到镜子前一看，天哪，眼前的自己又变胖了，而且是之前的两倍……

原来，大梅没有注意看说明书，上面写着，机器转移的能量是有限的。大梅吃得太多，机器转移不过来，系统崩溃了，而之前转移到周静静身上的脂肪，也全部返还给了大梅……

（**本栏题图、插图**：包丰一　王　俭）

495 2011 SEMIMONTHLY 下半月刊 9月

STORIES

欢迎登录本刊主办的“故事中国网”（www.storychina.cn）

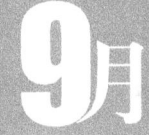

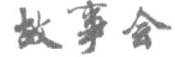

故事会

—STORIES—

2011年9月

下半月刊·绿版

何承伟：社　长、主　编

夏一鸣：副社长

吴　伦：常务副主编（兼绿版负责人）

姚自豪：副主编（兼红版负责人）

本期责任编辑：颜轶超

电子邮箱：yanyichao1004@sina.com

绿版发稿编辑：

朱　虹　刘迎曦　黄美舟

美术编辑：李宝强

电脑制作：郭瑾玮

本社办公室电话：021-64375030

上半月刊编辑部电话：021-64332325

下半月刊编辑部电话：021-64336469

（上海市绍兴路74号　邮编：200020）

主管、主办：上海文艺出版（集团）有限公司

出版单位：《故事会》编辑部

发行范围：公开

出版、发行总监：张　凯

电话：021-64313938

广告业务：上海故事会文化传媒有限公司

广告总监：张　淮

广告业务：021-34010383

广告投诉：021-64333738

广告经营许可证

沪工商广字310032008016号

发行：中国图书进出口上海公司

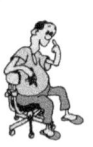

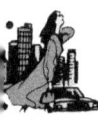

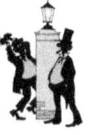

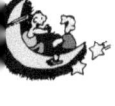

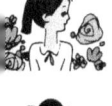

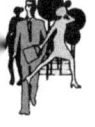

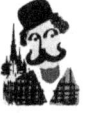

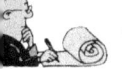

·笑话·

观音的回应

小明做了错事，妈妈叫他跪在观音像前忏悔，并说：“只有观音原谅你，你才可以吃饭。”

五分钟后，小明便坐回饭桌上。妈妈觉得奇怪，便问：“我不是说观音原谅你，你才能吃饭吗？”

小明说：“是啊，我低着头跪在那里，和观音姐姐说‘我错了，我想吃饭。’再抬头时，就看到观音姐姐用手比了个‘OK’的手势。”

（育　酒）

（本栏插图：包丰一）

蛋炒饭

有一个女生，从没下过厨。这天她一个人在家，突然想吃蛋炒饭，便在微博上发帖询问：“蛋炒饭先放蛋，还是先放饭？”

回复者众多，有说先放蛋的，也有说先放饭的。

20分钟后，女生又发微博：“听从大多数人的意见，我先放了蛋，但是为什么没人告诉我：要先放油！现在锅都黑了……”　（唐育铮）

算命

一个男子去算命。算命先生给他摸骨、相面、掐算八字后断言：“你20岁恋爱，25岁结婚，30岁生子，家庭幸福，一生富贵。”

男子闻听，先惊后怒。他斥责说：“你就是个江湖术士！我告诉你，本人今年35岁，博士，无恋爱史！”

算命先生听完，一拍大腿说“这都是因为你多读了几年书呗！正所谓‘知识改变命运’啊！”

（它山石）

如此功效

小李是个酒鬼，会气功的老曹便建议他，学习气功来戒酒。过了几天，老曹又碰见了小李，便问他气功戒酒的功效如何。

小李听了，哈哈大笑说“功效显著啊！”

不待老曹自夸，小李洋洋得意地说：“我练了几天，已经可以倒立着喝酒了。”（陈玉昆）

看 中 医

有个女孩身体不适，去看中医。中医一番望闻问切之后，嘱咐女孩改变生活作息，尽量早睡早起。

隔了一周，女孩仍感不适，又去复诊。中医号脉之后，冷冷地说：“让你早睡早起，你又不听，病怎么能好呢？”

女孩听了，忙辩说：自己现在已经改变了生活作息时间。

中医看了看女孩病历卡上的资料，很肯定地说：“你昨天就是0点15分以后才睡觉的！”

女孩一听，的确如此，不由对中医的医术大为佩服，连说“您号脉真准！”

这时中医却笑了出来，他说“其实是我在微博上加了你的关注。看到你昨天0点15分还在转帖呢！”

（平 静）

太没用了

美美人如其名，是个美女。这天她和男友一起坐地铁，地铁太挤，两人上车后被人流挤开了。美美旁边的男乘客见她漂亮，便借故搭讪。见美美不搭理自己，他又嘻皮笑脸要起了电话号码。

这时，美美的男友一下挤到她身边，朝那男乘客甩了一句：“太没用了，看我的！”便一把抱住美美，深情相拥三分钟，最后他霸气地说，“做我女朋友！”

美美见状，配合地点头说“好！”还顺势依偎到他怀里。（小 唐）

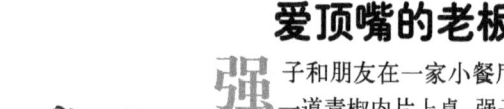

做家务

小丽和大刚新婚，这天小丽洗碗后，顺便把不锈钢锅子也刷了，刷得比刚买时还亮，都能当镜子用了。小丽非常得意，她举着锅子去向大刚献宝。

大刚对着锅子，头偏来偏去，仔细看了几分钟，终于开口说：“不错！”

小丽有点失望，继续追问：“仅仅是不错吗？”

大刚便又拨弄了一下头发，照着锅底说：“嗯，我知道自己还是挺帅的！”

（罗　丹）

跪什么

这天，几个已婚男士聚会。大家都表示老婆得罪不起，得罪完之后，他们有的得跪搓板，有的得跪键盘，更甚者得跪电脑主板。

这时，一位男士却唱起了反调，他说：“跪那些多疼啊，你们老婆怎么都那么狠心呢？我老婆虽然也让我跪，但下手就温柔多了。”

其余的男士忙问：“那你跪什么啊？”

那个唱反调的男士幽幽地说：“跪方便面，但不许碎掉一丁点！”

（青　青）

爱顶嘴的老板

强子和朋友在一家小餐厅吃饭。一道青椒肉片上桌，强子一看，愤愤不平地说：“这肉片也太少了吧？”

坐在收银台里的餐厅老板听了，说起了风凉话：“那给你杀头猪？”

强子一愣，说：“怎么这么说话呢？”

老板又说：“那管你叫声爹？”

强子气愤极了，起身对朋友说：“不吃了，我们走！”

老板听了，提高了嗓门说：“那帮你打个车？”

（糖　糖）

上 街

老婆要和老同学聚会，伸手问老公要钱。老公不想给，便故意说：“不给！你肯定是拿着老公的钱，跟别的男人鬼混去啦！”

“你也太小看我了吧？”妻子听了，立刻摆出一个动人的造型，嗲声说道，“如果是跟别的男人出去，还需要我带钱吗？”（罗 丹）

保养秘方

新科长上任，下属想拍她的马屁，便说：“您皮肤好，显年轻，一点也看不出已经有个二十岁的女儿了！您有什么保养秘方吗？”

新科长听了笑着回答：“秘方谈不上，就是女儿经常让我做面膜！”

下属便追问说：“那一定很高级，请问是什么品牌的？”

新科长乐呵呵地说：“这我倒不知道！每次都是她先用完，然后取下来，给我继续用的！”（万青青）

取 暖

有个男孩向他的朋友抱怨说，家人都不关心自己。朋友忙提醒他说：“去年冬天，你发高烧，你们全家人不是一天都围在你床边吗？”

男孩听了摇头说：“别提啦！那天我家的取暖器坏了，他们是围着我取暖呢！”（平 静）

回不来

老王是个卖玉器的。这天他去地下工厂买一批假玉。

有个工人正在操作喷砂机，制造玉器的风化效果。他见有买家来，一边“呼呼呼”地喷玉器，一边提醒说：“再过半个小时就到明朝了啊，再过一小时就到唐朝了啊，你要什么朝代的赶紧说，过了可就回不来啦！”

（陶 子）

本栏欢迎来稿，读者、作者可将有新鲜感、有精彩细节的笑话佳作投寄给我们。来稿一经采用，最高稿费为一则100元。本期责任编辑电子信箱：yanyichao1004@sina.com。

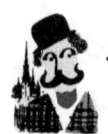

·海外故事·

围追堵截

□金　麒

汉斯是一位年轻的评论家，他擅用各种刻薄恶毒的语言评论他人的作品，因此树敌无数，也经常遭到别人的抨击。这些都在汉斯的意料之中，他毫不在意。可没想到，有一天，这一切竟对他的父亲造成了巨大的影响。

这天，汉斯路过一家报刊亭，老板认识汉斯，便神秘地把他叫到一边说：“有一件事我必须提醒您，希望能引起您的重视。”

汉斯便笑着问发生了什么事。老板拿过一份报纸说：“您看，这上面有一篇文章是专门批判您的，言辞非常难听。但我相信您并不像这上面所说这般恶劣。”

汉斯点头表示感谢，便转身要走。老板却把他拉住，说：“我还没说完，其实我想告诉您的是，您的父亲买了这份报纸，刚从我这里离开。”

这让汉斯大吃一惊，他想：虽然自己并不在意别人的评价，可父亲呢？从小，父亲便将期望寄托在自己身上，看到报纸上连篇累牍刊载骂自己的文章，他非气疯了不可。

想到这里，汉斯再也无法平静，他赶紧回到家里。一进门，果然看到父亲正坐在沙发上，戴着眼镜，聚精会神地看写有骂文的那份报纸。

汉斯母亲早逝，父亲便以看报打发时光，汉斯本不忍心打搅他看报纸，但情况特殊，他也顾不得许多了。于是他故作轻松地说：“爸爸，我今天很想吃一顿您亲自烹饪的午餐，能不能现在就去为我准备呢？”

汉斯的父亲虽然感觉奇怪，但还

是马上放下报纸，走进了厨房。父亲前脚刚走，汉斯后脚便把那份该死的报纸扔到了外面的垃圾箱里。

用完午餐，父亲便开始找那份报纸，可怎么也找不到，他急得像热锅上的蚂蚁。他问汉斯有没有看到报纸，汉斯便谎称没看到。

这样一来，父亲又去买了一份报纸回来。汉斯不想让父亲看到骂文，又找借口把他骗走，然后再次将报纸扔了。

几个回合下来，父亲干脆去报刊亭，把所有写有骂文的报纸都买了回来，这可乐坏了报刊亭的老板，也愁坏了汉斯，他想：父亲买回了所有的报纸，只有一个原因，他想用这种方式让骂自己的文章在世间消失。多么可爱的父亲啊！这让汉斯越发觉得愧疚，父亲日夜面对这些文章，一定会对他的身心造成不良影响。这可如何是好？

汉斯正在着急，突然他灵机一动，想到一个办法。他来到外面，花钱雇了几个人来他家，对汉斯的父亲说“你太过分了，怎么能把报纸买光了？害得我们没报可读！快送我们一份报纸！”

汉斯的父亲没想到会出现这样的事情，只好把报纸一一送出，三番五次之后，他发现自己糊里糊涂送完了所有报纸，却忘记为自己留下一份。

这下，汉斯终于松了口气，但他发现父亲的眼睛里闪着泪光。汉斯知道父亲一定是在为自己伤心，便微笑着说“爸爸，那份报纸上说的都是假的，你的儿子行为端正，绝不像报上所说的那样恶毒刻薄！”

父亲一惊，问道“你说什么？报纸上写了什么？”

汉斯也一惊，反问道“你没有看到那上面抨击我的文章吗？”

父亲一边摇头，一边说道“我是在看征婚启事，哪有心思关心别人骂谁？”

（题图、插图：安玉民　梁　丽）

故事会■新浪 微故事大赛

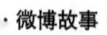

8月优秀作品选登 （主题：领导）

@师逸而功倍 他考上了公务员，虽然只是个科员，可同学们都称呼他“领导”；若干年后，他真的当了官，同学们来找他办事，开口就是“老同学”。

@屋顶上的轻骑兵9872 那天探望孤老，我偶然说起现在领导比办事员多。一旁的陈老汉听了摆摆手：“打鬼子那会儿领导才多呢，谁都能当，倒下一个就顶上。那次打到最后，大伙都牺牲了。狗子哥要我听他的，躲着，自己却跑出去引开敌人……说好弟兄们要同生共死，如今只留我一个，烂在这里。”陈老汉泣不成声。

@失业宅女 海洋世界选领导，最后八爪鱼当选。鲨鱼不服。海豚说：“当领导要一手抓工作，一手抓福利；一手抓纪律，一手抓关系；一手抓荣誉，一手抓利益；一手抓民心，一手抓政绩。除了八爪鱼，再没谁能抓得过来了！”

@jlsclxlhw 领导家的猫生小猫了，大家纷纷祝贺：“瞧人家的猫，一看就很名贵，还是双眼皮呢。”小李笑着说：“嫂子，把你家的猫卖给我吧，多少钱我都要！”数日后，领导被双规。领导夫人决定把猫卖了筹钱办事，问小李买不买。小李挠着头说：“嫂子，关键是现在这种猫不值钱了。”

@韦小才Blue 领导带队下乡考察民情。不料一个小孩将他堵在路口：“不准进村！”领导发话：“我们是上面派来的。”小孩大喊：“你们来一次，人少得杀鸡，人多就得杀猪。”领导笑了：“我们拨了钱给你们村修学校呢。”小孩哭道：“村长压根没有修学校，拿钱买了更多的猪崽……”

@杨信社 老总在会上发火了，把桌子拍得乓乓响。张科长走上台，帮老总擦了擦汗说：“您消消气！”王科长走上台，给老总献了一杯水说：“您消消气！”李科长也想献殷勤，但实在想不出做什么好，于是走上台恭敬地说：“您消消气，从现在开始，您只需训话就行，拍桌子就交给我吧！”

@鹰翔狼啸 张秘书看着领导在台上发言，急得满头大汗。原来他今天来得太急，错把儿子的作文当作演讲稿给了领导。领导的脸色果然变了又变，只好临时想了几句词应急，草草了事，却不料赢得满堂喝彩。张秘书不解，问同事：“领导的发言真那么好？”同事激动地回答：“这是他第一次不讲废话！”

（大赛启事请见P65）

我们也要过国庆

□陈　铭

想过国庆

老马是个包工头，这天他来到工地，屁股还没坐热，手下一个叫大明的工人走过来，笑呵呵地说：“头儿，我们商量好了，想放一天假。”

放假？老马一听眉头就皱了起来。眼下他揽的这个活，是全市第一个四星级宾馆，上头让他快马加鞭，争取提前完工。他正考虑要开夜工呢，这些家伙倒好，还想着放假！

老马没好气地问大明：“放假？放什么假？”

“国庆啊！”大明眉飞色舞地说，“国庆不是放七天假嘛？我们决定就过一天好了！”

老马不禁一愣，不认识似的盯着大明，还说：“大明，你以为你是谁？你是公务员？你是白领？你是老师？还是学生？国庆节是有，但不是给你们过的，你们就别凑这份热闹了！”

大明一听，脸上变得严肃起来，一本正经地说：“这话不对！这个国家人人有份，谁说农民工就不能过国庆，没这个道理！”

老马见他慷慨陈词，既好笑又好气，便换了种诚恳的语气劝他，说农民出来打工就是为了挣钱的，哪有放着钱不挣，自己给自己放假的道理？

大明听了，挠挠头皮说：“话是这样说，可咱们活了半辈子，什么节都过过了，就是没过过这个国庆。国庆国庆，国家的生日啊，咱也应该过上一回！”

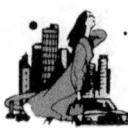

老马哭笑不得，大明他们还真把国庆当成一个节来过了。见无法沟通，他便笑嘻嘻地问大明：“你先说说看，你们准备怎么过这个国庆？”

“我们已经计划好了！”大明顿时激动起来，手舞足蹈地说，“十一那天早上，我们就去市政府广场前看升国旗。然后逛逛街，到公园转转，拍几张照。晚上买点好菜好酒，热热闹闹地吃一顿……”

老马听到一半，忍不住哈哈大笑：“大明啊大明，你也五十多岁的人了，他们也都是有老婆孩子的人了，怎么还这么天真？还跑去看人家升旗？”

大明满脸的笑容一下凝结了，冲老马说：“你别管我们怎么过，你就说能不能放假吧？”

老马考虑了半晌，长叹一声：“大明兄弟，其实我也想给自己放天假啊！”叹罢感慨地拍拍他肩膀，苦口婆心地说，“可是我们不能过节啊。我们是农民工，到哪儿都是农民工！他们过他们的国庆，咱们挣咱们的钱，何必要跟人家凑热闹呢？”

大明默不作声，满脸的不乐意。老马又开导了一番，最后抛出奖励措施：十一那天照常开工，工钱给三倍。

大明低头想了一会儿，说那得再跟大伙商量，说着就往外走，老马追出来，又加上一句：“你告诉他们，十一那天放假也行，扣三天工钱，谁爱糟蹋钱谁就放假去！”

大明没回话，戴上手套，径直往工地走去。

下午，老马再次来到工地，大明一见他就跑了过来。老马笑着问他：“怎么样？大伙情绪稳定了吗？”

可没想到，大明却告诉他，大伙商量过了，还是一致决定要过国庆。

老马愣了愣，皱起眉头说：“你们想过没有，你们过国庆花的可是自己的血汗钱！”

大明点点头，说大伙都想过了，过节嘛，本来就是要花钱的，就当拿三天的工钱过个节。

老马顿时手足无措起来。说真的，他也愿意让兄弟们快快乐乐玩一天，可放不放假，他说了还不算，还得看上头的脸色啊。

爱国主义

第二天一早，老马接到上头王经理的电话，叫他去一下。老马跑去向他汇报了近期情况，完了王经理又催他加快工程进度。

老马迟疑了一下，还是把工人们要求过国庆的事说了出来。话没说完，王经理就拍起了桌子：“荒唐！农民工还过什么狗屁国庆？别说一天，一个小时都不行！”接着一指老马，严厉地说，“罚！过节者重罚！”

老马说“这招也不管用了，他们情愿挨罚也要过。”他告诉王经理，民工们这回对过节的渴望远远超出了他的想象。以往吧，什么清明节、中秋节，从未要求放假，加几个菜发两斤月饼就稳定了。可这回罚钱也拦不住，他们就是铁了心要过国庆！

王经理听罢，皱起了眉头，沉吟不语。老马犹豫了一下，壮起胆替民工们说起话来：“王经理，我看，不如就真正放他们一天假吧。他们想去看升旗，其实也是爱国的表现嘛。接受爱国教育回来，肯定干劲更足，对以后的工程进度也有好处呀！”

“等等，等等！”王经理突然把手举在半空，眼中闪过一道亮光，“我有办法了！”说罢，手重重地落在桌子上，“晚上我到工地去一趟，给他们上一堂爱国主义教育课！”

老马一下张大了嘴巴，上个课能解决问题吗？

晚上，老马来到工地，把民工都召集起来，说是王经理要来慰问大家。过了一会，王经理真到了，夹着一个公文包，提着几条香烟。他叫老马把烟都散给大伙，自己亲切地和民工们握手寒暄，并拿着打火机逐一给大伙点上，一时间工棚里热闹起来。

忽然，王经理站上一张凳子，举手高呼一声：“同志们——”

工棚顿时安静下来，近百双眼睛望着王经理。王经理通过工棚的窟窿，指着外面在建的大楼问：“同志们，你们知道你们在建的是什么吗？”

大明率先站起来，大声说“报告王经理，我知道，是四星级宾馆！”

“很好！”王经理赞扬地冲大明点头，“看来大家都明白，自己身上的任务有多么光荣！这是我们市第一座四星级宾馆，而且是中外合资的。”

王经理声情并茂，激情飞扬。他告诉大伙儿，这座宾馆将作为献礼工

程，在明年召开全市人民代表大会的时候投入使用，那时，来自全市的代表们即将住上他们亲自修建的宾馆，这是一件值得他们自豪的事情。

大伙儿听到这里，不由自主地坐直了身子，眼睛更加专注地望着王经理。老马听得心里想发笑，王经理不愧在宣传部呆过，几句话就把人抓住了。

接着王经理换了一种焦虑的语气。他告诉大伙儿，领导要求工期不仅要按时，而且应当提前。可现在，工程的进度已经落后了，再也延误不起一天时间了。如果宾馆到时不能投入使用，代表们的住宿还是小问题，关键是会失去外商的信任，甚至会让人家笑话。连一座宾馆都建不好，人家会怎么看我们？这是关乎到全市人民乃至全国人民形象的大事！

说到这儿的时候，工棚内静得掉根针都能听见，接着，大伙儿的呼吸急促了起来，有些人的脸还憋得红红的，有几个小伙子还不知不觉握紧了拳头。

老马佩服死了王经理，他咋就这么能忽悠呢？竟把这事拔高到了关乎国家形象的高度！

就在这时，王经理把手一挥又说："我们连三峡大坝都能建好，何况这个小小的宾馆？同志们，我们决不能让外商看笑话！"

工棚沉默了几秒钟，大明突然站了起来，冲王经理直拍胸膛说："我们就是不吃不喝不睡觉，也不会拖后腿！"

王经理十分高兴，又表扬了一回大明，然后用缓慢庄重的语气说："明天就是一年一度的国庆了，全国人民都在欢度国庆，但祖国建设却一天都不会停止。为了祖国的建设，总得有一些人在默默地做出奉献，在默默地做出牺牲！"停顿了一下，他猛地一握拳头，"为了祖国的明天更美好，我们义不容辞！农民工不牺牲，谁牺牲？"

话音一落，不知是谁带的头，工棚里爆发出一阵热烈的掌声。王经理最后宣布了一条消息：明天将会有记者来工地采访，拍摄国庆节建设工地上热火朝天的劳动场面。大伙儿一听，都是又惊又喜，七嘴八舌，气氛达到了最高潮。

王经理从凳子上跳下来，一边再次与民工们握手，一边不停地说："辛苦了，全市人民感谢你们！"

握到大明时，大明先擦了一把眼角，又拍拍胸膛保证说："王经理，你就放心吧，我们明天不放假了，就是把来年春节牺牲了，也绝不给全市人民丢脸！"

老马看着这一切，不禁冲王经理暗暗竖起了大拇指：高！一句都没提不准放假的事，结果却事半功倍，高人哪！

记者来了

第二天，老马来到工地，一看就被镇住了。工地上彩旗飘飘，楼顶裸露的钢筋上还插满了一面面鲜艳的国旗。悬挂着的标语也改了：祖国人人有，人人为祖国！争分夺秒，起早贪黑，向国庆献礼！

老马的情绪也起来了，没想到这帮家伙，搞得还挺有气氛的。

过了一会儿，王经理陪着一个漂亮的女记者来到了工地。女记者看到这一幕，满意地点了点头。她抓着相机，“卡嚓卡嚓”就拍了起来。

大明他们一看记者来拍照了，既紧张又激动，一个个埋着脑袋，拼命干活，把吃奶的劲都使了出来。

女记者跑上跑下地拍了一阵，开始采访民工。可开头问到的几个都不会说话，只是傻笑。老马一看不行，急忙把女记者带到大明跟前。

女记者问：“大叔，今天是国庆，你们还要在工地上忙碌，你心中是怎么想的？”

“没想啥！”大明一摆头，一看老马冲他打眼色，就抓了抓头皮，说，“我们国家这么大，要是所有的人都去过节了，那还不乱套了？总得有些人要作出牺牲的，为了祖国的明天更美好，我们义不容辞，咱们农民工不牺牲，谁牺牲？”

老马在一旁听得乐了，这家伙，把昨晚王经理的话都搬了出来！

“说得太好了！”女记者赞许得直点头，“大叔，此时此刻，您心里有什么话想对祖国说吗？”

大明想说句漂亮点的话，结果没想出来，只好说：“有有有！祝我们国家越来越好吧！”

采访圆满地结束了，看着王经理和女记者坐上车走远，工地上顿时一阵欢呼雀跃，帽子都抛到了半空。

然而过了两天，报纸上还没见到

编读往来：你的问题我来答

云南赵梦妮： 编辑老师，您好！我是一个普通的小读者，我特别喜欢《故事会》杂志“开卷故事”这个栏目，因为这个栏目里的故事都有知识性，而且篇幅短小，通俗易懂。我在这个栏目里看到有意思的小故事，还会去学校里和老师同学分享呢！

绿版编辑部： 梦妮，你好！听说你喜欢开卷故事这个栏目，我们都觉得很高兴！如你所言，这是一个集知识性与趣味性于一体的栏目。现在这个栏目每期都紧紧围绕一个选题，选择三四则新鲜有趣的故事，这样读者们看得进去，也传播得开。另外本栏目也不限原创或者推荐稿件，长期接受投稿，如果梦妮有好的故事，也记得要和我们分享哦！另外，祝你身体健康，一切顺利！

浙江汤爱国： 编辑同志，您好！我们一家都是《故事会》的忠实读者，我的小孙子喜欢看笑话和幽默故事，我的老爱人喜欢看情感故事，我呢喜欢看些反映社会现状的故事，小小的一本《故事会》真是老少咸宜，妇孺皆爱啊！但是我家旁边的书报亭倒闭了，不知道《故事会》可以邮购吗？

绿版编辑部： 您好，谢谢您一家对我们杂志的喜爱！《故事会》可以邮购，另外明年的征订工作也即将开始，可以请您或者您的子女到附近邮局咨询具体事宜，我们杂志的邮发代号是：4-225。再次感谢您及家人对我们工作的鼓励和支持！

工地上的照片，大伙儿都等不及了，就问老马。老马也不晓得咋回事，打了个电话到报社去问。谁知人家回答说，国庆那天根本没有派记者采访。

这下老马蒙了，急忙跑去找王经理：“不好了，那个女记者可能是个骗子！”

没想到，王经理哈哈一笑：“什么骗子？她是公司新来的大学生。”

老马傻了：“不是记者呀？”

“你呀！”王经理用手指点点他，“大小也是个老板，怎么跟那些民工一样，头脑也太简单了。这只不过是我的缓兵之计，叫个人冒充一下记者，你看，效果太明显了。”

老马听罢，一股无名之火冒了出来：你这不是拿我们农民开涮么？妈的，连老子都涮了！他真想冲王经理胖乎乎的笑脸来上一拳，但他忍住了，什么也没说，愤愤地转身走了出去。

老马找到那个冒牌女记者，向她要了那天拍的相片，径直跑去了报社。报社的人看了看相片，有点为难地说：“这个比较……”

“别说了，你给我登个广告吧！”老马果断地打断他，“要一个整版的，就说我们一百三十七个民工向国庆献礼！”

（**题图、插图：** 安玉民　梁　丽）

无法完成的任务

□李　谦

接到任务

卢建开了一家讨债公司，生意冷清，屋漏偏逢连夜雨，最近老妈又患肺癌住进了医院，卢建急等着用钱。

这天，卢建终于盼来一个客户。这是个三十来岁的男人，气度不凡，就是走路的姿势有点怪异。

客户进来就把一个信封拍在桌子上，卢建打开信封，里面是一沓钱，还有一张照片，照片拍的是湖岸边一间孤零零的茅草屋，下面附着地址。客户开口说"这一万块钱是预付款。你只要把照片上的茅草屋烧了，并且拍照为证，我就再付你一万。你干吗？"

卢建看了看，照片上的是两千里外的落日湖。他知道事情绝没有这么简单，他想说："讨债公司不放火杀人。"但看着桌上的真金白银，又不由自主地伸手去拿。

这时，客户"啪"地一下按住了他的手，一字一顿地说："你听好，只烧房子不害命！里面的人要是少了一根头发丝，我和你玩命！"

卢建连连点头，要不是老妈治病急需用钱，纵火这种事他是怎么也不肯干的，又怎么会伤人呢？等客人一离开，卢建立刻赶到医院把钱存上，他安顿好老妈，又做了充分的准备，就动身前往落日湖了。

一天之后，卢建在离落日湖十几里远的一个小站下了车，他打听了半天，才知落日湖根本不通汽车。卢建正在着急，恰好身后有一辆马车过来，便赶紧上去问路。

驾车的老头回头看看卢建，脸色很不好看，他不客气地问道：“你是哪儿来的？干什么来的？”

卢建早已编好了词，说自己是来落日湖采风的作家。

老头的脸色这才和缓起来，还说自己就住那附近，让卢建上车，自己顺路载他过去。

没走多远，空中响起了嘹亮的鸣叫声，卢建一抬头，见天边飞来一群白天鹅，它们绕着马车盘旋飞翔，发出了欢快的叫声。

卢建躺在车厢里，阳光暖融融地照在他身上。他想起了小学课本上《丑小鸭》的故事，又联想到小时候母亲一天打三份工，赚钱供自己读书的日子，不由心里发热，暗自发誓，为了老妈，就算这票生意不地道，也一定要干好！

想到此，卢建又强打精神，和老头攀谈，想多了解点此地的情况。

老头告诉他：落日湖是天鹅自然保护区，吸引天鹅的同时也吸引了很多盗猎者。自己姓丛，是个护鸟志愿者。说到这，他还不好意思地说：“刚才对你那么凶，也是见你面生，怕你是来打鸟的！”

卢建听了，心说：丛叔，虽说我不是来打鸟的，可也不是什么好人啊！这么聊着，马车又颠簸了许久，落日湖到了。此刻已是傍晚时分，这里水光潋滟，一派宁静祥和。卢建无心欣赏眼前的美景，他凭着记忆，往远处看去，果然看见了照片里的茅草屋。

丛叔顺着卢建的视线看去，乐呵呵地指着那茅草屋说：“这方圆几里就我一户人家，你若不嫌弃，就住我那儿，我还有很多故事可以跟你说呢！”

原来是他

卢建听了，心中翻江倒海，自己要烧的居然是丛叔的屋子啊？事已至此，他也只好先随丛叔来到茅草屋，再一探究竟。等走到屋前，他再次震惊了。

只见大门被踢开了，屋子里一片狼藉，五月的北方风还很凉，屋子里凉飕飕的。

丛叔呆了片刻，一言不发走进了茅草屋。卢建紧随其后，小心翼翼问道："是……是什么人干的？"

丛叔淡淡地说："还能有谁？是那些靠天鹅发财的混蛋。他们嫌我挡了他们的财路，要把我这孤老头子赶尽杀绝！"

卢建心里一跳，就觉得脸上热辣辣的，嗫嚅着说了一句："那您为什么还坚持住在这里呢？"

丛叔苦涩地笑了，开始用破塑料布钉着窗户，卢建帮着打扫屋子，忙完了，两人坐在炕上，丛叔讲起了往事：

原来，落日湖每年春天都有大批天鹅飞来，有一些人便瞄准了这个机会，专门盗猎天鹅，然后卖给城里那些高档野味酒楼。二十多年前，丛叔是个知青，插队落户来到这里后，也曾学着用滚钩设置陷阱，捕捉天鹅。

有一次，丛叔和一个同伴捉到了一只翅膀受伤的小天鹅，他们断定还有大天鹅在照顾它，于是，同伴就把小天鹅绑到湖滩边的一个大铁笼子里，笼子口敞开着，附近的地上布满了尖利的滚钩。

天黑了，两只大天鹅飞了过来，它们看到滚钩，不肯落到湖滩，只是围着笼子一边飞一边凄惨地鸣叫，而笼里的小天鹅也凄凉地回应着，场景很让人不忍。

当时同伴躲在苇丛后，手里拉着一根铁丝，铁丝深深勒进小天鹅的伤口里，只要他一扯动铁丝，小天鹅就是一阵凄厉的惨叫，连带着大天鹅就是一阵疯狂的鸣叫。这样僵持到快天亮，同伴不耐烦了，伴随他急速的扯动，大天鹅对着笼子发起了疯狂的撞击，它们用沉重的身躯一次次撞击着铁笼，铁笼上留下了洁白的羽毛和斑斑血迹。丛叔几次提出放了小天鹅，都被同伴拒绝了。丛叔再也看不下去，飞跑过去解开小天鹅的绑缚之绳，这时大天鹅已经双双跌落在湖滩上，被滚钩牢牢钩住了。

说到这里，丛叔沉默了，卢建和他谁也没吭声。

好半天丛叔才接着说："我抱着大天鹅和小天鹅，想起我娘临死前的一幕，我不由得使劲抽自己的嘴巴，骂自己不是人！"丛叔的眼角似乎泛起了泪光。从那天起，他不再捕杀天鹅，还尽力规劝大家也停止盗猎。后来他还帮着有关部门拆除盗猎者设下的滚钩、天网。没多久，他得罪了好多人，疯狂的报复导致他妻死子“残”，最后儿子也离开了他……

听完这些，卢建的心剧烈地颤抖起来，他真没有勇气看一眼这个可敬的老人。他也清楚了自己这个奇怪任务的缘由。可想起躺在医院的老妈，想起两万正好够老妈交手术费，卢建软下来的心又慢慢刚硬起来。

良心挣扎

太阳快落山了，从叔要去巡查，

卢建借口体验生活，也跟着出了门。

落日下，湖面上到处是飞翔起落的天鹅，两人穿着水靴走了很远，他们费力地破坏那些遍布湖里的天网，可水里那些拌了毒药的小鱼却怎么也捡不干净。

看着卢建干得很卖力，从叔欣慰地说：“真不好意思，我开始还以为你是盗猎者呢！作家同志，你回去一定要好好写，把这些都写出来给世人看！”

卢建心里又是一阵难受，不由回头看了看岸边那座茅草屋。他刚刚在那里动了点手脚，不出意外的话，这房子……很快自己就能完成任务了。

忽然，两人身后传来响动，紧接着是一排密集的火铳声响和天鹅的叫声。天鹅被惊得满天飞，有一只趴在草丛里的白天鹅被打中了。它扬着优美的长脖子，用力扑闪着流血的翅膀，艰难地想起飞，可怎么也抬不起翅膀。

从叔大声喝骂着追过去，岸边一辆摩托车飞快地逃跑了。卢建急忙跑过去抱起天鹅，天鹅用力挣扎着不肯离开趴伏的地方，卢建觉得不对劲，低头一看，原来它的身下有一堆天鹅蛋。

天鹅的眼睛里流出了眼泪，叫声也越来越微弱……卢建呆呆地看着死去的天鹅和那堆鸟蛋，忽然拔腿回头就往茅草屋跑，耳边传来从叔的惊呼：“房子！房子着火了！”

可不是么，远处那座孤零零的茅草屋正在被火舌包围，暮色里格外醒目，卢建似乎被烧醒了，飞跑着狂喊起来：“来人啊，救火啊！”

卢建用最快的速度跑回茅草屋，屋子已经被笼罩在火海里，他拼命地拿起地上的小水桶，想去岸边提水救火，但胳膊却被人拽住了，是从叔。火越烧越旺，把黑漆漆的夜空燃得通明。

“幸好没有烧掉我最宝贝的东西！”从叔从怀里掏出一张照片，用粗糙的手抚弄着，狠狠地说：“让他们烧吧！只要烧不死我，我就跟这些强盗斗到底！”

卢建给骂得心惊肉跳，他硬着头皮凑过去一看，那是一张从叔的全家福。他似乎明白了一切，关心地问：“从叔，您不怕吗？我看您还是回城里吧。”

从叔苦笑着说：“老婆死了，儿子被他们打残逼走了，我光棍一个，还怕啥，我死也要死在这里！”

第二天，卢建决定走了。临走前，他身上只留下够买一张车票的钱，其余的都给了从叔。

卢建在车上第一时间发布了微博，放上了自己拍摄的照片，有天鹅临死前流泪的照片，也有从叔抱着死天鹅站在废墟旁的照片。

这些微博立刻引发了网民的热议，很多网友跟帖，有说要加入保护动物组织的，还有要落日湖的地址，说要捐款帮从叔重新盖房子的。

回到城里，卢建约见了客户，一见面他就拿出了那些照片。客户的脸抽动了一下，他没有一张张验收照片，只是拿出一个信封。

卢建不用摸也知道，信封里装着剩下的一万元。他没有接过信封，而是说“等等，我还有最后一张照片给你看。”

卢建拿出最后一张照片，那是张翻拍的全家福，不是很清晰，可是照片上从叔一家三口的脸还是能看清楚。

卢建动情地说：“你的任务我无法完成，因为我马上就要去落日湖，我要和志愿者们一起，去帮从叔重建房屋。”顿了顿，卢建接着说道，“我知道你很不容易，也理解你的孝心。可我要告诉你，就算茅草屋被毁，你父亲也绝不会放弃理想，跟你进城享福的。因为你父亲不是一个凡人，他是一个英雄！”

客户摩挲着照片，终于流下了眼泪，他慢慢卷起一只裤脚，露出了义肢。然后他擦了擦眼睛，说：“你的微博我已经看过了。我的父亲，的确是一个英雄！”

（**题图、插图**：谭海彦）

·新传说·

天黑有人行动

□吴水群

这天凌晨一点，马乡长还在打牌。突然他接到秘书小李打来的电话，说大事不好了，柳树营村西头的大路上，发现了一大群人，正浩浩荡荡向马村大桥进发，看样子是要去市里上访……

这消息让马乡长大惊失色，他深知村民们上访后的后果，便立刻扔下牌，掏出手机拨打起来。他给乡里的派出所、土地所、畜牧所、计生办、工业办等单位负责人下了命令，要他们立即组织得力人马，迅速赶到事发地点，抢占有利地形。

一阵紧张的安排后，马乡长怕人少力量小，拦不住上访村民，又给全乡三十八个行政村的村干部们下了命令，命令他们有面包车的开面包车，没有面包车的开柴油三轮车，没有柴油三轮车的，就骑摩托，一起参加拦截上访团的战斗。

不一会儿，马村大桥已是热闹非凡，那场面，简直就像拍大片。为了给那些上访闹事的村民们以精神上的震慑，马乡长先让大家关掉车灯隐蔽起来，单等那些村民们走上桥头后，再一声令下，来个突然袭击……

到了两点多，一条长长的队伍，大约有好几百人，浩浩荡荡地走了过来。队伍越走越近，眼看着离拦截的车辆只有几米远了，马乡长突然一声令下："开灯——"

随着马乡长的一声令下，无数道

刺眼的白光亮起，无数种不同车辆的喇叭鸣响，这阵势太惊人了，一下子就把这支刚刚走上大桥的队伍给惊呆了。

一看达到了预期目的，马乡长立刻开始了拦截计划的第二步，他举起小喇叭，站到最前沿，冲着对面黑压压的人群严肃地喊道："我是马乡长！对面的人听着：你们这是在犯法，悬崖勒马，各自回家，现在还来得及……"

马乡长这一嗓子还真管用，长长的队伍蒙了，鸦雀无声。马乡长见镇住了上访者，好不得意，他又大声喊道："坦白从宽，抗拒从严，放下武器，我们可以不追究……"

听到这里，队伍中传出了笑声，秘书小李赶紧拉拉马乡长衣服，马乡长这才意识到跑题了，正想拐过弯来，就见对面走过来一个男子，他客气地问道："马乡长，我们究竟犯了什么法了？为什么拦住不让我们通过？"

马乡长一看，这男子面生，但看他沉稳的样子，料定是个领头的。得，擒贼先擒王！于是就用不容置疑的口气说："不要再胡闹了，这样影响不好！你知道这是什么行为吗？这是破坏安定团结，破坏社会稳定！有什么问题可以向我反映啊，为什么非要上访呢？"马乡长一边说，一边故意用手电筒照了照桥头上的标语，口气更严厉了，"违法上访，一次劝告；两次拘留；三次劳教！坚决打击违法上访，维护社会稳定！"

对面的男子和后面一大群人听到这里，都恍然大悟了。他们放声大笑，一个个笑弯了腰。

等大家笑够了，那男子才解释道："马乡长，你搞错了！我们不是去市里上访的。"

"你们，你们不是……"马乡长大吃一惊。

那男子说："我们是市徒步行走协会的，今天是组织会员徒步锻炼，途经贵宝地。多有惊扰，不好意思！"

这下，马乡长彻底傻眼了，尴尬地站在那里，不知道说什么好。

（题图、插图：魏忠善）

三百六十行，行行出状元……

金牌装卸工

□张正祥

大活儿

有个姓孙的装卸工，卸水泥很有一手，人称“孙一手”，称得上是金牌装卸工。

这天，孙一手在水泥厂蹲点。突然，一辆卡车停在门口响起了喇叭。那车满载着水泥，此时响喇叭，说明要找装卸工。所以有好儿帮子装卸工“呼啦”一下围到了大车前。

孙一手却只抬头瞅了一眼，便事不关己般地坐下了。

开车的是个戴着太阳镜的胖子，他在人群里扫了一圈，说：“我找孙一手！”

众人一听是找孙一手的，便知没戏了，无精打采地散开了。此时，孙一手才懒洋洋地起身，向胖子招了招手，与胖子一照面，他不由一怔：这个人咋这么面熟呢？

胖子说“孙师傅，我可是慕名而来，无论如何你得帮兄弟一把！”

“好说！”孙一手实在想不起在哪见过他，也懒得再想。他料定胖子是熟人介绍来的，知道规矩，便往车上瞅了一眼，问道，“多少吨？”

胖子犹豫了一下，说：“50吨！”

孙一手听了，脸上虽不动声色，心里却乐开了花：又是一趟大活儿！便接着问：“往哪儿卸？”

“太浩！”

“太浩”是个外地的建筑公司，孙一手没少给他们卸水泥，心里有数，便痛快地接下了这单活儿。于是，他马上给他的搭档虎子打起了电话。虎子是个新手，他跟着孙一手都卸了好几次水泥了，还没摸出一点门道。孙一手没见过这号笨人，与虎子配合得不应手，每当这个时候，他便总想起一个人，谁？他十年前的一个搭档，叫王三。

王三是孙一手搭档中脑子最活的一个，虽然他和孙一手意见不合，最后负气离开了。但孙一手对他一直念念不忘，有时候还在念叨：那小子不知道现在在干啥？

虎子很快来了，两人上了车，孙一手觉得有些事得让虎子提前知道，免得这愣头小子到时候坏事。他还没开口，胖子倒先说话了：“孙师傅，咱可得说准了，50吨可一包都不能少啊！”

孙一手微微一笑，说：“放心好了，这一大车水泥，夹5吨那是小菜一碟！”

这时，坐在一旁的虎子听不懂了，问道：“孙叔，夹啥5吨啊？”

孙一手觉得机会来了，问虎子：“虎子，你知道啥叫‘夹包’吗？”他见虎子一脸茫然，便滔滔不绝地说了起来。

“夹包”，其实就是以少充多。具体怎么夹呢？这就要看装卸工的手段，他们常用的方法是“挤包”和“盖帽”。所谓“挤包”，就是在码坨的时候把水泥包挤一挤，让它鼓起来，这样，9包的坨就和10包的一样高，不就夹出了一包水泥吗？“盖帽”比“挤包”还要狠，干脆就在中间留个档，少码一坨，然后在最顶上盖一包水泥，以1顶10，那样卸出来的水泥，从外表上看不出什么，其实是中空的，就相当于一个“陷马坑”。

胖子的这车水泥说是50吨，孙一手一瞅便知道少10吨。10吨不是小数目，靠“挤包”是挤不出来的，必须得用“盖帽”。

孙一手之所以大名鼎鼎，就是有这一手绝活。当然，他就是靠这个吃饭的，请他的人自然知道规矩，到时候少不了分他一杯羹。

虎子听后皱起了眉头，说“少那么多水泥，人家难道就发现不了？”

“发现不了！”孙一手大发经验之谈，“你还不清楚工地上那些保管，咱卸完车，他们就只查一下坨，只要坨不少就开单，谁会吃饱了没事扒开看？”

虎子就是笨，还是追问说“那人家用水泥的时候不就全发现了？”

孙一手有些烦了，说：“虎子，你就别问那么多了，来日方长，时候到了你就明白啦……”其实孙一手还留了一手，那可是他的看家本领，不到自己动不了的时候，他是不会轻易传给别人的。

“师傅说得对！”胖子突然插话道，“小伙子，多学着点吧，孙师傅要是没这手艺，我放着那么多装卸工不找，偏找他干啥？”

虎子迟疑了一会儿，说：“可是叔，这、这不就是偷吗？”

“偷啥呀？”一听这话，孙一手脸上挂不住了。他看了一眼胖子，见他似乎并不介意，于是责怪道，“你这孩子咋这么死心眼？有你这么说话的吗？水泥我们又没拿走一包，这咋能叫偷呢？”

虎子可不这么想，坚持说“这就是偷，这活我不干，要干你自己干！”

孙一手气得说不出话来。说实在的，干这些年装卸，孙一手还从没让雇主失望过。他说了半天好话，可虎子却雷打不动，还是那句话 不干，要干你自己干！

不过，姜还是老的辣，孙一手眼珠子一转，朝胖子使了个眼色后，对虎子说：“那好吧，咱不夹包了还不行吗……”

有 麻 烦

之后，孙一手等人到了工地，他打开车帮，向保管问清楚卸的方位后，便把虎子支上车，说：“你在车上拖钩，我来卸！”其实，包还是要夹的，只不过不让虎子发现罢了。

水泥很重，用手肯定是拽不动的，所以，装卸工都有一对钢筋钩，一般都是一个人用钢筋钩将水泥袋拖到车沿，另一个人在下面码垛。凭孙一手的手艺，别说是虎子这个“菜鸟”，就是工地上的保管守着，包他还是照夹。虎子在车上拖钩，累得满头大汗，哪发现得了车下的猫腻？

活干得很顺畅，孙一手一边卸一边夹包，果然没引起任何人的注意。可是卸到一半的时候，保管兴许是不放心，竟突然来视察了。

这也难不倒孙一手，兵来将挡，人来灰掩，他便使出了自己屡试不爽的一招——放烟雾弹。他搬起水泥包，重重地扔到地上，顿时灰烟四起，那保管还没到近前，便捂着鼻子躲开了……

卸完车，孙一手自己点了点数，横10坨，竖10排，正好50吨。另外，他还特意多出了两包，这也是他的一贯做法：明明是少了你的水泥，还要让你觉得占了便宜。

见灰烟散尽，保管才来查数。此时，孙一手扑打扑打身上的灰，边抽烟边乜斜着眼瞅着。

保管点完数，发现多了两包，说："咦？怎么会多两包呢？"

孙一手打着哈哈道："常事，可能是水泥厂装多了，多了也给你卸下车，咱可不贪这小便宜！"

"哦，是这样啊！"保管点点头，突然一本正经道，"能多就能少，那少了怎么办？"

"怎么可能少呢？"孙一手指着码得整整齐齐的水泥坨，信誓旦旦地说，"你就放心吧，少不了，少一包都算我的！"

但保管却像是不信他的话，迟迟不肯开单。

这样下去不是个办法，孙一手决定反其道而行之。于是，他故意埋怨道："我卸的时候你就应该看着，难不成你想让我把坨扒开不成？"他料定保管也不会这么做，这么大一车水泥卸地下了，哪那么容易说扒开就扒开？

不料，保管听了他的话，似笑非笑道："那咱就扒开看看？"说着，竟真的像是找人去了。

此时，虎子才发现自己上当了，一把拉过孙一手，紧张道："叔，你可把我害了，咱这可是犯法啊？"孙一手也没想到会碰上这样一个难缠鬼！不过，他倒显得很镇定，冷笑一声对虎子说："放心，没事，让他们扒吧！看他们扒开之后怎么收场……"

不多时，保管来了，他没找人来，竟开来了一台推土机！

虎子见他们要动真格的，愈加紧张，说："叔，还是认了吧，咱是出苦力的，人家不会把咱怎样，现在认了还来得及！"

但孙一手却不这么想，他看到那台推土机，却像吃了定心丸一样，说："没事，让他们扒吧！"

保管把推土机开到水泥坨前，说："老师傅，我可真要扒了？"

"扒吧！"孙一手摆摆手，无所谓地说，"我还是那句话，少一包都算我的！"

保管一笑，竟真的扬起大铲，将推土机慢慢开向水泥坨。

就在这关头，突然有人大叫一声："慢着——"孙一手回头一看，竟然是胖子！

·新传说·

老搭档

胖子从车上跳下来，来到水泥坨前，对保管说：“别扒了，扒了你也数不出来！”

孙一手一听这话，不由大吃一惊。他不明白：他现在和我是一根绳上的蚂蚱，咋能说这种话呢？

胖子没有理会孙一手，竟滔滔不绝道：“原因很简单，只要你动了第一排，所有的坨就会一排压一排地跟着倒，人搬都会这样，何况用推土机？那时，坨已不成坨了，你们还怎么查数？”说着看了一眼孙一手，“这样高超的手艺在十年前我就见识过，没想到今天还能看到！”

听到这番话，孙一手吃惊得瞪大眼睛，结结巴巴问道：“你，你到底是谁？”

胖子摘下眼镜，笑道：“孙哥，没想到只过了十年，你就认不出我了？”

孙一手一怔，似乎不相信自己的眼睛，颤声道：“你、你、你是王三？”

原来，王三当年就是因为不愿意“夹包”，才与孙一手分道扬镳的。之后，他没再干装卸，而是找了一帮子人，搞起了工程，没想到生意越做越大，最后成立了建筑公司，正是“太浩”公司。当他听说水泥厂门口有个“孙一手”时，便想到他很有可能就是自己昔日的搭档，于是才有了今天的事。其实，王三今日此举并没有恶意，他一是想见见故人，二是想提醒孙一手赶紧收手。

此时，孙一手的脸早涨成了酱紫色，羞愧得无地自容。同是装卸工，王三成了大老板，而他却还在原地踏步。

王三上前紧握住孙一手的双手，说：“孙哥，到我这里来做吧！”

这时，孙一手却慢慢抽出手，说道：“你有心我也没脸！”说着拉过虎子，“虎子，你就跟着王老板吧，你是一个实在人，跟着我会耽误了你！”说罢，掉头便走。

（题图、插图：刘斌昆）

特别提拔

□王祥英

这天晚上，春风镇的黄镇长接到可靠消息：过两天，市电视台的记者要来采访，采访春风镇违法批地的事情。黄镇长一听，心中就打起鼓来。

原来三年前，黄镇长为了招商引资，违反原则自作主张批了300亩地给一个开发商，准备建一个小商品批发城。可是，当时正好赶上金融危机，所以开发商迟迟没有动工，300亩空地一搁就是三年，空地上长满了齐腰深的荒草，对此，周围的群众意见很大。

应该是有人将此事捅到了市电视台，所以他们才会派记者下来采访。当晚，黄镇长翻来覆去，就是睡不着。他想着对策，天明时分，终于有了主意。

第二天一上班，黄镇长就把办事员马良叫到办公室。

黄镇长和蔼地让马良坐下，还亲自给他倒了一杯水，然后才说："小马，你来镇里工作几年了？"

马良忙欠了欠身，说："五年了！"

黄镇长"哦"了一声，说："我对你关心不够呀，你来了五年了，工作很卖力，大家对你都很认可，因此我们决定提拔你做副镇长，主管招商引资，你觉得能胜任吗？"

这个提拔来得太突然，突然得令马良怀疑自己在做梦。他忽地站起身，结结巴巴地回答："如……如果您让我做……做副镇长，我……我一定不会让您失望的！"

黄镇长听了，一拍马良的肩膀说："我相信你一定会干好！我看好你。"接着黄镇长像是想起了什么，说，"对了，过几天，市电视台的记者要采访我，可我今天下午就要去外地

出差，还要呆几天，到时候你就替我接待他们吧！”

马良一怔，接着问：“您能告诉我他们采访的内容吗？我好准备一下！”

黄镇长说“也没什么，他们就是想了解一下300亩荒地的事！”

马良的脸色一下子变了，心说：怪不得天上突然掉馅饼了，原来是想让我做替罪羊！他低头沉思着，不说话。

黄镇长看马良神色不对，忙给他吃了一粒定心丸，说：“你也就是替我出个面，说个话，放心，一切有我呢！”

马良听他这么说，又怕错过了晋升的好机会，只得答应下来。临走前，黄镇长叮嘱他说：“其实，那个记者就是拿着鸡毛当令箭，你不要怕他，要据理力争……”

第二天，市电视台的记者就来了，马良作为春风镇镇领导的代表接受了记者的采访，因为有黄镇长的叮嘱，又觉得自己只是个傀儡，事不关己，马良有恃无恐，抢白了那名记者几句。

记者很愤怒，回电视台后，就把采访实况在全市新闻里播出了，而这条新闻恰好被市长看见了，市长看着镜头上狂傲的马良，拍案而起，骂道：“明明自己犯了错误，还强词夺理，蛮横无理，这种素质的人怎能做人民的父母官？”当下，他就给分管春风镇的县长打了电话，县长立即给黄镇长打电话。

黄镇长听完领导的训斥，解释说：“新闻里的人是主管招商引资的副镇长。”

县长毫不犹豫地指示，一定要严肃处理！

隔天，黄镇长就直接向市长汇报了处理结果：春风镇主管招商引资的副镇长马良已被撤职。

(**题图、插图**：张恩卫)

·新传说·

价值连城玉如意

□叶　梓

父亲的遗嘱

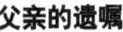

常言道：福无双至，祸不单行。赵旺财本是个大老板，最近却撞到了丧门星，霉运连连：先是他投资失败，公司濒临倒闭；再是父亲突发疾病，撒手人寰。

赵旺财悲悲切切地安葬完父亲。在整理父亲遗物的时候，他突然发现少了一样东西：赵家的传家宝玉如意！那玉如意是皇帝御赐的宝物，赵旺财也就见过一次。

在文革时，赵家曾挖地三尺，将玉如意深埋起来。直到八十年代，赵旺财的祖母过大寿，赵家才将玉如意挖出示人。当时赵旺财年幼，只见这玉如意有黄有绿，煞是可爱。平时老眼昏花的祖母，看到玉如意马上变得神采飞扬，仿佛年轻了十岁。她告诉赵旺财：玉如意上绿的是翡翠，黄的是金子，顶端祥云样的是冰种。冰种四周有两只飞鹤，寓意长命百岁。

赵旺财盘算着，现在这个玉如意起码值个五六百万，可以解燃眉之急。而且那玉如意一定是在江姨手里。江姨是父亲的老来伴，她膝下无子女，将自己视如己出，自己若是开口，她也断然不好拒绝！

于是，赵旺财立刻找到了江姨。等他说明来意，江姨的脸色却变了，她淡淡地说："玉如意是赵家的传家宝，怎么可以卖掉？"

赵旺财一听，岂肯罢休。但是不等他继续游说，江姨已将他父亲的遗嘱放在了桌上，遗嘱上写得清清楚楚：玉如意归江姨和赵旺财两人所有，江姨百年之后，玉如意才归赵旺财一人。看着这页遗嘱，赵旺财几乎两眼冒火。父亲是老糊涂了吗？怎么能把传家宝分一半给外人？

可生气归生气，赵旺财却比谁都清楚，江姨比父亲年轻十几岁，父亲晚年疾病缠身，一直都是江姨在身边照顾。想到此，赵旺财神色缓和了些，又说道“江姨，既然父亲说玉如意归我们两人所有，那我也有处置玉如意的权利。当然卖掉玉如意，我不会独吞，会分你一半的。”

江姨叹了口气，又说：“你父亲知道自己死后，你会打玉如意的主意，所以还存了三幅画儿在我这儿。”江姨说罢，起身走到书橱边，小心翼翼地捧出一个盒子。她有点不悦地看着赵旺财，说，“还以为至少得十年后才用得着这些画，没想到你这么猴急。”

听到这儿，赵旺财的脸一红，无话可说。只见盒子里有三个卷轴，江姨一一展开，说：“半年前，你父亲告诉我，这玉如意不光是赵家的传家宝，而且还有个秘密。这秘密就在这三幅画里，你若解不出来，则决不能卖玉如意。而秘密一旦被破解，玉如意便会价值连城。”

画中的玄机

玉如意里头藏着秘密？赵旺财也是第一次听说这事。他满腹疑惑地一一接过画轴。

第一幅，是皇帝将玉如意赐给赵旺财曾祖的画面。曾祖跪地，双手将玉如意高高举起。这幅画，应该是在描述玉如意的来历。

第二幅，是一幅古玩鉴赏图。似乎是父亲幼年时的画面，收藏界的古玩大家齐聚赵家，玉如意被焚香摆放在高台上，众宾客围在四周观赏，目光中无不是欣羡和赞赏。

前两幅画并无稀奇之处，但第三幅却有些怪异。只见画上左半边画着赵旺财，他的手里捧着玉如意，做向前伸的动作，他对面是个胖子，胖子手里捧着一叠人民币。这应该是赵旺财卖掉玉如意的场景。而画的右半边，竟然也是赵旺财。只不过，此时的赵旺财破衣烂衫，手里拖着一根棍子。再细看那棍，竟然就是赵家的玉如意！

赵旺财轮流看着这些画，他想，莫非父亲是在警告自己，玉如意在家，赵家财运亨通；玉如意离家，赵家就要败落？第三张画里，自己怎会把玉如意当打狗棍似的使呢？

“旺财啊，你看出什么门道没有？”一边的江姨关切地问。

赵旺财长长叹了口气，摇摇头。

这时，江姨又问赵旺财，公司需要多少钱周转。赵旺财犹豫一下，说至少得两百万。

江姨听了，沉默片刻，然后让他

周末再来一趟。

赵旺财不明白江姨葫芦里卖的什么药。她不让自己卖掉玉如意，又能去哪儿弄到这么多钱?

不过，赵旺财还是依约，周末早早来到江姨的住处。这天，江姨穿着素雅的旗袍，戴着黑珍珠项链，发髻边还斜插着一枚玉簪。她如此隆重的打扮很是少见。她也不解释叫赵旺财来的目的，只是自顾自沏上一壶陈年普洱。

这时门铃响了，江姨开门，笑吟吟迎进两位客人。看样子，他们应该是江姨的老朋友，两人谈笑间气度不凡。江姨为朋友们斟上茶，然后小心地捧出了一个紫漆盒子。赵旺财见状，心一动，莫非这里装着玉如意?

江姨打开漆盒，只见其中黄绸包裹、红绫轻缠的正是玉如意！她郑重地对两位老朋友说："这是赵家祖传的玉如意，是无价之宝。我们旺财周转不灵，想卖了玉如意救公司，可我却不舍得。如果两位能借两百万给他周转，我不胜感激！倘若旺财真的破产，玉如意抵两位的债，也是绰绰有余。再退一步说，我这房子也值些钱，也够还债了。"

江姨的两位老朋友听完，一口答应。四个人又观赏了一番玉如意，谈笑甚欢。

黄昏时分，江姨送走两位老朋友，她小心地收好玉如意，然后叮嘱赵旺财："两百万借到了，你一定要认真打理生意。不然，玉如意恐怕就保不住了！没了玉如意，我百年之后可没脸见你爹，你也愧对赵家的祖宗啊！"

江姨的一番话说得赵旺财面红耳赤，惭愧得连连点头。

宝物的价值

两百万周转资金到位后，赵旺财将全部心思都用在了打理生意上。每天早出晚归，生意再小只要有钱可赚，赵旺财便不辞辛苦。不到一年，他就连本带利，将两百万全部还清了。

还了钱，赵旺财就拎着礼物去看江姨。江姨十分高兴，她还说，自己早就知道赵旺财一定会保住玉如意的，因为它不仅是赵家的传家宝，还是精神支柱!

赵旺财听了，连声说“是”。但是现在，他仍有一个疑问：父亲留下三幅画，究竟是想告诉自己什么呢?

江姨听了一愣，她神秘地说：“玉如意的秘密，我也知道一些。但现在还不是告诉你的时候。正如你父亲所说，当你知道了这个秘密，就会明白，玉如意真的是无价之宝。”

听着江姨模棱两可的话，赵旺财还想追问什么，但见江姨不愿再说，他也只好作罢。

时间一天天过去，赵旺财再没打过玉如意的主意。公司在他的用心经营下，也如滚雪球般，越来越壮大。

一晃五年过去了。这天赵旺财正在公司忙碌，突然接到了江姨的死讯。赵旺财如遭雷击，一下子蒙了。等他赶到医院，江姨的身体早已经冰冷僵硬!

医生说，江姨是突发心脏病，在睡梦中走的。她的神态安详，看上去没遭什么罪。

赵旺财以儿子的身份，为江姨披麻戴孝，处理所有身后事。在整理遗物时，他看到了一个写着“赵旺财”名字的信封。这应该是她留给自己的遗言吧。

赵旺财展开信纸，江姨的信是这么写的：

旺财，当你看到这封信，说明我已经去跟你父亲团聚了。最近一段时间，我常感精力不济，唯恐哪天就会走。临走之前，我要告诉你玉如意的秘密。

其实，真正的玉如意早在文革里就被砸烂了。因为玉如意是你祖母的精神寄托，所以你父亲一直隐瞒，她若问起，就说埋在了后院。你祖母八十大寿，执意要再看玉如意。无奈，你父亲去外地找了个高手，仿制了一件几可乱真的玉如意。你祖母当时年事已高，再加上仿品的确逼真，所以也就过了关。也正是因此，你父亲总是将玉如意小心珍藏，从不轻易示人，这反倒更令外人坚信：赵家的玉如意价值连城。那三幅画，其实是你父亲在提醒你：玉如意放在家中，价值连城；拿出去卖，便会露馅，也就值根打狗棍的价钱！这便是玉如意的秘密。

对不起，到现在才告诉你这个秘密。虽然这个玉如意是赝品，却帮助你走过了最困难的时刻。我很欣慰。

赵旺财看完信，想到江姨为了自己，冒险拿出假玉如意，不由泪流满面。他转身抱住玉如意，痛哭失声。物假情真，对赵家来说，这件赝品玉如意的确价值连城!

（**题图、插图**：魏忠善）

富二代捐款

□杨晓雄

许诺

村主任老李有个儿子在城里念高中，放暑假时，有个城里的同学跟来玩。这个同学叫小光，长得细皮嫩肉的，戴一副厚眼镜，一看就是个读书人，他说是来体验生活。

小光十分喜欢山里的生活，跟老李一家在山上田里摸爬滚打了一个月，这才依依不舍地要回去。临走前一晚，老李杀鸡捕鱼欢送他。

小光喝了二两糯米甜酒，脸红脖子粗地问：“李叔，我听小李说他以前上学要点着火把，我还不信呢，现在我信了。怎么不在村里建所学校呢？这样以后小朋友上学就不用起那么早了呀！”

老李一怔，接着苦笑摇头，在村里建个学校，这可是他们全村人的梦想啊！可是没有钱，只能是做做梦而已。

小光低头一想，忽然问：“建个学校要多少钱？”

老李说至少十万吧，有了十万，就算不够，乡亲们也可以凑点。

小光摇头晃脑地说：“哎呀，原来只要十万就可以建个学校，太容易了，这样吧，我来捐款建一个怎么样？”

老李一听，哈哈大笑，当这小子喝醉了，连说：“好好好，感谢感谢！”儿子却惊喜不已，一把抓住小光的手，两眼放光道：“真的？你是说真的？小光，太谢谢你了！”转头又对老李兴奋地说，“爸，你知道小光的爸爸是谁？他就是孙百万啊！”

儿子这么一说，老李大吃一惊。孙百万的大名，对他这个乡巴佬来说也是如雷贯耳的！那可是全县首屈一指的大老板呀，搞房产、开商场，据说半个县城都是姓孙的。

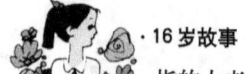

老李不由自主地站了起来，说话都打颤了:“真……的? 小光，你爸是孙百万? 你、你不是开玩笑吧? 你爸爸会同意吗?”

小光一脸认真地说:“真的! 不就是十万块吗? 我保证半年内到位，包在我身上。”

“好好好!”老李鸡啄米一般点头说，“就叫孙小光希望小学，好不好?”

小光微微一笑，不置可否。

第二天小光回城去了。老李特地叮嘱儿子，叫他回学校后，千万要与小光保持亲密的关系，经常提醒他，

不要忘了捐款建校这件事。

儿子喜滋滋地说“爸，您就放心吧，我了解他，他说话是算数的，你就等着好消息吧。”

一眨眼，儿子又放寒假了。老李迫不及待地问儿子，小光那边有什么消息。儿子说，他也不好意思多问，只旁敲侧击地提醒过两次，可小光每回都很轻松，说时间还不到，他也没忘，这笔捐款跑不了。

老李还是有点不安，当初小光许诺说是半年内到位，眼看期限就快到了，也不能直接找上门去要吧。

失　望

这天，老李到城里买农具，经过一个商场时，心里一动，这个商场不是小光的爸爸孙百万的吗? 他下意识地站在门口张望。

忽然，从商场里走出一拨人来，当中有一个老板模样的中年胖子，被人前呼后拥地走到一辆小车前。

胖子正打算上车，一个年轻女孩追上来问:“孙总，教育局明天那个活动，您还没有答复呢! 不知道您是否出席?”

胖子想都不想，挥挥手说“不去不去! 这种狗屁活动，去了就想掏我口袋里的钱。妈的，老子又不是唐僧肉，个个都想咬我一口!”

“那……”女孩迟疑地问，“要有什么表示吗?”

“表示个屁！”胖子恼怒地说，“一分钱都不要给！老子的钱又不是捡来的，凭啥捐给他？”

老李在一旁看得目瞪口呆，不禁倒吸一口凉气。原来那个胖子就是孙百万呀，可看起来，他对捐款做善事很反感呢，怎么会一下捐十万建学校呢？

眼看孙百万拉开车门要走，老李情急之下拔腿追上去喊道：“孙老板，等等！”

孙百万扭过头，一看不认识，脸上没一点好颜色：“干什么？有事找我秘书！”

“那、那建学校的事……”老李结结巴巴地说，“您、您考虑……”

孙百万愣了一下，不耐烦地丢下一句：“考虑个屁！什么学校？你找错人了！”就上了车。

老李像个傻瓜似的站着，脸上红一阵白一阵，旁边有好多人奇怪地看着他。忽然，有个小伙子走过来问他，刚才是怎么回事。

老李怀着最后一线希望问小伙子，那个胖子是不是孙百万。小伙子点头说是，又问他为什么找孙百万。

老李的心一沉，失魂落魄地说：“他儿子说过，想让他在我们村建一所学校……”

小伙子不等他说完，“扑哧”一下笑出声来，然后一把捂住嘴巴，把他往后拉了拉，压低声音说“你想让孙百万捐款建学校？”

老李愣愣地点头：“是啊。”

“做梦吧！”小伙子似笑非笑地说，“别人不知道他，我还不知道吗？我可是跟他同一个村子的。孙百万是个出了名的铁公鸡，从来没听说过他捐过一毛钱。不要说给你们建学校了，就是我们村里修路，他也是只出了自己家那份，一分钱也没有多捐！”

老李一听，心一下沉到了底，垂头丧气地走了。真是狗咬猪尿泡——空欢喜一场呀！小光那小子不过是酒后随便说说而已，自己父子俩却欢天喜地当真了。

过了十来天，就到大年三十了。晚上，老李正在准备年夜饭，儿子兴冲冲喊：“爸，小光来电话了，叫你接！”

老李一听就来气了，想了想，还是把手一擦，跑去接电话。小光在那头说：“李叔，明天你进城来找我。”

老李问：“找你？什么事？”

“捐款呀！”小光说，“你忘了？明天你来拿钱回去。”

老李一怔“你拿到钱了？”小光一笑说“现在还没有，不过明天就有了。”

老李迟疑了半晌，心说这父子俩莫非组团忽悠我来了？小光在那头又说了一遍，老李忍着不快说：“小光呀，你爸爸……他真的打算捐十万建学校吗？你别骗我呀？”

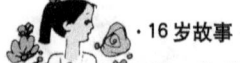

“谁说是我爸爸捐的？”小光哈哈大笑，“是我捐！”

老李傻了，你这么个小屁孩，虽说家财万贯，可财政大权还不在你的手里吧？你哪来十万捐给我？小光听他犹豫不决，有点不耐烦地问：“你到底要不要捐款？要就明天来找我，打我这个号码！”说罢就挂了。

老李心事重重地弄着年夜饭，琢磨来琢磨去，觉得就算有一线希望也得试试。

惊喜

大年初一早上，老李一起床，连饭也没吃，拿了两块年糕就匆匆上路了，到城里时已经是中午了。

老李拿出手机给小光打电话，心里在嘀咕：孩子，你可别忽悠人呀！还好，一打小光就接了，叫老李在那儿等他。

老李在原地等了十多分钟，小光果然来了，笑嘻嘻地说了声：“过年好。”老李一看他两手空空的，脸色就变了。

小光一看他脸色，笑着说：“李叔，钱等会就有了。”说罢，他带老李走进一家超市，买了几斤金橘，出来后对老李说，“走，跟我拿钱去！”

老李疑惑地跟在他屁股后面。小光带他径直进了一个高档小区，上了一幢楼，敲响了一户人家的门。

门一开，露出一个男人光亮的脑门，他看了一眼小光，乐哈哈地说：“原来是小光呀，快请进！”

小光走进去，把金橘朝桌上一放，连连拱手，甜甜地说：“新年好，新年发财！祝韦伯伯新年新气象，官运亨通，连升三级！”

脑门光亮的男人脸上笑开了花：“好好好，真会说话！”说罢转身进屋，拿出一个红彤彤的大红包来，“韦伯伯也祝你前程似锦，学习一日千里，考上清华北大！”

小光一把接过红包，笑嘻嘻地说：“谢谢！韦伯伯，我还有事先告辞了。”

男人客气地送他们

出了门。一下楼，小光就把红包递给老李说："拿着，收好！"

老李这下总算看明白了，怪不得小光说是自己捐，怪不得叫他大年初一进城来，原来是让他跟着自己去讨红包。这倒是个好主意，可这样讨法，能讨到十万块吗？

老李高兴地接过红包，轻轻地捏了捏，呀，这么厚，看来还真不少哩！转念一想，他又有些担心，便问："小光呀，你这样自作主张，你爸爸会不会怪你啊？"

小光一摆头："没事！往年都是这样，大家互相派红包。可我的红包大多被老爸收走了，今年我先下手为强，他想收也没办法收了。"说着，捂着嘴巴暗暗好笑。

老李冲他一竖大拇指："你这招真高！"

小光马不停蹄，在街上随便买了点礼物，带他又去了第二家。屁股还没碰到凳子，掉头又出来赶第三家了。第二家看样子是做生意的，给的红包比第一个还要厚。老李心花怒放，照这样讨法，十万块钱对他来说还真是小菜一碟。

两人乐此不疲，在城里走马灯似的找人家拜年。后来小光还嫌一家家讨进度慢，干脆到一些高档的地方去找，一找往往就是一桌人，一遍恭喜话下来，一下就能收入十来个红包。

老李像个跟班似的，只管在后面接收红包，身上的衣服被红包撑得鼓鼓的，都快没地方塞了。

到了晚上，小光估摸着差不多了，就拉老李到一个饭店开了个包厢吃饭。吃饱肚子，两人把红包掏出来，倒在桌上盘点一天的战果。

真是不数不知道，一数吓一跳，经过小光一天的突击，一共收入近百个红包，总额高达十万八千八百元。

老李激动得全身发抖，颤抖着手把钱包得严严实实的，找了个蛇皮袋子塞进去。小光笑眯眯地说："李叔，您看我没骗人吧？钱到位了，学校要快点建好呀，最好过了暑假，村里的小学生就能在村里上学了。"

"一定，一定！"老李感激不尽地说，"建好学校，一定请您亲自剪彩，学校的名字就叫孙小光希望小学！"

谁知小光连连摆手："别别别，还是不要起我的名，我不能太张扬。"

老李一听愣了，他还以为小光就图个流芳百世呢。小光认真地说："没事，我就觉得这事挺好玩的，没什么大不了。而且这钱毕竟是我爸的，等以后我自己挣了钱，想捐多少就捐多少。"

老李听了，心里百感交集，拿出纸和笔，端端正正地写道：今收到孙小光交来修建希望小学捐款十万八千八百元整……

（**题图、插图**：张恩卫）

别动我的肥皂

□袁顺栋

我的孙女是人家说的“金领”，吃穿用的都是高档货。那天我还看到她用进口沐浴乳冲厕所，我看不下去，就说了个发生在自己身上的真实故事：

三年自然灾害期间，我在模具厂上班，住在厂里的宿舍里，宿舍外面有一排架子，里面一格格放着大家的脸盆，脸盆里放着各人的毛巾、牙刷、肥皂等个人用品。

这天一大早，我洗衣服时发现肥皂快没了，只剩一片薄薄的肥皂片了，便拿出一条新的固本肥皂。固本肥皂是两块压成一条的。用一整条洗衣服实在太浪费了，我便将肥皂一掰为二，一块用报纸包着存起来，另一块马上拿来用。原先那个肥皂片，我也是不舍得扔掉的，便用劲把它按在了新的肥皂上。洗完了衣服，我便将新肥皂重新放回脸盆里，上班去了。

等中午下班，我取了脸盆洗漱时，却发现新肥皂不见了。奇怪啊，我明明记得白天是放回自己的脸盆里的，怎么就不见了？

难道我是忘在公共洗手池里了？我急急忙忙来到洗手池边。当时正是午休的时候，只有隔壁宿舍的阿财在洗袜子。我扫视了一圈，没看到我的肥皂。阿财这个家伙，平时挺懒的，今天倒是勤快啊！他见我上蹿下跳找东西，也只是专心洗袜子，不答腔。

“阿财！你有没有看到一块肥皂

啊？”

“没！”他头也不抬地回答我。

我一个箭步蹿到他身边，焦急地说：“你再想想！”但他仍是一个劲地打肥皂，不爱理人。

我再一看，就看出了古怪，按理说，打完了肥皂，应该把肥皂放在一边，搓洗了啊。但是阿财把肥皂打了一遍又一遍，就是不放下。见我在他边上不走，他更加牢牢攥紧了肥皂不撒手，像是捏着金子似的，他问我：“老袁，你吃过午饭了吗？”

我也不回答这个问题，反问道：“一双袜子哪用打那么多肥皂啊？”

阿财听了，干笑两声，仍是不放下肥皂，捏在手中搓起了袜子。事到如此，我几乎能百分之百地确认，这家伙此时此刻手中捏的正是我的新肥皂！我像脚底生了钉子似的站在阿财身边不肯走，我牢牢盯着他手里的肥皂，我倒要看看他现在要咋办？

这时候阿财也看出了我的心思，他停下了搓洗的动作，恼羞成怒地瞪着我说：“你盯着我干什么？”虽然他个子比我高出一头，但这可吓不倒我。我不卑不亢地说：“你自己心里清楚！你要借用啥，说一句话就行了。现在这样可上不了台面。”

这时候工友们吃完午饭，都来洗碗，他们见我俩气氛不太对劲，都看着我们。

阿财此时骑虎难下，梗着脖子问我：“你啥意思啊？你的意思是我拿了你的肥皂？”

我见周围的人越来越多，想息事宁人，轻轻对他说：“你还给我，我就当没这事情！”

“没这么容易！你不给我面子，我也不让你好过！”这时候的阿财也不知道哪儿来的胆子，他扯高了嗓门，“同志们，这老袁非说我拿了他的肥皂，大家都来评评理啊！”

好一个阿财，他知道天下的固本肥皂长得大同小异，又仗着肥皂在自己手中，便想倒打一耙，说我诬赖他。既然如此，我倒要和他算个明白了。我朗声说：“我有三点能证明这块肥皂是我的！首先，你心虚，不敢让我看到这块肥皂。”

阿财听了，马上打开了捏着肥皂的拳头：“您随便看！”

众人此时早已围拢过来看戏，他们将我和阿财包围在中央。见阿财落落大方的模样，不禁怀疑地看着我。

接着我将阿财手中的肥皂转了个面过来，指着上面的肥皂薄片说“其二，这是我早晨压上去的！”

“哈哈哈哈！”阿财听了大笑不止，“这肥皂片上难道刻了你的名字？这明明是我早上压上去的。你在旁边看我洗了那么久袜子，难保你没注意到这一点。你没肥皂用，想从兄弟这里借一块，开口便是，别说借用，我直接送你好了！何必这样讹我？你还算是男人吗你？”

众人听了这话，都用鄙视的眼神看着我。我气得憋红了脸，说：“我还有最后一个证据，现在就去拿来！”说完，转身疾走。

“心虚了吧？落荒而逃了吧？所以说：人在做天在看，不要诬赖别人！我阿财就在这里等你！”身后阿财还在叫嚣。众人也发出了嘘声。

几分钟后，我又拿着我的“最后一个证据”回到了洗手池这里。阿财还在，但是工友们可能以为没戏好看了，都走光了。阿财见我回来，得意洋洋地扬了扬手里的肥皂，故意慢条斯理地继续洗他那双袜子。

我一把夺下他手里的肥皂，并且也展示了自己手中的东西，当他看清我手中的东西是一块崭新的固本肥皂时，不禁又露出了胜利者的微笑：“你拿块新肥皂来示威？”

我沉着地说：“这就是我的最后一个证据。早晨我将一条固本肥皂一掰为二，一块收起来，一块马上使用。你也知道，人手又不是刀，两块肥皂之间的横截面肯定是凹凸不平的，如果我手中的这块肥皂的横截面和你手中的严丝合缝的话，你就在说谎！”说到这里，我一边将两块肥皂轻轻地拼到了一起，一边又说，“事实胜于雄辩，我相信你一开始只是想借用一下，后来也是被逼上梁山了。这件事我不追究了，就是希望你下不为例！”

后来，阿财待我总是非常客气，像是欠我多少似的。而我也是真心原谅了他。在最困难的时期，谁又能保证不做傻事呢？

现在我再回想起来，那时阿财“拿”走了我的肥皂，起码是看到了肥皂的价值，认认真真在用。而现在的这些资源，我们有没有在珍惜并且善加使用呢？

（**题图**、**插图**：谭海彦）

最辉煌的时刻

乔治是个盲人。这天，他独自出门，走到一个繁忙的路口，他听到路上车流如潮，便不敢再往前走。于是乔治便停在原地，看有没有人给他带路。没过一会儿，他感到有人轻轻拍了一下自己的肩膀。

“打扰一下！”一个男人的声音说道。

乔治很高兴，看来是好心人要带自己过马路。

没想到，那个男人接着却说道：“我是个盲人，您能领我过马路吗？我有急事！”

乔治想要开口拒绝，可听到男人急切的声音，他思考了几秒钟，便硬着头皮，拉着这位盲人伙伴，战战兢兢地穿过了这条繁忙的马路。

回家后，乔治告诉了家人这件事情。他兴奋地说：“我带着他穿过那条马路，这是我一生中最辉煌的时刻！”有时候，帮助别人不但能给求助者带来方便，也能给自己带来勇气和快乐。

（**编　译**：孙开元；**推荐者**：司俊英）

一米的距离

今年，日本发生了海啸。灾难发生时，桥本先生和老伴正在距离海边一公里的地方散步。眼见海浪滔天，桥本先生立刻紧紧拉住夫人，往避难所跑去。他夫人在20年前就得了白内障，几近失明。然而，尽管两人全力奔跑，还是很快被卷入海浪之中。

海浪冲散了他们，情急之下，桥本先生索性闭着眼睛摸索，他相信夫人一定在自己身边。幸运的是：十几秒后，桥本再一次抓住了夫人的手，几经周折，他们终于逃到了高处的斜坡上，并辗转来到避难所，躲过了一场劫难。当记者听说他们的故事之后，纷纷前来采访，记者问：“大叔，您是如何在十几秒内准确找到夫人的位置，然后抓住

她的手的呢？”

桥本先生镇定地说：“这是我的心灵感应，海浪把她冲走时，我刹那间觉得远隔天涯，但我很快感应到，她就在我的身边。”

记者转而采访桥本夫人。桥本夫人说：“在脱手的那一刻，我告诉自己，一定要拼尽全力稳住位置，只要不超过一米远，我的丈夫就会抓住我。”

原来当年桥本夫人患眼病时，几次想要自杀。桥本先生便对她承诺说：“我就是你的眼睛，我们今生形影不离，我不会让你离开我一米的距离！”

（**作　者**：刘文丽；**推荐者**：汪　启）

头发丝上的爱情

有一对年轻的恋人，相约去爬山。他们坐的火车晚点了，等到达山脚时，天早已黑了。为了安全起见，他们便决定先投宿一晚。但问了好几家旅店，只有一家还有一个小套间。套间一分为二，内间有一张大床，外间只有两把椅子。

女孩权衡再三，还是决定住下。女孩睡在内间，男孩则在外间打地铺。两人之间就隔着一扇门，女孩不安地发现：那扇门上的插销没有插好，而且钥匙就插在门上。她内心非常纠结：我要不要锁上门？如果我锁门的话，他一定会听到声音，知道我并不信任他，一定会非常伤心！但如果不锁门，半夜发生什么事，我又该怎么办？

女孩想了又想，终于有了主意，她扯下一根长发，缠在门把手和钥匙上，绕了好几圈。

女孩也知道，这根头发根本挡不住什么，男孩轻轻一推门，头发就会断掉。但这是她能想到的唯一不伤害他又能保护自己的办法。

布置好一切，女孩躺到床上，屏住呼吸，听着外间的声音。她听到男孩脱鞋的声音，翻身的声音。不久，那边变得寂静无声，他睡着了。又过了不久，女孩也睡着了……

第二天女孩很早就醒了，她听到外间男孩均匀的呼吸声！再看那根缠在门上的头发，她欣喜地发现：完好无损！她小心翼翼地取下那根头发，收藏起来。因为那根头发见证了他们纯洁美好的爱情，也将他们的心紧紧连在一起。

（**作　者**：贺晓萍；**推荐者**：小　露）

（**本栏插图**：安玉民　梁　丽）

马屁不好拍

□吴　嫡

初战告捷

小刘出身秘书世家，明天开始他也要踏上秘书岗位。他爸在机关里当了一辈子秘书，见儿子要上岗，便将自己的“秘书兵法”倾囊相授，兵法的指导思想便是：千错万错，马屁不错！

小刘听到后来，有些不耐烦了。心里在说：姜是老的辣，辣椒还是小的辣！时代不同了，现在就看咱年轻人吧！

第二天，小刘去报到。他的直属领导只有四十多岁，有学历，有背景，可谓前途无量！小刘觉得自己运气不错，因为一个秘书最好一辈子跟一个领导，这样便于建立一种长久的、牢不可破的“战略合作伙伴关系”。

因为领导前途无量，所以拍马屁的人前赴后继。小刘却不急于表现，他在等一个拍马屁的好机会。

很快，机会来了。单位开大会，领导要发言，让小刘拟发言稿。到了交稿的日子，小刘没有直接打印发言稿，而是建议领导说：“单位刚买了投影仪，您看要不就用投影仪来发言？”

领导心说：看着投影仪发言当然是好，图文并茂不说，还省去了背稿子的烦恼。但是用投影仪发言，必须要用幻灯片，现做来得及吗？

此时，小刘像是会读心术一般，赶紧掏出U盘说：“我想着您可能会用，写稿的同时还做了一份幻灯片，您先看看，如果不满意，我立刻修改！”

领导立刻露出了笑容，他把U盘

插进电脑，打开小刘做的幻灯片。果然图文并茂，傻子都知道该怎么讲!

看着看着，领导“咦”了一声:“这，这照片是怎么回事?”此时幻灯片上出现了领导在指导员工的照片，而且不止一张，院子里、车间里、办公室里几乎处处都留下了领导辛勤的身影! 但事实上，领导从未去过这些地方。

小刘小声说:“这是我为了增强演讲效果，特意处理的，您不会责怪我擅作主张吧?”

领导呵呵一笑，说:“这些照片你是从哪里找来的啊?”

小刘解释说:“是从上次夫人生日宴的照片上裁下来的。”

领导“哦”了一声，然后又提出了几点不痛不痒的建议和指示，让小刘修改。

几天后的大会上，领导的发言声情并茂，大获成功。现场反应很好。小刘心头狂喜，他知道，自己初战告捷，拍了个有分量的马屁。

从此，小刘果然成了领导跟前的红人，领导有什么事都愿意和小刘商量。不久，小刘发现领导对电脑只懂皮毛，偏又不甘落伍，喜欢追逐流行。于是，小刘决定乘胜追击。他劝说领导开通微博，说这样有助于工作宣传，也有助于拉近和下属的距离，还说领导只要口述，其余的都交给自己打理。

领导想了想，欣然同意。

领导的微博一上线，立刻引起了热议。小刘出色的文笔，加上出神入化的照片处理技术，让领导分身有术，今天下现场，明天到乡村，一时间成了全系统最忙碌的领导，获得了群众的拥戴，也受到了上级的好评。

领导当然很开心，又对小刘教诲道:“年轻人，脑子活，以后要再接再厉啊!”

再接再厉

领导春风得意，小刘也跟着风光起来。一天，领导告诉小刘，他要出去办点事，让小刘替他值夜班。单位有规定，领导每周要值一次夜班。而这班现在基本都是小刘代值的。

晚上，小刘坐在领导办公室的大沙发上，心里暗笑: 办什么事还能瞒得住我? 你电脑里和情人的亲密照片，我早就看了无数次啦。

就在小刘打开电脑，准备玩游戏的当口，桌上的电话忽然响了。

小刘接起电话一听，顿时吓出了一身冷汗，是领导夫人打来的电话! 要知道领导上位都靠老丈人撑腰，如果说领导是自己的上帝，那领导夫人就是领导的上帝，自己要是得罪了上帝的上帝，结果可想而知。

小刘告诫自己要镇定。他一边开动脑筋，一边应付领导夫人的问话:

“领导在卫生间。”

领导夫人也不是吃素的，她说：“行，让他好了用办公室电话给我回电！”说完，就挂断了电话。

小刘知道领导夫人对丈夫的行踪已经起了疑心，否则也不会强调用办公室电话回电这一点。小刘想来想去，忽然一拍大腿：“有了！”

小刘打电话给领导，领导一听情况，吓得声音都变了。

等他平静了一点，小刘才说出了一个妙招：“领导，办法我想好了。您办公室不是有两台固定电话吗？你用手机拨打其中一台的号码。”

领导不解：“然后呢？”

小刘说：“我接起来后，再用另外一台电话拨打您家的号码，这样夫人看见的来电显示就是办公室的了。我把您打进来的电话话筒和拨你家的电话话筒倒过来按在一起，听筒对着话筒，这样你只要大点声说话，那边就不会感觉有什么异常了。不过您可得快点结束通话，不然还得露馅儿！”

小刘如法炮制，帮助领导度过了这次天大的危机，从此成为领导不折不扣的心腹。

事不过三

在小刘的帮助下，领导和情人的来往越来越频繁，这样危险系数也越来越大。小刘又帮领导支了一招，直接将办公室电话转接到领导的手机上。由于用了网上购买的付费软件，电话那头的夫人根本就感觉不出电话被转接，从此领导终于能放心大胆地“加班”了。

但领导夫人很快又想出了新的办法来加强管理。一次，当领导接起电话，故作镇定地说话时，她劈头一句：“现在干什么呢？”

领导猝不及防，随口说了句他最熟悉的台词：“开会呢。”

“什么会？”

领导继续编：“给几个新来的人开个小会。”

情人聪明过人，立刻拿起酒店的

意见簿翻动，同时还拿起笔来乱画，故意把纸笔放得离电话很近，好让领导夫人感觉到开会的气氛。

领导夫人挂断电话后，领导吓出了一身冷汗，什么心情都没了。他召来了小刘，转弯抹角地询问："假如你在一个场合，但打电话时要让人以为你在另一个场合，能做到吗？"

小刘何等聪明，马上就明白领导的苦衷了，拍着胸脯说："领导放心，小事一桩。"他可不是吹牛，而是上网下载了一个软件装在领导的手机里，这个软件会在通话中插播各类背景声，其中有开会的鼓掌声、菜市场的喧闹声，甚至还有上厕所的努力声，每一种都惟妙惟肖。领导做了一下试验，不由叹为观止："还是你们年轻人有办法，科技果然是第一生产力啊！"

自此，领导再也不怕夫人查岗了。他每次都预先设想好，接到夫人电话时，便胸有成竹地进行情景再现。

夫人打了两次，领导一次在"培训"，一次在"市场考察"，都顺利过关了。为了增加真实度，领导又让小刘给自己批量下载了一批背景声，这样他可选择的余地就多了。

这天领导又和情人幽会。忽然手机响了，来电显示是"河东狮"，不消说，是夫人来查岗了！情人吓得扔下手机冲领导喊："电话！"

领导却满不在乎地挥挥手，然后拿起电话，沉着地说："喂，老婆，我在开会啊。"但不知按了什么键，手机的背景声里竟传出了女人的撒娇声。领导大惊失色，赶紧看手机，上面显示是按到了"宅男最爱"的背景声！

那边领导夫人已经怒吼起来："你在哪里开会？和谁开会？"

领导张口结舌，此时背景声里的声音更加嚣张了，连领导听着都一阵阵脸红，他急于解释，可那边吼了一声："马上滚回来！"然后电话就"啪"的一声挂了。

回到家里，领导在夫人强大的精神攻势面前，兵败如山倒，除了对自己的罪行供认不讳，他还将小刘供了出来，并将小刘塑造为教唆者、协助者、陷害者的形象。领导跪了一夜，又签下了保证书，总算涉险过关。

第二天上班前，领导夫人特别批示："这样的秘书不能用！"

上班后，领导找到小刘，淡淡地说了一句："事实证明，'嘴上无毛，办事不牢。'我还是无法对你委以重任。"没几天，小刘就被告知，调离秘书岗位，去资料室做文员。

那天，小刘垂头丧气回到家，把前因后果跟他爸汇报了。他爸叹息道："拍马屁也得走正道啊，像你们这样专搞歪门邪道，怎么能行呢？"

（**题图、插图**：佐　夫）

玉蟹

□赵荣发　搜集整理

广福镇是个古镇，初成于大唐年间，镇口一座木桥，几经衰颓，几经修复。桥头三棵老银杏，一雄两雌，深褐色的躯干粗糙苍劲，最粗的那棵，三个壮汉方勉强合抱。夏日里站在树下，只觉枝叶如冠，清凉无比。

这一日，有一觅宝之人来到广福镇。此人极瘦极有精神，眉稀目陷，颌下一绺胡须，透出一股仙气。他站在桥头银杏树下，观望一番后，便径直走至几丈开外的一块西瓜田里，撩起一根细似麻线只带着一片叶子的藤蔓，指着上面一拳头般大小的歪嘴瓜，朝瓜农作揖道："请问，老伯可否将此瓜卖给我？"

瓜农觉得十分蹊跷，便问他："我这儿有的是好瓜，你为何偏要这等歪嘴的货色？"

觅宝人却只是笑而不语。

瓜农更觉奇怪，便佯装松口说："要买不难，但你必须告诉我，此瓜派何用场？"

"这——"觅宝人至此还是欲言又止。

这瓜农也不是一盏省油的灯，眼珠子一转说道："你不说，倒显得我占了你的便宜；你若说了，我就算送你也无妨！"

"也罢，我就实话告诉你吧！"觅宝人见瓜农不肯退让，只得照实相告：原来此瓜乃千年才结一次的宝瓜，剖开后发出的香气，可引出镇口木桥底下的一对玉蟹！

瓜农世代居住于广福镇，曾听祖辈提及玉蟹，知其价值连城，而面前的这只歪嘴瓜居然可引出这对稀世之宝，岂肯拱手相让？于是，他来了个狮子大开口，信口说道："你肯付五百两白银，这瓜就归你！"

瓜农终究未见过大世面啊，他以为五百两白银已是天价，定会吓退对方。

不料想觅宝人一听这个数目，竟一口应允。只见他当即打开钱袋子，掏出五十两做为定金，交与瓜农，言明翌日上午来补足银两，届时再一手交钱，一手交瓜。

当晚，瓜农躺在瓜棚里，却是翻来覆去睡不着，他越想越不甘心。眼看着三更已尽，月光如水，他一个鲤鱼打挺，三步并作两步，奔到田里摘下那只歪嘴瓜，掰成两瓣，顿时有一股奇香散发出来。他赶紧将瓜置于一块空地上，睁大了眼睛准备捉玉蟹。

谁知，歪嘴瓜发出的香味越来越浓，瓜农闻着闻着，整个人酥软起来，飘飘然像散了架一般。

偏偏这一刻，桥桩旁泛起一串水泡，一对碧绿晶莹、螯肥脚长的玉蟹浮出身来，"沙沙"地爬上岸，转眼间便各自钳住一瓣歪嘴瓜朝河里拖去。

瓜农眼睁睁地看着这场景，奈何浑身没有丁点儿力气，甚至连个声音都发不出来，只能在心里哀叹：糟了！糟了！

第二天，觅宝人赶到，不用说为时已晚。他听了瓜农的描述，扼腕顿足，痛惜万分："这歪嘴瓜乃千年难得的奇果，凡夫俗子哪能受得住它的香味。但只要在开瓜前，把藤上那片叶子摘下衔在嘴里，就可禁得住香气的侵袭。可惜你知其一，不明其二，白白放走了一对玉蟹！"

瓜农听完，后悔不迭。最后，他悻悻然将五十两定金还给觅宝人，此事也便不了了之了。

（题图、插图：黄全昌）

阿P送礼

□丁秀红

阿P在一家企业做会计，也算是小有权力。时常就有人小恩小惠地巴结他一下。

这天，有人送给阿P一条天蓝色的丝巾，据说价值三百多元。丝巾很漂亮，蓝底子带着灰色暗花，拿在手里软绵绵的，围在脖子上非常舒服。

出纳张小花看了丝巾，就说："阿P啊，你一个大男人，戴什么丝巾，送给我算了。"

张小花和阿P一个办公室。她身材苗条，娃娃脸上嵌着湖水般的大眼睛，谁见了谁喜欢。特别是她那一张巧嘴，整天嘻嘻哈哈的，不知勾起了多少男性的好梦。

阿P也是肉胎凡躯。虽然家有小兰，却也吃着碗里看着锅里的，没事的时候，对着这张娃娃脸也曾不止一次地想入非非。

如今见张小花喜欢，阿P的骨头都轻了，赶紧双手将丝巾送上。

张小花得了丝巾，爱不释手，高兴得在办公室里活蹦乱跳，还冷不防在阿P的腮帮上"啪嗒"亲了一下。阿P顿时晕了，神魂颠倒起来。

中午休息，阿P回家，一边做饭，一边还在回味张小花的那个香吻，要是有机会再请她喝个小酒，这后面的事……想着想着，阿P情不自禁哼起小曲来："你问我爱你有多深，我爱你有几分？你去想一想，你去看一看，月亮代表我的心……"

老婆小兰见状，不由疑惑地问："怎么啦？捡到宝贝了？"阿P赶紧端正姿态，殷勤地将饭菜端上桌。吃饭时，小兰不经意地问："人家送你的丝巾没有拿回来吗？"

这一问，犹若晴天霹雳，阿P当

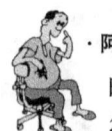

时就蒙了，心说：见鬼了，她怎么知道丝巾的事？

小兰没注意到老公的变化，继续说："人家打电话来，说丝巾不合适可以调换的。"

阿P一下子就像鸭子吞筷子，转不过弯来了，心里不住地骂送丝巾的人多嘴，吃饱了撑的，嘴里则"啊，这，那……"地支吾着。

小兰察觉到情况不对，便一把拧住阿P的耳朵。阿P情急之下，只好实话实说。

小兰的脸立马由晴转阴，本来她就对老公每天上班守着这样一个美女不放心，这下可好，竟送起丝巾来了。小兰大声喝道："她凭什么拿你的东西？下午去要回来！知道的是丝巾，不知道的背地里还不知干些什么勾当呢！"

阿P急坏了，指天发誓说："天地良心，什么事也没有。小花死缠硬磨问我要，实在不好拒绝。再说，已经送给人家了怎么要回来？不就是条丝巾吗？"

现在的小兰怎么听得进去，她给老公敲警钟说："小洞不补，大洞吃苦，千里大堤，溃于蚁穴，这是原则问题，你不要我要。"说着，就去拿电话。

阿P一把抢过电话，连连说："别别，我的姑奶奶，给我点面子，还是我去要吧，我一定把它要回来，还不成吗？"

下午上班，张小花已经将那条丝巾围在了脖子上。可别说，她那张白嫩的脸蛋被这蓝色的丝巾一衬托，就如红花添加了绿叶，更加娇艳动人了。她一见阿P，就笑嘻嘻地抛了个媚眼，问："怎么样？漂亮不？"

阿P笑得比哭还难看，嘴上说："漂亮，漂亮！"可心里却说：你漂亮了，我可惨了。老婆要陪自己一辈子，一定不能得罪；但张小花也不是吃素的，人家上面有人，不能惹怒她。再说了，上午送出去的东西下午要回来，这怎么开得了口？一个下午，阿P想破了脑袋，也没想出一个两全其美的妙计来。

下班了，阿P心事重重回不了家，他在大街上溜达，走过小商品市场，突然想起同学大姜的老婆在市场里卖丝巾。

阿P大喊一声："天无绝人之路啊！"他赶紧打电话约大姜，一起到他老婆店里另买了一条丝巾。

晚上，正好有个同学聚会，阿P带着老婆一起参加。小兰穿戴整齐，顺手将新丝巾围在脖子上，一边照镜子，一边说："不错，挺有品位的。"阿P在一边也连声叫好。

同学聚会历来是最痛快的，酒席上，大姜端着酒杯过来给阿P夫妻俩敬酒。

大姜当年没少给小兰献殷勤，所以说话就有些酸溜溜的，他说"小兰妹妹，你真有福气。阿P对你多好，下班不回家，先忙着给你买丝巾，把你打扮得花似的，人见人爱。"

小兰笑嘻嘻的脸，瞬时发紫发黑了，脱口就问："这条丝巾是今天下午你们一起买的？"

坐在旁边的阿P一听露了馅儿，慌得一边用脚猛踩大姜的脚，提示他赶紧打住，一边麻利地圆谎："哪里，哪里，他是跟你开玩笑。我们今天去买的是键盘。"

大姜一见这阵势，知道闯祸了，赶紧说："喝多了，糊涂了，是买键盘。"

小兰心里仍有怀疑，但碍于公众场合，又不好发作，就一直忍到聚会结束。

回到家里，门还没关严，小兰的怒火就爆发了，她一把将丝巾从脖子上扯下来，扔到阿P头上问："这到底是怎么回事？"

阿P早就料到会有这么一出，所以他反而显得不慌不忙，他说"你要不相信我也没办法。要不你打电话向张小花求证一下？"说着，拿起手机找到张小花的号码，递给老婆，"打吧。省得整天疑神疑鬼的。"

小兰一把拿过手机说："打就打，你以为我不敢？"一边说，一边按起了手机号码。

阿P的心一下子提到了嗓子眼，难道自己判断失误？他脸上极力装出平静的神色，眼睛却一眨不眨地盯着老婆。他想好了：万一她要是真打，那自己立马抢过手机，跪地求饶。

就在小兰按到第十个键的时候，她忽然停住了，把手机扔还给阿P："我看你也不敢！如果你今天敢扑上来抢手机，那就说明有鬼了！以后再有这种事，饶不了你！"

好险啊！阿P心中一块石头落了地，心说：幸亏我判断正确，老婆还是相信自己的，而且也不会让家丑外扬的！我阿P真是聪明！不过通过这件事，我也想明白了：这亏心事啊，还是不做为妙。

（**题图、插图**：顾子易）

·外国文学故事鉴赏·

东野圭吾（1958–），日本畅销书作家。1985年获得第31届江户川乱步奖后出道。他以笔锋老辣、构思奇巧闻名。代表作有《白夜行》、《暗恋》、《嫌疑人X的献身》等，多部作品被搬上银屏，并轰动一时。

钟情喷雾

□王　梓　改编

隆司是个年轻白领，各项条件都不错，但就是没有异性缘。这天下班后，他鼓足勇气，对同事亚由美表白，请求交往。

亚由美听了，像是早有准备似的说：“我不讨厌你。但说到做恋人啊，我没有那种感觉。”说完，她就转身离开，只留给隆司一个背影。

唉，这都数不清是隆司第几次被拒绝了！晚上，他闷闷不乐回了家，打开电脑，赌气地在搜索引擎中输入文字：希望有异性缘。

网上跳出来各种搜索结果，其中一条吸引了隆司的注意力，它写道：“为何不受异性青睐？为何总被异性说‘让我们一直做朋友吧’？如果您正在为此烦恼，敬请光临‘人类爱情正常化研究所’。”

第二天，隆司就根据网上的地址，找了过去。这是一幢老旧的民房，门口用马克笔写着“人类爱情正常化研究所”的字样。正在隆司犹豫不决的时候，门开了，走出来一个骨瘦如柴的老人，他打量了隆司一眼，便说：“是客人啊，请进。”

老人自称博士，隆司在他的催促下迈进了研究所。只见桌上搁着各种各样的实验器材和药品，地上摆放着复杂的电子仪器。

这时，博士侃侃而谈起来：“你知道MHC吗？就是主要组织相容性遗

传因子复合体，由蛋白质构成，存在于白血球中……”之后他所解释的，隆司便听不懂了。他只知道，只要自己取来有亚由美汗液的物件，博士便会提取出自己和她的 MHC 的数据，调配出一款“钟情喷雾”。而一旦喷了这款喷雾，亚由美便会钟情于自己。

隆司根据博士的吩咐，一一照做，很快就等来了这款喷雾。第二天，他便迫不及待地试效果了。他尾随亚由美来到茶水间，先做个深呼吸，然后“咻咻咻”往两腋喷雾，他注意到：喷出的液体是无色无味的。

这时，亚由美看到隆司，“咦”了一声。可能因为前几天的告白，她还是显得有些不自在。

隆司开口邀约说：“那个，今晚我们一起吃个饭怎样？”

亚由美听了，她冷冷地说：“这不太好吧？”

隆司见她不情愿，便朝她走近一步。博士叮嘱过他，尽量接近对方，以便充分释放钟情喷雾的药效。

隆司刚一走近，亚由美紧绷的脸竟如冰雪融化般和缓了，她说：“偶尔两个人一起吃个饭也不错！”

看来这钟情喷雾还真管用！这一天，隆司就盼着下班。下班铃声一响，他马上赶往两人约会的餐厅。当隆司到达时，亚由美已经到了。她看着隆司，表情却慢慢阴沉下来，她说：“隆司，我们的约会还是算了吧。来这里之前，我也兴高采烈，但实际一接触，却发现没有那么期待约会……”

隆司心里发急，看样子药力开始失效了。他说：“等、等一下。”说完便站起身，朝洗手间走去。一避开她的视线，他急忙拿出那个喷雾，再次往腋下喷去，然后他迅速返回座位，并说，“抱歉，你刚才说什么？”

“今天的约会就到此为止——”说到这里，亚由美的表情突然又变了，她柔情地说，“虽然这样想过，但毕竟已经约好了，我也想进一步了解隆司！”

隆司暗暗舒了口气。此后，不管

隆司说什么，亚由美都会投来心驰荡漾的眼波。当然，这都是拜钟情喷雾之赐。证据就是，每次喷雾效力一过，她都会沉下脸说要回家。但隆司只要借故离开，喷洒喷雾，她便又温柔甜蜜起来。

这样反复了好几次，隆司明显感觉喷雾越来越少。他觉得又幸福又焦虑，这时一个念头一闪而过：既然喷雾如此神奇，不妨我再进一步！

于是隆司又点了一瓶红酒，亚由美喝得两颊泛红。隆司又偷偷喷洒了大剂量的喷雾，然后嗫嚅着邀请她去宾馆。而亚由美竟然点头同意了。

进了宾馆房间后，亚由美说要先去洗澡。隆司不确定喷雾的效力还能维持多久，只能叮嘱："你快点出来哦。"

半个小时之后，亚由美总算出来了。她身上裹着浴巾，看着十分诱人，她制止要扑过来的隆司，轻轻地说："别忙，你去洗个澡。这可是我们值得纪念的一夜！"

话说到这份上，隆司只好勉强进了浴室。他知道，一旦洗了淋浴，煞费苦心喷上的喷雾就会被冲得一干二净，剩下的喷雾则不知还能维持多久；可若不洗，她恐怕也会起疑心。隆司随便冲了几下，便重新喷上喷雾。不料才喷了一下，喷嘴就发出"噗嗞噗嗞"的声音。钟情喷雾用完了。这时候只有祈祷了！

隆司忐忑不安地走出浴室，亚由美已经钻进被窝，他挨着亚由美躺下。他温柔地说："亚由美，我爱你。"

"谢谢。"黑暗中传来亚由美的声音，但是声音是从隆司头顶传来的，她说，"我刚刚觉得，没有那种心情了……"亚由美边说边利落地穿上衣服，抛下目瞪口呆的隆司，离开了房间。

这次约会之后，隆司又去了研究所。博士听完他叙述约会的过程，便说"说到底，钟情喷雾也只是权宜之计。利用喷雾可以吸引对方，但那也是有限度的。用得过多，对方会产生抗药性。所以那药水早

晚会失效的。”

隆司听了，急了，忙问博士：“你怎么早不和我说呢？现在让我怎么办？”

博士从橱柜底下拿出一个大塑料瓶，足有两升的容量，他告诉隆司，能对亚由美产生作用的剂量就剩这最后的两升了！隆司接过塑料瓶，他绝对不会放弃亚由美的！

几天之后，隆司和亚由美就进行了第二次约会。这次，他们相约去打保龄球，但隆司却穿着怪异。他身穿西装，却背了个帆布背包。包里面不用说，装着那个塑料瓶，再通过软管把瓶里的喷雾引流到腋下。隆司心说，之前间歇性地用喷雾，已经让亚由美心动了。今天如果不停地供药，说不定就能一鼓作气，赢得她的芳心！

后来，隆司投球时也照样背着背包，亚由美虽觉得怪异，但每次隆司投球，她还是兴奋地尖叫和鼓掌。

出了保龄球馆，隆司和亚由美走到公园里，两人依偎在一起坐下。隆司拉着亚由美的手，认真地说“请和我交往！”

“我们不是已经在交往了吗？”亚由美挽住他的胳膊，开心地说，“好棒的一天，太开心了。”说完，轻轻地靠在隆司肩上。

按理说，此刻应该是隆司最幸福的时刻，但是他的心情却不平静。因为他发觉腋下已不再湿润，喷雾用完了。他心想，既然亚由美已经答应交往，那我也坦诚相告吧。于是，他咽了咽口水，把从博士那里拿到喷雾，利用喷雾迷住她等和盘托出。末了，他还打开帆布背包，取出空荡荡的塑料瓶给她看，他说：“现在喷雾的效力已经过去，我想知道，你是真心爱我的吗？”

“开玩笑的吧？”亚由美看出隆司不像在开玩笑，她喃喃自语道，“我是真心的啊。也许一开始是那什么喷雾起了作用，但如今我是真心实意地喜欢你啊！”

望着亚由美真挚的眼光，隆司心中涌起无法形容的喜悦。他伸手扳过她的肩，慢慢地凑向亚由美的嘴唇。

“我喜欢你。”亚由美似乎还有话要说，她一边往后退，一边说，“我对你的感情永不会变，今后也一直如此。”

隆司嘴里说着：“我也是。”又慢慢往她靠去。

这时，亚由美一把捂住他的嘴，严肃地说：“我和你的友情永不会变，让我们做彼此永远的朋友吧。”

（题图、插图：佐　夫）

绿版编辑部各编辑邮箱：

吴　伦：wulun@vip.sohu.net
朱　虹：zhong98305@sina.com
刘迎曦：liuyingxi1203@163.com
颜轶超：yanyichao1004@sina.com
黄美舟：piggybank81@sohu.com

各职业女性回应男士求爱

◇ 售楼小姐：不用全部，我只要一部分，剩下的按揭，用你一辈子的时间来还。

◇ 时装模特：你的情感走光了，终于让我看到了你内心深处最隐秘的情感，不过还是等你长高一点再说吧。

◇ 的士小姐：你有房子吗？这是起步价。

◇ 巴士小姐：我们的爱情已经到了终点站，再不离开，只会是重复过去的路程。

◇ 护士小姐：你挂过号了吗？请排队。

◇ 医生小姐：我看你有点早期歇斯底里的症状。

◇ 售货小姐：你想好了，不退不换。

◇ 警察小姐：你终于坦白了。不过我要提醒你，你现在说的每一句话都是我们爱的证词。

◇ 银行小姐：你全部的爱存在我这里，时间越长，利息越多。

◇ 秘书小姐：好的，我都记下了，明天上午八点我给你回复，谢谢！

◇ 环卫小姐：你说的话是可回收的，还是不可回收的？

◇ 股民小姐：你有多少净资产？盈利能力如何？我需要更多地了解你的基本面。我是个价值恋爱者。

◇ 编辑小姐：如果你的爱是原创，不是一稿多投，我会认真考虑。如果三个月还没有得到回复，请直接另投。

（**推荐者**：刘文文）

饭局趣谈

◇ 世上本来只有饭没有局，吃饭的人多了就有了局。

◇ 饭局不是万能的，没有饭局是万万不能的。

◇ 黑社会饭局是鸿门宴，上流社会饭局是发布会。

◇ 最痛苦的不是没有饭局，而是非吃不可的饭局。

◇ 让座、劝酒、抢着埋单是饭局的三大特点；吹捧、忽悠、讲段子是饭局的三大特色。

◇ 饭局是享受也是忍受，应酬是必须也是无奈；饭局是一种生活方式，应酬是一种生存方式。

◇ 草根饭局在于饭；精英饭局在于局；名人饭局在于人。

◇ 人是铁，饭是钢，饭局就是合金钢！

（**推荐者**：陈　皓）

十二生肖开微博

如今开微博已不再是人类的专利。家喻户晓的十二生肖们也不约而同地玩起了微博：

鼠：谁说我们都是一些鼠目寸光的鼠辈啊。自从我给顶头上司猫大哥送了几条新搞到手的鲫鱼之后，它就睁一只眼闭一只眼了。这下，我们胆子也大了，步伐也更快了。

牛：不要以为我永远就是那头好欺负的老黄牛。告诉大家吧，现在我牛了！因为我的表舅就是鼎鼎大名的牛魔王。

虎：别以为武松打死了我的大哥就这样算了。小样，告诉你，这件事没完！等动物园工作人员不注意的时候，看我不咬他几个游客看看。

兔：很多人说是我的骄傲自大让乌龟赢了比赛。我也不想这样，不过乌龟的老爸给了我一笔钱，看在钱的面子上，我不输就太过意不去了。

龙：我们家族天生就是名门望族，婚姻不是儿戏，必须门当户对。龙和凤是天生的一对。我要娶就娶凤，不是凤姐！

蛇：都说什么人心不足蛇吞象，这明显是诽谤！我吞得了象吗？我最多也只能吞几只兔子罢了。

马：要学会讨领导欢心，时时为领导着想，处处为领导分忧。领导的马屁拍好了，好日子还会远吗？

羊：我们真是弱势群体啊，自从领导被双规后，我们就成了替罪羔羊。但上面告诉我，我的子女会安排好的。

猴：听说上面拿鸡来开刀，这明显是做给我们看。说什么杀鸡儆猴，你以为我是吓大的？我才不怕呢，有本事就来抓我啊，抓我啊，抓我啊！

鸡：大家都是同一条船上的。出了事为什么不抓猴子？就因为我们没有后台吗？

狗：个个都说我嘴里吐不出象牙，要是我真能吐出象牙，还会乖乖地跟在你们屁股后头做一条听话的狗吗？

猪：楼上的大哥大姐们都发微博了，我看我就不说了，继续睡我的大觉。　（**推荐者**：韦其江）

·悬念故事·

意想不到

□紫　墨

阿虹是歌坛天后，在歌迷心中威望很高。她二十岁出道，以一曲《火红的青春》走红大江南北。

阿虹是个很有性格的人，最近这几年她没有新歌问世，每次演出她陶醉地唱完那首《火红的青春》便飘然而去，她坦言是事业进入了低谷，表示宁愿翻唱经典老歌，也不愿用没质量的新歌糊弄歌迷。而且，阿虹也从不参加任何与唱歌无关的活动，甚是清高。这样一来，歌迷们更喜欢她了。

最近，几家大机构组织了一次二十年经典歌曲巡回演出，阿虹自然在被邀之列。可巡回演出到双风市的时候却出事了。一位领导是阿虹的铁杆粉丝，他说要安排一个晚宴，和阿虹共进晚餐。

陪酒吃饭显然与唱歌无关，阿虹通过助手，断然拒绝了这一邀请。

这位领导恼羞成怒，放出狠话，如果阿虹不陪他吃饭，双风市巡回演出直接取消。

主办方可吓坏了，赶紧做工作。最后双方各退一步，阿虹表示自己可以出席晚宴，条件是：不强迫自己唱歌；不强迫自己喝酒；不强迫自己说话。领导点头同意。

当晚，晚宴隆重举行。领导真是说到做到，他甚至没有逼阿虹说话。酒过三巡，领导喝开了，他站起身说：“我有一个小小的心愿，那就是和我的偶像阿虹一起高歌一曲！”

领导话音刚落，包房的点唱机上便出现了《火红的青春》这首歌的开头，看来，一切早有准备。

事情来得太突然了。阿虹看了看助手，助手急忙站起来：“领导，阿虹她得了重感冒，扁桃体严重发炎，不

能……”

领导的脸色一下子就沉了下来，虎着脸说：“不能？她演出时能唱吗？演出能唱，为什么在这儿就不能唱？”周围的客人也都不说话了。

助手的汗立时就淌了下来，她和阿虹小声商量了半天，又来到领导身边，低声说道：“领导，阿虹说她只唱给领导一个人听！”

领导点了点头，脸上露出一丝笑意，摆了摆手。众人连同阿虹的助手全都退了出去。

屋里只剩下了领导和阿虹。阿虹看了看领导，说：“领导，您饶了我吧！”

天呀，阿虹的声音嘶哑难听，不像是人发出的声音！领导一下子愣住了，他赶忙问：“原来你感冒真的这么严重？”

阿虹摇了摇头：“我没感冒！我之所以不说话就是不想让别人听到我的声音。这一切都是公司帮我策划的。其实五年前，我的嗓子就坏了，早就不能唱歌了！所以这些年，我只敢和最亲近的人说话。”

领导疑惑地看着阿虹，心说：真的假的？那这两年她的演唱会又是咋回事啊？就在他满腹狐疑的时候，点唱机里传出了阿虹柔美的原唱，领导恍然大悟，说道：“原来是这样，我明白了！”

（题图：张恩卫）

·本刊信息传真·

故事会■新浪微故事大赛

9月征集主题：舞 台

让你的脑细胞兴奋起来，一起跳个舞吧！

这是一次对灵感、睿智、情感和文字驾驭能力的挑战——

用1条微博，讲完1个故事。

《故事会》杂志和新浪微博（weibo.com）联合主办2011微故事大赛，邀请各路故事名家、草根英雄和世外高人展开较量！活动持续全年，每月产生一名金奖得主。

本次大赛所有作品通过新浪微博平台征集，分为“命题故事”和“自选题故事”两部分，命题故事每月一个主题，当月设金奖1名，奖金1字10元（字数低于120的按120字计），银奖2名，奖金1字5元；自选题故事由作者自由命题，全年评出金奖1名（5000元），银奖2名（2000元）。优秀作品将在《故事会》上刊登，并结集出版。更多详情请登录新浪微博页面搜索“故事会微故事大赛”或故事中国网(www.storychina.cn)了解。

本月微故事主题：舞台 请您根据该主题构思一篇微博故事，力求情节出人意表，立意隽永深远，文字鲜明生动，本月的微故事达人或许就是你！

（本期刊物特别选登8月微故事大赛优秀作品，详见P10）

另：故事会新浪官方微博（weibo.com/storychina）已开通，欢迎关注我们！

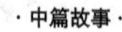

·中篇故事·

在严酷的沙漠中，人与自然在竞赛，人与对手在竞赛，人与自己在竞赛……

独家新闻

□孟鹏

1.初入沙漠

梁思奇是一名网站记者，他年轻干练，视角独特，撰写的新闻往往能打破陈规，让人耳目一新。这次，他被委以重任，远赴新疆，报道全国摩托车极限拉力赛。

拉力赛将在沙漠中进行，共分为三个赛段：第一赛段在被称为“死亡之海”的罗布泊举行；第二赛段在神秘莫测的塔克拉玛干沙漠进行；第三赛段在盛产和田玉的和田河比赛。赛程之长，条件之严酷，都是历届之最。

为此，网站领导除了给梁思奇配备了最先进的通信工具之外，还给他买了高额的人寿保险。在险恶的沙漠中，谁知道会遇上什么突发状况呢？

梁思奇知道这次报道的难度和危险，但他偏偏喜欢迎难而上，喜欢挑战自我。临行前，他拍着胸脯，对网站领导立下军令状：保证完成任务，挖掘独家新闻！

几天后，梁思奇打点行装，到拉力赛组委会报到。隔天，他作为拉力赛新闻组的一员，和组委会工作人员一起出发，赶往第一个赛段。这个赛段的起始点位于罗布泊北部的边缘地带，组委会工作人员、参赛者、新闻组等各路人马在此集合，根据气候等

情况，随时准备开赛。

下午四点，梁思奇一行抵达目的地。当时太阳直射沙漠，天气奇热无比，梁思奇只觉得吸入的空气都是炙热的，喉咙火烧火燎。尽管如此，梁思奇还是无比兴奋，因为正式进入沙漠后，一切都是新奇有趣，甚至有新闻价值的。他到处取景，随时更新有关赛事的微博。

不一会儿，梁思奇已经浑身大汗，衣服湿透了。放眼望去，只有连绵的戈壁，没有一片树影。这时候，梁思奇想起来，组委会给记者发了帐篷，他赶紧找了个相对平坦的地方，开始扎帐篷。等他手忙脚乱扎好了帐篷，刚想钻进去，身后却传来一个声音："帐篷不能扎在这儿。"

梁思奇回头去看，说话的应该是一个赛车手，他个子不高，穿着红黑相间的赛车服，黝黑的脸上还蒙着手帕防尘，只露出一对黑漆漆的眼珠。

梁思奇见对方态度傲慢，便毫不客气地说："怎么不能扎这儿，难不成你也看上这儿啦？"

赛车手听了，哈哈大笑。他取下蒙面的手帕，露出了一张年轻俊秀的脸庞。他用很权威的口吻告诉梁思奇："在这么平坦的地方睡觉，一阵沙尘暴就会把你卷上天。你咋这点常识都不知道呀？"

"这么晴朗的天，不可能有沙尘暴吧？"梁思奇还真不知道这个常识，虽然嘴上仍硬撑，但心里没有底气，气势也弱了下来。

赛车手上上下下打量了梁思奇好几遍，突然说道："原来你不是赛车手啊！"

梁思奇点点头，表明了自己的身份。

赛车手一听他是个记者，不由露出了敬佩的神色，还恭恭敬敬地自我介绍："我叫钟之飞，是来比赛的！这样吧，你跟着我一块扎帐篷，不然会很危险的！"原来他之前一直把梁思奇误认为参赛者，同场竞技，所以有点敌意。如今他知道是个"乌龙"，便格外热心地要帮助梁思奇。

钟之飞将梁思奇的帐篷打包，背在自己身上，然后带他到一个土丘旁。那里有位老人也在弄帐篷。钟之飞介绍道："这是我的教练。"然后，他转向老人说，"教练，这是我刚认识的朋友！"

老教练听了，抬起头。他阴着脸，瞟了梁思奇一眼，才从嗓子眼里发出浑浊的声音："哦。"梁思奇听他的声音就觉得后背发紧，浑身不舒服。好在老教练又低头干活了，他干活很认真，认真到眼里只有那个帐篷，其他的都不存在！

钟之飞却一副见怪不怪的模样，他继续说："教练，他叫梁思奇，是记者。"

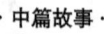

老教练听到“记者”二字，又抬起头，看了梁思奇一眼，然后站起来，确切的说是用一条腿站了起来，他向前瘸了几步，朝梁思奇伸出手，说：“你好。”

梁思奇也赶忙伸出手，刚碰到老教练的手，就觉得像被老虎钳夹住似的，动弹不得！几秒钟后，老教练才松开手，瘸着腿回到原地，蹲下继续干活。

梁思奇便在钟之飞的指导下扎起了帐篷。此时有个高壮的男子走了过来，他一把勾住钟之飞的脖子，说：“你小子也来比赛了？”壮男勾着钟之飞，眼睛却滴溜溜地打量着梁思奇。梁思奇对这个壮男有印象，他叫史赛生，是本次拉力赛的夺冠大热门！

梁思奇想上去打招呼，却不料老教练站起来，呵斥史赛生道：“过来捣什么乱，走走走！”

史赛生似乎非常畏惧老教练，一听他开口赶人，便一声不吭、灰溜溜地离开了。梁思奇敏锐地察觉到：这里面有故事！老教练看见梁思奇对着史赛生的背影若有所思，赶忙说：“别管那个捣乱分子，我们继续搭帐篷！”

在钟之飞和老教练的协助下，梁思奇费尽九牛二虎之力，终于在天黑前扎好了帐篷。

这里的天气变化无常，白天热得能把人烤熟，到了夜里又把人冻得半死。梁思奇蜷缩进睡袋，躺在帐篷里。此刻帐篷外碧空万里，月圆星烁。梁思奇感受到一种久违的宁静，一天的燥热和杂念荡然无存。

夜里十点左右，组委会的人挨个通知，后半夜可能会有沙尘暴，要做好个人的安全防范措施。梁思奇将信将疑，到隔壁帐篷，找钟之飞问：“这么晴朗的天，真会有沙尘暴？”

钟之飞严肃地回答：“沙漠里的天气变化多端，组委会里有专业仪器，而且工作人员经验丰富，预测肯定是八九不离十。你最好再检查一遍帐篷，切不可掉以轻心。”

梁思奇听钟之飞这么说，并不害怕，反倒兴奋和好奇起来。兴奋的是，他一直想见识一下电影里那种飞沙走石的场景；好奇的是，沙尘暴的威力到底有多大，真能把人卷上天吗？

睡到半夜，梁思奇迷迷糊糊听到帐篷外呼呼作响，然后是沙石打击帐篷的声音，他腾地坐了起来，沙尘暴果然来了！只听风越刮越大，仿佛直击耳膜，梁思奇坐在那儿，双手抱着双膝，感受着沙尘暴的威力。

突然，帐篷的一角被刮了起来，一个角才被掀起来，梁思奇就感觉到帐篷要散架，他后悔没有听钟之飞的话，睡觉前应该再检查一遍帐篷，这下可闯了大祸了。梁思奇想到，可以找个东西，压住刮起来的那个角，可是帐篷里只有衣服、睡袋什么的，太轻了，根本压不住啊。这可咋办？梁思奇拉开帐篷拉锁，想钻出帐篷，他要到帐篷外面加固那个掀起的角落。但是他刚探出身子，帐篷就“呼”的一下，被风卷了起来。

梁思奇也被满天的飞沙走石打得睁不开眼，他伸手乱抓，正好抓住要刮跑的帐篷，也就是这么一抓，他觉得地球突然没有了吸引力，整个身子浮了起来。梁思奇吓蒙了，不知如何是好。

“你找死啊！”一个声音夹杂着风声送到了梁思奇的耳朵里，然后他感觉脚踝被抓住了，一股力量将他往下拖拽。那股力量将梁思奇拖回地面，他这才回过神来，赶紧松开抓着帐篷的手，只见帐篷“嗤”的一下飞上了天，瞬间消失在黑夜里。

原来是钟之飞救了梁思奇，他发现有异常，便冒险从帐篷中探出身体，双手抱住了梁思奇的脚踝，死死地往下拉。幸好梁思奇关键时刻，头脑清楚，松开了帐篷，要不然怕连钟之飞的命也得搭上。

钟之飞生拉硬拽，他把梁思奇拖进了自己的帐篷里，才大口地喘起了气。再看梁思奇，他早成了软柿子，斜躺在钟之飞的身旁，不过，这会儿他感觉好多了，呼吸也顺畅了，眼睛也能睁开了。

梁思奇觉得，地球有了吸引力，一切又是那样的美好！可他还是有点后怕，他下意识地抱住钟之飞的双腿，虽然鼻端传来阵阵脚丫子的气味，但他还是紧紧抱着，不肯撒手。

钟之飞一开始还让他放手，见他实在害怕，这才作罢。两人迷迷糊糊地睡去。

不久之后，梁思奇被阵阵脚丫子的臭味唤醒了，他见自己睡梦中仍没放开钟之飞的腿，也觉得不好意思起来。他缓过神来，这才觉得浑身不舒服，嘴巴里、耳朵里、鼻腔里全是沙子。梁思奇赶紧打开随身携带的iphone，写下了微博：初入沙漠，钟

之飞救我一命！这里是每个人的赛场。我们都在和大自然比赛！

2. 小试身手

这时，钟之飞也醒了过来。他提议出去看看。梁思奇说啥也不肯，他还心有余悸，怕再被风卷起来。

钟之飞一听乐了，他说：“沙尘暴小多了，你听听声音。”

梁思奇竖起耳朵去听。果然，已听不到碎石子打击帐篷的声音了。

两人钻出帐篷，外面一片灰蒙蒙的。风速明显小了，但还是足以卷起细沙，流动的细沙飘飘渺渺，像水一般，在他们脚下流动。这一刹那，梁思奇感到自己不是在地球上，而是来到了天上。

“不知道风会不会停下来？”梁思奇像自问，又像在问钟之飞。

钟之飞回答说：“看样子怕是停不下来，这儿的风就是这样，来得快，去得却慢。”

不一会儿，组委会的工作人员过来通知：原定当天举行的首程比赛取消了，具体比赛时间要看沙尘暴啥时停。组委会的人正要走，却发现哪儿不对劲，他问梁思奇：“你们不是一人一个帐篷的吗？”

梁思奇憋红了脸，小声嘟哝了一声：“昨晚被风刮跑了。”

组委会的人似乎见惯了这种意外，询问了两句，见两人平安无事，便提出再给梁思奇发一顶帐篷。

“不用了，不用了！”没想到，梁思奇把头摇得和拨浪鼓似的，还说，“我和钟之飞一块睡，不然睡不着。”其实他是怕了，怕一个人在沙漠里睡觉，怕一个人没有个照应。

钟之飞见梁思奇又露出窘样，不由揶揄他说：“那也行，只要你不怕闻我的臭脚丫子。”

“不行！”这时，一个声音从三人背后响起，梁思奇扭头一看，钟之飞的老教练不知什么时候出现了，就站在他们的身后，一脸的严肃。

钟之飞似乎想顶嘴，但一接触到老教练严厉的眼神，忍住了。

老教练也觉得语气有点重了，又清了一下嗓子说：“一个要采访，一个要比赛，我怕你们晚上光顾着聊天，耽误各自的正事。”

组委会的人见气氛尴尬，便打了个圆场，领着梁思奇去拿东西。他们没走几步，便碰见了史赛生。史赛生经常参加这类比赛，他和组委会的人也很熟悉，当他听完梁思奇昨天的遭遇，反应也是哈哈大笑。特别是听到梁思奇还抱着钟之飞的臭脚睡了一晚时，他笑得格外刺耳。最后，他还拍拍梁思奇的肩膀，以示安慰。但那蒲扇似的铁掌一下下拍在肩上，与其说是安慰，不如说是体罚！

梁思奇涨红了一张脸，心中懊

恼，比赛的独家新闻还没挖到，自己的糗事倒成了一则小道新闻了！但梁思奇转念一想，和史赛生熟络起来，对自己挖新闻也有利。这么想着，他的脸色也渐渐平复下来。

史赛生也不是个傻瓜，他知道梁思奇打的小算盘，便将他拉到一边说："我有很多记者朋友，都喜欢从我这弄消息，不过……"史赛生说着，两个手指搓了搓，没有说下去。

梁思奇明白，史赛生的消息不是白给的，得有爆料费！梁思奇并不生气，要钱这是人之常情，不然自己还担心他爆料的意图和真实性哩。梁思奇也没开口，两人只是默契地相视一笑。

梁思奇回来的时候，看到钟之飞和老教练还站在帐篷外，两个人成了土人，头发上、眉毛上、鼻梁上都是沙子。看起来他们好像刚刚吵过架，因为他们的脸色都不好看。还是老教练打破了尴尬："小梁，领了帐篷了，我帮你扎吧。"

梁思奇哪敢劳烦他啊，连连摆手说："不用，大叔。真的不用，我和钟之飞一块弄就行了。"

不管梁思奇答不答应，老教练一把抢过他的帐篷干起来，边干还边说："是嫌我老了，不中用了吧？我告诉你，我除了这条不中用的腿之外，其他的零件好使着呢。"梁思奇觉得，老教练虽然看着挺凶，但人还是不坏的。

老教练很快就把帐篷扎好了，梁思奇还是不放心，等老教练和钟之飞进了各自的帐篷，他又检查了好几遍，才钻了进去。

第二天，沙尘暴并没有要停下来的意思，看来又赛不成了。梁思奇又到钟之飞的帐篷里，和他胡侃。虽然是刚认识，但两人一起经历过生死，很快就建立起了"革命"感情。

突然，梁思奇被帐篷一角的东西吸引了，那是一个个白色的小包，凝神一看，这不是卫生巾吗？梁思奇第一反应是拿起一包，调侃说："钟之飞，你一个大男人，咋用女人的玩意儿呢？网民恶搞篮球运动员，说他们也就五张卫生巾的高度，难不成你也要量量自己有几张卫生巾高？"梁思奇说完，自己都觉得这玩笑开大了！要知道，赛车手都是血气方刚的真男儿，现在被这样侮辱，肯定要冒火！

钟之飞倒是不以为然，他随手掏出一包，扔给梁思奇："在沙漠里，大男人也得靠这玩意儿啊，这可是我的独门绝技哦！"他告诉梁思奇，"在沙漠里骑摩托车有一个问题，容易出汗！我们戴的保险帽是不通风的，更容易捂出汗来，如果汗流进眼睛里，就会干扰视线，那就麻烦了！后来我想了一招，比赛时往帽子里垫卫生巾，吸汗特好！"

梁思奇听了，觉得很有道理。在

沙漠里，凡事都要小心，因为一不小心，就会有生命危险。他再联想到昨晚钟之飞从沙尘暴里救了自己一命的事情，不由对这个年轻人更加刮目相看！

第三天下午，沙尘暴终于停了下来，但比赛暂时还不能进行。梁思奇没有新闻素材可写，真是坐立不安！但他灵机一动，就想出一招，不妨来制造新闻！

梁思奇委托钟之飞，召集了十几个选手，准备来一场赛前斗秀。赛车手们都是生性好动爱玩的，这几天都快憋出病了，经梁思奇这么一鼓动，他们都骑上自己的爱车，开始玩起了车技。

有的人玩空中飞车，有的人玩独轮旋转，其中史赛生独占鳌头，颇有冠军相。

梁思奇注意到：钟之飞虽然也是一副跃跃欲试的姿态，但不知何故，只是在场边鼓掌尖叫，并没有参与一场斗秀。于是他踱到钟之飞身边，几句话就引得钟之飞豪情万丈，说要表演一个“空中索物”。

只见，钟之飞把五枚硬币排放成一个大圈，先绕着硬币试行了一圈，感受一下地形及沙子的软硬度，然后表演正式开始。他先驶向第一枚硬币，快到硬币跟前时，右腿一偏，从右侧跨到左侧，紧夹左腿肚，腰同时向下猫，头抬起，眼看前方，腾出左手，一捞，力度恰到好处，硬币被抓到手中，然后扔向正在拍照的梁思奇，第二枚、第三枚、第四枚……

这种绝活要在硬地上表演还说得过去，真要在沙漠里表演，那难度可就大得多了。在场的人都看呆了，当第五枚硬币被钟之飞捡起时，全场爆发出雷鸣般的掌声。钟之飞也快活得和梁思奇击掌庆祝！

一个人看到这一切，非常不快！那就是史赛生！也许是觉得被钟之飞抢了风头，他不甘示弱，也要再表演一次“空中索物”的绝活。没成想，五个硬币，他只捡起了一枚。为此，史赛生阴着脸撤了场，临走时，还恨恨地看了钟之飞和梁思奇一眼。

梁思奇和钟之飞喜滋

滋地回到帐篷旁，还没有放好摩托车，老教练劈头盖脸朝钟之飞一通责骂："人家让你秀，你就秀了？我千叮咛万嘱咐，一切以比赛为重，你咋不听呢？钟之飞，你要是因小失大，耽误了正式比赛，看我咋收拾你！"

梁思奇在一边留也不是，劝也不是，他哪会听不出，老教练似乎是在骂钟之飞，实则夹枪带棒在批自己呢！事情因己而起，却无端连累了钟之飞！等老教练骂舒服了，梁思奇才回到自己帐篷，他回忆着斗秀场上的盛况，很快写下了微博：此地藏龙卧虎，钟之飞斗秀场上初露锋芒。非常期待明天的正式比赛。

3. 粉墨登场

第四天上午九点半，首程比赛正式开始，钟之飞排在第五个出发，只见他握紧车把，加大油门，再挂挡，最后松离合器，后轮掀起了一人多高的沙浪，然后车便如同离弦之箭一般，疾射而出。

此时，梁思奇也坐上新闻车往前赶了，记者们要赶到前面多拍些比赛的镜头。这个赛段是沙石河床路面，路面不平，不光有大石块，还会时不时地突然出现沟壑，让人措手不及。

司机不停地打着方向盘，车就像在草丛中蹦蹦跳跳的兔子，碾到大大小小的石块上，不时有石块被车轮掀起，把底盘撞击得"铛铛"直响，而车头一会儿俯冲，一会儿又仰冲，梁思奇坐在里面，身子被颠来簸去，比坐过山车还难受。同坐一个车的几个记者不忘互相打趣："小心，你的脖子别折断了。""不行了，我的胃要出来了。"

新闻车开出去五六里地的时候，便看到沙地上有各种各样的零件，有消音器、钢管、粉碎的保险杠、就差没有发动机了。这些零件都是比赛的摩托车掉下来的，赛程之艰难可想而知。这让梁思奇有点担心，钟之飞他不会出什么事吧？

其实此刻钟之飞正在和史赛生斗法，一会儿钟之飞超过了史赛生，一会儿史赛生又绕到了钟之飞的前面。当钟之飞准备再次超越史赛生时，史赛生突然侧身，靠住钟之飞，然后暗地里去蹬他的摩托车。

可巧，前面有块大石块，钟之飞被史赛生一蹬，顺势调把，左腿着地支撑着车身，斜着从大石块旁驶过去，这下可苦了史赛生，他光想着把钟之飞弄翻在地，没看见前面的大石块，前轮硬生生地撞上去了，人车一起倒地。

行驶了一半赛程时，新闻车在一个比较大的沟壑处停了下来。这个沟壑是个发卡弯，车正面驶来时直接就是一个深沟，到了沟底，路面却突然向右急拐，一般的车手都过不了，总会出点事。深沟中早有摔车的痕迹了。

一辆摩托车从远处驶来，车手穿着红黑相间的比赛服，正是钟之飞。他站在车上驾驶，两个车轮不时腾跃而起，飞离地面，像在海上冲浪一般，好不潇洒。钟之飞驶到发卡弯时，已发现了这个沟壑，只见他不急不忙，边向右调车把，边松油门，车轮腾空而起，倾斜着冲下深沟。两轮着地的一瞬间，钟之飞前后紧急制动，还好，下面是厚厚的一层沙子，很软，摩托车的后轮高翘后，车向右边滑去，好一个漂亮的“侧滑”车技。

梁思奇看得心都提到嗓子眼了。

在这个节骨眼上，就看钟之飞一个骨碌翻身下车，扶起摩托车打着火就往右边冲去。钟之飞刚跑出去，后面紧接着一辆摩托车冲了下来，又一堆尘土飞起，等尘土散尽，众人看到：紧跟其后的正是史赛生！他在被大石块绊倒后，稍作调整就追赶上来。万万不料，史赛生眼看快要追上了，突然一个深沟，钟之飞冲了过去，可他掀起的尘土却挡住了史赛生的视线。史赛生一头栽进深沟，恐怕受伤不轻。

看到这里，梁思奇手扶心口，只听到心脏“咚咚”狂跳不止。

梁思奇到达终点时，比赛已接近尾声，只有个别车手被困在半途中，等待救援。梁思奇回到帐篷休息，这一天光是坐车，已经让他精疲力尽了。

大概半个小时后，史赛生缠着纱布钻进了梁思奇的帐篷。梁思奇不由暗暗惊叹：他的骨头真是硬，两次重摔，竟没有动着他的筋骨，只是受了些皮外伤！

史赛生废话不多，直截了当地问梁思奇要不要独家新闻。他可以爆料！

“那就请吧！”梁思奇也来了兴致。

此时史赛生却说：“先给我三千、不，五千，然后我才能告诉你！”等梁思奇给了钱，他才压低声音告诉梁思奇，老教练是钟之飞的父亲！

"哦。"梁思奇一脸震惊，他虽然觉得很意外，但这事情也没啥新闻价值呀，其一，钟之飞不是什么知名选手；其二，父亲陪儿子参赛，这也不是违法犯罪呀！

史赛生在一边，充满期待地看着梁思奇说："怎么样？这料爆出去，就能影响钟之飞的比赛了吧？"可能是怕梁思奇要讨还五千块，他又咬牙追加了一句，"不行的话，回头我还有钟之飞的猛料可爆！"梁思奇看着他贪婪的面孔，心中一阵厌恶：爆钟之飞的猛料对他来说真是一石二鸟的好事啊，既可以除掉强劲的对手，又可以得到自己支付的报酬！

送走了史赛生，梁思奇心中充满了对老教练的疑问。纵观他和钟之飞这几日的表现，显然是在刻意隐瞒两人的父子关系！这又是为啥呢？莫非老教练把亲生儿子当成了挣钱的工具，为了能多挣钱，不顾一切地让他争金夺银？如果当真如此，这会是个好的新闻素材。但在事实揭露之前，梁思奇是不会随便乱写的。他打开iphone，如实写下了微博：钟之飞身世成谜！

4. 发生事故

首程比赛之后，全体人员休息三天。主要是为了让车手修养身体、保养车辆，为第二场比赛做好准备。全体人员用了一天的时间，赶到第二个比赛地点——塔克拉玛干沙漠。后面的两天，老教练和钟之飞都非常忙碌，他们把摩托车零件卸了一遍，又重新装好。

因为第二赛段有盐碱地、戈壁等地形，比赛难度系数增加。所谓盐碱地就是地面上突起一小块一小块被风化的土块，虽然是土块，有时候比钢铁还硬，稍不留神，就能弄伤人。有辆摩托车还没有驶出半里地，就翻了车，车手受了重伤，由组委会的人抬走了。接下来是戈壁沙漠，这段地软硬不一、深浅不一，看着踏上去没有事，车稍一停，陷进去就拔不出来。

比赛正式开始，钟之飞就发现了不对劲，导航仪没有信号，怎么会坏了呢？车昨晚还检查过一次，没有任何问题！想起一大早史赛生来找过自己，钟之飞就有一种不祥之感，但他还是一咬牙，继续坚持比赛。

驶过盐碱地就是戈壁，在这一望无际的沙海里行驶，钟之飞的摩托车就像大海里的一叶小舟，显得那么的渺小。钟之飞一路驶去，沙丘连着一个又是一个，好像没有尽头。他还要不断地变换着方向，走着S形的路线，因为只有这样他的车才能冲过高达六七十米的沙丘。

此时，史赛生不知从哪冒了出来，他加大油门，超过钟之飞，并对着他说了声："这回你就认输吧，不要再比赛了，不然你会迷失方向的。"钟之飞也不理他，加速往前驶去。

很快，钟之飞甩掉史赛生，到了一片胡杨树林，一些树已经枯萎，就那样站在沙漠里，还有些树枝已经被风化，横七竖八躺在沙地上。当钟之飞驶出树林时，彻底没有了方向感，加上没有导航仪，他果然越来越偏离终点了……

由于地形复杂，组委会要求除了车手和组委会进入这个赛段，其他的人都要绕道到终点会合。不少记者拍了几张发车镜头，就绕道走了。梁思奇坐的新闻车往里开了几里地，司机也怕危险，不肯向里开了。他们只得绕道前往终点。

新闻车又绕了六个多小时的路途，才算到达终点，这个时候已是下午五点多，除了钟之飞，其他车手们都回来了。到天快黑时，后勤车也全部从赛段出来了，不过钟之飞还是没出现，钟之飞真的出事了！

组委会准备发车救援，可是大家都知道，这个时候救援，救援人员也要冒生命危险。梁思奇一边焦急等待钟之飞的消息，一边只能无助地在手机上写着：失踪！救人！

5.再现曙光

当黑夜吞噬了整个沙漠的时候，钟之飞仍没有回来。老教练和梁思奇就呆在组委会，随时了解新的情况。而史赛生也坐在离他们不远的地方，显然对钟之飞失踪的事也很关心。此时，组委会决定派四辆救援车寻找钟之飞。

组委会还向新闻组发出通告，希望有媒体能自愿随队，记录一下整个过程。但是随救援队的媒体，很有可能会错过报道最后一程赛事，而且沙漠中危机四伏，谁都不知道会发生怎样的情况！因此，新闻组的记者都噤若寒蝉，没人愿意冒险出来接这份苦差。

梁思奇是最纠结的，他热爱自己的工作，一旦完不成最后一个赛程的报道，

那么恐怕饭碗不保！但他转念又想，当初钟之飞也是冒着生命危险，救了自己！如果不是他，现在别说是工作，恐怕自己连小命都难保！这么一想，梁思奇觉得豁然开朗，什么都没有朋友的命重要啊！

于是梁思奇作为记者，自愿加入救援！令他大感意外的是，史赛生也自告奋勇要参与营救工作，他说：“我是最后看到他的人，我来给你们带路！”梁思奇看得出，史赛生和自己一样，真心想要救回钟之飞。

很快，史赛生在前面开道，四辆救援车沿着赛道每隔几里一字排开出发了。梁思奇坐在第一辆救援车上，老教练在最后一辆车上。梁思奇焦急地看着大灯能照到的地方，他真希望钟之飞突然从沙漠底下钻出来，但是前方除了史赛生孤独的身影，什么都没有。

到了半夜，路越来越难走。突然史赛生的摩托车开不动了，车身干嚎着越陷越深。史赛生的车驶进了流沙里！来不及怎么挣扎，他的身影正在被沙吞没。

后面的救援车不敢往前开了，就停在那里。梁思奇想打开车门，去救史赛生，司机紧紧地拉住他，哽咽着说：“没法救，没法救啊。”

梁思奇只能眼睁睁地看着史赛生往下沉，在流沙快要掩盖住史赛生时，史赛生努力地扭过头，冲着梁思奇大喊：“一定要找到钟之飞！”

梁思奇心头猛地一震，但他真的什么都做不了。

过了好一会儿，司机通过车载电台，向组委会通报了这边的意外情况，大家商量后，决定暂停救援工作，明天再做决定。

整个救援车队原地停下，梁思奇就坐在那里，没有风，没有月亮，没有星星，周围黑漆漆的一片。梁思奇觉得自己掉进了黑洞里，一直掉啊掉的，深不见底，一种恐惧感油然而生，他想抱一个东西，可是没什么可抱的，他突然想起了他自己抱过的那双臭脚，想起了钟之飞，钟之飞呢，他现在怎么样了？

第二天，天刚蒙蒙亮，救援车队见气候还行，便绕过流沙，继续搜索。又经过了一整天，还是不见钟之飞的身影。这个时候，梁思奇的嘴上开始起水泡，喝水都疼。这一天救援还是没有进展。

第三天，太阳照常升起，无情地炙烤着这片焦土。突然梁思奇拿着望远镜大叫起来：“快看，那是什么？”

司机以为梁思奇看到了钟之飞，急忙停下车，夺过望远镜：“让我看一看。”但他只看了一眼，便失望地把望远镜扔给梁思奇，说，“你鬼叫啥，那是雅丹地貌！”梁思奇看到的就是雅丹地貌，以前只在图片上看过的神斧天工的神奇景观，如今就呈现在他的面前。

梁思奇还是忍不住拿起望远镜多看了几眼，好多形状奇异、大小不等的土丘，有的拔地而起，像柱子、像大树、像大伞；有的趴在地上，如狮子、如老虎；有的怪异，如神仙、如恶魔；有的庄严，像城堡、像庙宇。

梁思奇被这神奇的景观惊呆了，他突然又大叫一声“快看，快看。”身子猛然立起，他显然忘记自己是坐在车子里，头重重地撞在车顶上。

司机白了他一眼，没理他的茬，继续往前开。

梁思奇顾不上疼痛，弯下身，指着雅丹地貌：“师傅，是人！师傅，是人！”

司机不耐烦地回答：“似人，很正常，不要大惊小怪的好不好。”

“不，是真人，还在动呢。”

司机将信将疑地再次停了车，接过望远镜，然后兴奋地说：“真的是人，真的是人！”司机拿起电台对讲机，四个救援车里同时响起，“找到人了，找到人了！”然后不约而同地加速向雅丹地貌驶去。

近了，近了，更近了。梁思奇看清楚了，红黑相间的比赛服，是钟之飞，他站在这片雅丹地貌的土丘上，向他们挥舞着双手。黄色的沙堆，蜿蜒起伏，金波粼粼。

当梁思奇走进其间，他对自然的敬畏油然而生。在土丘之间的一条条风蚀之路，好像大街小巷，深邃、幽静。不知道钟之飞是怎么生存下来的？

钟之飞被救了出来，全身像散了架一样。梁思奇想将他抱起，却被赶到的老教练抢先一步，他瞪了梁思奇一眼，似乎在说：“他是我的儿子，不要和我争！”

接着，救援车队还是继续向和田河出发，他们要去和大部队会合，那里将会举行最后一程比赛。幸运的是，车队找到了一条被石油车碾出的路，这条路连着沙漠公路，车速慢慢

提了上去。梁思奇救回了朋友，便安心打开手机，他感慨万千，写下了一段微博：终于找到我的好兄弟，却失去了一个朋友！最后一程比赛，又会发生什么状况呢？

6. 独家新闻

天快黑时，救援队赶到了和田河发车点。这个时候，钟之飞也奇迹般地恢复过来。他得知史赛生遇难的消息，情绪非常激动，还落下了悲痛的泪水。他休息了一会儿，便在老教练的搀扶下，找到组委会，表示要完成最后的比赛！

另外一方面，新闻组的人听说钟之飞生还，都想来抢新闻，便将钟之飞团团围住。按说，梁思奇这时最有资格提出要做独家采访，但他只是站得远远的。

最后一场比赛开始了。梁思奇曾听钟之飞讲过：这个赛段拼的就是意志和韧劲。

赛段路面很虚，被碾压过的虚沙土深达二十多厘米。比赛中，钟之飞不停地换挡，不停地选择可以提速的路面，加速猛冲，车在沙土中冲击，车身不停地扭摆，钟之飞知道要想不摔车，双手要死死地抓住车把。双臂的麻木，体能的消耗，咽喉的干涩，一切都在考验着钟之飞，他知道不能停下来，一阵狂飙，直冲和田河。

就在下河床的一个一人多高的河沿处，钟之飞没有减速，径直冲了下去，河床中的沙子很虚，前轮一着虚沙，钟之飞连人带车翻了过去，落地的时候，整个摩托车无情地砸到了他的腿上，听到“咯嘣”一声，钟之飞知道自己的腿断了，然后他就昏死过去。组委会第一时间赶过来抢救，将他送往医院治疗。

当梁思奇得知钟之飞再度遇险的消息时，再也顾不上采访，赶到了医院。医生告诉他，钟之飞右腿多处骨折，但是没有生命危险。

钟之飞见梁思奇来了，还开玩笑道：“别的记者都在报道赛事，你却来探病，回去可怎么交差哦？”

梁思奇听了，轻描淡写地说：“你没事就好！”

这时，钟之飞收起了笑容，严肃地说：“为了救我这个朋友，你两肋插刀。我也不能辜负你的这番情谊，这样吧，我要给你一个独家新闻。”

“哪有那么多独家新闻？”

“我是一个女的，这算不算独家新闻啊？”钟之飞直视着梁思奇的双眼，一字一顿地说着。他见梁思奇不相信，便拉着他的手贴上了自己的胸脯。

梁思奇愣了半晌之后，才反应过来。手下的触感分明告诉他：好兄弟钟之飞的确是个女子。他的脸烧了起来，忙把手拿开，惊疑不定地看着钟之飞。

“我会把一切都告诉你的！”钟之飞请梁思奇坐下，娓娓道出了一段隐情。钟之飞是家中的独女，她的父亲，也就是老教练，年轻时也是个赛车好手，却在一次比赛中负伤，落下了终身的残疾。钟之飞从小耳濡目染，立志要为父亲圆梦，得一枚全国大赛的金牌。这次比赛含金量很高，但并没有女子组的比赛，钟之飞女扮男装，偷偷报了名。这事很快被父亲知道了，拗不过女儿，他便以教练的身份陪同参赛。

梁思奇听到这里，渐渐理清了思绪，不过他还有一个疑问：“那史赛生又是怎么回事呢，他是不是知道你的真实身份？所以处处与你作对，想要揭穿你的真面目？”

“哎！”钟之飞叹了口气，“他没有处处和我作对，他是想保护我啊！史赛生是我的同门师兄，我们从小一起跟着我父亲学习车技。他对我一直很好，甚至后来和我父亲说，要娶我为妻。我虽然也喜欢他，但不是男女之情。父亲为了断了他的念想，便请他离开。后来，他在外面混得不错。这次参赛，他发现我女扮男装参赛，便多次接近我，就是希望我能退赛，他说这次比赛太危险，生怕我一个女孩子，出什么意外。为了不让他扰乱我的心情，我就和他定下赌约，只要任何一场比赛，我输给他，我就无条件退赛。于是在比赛过程中他想尽一切办法阻止我，他把我的导航仪弄坏后，他认为我会知难而退，但我还是坚持比赛，我不想输给他。当我出现意外后，他一定非常后悔，所以才坚持和你们一起营救我，没想到他永远地留在了沙漠里……”

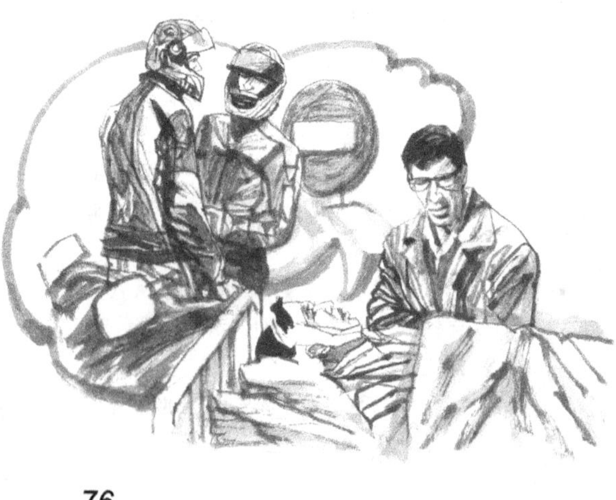

说到这里，钟之飞控制不住情绪哭了起来，似乎要把参赛以来经历的压力、害怕、内疚、伤心都发泄出来。梁思奇没有安慰她，他只是静静地陪在一边。他下定决心，回去就把这个独家新闻原原本本地写出来，至于比赛孰是孰非，就留给读者去议论吧！

（题图、插图：杨宏富）

音乐是世界性的语言，沟通心灵，传递希望……今天，让我们一起看看那些世界名曲背后的故事。

《致爱丽丝》

这天是圣诞夜，二十多岁的贝多芬又饿又冷，孤独地徘徊在街上。突然他看见一个衣着单薄的小女孩走出教堂，满脸的绝望伤心。

贝多芬走到小女孩面前，问她："什么事使你这么伤心？或许我能帮助你！"

小女孩告诉他：自己叫爱丽丝，她的邻居雷德尔老爹快要死了。老爹无亲无故，现在他只有一个心愿：再看一眼森林和大海！

爱丽丝含着泪水告诉贝多芬说：

"老爹是个善良的人，爱画画，爱听音乐。每到春天，他就骑着马到森林里去，秋天带着一大捆画回来。然后，他把画卖了，得了钱都分给穷邻居们，而他自己其实穷得只剩下一架破钢琴。可是现在没有人能帮他实现愿望啊！"

"不，也许有的！"说完，贝多芬就请爱丽丝带路，两人一起去了雷德尔老爹家。贝多芬坐在老爹家的破钢琴前，轻轻地按动了琴键……

老爹听着贝多芬的演奏，渐渐停止了咳嗽，好像是回光返照似的，他竟然自己坐了起来，他微笑着，头部也随着音乐的节拍摇晃，边摇边说："啊，我看到了！阿尔卑斯山的雪峰，塔希提岛四周的海水，还有海鸥、森林、耀眼的阳光……全看到了！啊，上帝……先生，感谢你让我在圣诞之夜看到了我想看到的一切！"

贝多芬却站起身，说："不，是你那仁慈的心灵在引领我，在推动我！还有她，美丽可爱的，天使一般的爱丽丝！是她把我引到了这架钢琴前……那我们就把这首曲子献给她吧——可爱的爱丽丝。"

卡农是一种谱曲技法，也可指以此种技法创作的音乐作品。其中最为著名的是德国作曲家帕得贝尔所做的《卡农曲》。这里还有一个凄美的爱情故事：

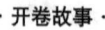

·开卷故事·

『卡农曲』

帕得贝尔因为战乱沦为孤儿，他流浪到英国一个小村庄,被一个教堂里的琴师收养，耳濡目染也学会了钢琴。

村里有个叫芭芭拉的女孩被帕得贝尔的琴艺所吸引，便借故请他教自己弹钢琴。但芭芭拉的全副心思都放在帕得贝尔身上，所以并没认真学习琴艺。帕得贝尔却没看出女孩对自己的情意，只是经常指责她不认真学习，终于有一天，帕得贝尔对芭芭拉说：“你走吧,你真的不适合弹钢琴。而且你也不喜欢钢琴。”芭芭拉哭着走了，不再跟他学琴。

在芭芭拉离开的半年里，帕得贝尔发现没有她在身边，自己少了很多快乐，原来自己已经不知不觉爱上了她。他准备写一首曲子，作为向芭芭拉求婚的礼物，就在他完成三分之一的时候,战争爆发了,他应征入伍。在战乱中，帕得贝尔经历九死一生。每当困顿的时候，他都会想到芭芭拉，想到教她弹琴的日子……于是，他完成了剩下的三分之二的曲子。

战后，帕得贝尔回到村里，却得知一个噩耗：两个月前，芭芭拉在从前和自己学琴的教堂里上吊自杀……帕得贝尔听了，非常悲痛。他要用自己的方式纪念芭芭拉，便将所有村民召集到教堂里，他坐在钢琴前强忍着泪水，弹奏自己为芭芭拉所作的曲子，也就是后世广为流传的《卡农曲》。

《蓝色多瑙河》

1867年，奥地利维也纳男声合唱协会急需一首供表演用的合唱圆舞曲。合唱协会的指挥找到施特劳斯，请他创作一首以多瑙河为主题的圆舞曲。施特劳斯答应了下来。施特劳斯把自己对多瑙河的感受讲给一位诗人听，这位诗人很快写下一篇名叫《美丽的蓝色多瑙河》的诗歌。

施特劳斯读了这篇诗歌，顿时乐思如同奔腾的河水，激荡在心头。但是那天曲谱纸正好用完了，于是他在自己的衬衫袖子上匆匆记下了乐谱。直到清晨，他才写完，然后脱掉衬衫入睡。

他的夫人发现了丈夫衬衫袖子上的乐谱，知道这是他的新作，就没有动它，先忙自己的事情去了。等她忙好，才发现这件写有乐谱的衬衫已经被仆人拿去洗了。她不由大惊失色，急忙跑出去找。幸好这时仆人刚刚将衣服丢进洗衣盆里。施特劳斯的夫人立刻从水中将衬衫捞出，还好乐谱墨迹还未洇掉。

所以，今天当我们听着《蓝色多瑙河》时，除了要感谢施特劳斯之外，还应该感谢他的夫人救谱有功。

（**推荐者**：肖　东）

唱歌的情圣

□朱广思

·情节聚焦·

阿坤特别爱唱歌，虽然歌声实在让人不敢恭维，可他还是逮着个机会就唱个没完。

上了大学之后，阿坤为了尽快找到女朋友，更是勤加练习，每天早晚都要一展歌喉，弄得室友们都特别反感。大家只好在卧谈会上投票表决，不准他在寝室里唱。

阿坤无奈只好跑到学校的操场上唱歌。

这天，阿坤正唱着，突然眼前一亮：操场边上，一个漂亮的女孩正对他微笑。女孩见阿坤两眼直呆呆地盯着她看，“扑哧”一乐，捂着嘴走了。

阿坤油然而生一种遇到知音的感觉。最后，他经过多方打探，得知那女生就住在女生宿舍的三楼。

从此以后，阿坤便铁了心，要结识那位漂亮女孩。他每天抱着个吉他，在女生宿舍楼下唱歌。

阿坤的室友们为寝室除去了一大祸害而高兴，而住在宿舍的女生们可苦了，只能不时地向楼下泼水，扔番茄柿子等等，来驱赶引吭高歌的阿坤。

阿坤在女生楼下一边躲着泼下来的水一边弹着吉他唱歌，可坚持了好几天。他的梦中情人，那个漂亮女孩却始终没有出现。

室友们还是被阿坤感动了。一天，室友中最聪明的老朱给阿坤出了个好主意：让他用红玫瑰摆成一个大大的心形，然后抱着吉他在楼下自弹自唱《你是我的玫瑰》，以此来打动那女孩。阿坤觉得这主意不错，就在第二天实施了这一计划。

这天阿坤从下午2点一直唱到晚上6点，不论楼上怎么泼冷水扔西红柿也不闪躲。其实他是因为被玫瑰花环挡住了脚，不方便躲。他抬起头，张开嘴，用嘶哑的声音最后一次吼起来："你是我的玫瑰……"就在这时，不知道是楼上哪位女生实在忍无可忍，将一暖水瓶的隔夜热水泼了下来……

室友们怕阿坤烫坏了，便跑过去，想看他到底怎么样了。远远地，他们就看见阿坤一手扶着墙根，另一手不断在脸上乱抹，弯着腰不停地咳嗽，好像被呛得挺厉害。室友们还没走近，阿坤心仪的女孩竟然急匆匆地下楼来了，使劲拍阿坤的后背。

老朱慢悠悠地走到两人跟前，欣慰地对阿坤说："阿坤，别难过了，你看人家不是怕你有事，过来安慰你了吗？你倒是和人家说句话啊！"

那漂亮女孩白了老朱一眼，也不吱声，还是继续不轻不重地拍着阿坤的后背。

突然，阿坤猛一咳嗽，从嗓子眼里咳出一个暖瓶塞来。

那女孩这才长舒一口气，然后用卫生纸垫着拾起那个塞子，"噔噔噔"地上楼了。

（**题图、插图**：安玉民　梁　丽）

您手中有没有得意之作？本刊辟有二十多个原创性栏目，如新传说、我的故事、情感故事、16岁故事、海外故事、职场故事和中篇故事等；您读到或听到什么有趣事可以和大家一起分享吗？3分钟典藏故事、开卷故事、外国文学故事鉴赏和快乐辞典等都是本刊推荐性栏目。热忱欢迎来稿，可从邮局寄发，也可从网上传递。

邮寄地址：上海绍兴路74号《故事会》杂志社，邮编：200020；

如为电子邮件，本期责任编辑信箱：yanyichao1004@sina.com。

工资那些事

□张晓婉

小诺大学毕业后，到一家不大不小的私人企业工作。虽然月薪只有1500元，但好在每天工作时间也只有6小时，这对于爱玩的她来说还算不错。

这天，小诺听同事们说，公司有规定，员工每月工资不得低于1800元。

后来小诺证实了这个规定，心里就不乐意了，凭啥自己的工资才1500元啊？

于是，小诺立刻找到公司人力资源部。

部门主管听完小诺的申述，点头说："是的，公司与你们签订的《集体合同》里，是有最低工资1800元这么一条规定，但是……"部门主管话锋一转，又说道，"我们合同里规定的劳动时间为每天8小时，所以说：每天只有不低于8小时的工作量，才能得到1800元的月工资。而你每天就工作6小时，理所当然不能给予相同待遇。"

小诺觉得这条理由似是而非，却又不知该从何反驳，只好悻悻而归。而且她少拿300元，在公司里就觉得比别人矮了一头。

那天小诺遇到好朋友张捷，便将这个烦心事说给了他听。

张捷是当律师的，听了这事的来龙去脉后，马上就说"你再去跟公司交涉，如果他们仍不同意给你加工资，你就去劳动争议仲裁委员会告它，我保证你一定能打赢这场官司！”

看着张捷自信满满的样子，小诺半信半疑地又去找公司理论。

但公司仍然不同意加小诺工资，还放狠话说：“你想在这里干，就老老实实按合同去做，你不想干，我们也不勉强，你随时可以走人！”

小诺听了又气又怕。她气公司的蛮横无理，也怕会赔了夫人又折兵。

但在张捷的鼓励下，小诺经过深思熟虑，还是找到劳动争议仲裁委员会，要求公司：按照集体合同规定的月工资标准1800元履行合同，并补足之前4个月低于集体合同约定的月工资标准部分的劳动报酬。

劳动争议仲裁委员会受理了此案。

在调查中，公司代表仍是坚持：集体合同规定劳动时间每天满8小时，才能得到不低于1800元的月工资，而小诺每天工作不满8小时，所以不能给予相同待遇。

而张捷作为小诺的律师，进行了针锋相对的辩解，他说“劳动合同关于劳动者权益的规定，可以高于但不得低于集体合同标准，高于集体合同标准的部分有效，低于集体合同标准的部分无效。也就是说，我当事人小诺与公司签订的劳动合同中约定的工资报酬低于集体合同标准，因此该劳动合同规定无效。”

听到张捷的这番解释，又看到那些对应的法律条文，公司代表一时愣在那里。

好半天，公司代表才给自己找了个台阶下，说“好，既然法律有规定，我们自然得遵守，不过小诺的工资按集体合同标准算，那她的工作时间也得相应改变，变为8个小时！”

听到这个要求，张捷神态自若地站起来，笑道：“我想，我刚才似乎没有说清楚。劳动合同的约定不得低于集体合同的相应约定，但是劳动合同中高于集体合同的部分，却自然有效。换言之，小诺的劳动合同规定工作时间为6小时，高于集体合同标准，此条款有效！”

此话一出，顿时引起一阵轩然大波。公司代表怒道："怎么可能？这不公平！”

张捷一脸严肃地回答说："公不公平不是我们说了算的，法律就是这么规定的。"

最终，劳动争议仲裁委员会裁决如下：

被申诉人一次性补发申诉人工资1200元；申诉人剩余合同期限的工资按每月不低于1800元履行；其他约定按劳动合同规定保持不变。

就这样，小诺如愿获得了胜诉。事后，她感慨道："还是懂点法好啊！而且人人都该学会用法律的武器保护自己！”

律师点评：

《工资那些事》这个故事主要反映的法律问题，即在"集体劳动合同"中有关劳动者劳动报酬及工作时间等方面的规定。一般情况下，我国劳动法对此有两个"不低于"规定：

第一、集体合同中劳动报酬等标准不得低于当地人民政府规定的最低标准。

第二、集体合同中劳动报酬等不得低于集体合同规定的标准。

而且以上两点基本上实行就高不就低原则。因此，便出现了对小诺工资应当提高到集体合同规定的每月1800元最低标准，而工作时间则依据约定6小时不变的状况。

（**题图、插图**：安玉民　梁　丽）

·本刊信息传真·

法律知识故事征文

本刊推出的"法律知识故事"，通过发生在我们身边的、短小而具体、在法理上容易混淆的个案，生动、形象地宣传法律知识。这些知识注重现实性、实用性，真正起到解剖一个案例、明白一个道理的作用。

为鼓励作者深入生活，写出高质量的法律知识故事，我刊决定面向全国征文。

本次征文也欢迎读者和法律界人士提供相关素材、案例，一经录用，即付稿酬。

来稿方法：1. 从邮局寄发，请在信封上注明"法律知识故事"字样，本刊地址：上海市绍兴路74号《故事会》杂志社，邮编：200020。2. 从网上传递，可寄以下信箱：wulun@vip.sohu.net，请在主题上注明"法律知识故事"字样。凡已和我刊编辑有联系的作者，稿件可继续投给原编辑。

"岳阳杯"幽默故事创作大赛征文选登
本活动由上海市松江区岳阳街道与本刊共同举办

柿子树下有秘密

□舒一耕

林老汉是个种柿子树的。这天，有个穿着体面的胖子找到林老汉，他开口就说："大爷，你家的柿子树好呀！我想买100棵！500元一棵！"

林老汉从没遇过这样豪爽的买家，便鸡啄米似地点头。

隔天，林老汉家就来了辆车，把那100棵柿子树挖走了。没想到接下来的几天，竟天天有人来买林老汉的柿子树，价格也水涨船高，很快涨到1000元一棵。

没几天，林老汉家的树林就变得光秃秃的，只剩下一棵歪脖子的柿子树。有个买家慕名而来，眼见只剩最后一棵树了，竟直接开价10000元，死活也要把它搬回家。

这让林老汉感觉就像做梦一样，以前无人问津的柿子树，咋一下就成摇钱树了呢？

这天，林老汉搭车到城里办事。他经过一个别墅小区的时候，一眼看到自己卖出的最后一棵柿子树，因为此树歪得很特别，所以非常好认。

林老汉走近再看，只见这些洋气的楼房前，家家门前都种着一棵柿子树。每棵柿子树下，都拴着一只宠物狗。东张西望的林老汉吸引了小区保安的注意，他冲过来就要赶林老汉走。

林老汉便问保安："为啥这里家家户户都要种棵柿子树，然后树下栓条小狗呀？"

"你这就不懂了吧？"保安昂起头，很骄傲地说，"狗又叫犬，家里有犬又有柿子树，不就是有权（犬）有势（柿）吗？"

这套设备很先进

□丁大明

李东买了一栋别墅，装修完毕，他就邀请自己乡下的朋友老丁前来参观。

老丁欣然赴约，到了李家一看，哇塞，真是金碧辉煌啊！大门是电动的，视听设备是进口的。

最神奇的还在后面，只听李东低头命令一声“送冷气”，身边就吹来了沁人心脾的凉风。

见老丁一脸茫然，李东解释说：“我家的空调是声控的！这可是市面上最先进的设备啦！”

老丁听了，不由叹道：“这玩意够先进啊！回头我也去给咱家装一个。”

李东心里不禁发笑：我装修前前后后花了几十万，就凭你，还想学我？

这时，老丁学李东样，对着空调随意说：“停！”哪知空调却不理他，于是他提高了嗓门，又喊了一声，“停！”但空调仍没反应。

李东在一旁看不下去了，就提醒他道：“你得说标准的普通话。”原来老丁说话有口音，设备无法识别他所说的话。

老丁听了，竟一脸不屑地说：“啥？连方言都识别不了，这不是个废物吗？回头让我娃给研究一个，他肯定行，他大学里可是主修电子工程的呢！”

李东张了张嘴却无话可说，心道：你还真是很傻很天真啊！

没想到半年之后，老丁还真打电话给李东，说自己家装了全套声控设备。李东听了，非常好奇，开车直奔老丁家。

老丁此时已经在大门口，恭候大

驾了。

老丁陪着李东进屋，然后用土得掉渣的方言说了声："1号门，关。"大门果然就关了。随后他又嚷嚷着："1号灯，开！2号空调，25度，开！"无一不成功。

这下可把李东给镇住了。李东是见过世面的，他知道老丁家装的应该是最新的智能声控系统，要卖上百万呢！他忙好奇地问："老丁啊，你上哪儿搞了这么套设备啊？"

"都是我娃整的，"老丁又一脸心疼地补充道，"老贵了！要不，我再带你参观一下我们的中央控制室？"说完，就领着李东走到二楼。只见其中一间房门上贴着张A4纸，上面用圆珠笔端端正正地写着几个字：中央控制室！

李东推开门一看，又傻了。只见老丁的老婆正坐在里头打毛衣呢，她面前有一张大桌，桌上有一排开关，密密麻麻写着号码，李东凑过去一看，上面写着"门"、"灯"、"空调"等字样。

这时，只听见一个苍老的声音响了起来："闺女，3号房间开空调。"

老丁的老婆高声回了句："知道了，爸！"说完就笑眯眯地按下了面前的一个按钮。

这时，老丁在一旁解释起来："有了这套设备，照顾老人就方便多了。不过这套设备老贵的，要好几千！对了，这还不算我给老婆子的加班费呢！"

·本刊信息传真·

2011年"岳阳杯"幽默故事创作大赛征文启事

为进一步繁荣幽默故事创作，《故事会》杂志社与上海市松江区岳阳街道决定联合举办2011年"岳阳杯"幽默故事创作大赛，并面向全国征文。

一、征文内容： 1. 内容贴近生活，健康向上；2. 情节生动有趣；3. 语言活泼，具有口头文学特点；4. 作品尚未在公开出版物上发表；5. 篇幅在2000字以内。

二、奖项设置： 本次大赛设一等奖2名，奖金各3000元；二等奖5名，奖金各2000元；三等奖10名，奖金各1000元；创作奖10名，奖金各500元。优秀作品将陆续在《故事会》上发表，并结集出版。

三、征稿时间： 2011年2月1日—2011年12月1日。

四、征稿方法： 1. 从邮局寄发，请在信封上注明"'岳阳杯'幽默故事征文"。本刊地址：上海市绍兴路74号《故事会》杂志社，邮编：200020。2. 从网上传递，可发至各责任编辑信箱，请在主题上注明"'岳阳杯'幽默故事征文"。

本期责任编辑的信箱是：yanyichao1004@sina.com。

克敌良策

□东　关

阿亮，网名“东方不亮”，经常在网上发表激烈言论。这天他在一个同城论坛上和另外一个网友舌战，两人越吵越凶，最后竟说：有本事就别在网上叫嚣，面对面单挑。于是，双方约定，晚上八点在公园猴山前决一雌雄，不去是孬种。

等阿亮冷静下来，他就后悔了。长这么大，他还没跟谁打过架呢，可说毫无实战经验，打起来非吃大亏不可。但话已经说到那份上，不去迎战还叫男人吗？

阿亮灵机一动，登陆了另一个论坛，发帖向网友们求教，今晚该如何赴约迎战。人多力量大，说不定网友会有克敌良策。

果然，帖子一出，网友们很快就跟帖了，主意五花八门：有建议他当缩头乌龟的，说都什么时代了还玩决斗这一套，不去；有建议他为了尊严，一定要去赴约，但去之前一定要先买好保险；还有人建议，说临阵磨枪不快也光，不妨立马挥刀自宫，速练葵花宝典……

终于，有个网友贡献了一条实用的建议，说决斗的最高境界是不战而屈人之兵，让对方不敢跟你动手，他建议阿亮去弄一套警服穿着，即便不能退敌，也可护身，只要对方不是亡命之徒，断然不敢动手袭警。

阿亮大喜，觉着这主意着实不错，可往哪里去弄警服呢？

对方回帖：买，买不到就借，实在借不到，可退而求其次，弄身城管制服。如今城管战斗力也很强，足以退敌。

阿亮依计而行。他刚好有个同学当城管，跑去借来制服后，穿上对镜一照，果然威风凛凛。

吃过晚饭，阿亮就出门了。一开始，他还非常忐忑，但途经一个夜市时，众小贩见了他，无不惊慌失措，东

欢迎抢劫

□马凤文

石柱乘公共汽车去省城出差，可这段路治安不好，以前石柱就经常听说，有乘客遭人抢劫。上了车，石柱的心就提到了嗓子眼儿，怕劫匪突然冒出来。

可过了一半的路程，也没有劫匪的影子，石柱有些睡意，便昏昏沉沉地睡了过去。

突然，汽车一颤，把石柱从睡梦中惊醒，抬眼一看，有三个年轻人上了车。石柱见这三人穿着得体，面容和善，根本不像坏人。哪知人不可貌

奔西逃，可谓所向披靡。阿亮心中敞亮起来：看来这身衣服果然令人生畏啊！

阿亮到了公园，直奔猴山。老远，便望见猴山之下站着个人，距离太远，看不清楚脸，但看身影，此人个子不高，身子也不壮。阿亮信心倍增，整整城管制服，挺直腰板，脚步铿锵，气势汹汹地走了过去。

两人距离越来越近，十米、八米、五米、三米……

那人突然转过身来，问："你就是东方不亮吧？"

这让阿亮一哆嗦，因为他看清了：对方是个光头，相当醒目，更醒目的是他身上的衣服，竟然也是制服。不是警服，也不是城管服，虽然只是一件小马甲，但左面写一个"监"字，右面写一个"狱"字，天啊，居然是……囚服！他是逃犯啊，是亡命之徒啊！

阿亮佯装没听见，目不斜视，脚下不停，毫不犹豫地与对方擦肩而过……

等阿亮走远，光头长吁了一口气，拍拍胸口，庆幸地自语道："好险！竟然是个城管，幸亏去搞来这件马甲啊。"

相，车刚开出不远，突然一个年轻人掏出刀子大喊：“都不要动，打劫的，快把钱拿出来，否则让你们死无葬身之地！”

石柱虽然年纪不小，可平生还是第一次遇到抢劫，吓得他浑身发抖，不禁把身子缩到了座位下。车上人没有不害怕的，纷纷往外掏钱。石柱也想掏，可手就是不听使唤。这时，一个劫匪过来，冲石柱大喊“把钱拿出来！”石柱抖作一团，一紧张竟然全身抽搐，口吐白沫。

劫匪一看，也暗吃一惊，冲到同伙身边小声嘀咕：“这个人好像是吓晕了，要不就是有传染病，我们还是别惹他了。”

两个同伙觉得有理，三人没理会石柱便下了车，逃之夭夭。

劫匪一逃，车上的人才缓过神来，发现十几人就石柱没被抢。一个

乘客气得一脚朝石柱身上踢去，哪知歪打正着，把抽搐中的石柱踢清醒了。

那乘客怒问：“刚才劫匪上来，你就抽抽！他们一走，你又好了！我看你八成是猪鼻子插葱——装蒜！”

石柱纵有千张嘴也解释不清，司机赶紧报案。民警很快赶来调查。民警也不理解，问石柱，为什么只有他没被抢。

石柱听了非常生气，他说“难道不被抢也有罪吗？”

几天后，石柱结束出差任务回家，坐的还是公共汽车。石柱心说，再倒霉也不会第二次遇到劫匪吧？哪知刚到前一次的事发地段，又有几个年轻人上车。

几人一上车，便引起石柱的注意，只见他们穿着奇特，留着长发，戴着墨镜，一看就不是好人。

石柱心说：上一次没被抢还遭人误解，这一次说什么也得被抢一次，反正身上也没几个钱。想到此，石柱大吼一声：“先来抢我，我有钱！”

那几个年轻人听罢，一个人吃惊地说：“这车上有劫匪，不安全，还是下去吧。”

司机见乘客刚上来，就被石柱吓跑了，气得大叫：“你瞎喊什么，哪来的劫匪？现在是淡季，赚点钱不容易，好不容易上来几个人，竟让你吓跑了！”

好个败家子

□张丽萍

老刘是个特别抠门的人，一旦要他花钱，他就会心疼得半死。这天晚上，他把儿子叫到跟前，说："村头水库里有鱼，你去给爹弄几条来！"

儿子一听，连连摇头说："爹呀，现在可是三九寒天，咋下得了水？我去给你买两条，行吗？"

"好个败家子！"老刘骂道，"有猪头谁找不到庙门啊？"说完从床下取出一个啤酒瓶，说，"这是爹自制的土雷，你只要把它点着扔水里，'轰'一声，不用你下水，鱼儿自然会漂上水面的！"

儿子接过酒瓶，手就有点发抖。他咽了口唾沫，问："这安全吗？"

老刘白了儿子一眼，说："不安全我能活到现在？你就放心去吧！"原来老刘以前开过山，炸过石头，很会做土雷。

儿子拗不过老刘，只好拿着手电筒硬着头皮出了门。他一出门，老刘就掐着点算了起来。很快就听到"轰"的一声闷响，想必是炸鱼成功了，老刘就跷着腿，等着吃免费的鱼啦！

等了半天，儿子跌跌撞撞地回来了，但他半边脸黑得像锅底不说，一只胳膊还被炸得血肉模糊。不用问，事办砸了！老刘心说：幸亏斤斤计较，少放了点火药，要不然儿子的小命可就没了！他赶紧让儿子复述一遍扔土雷的经过。

儿子嚷嚷着说："按你说的，我点着火后，不忙着扔，见捻子烧到瓶口才慌慌张张地扔了……"话说到这里，儿子突然一个激灵，像是意识到了什么，不往下说了。

"扔了咋还弄成这样？"老刘一怔，目光在儿子身上一搜，突然上前，劈头就给他一巴掌，骂道，"好你个败家子，鱼没捞到一条，还白搭了一个手电筒！"

（**本栏插图**：包丰一　顾子易）

496 2011 SEMIMONTHLY 上半月刊 10月

故事会

—STORIES—

2011 年 10 月

上半月刊 · 红版

何承伟：社　长、主　编

夏一鸣：副社长

吴　伦：常务副主编（兼绿版负责人）

姚自豪：副主编（兼红版负责人）

本期责任编辑：叶小萌

电子邮箱：xiaomeng.ye@gmail.com

红版发稿编辑：

姚自豪　吕　佳　李天然

美术编辑：李宝强

电脑制作：郭瑾玮

本社办公室电话：021-64375030

上半月刊编辑部电话：021-64332325

下半月刊编辑部电话：021-64336469

（上海市绍兴路 74 号　邮编：200020）

主管、主办：上海文艺出版（集团）有限公司

出版单位：《故事会》编辑部

发行范围：公开

出版、发行总监：张　凯

电话：021-64313938

发行：中国图书进出口上海公司

·笑话·

起名字

有一位姓韩的商人，想给刚出世的宝宝起个富贵的名字，亲戚们七嘴八舌地给他出主意，可他都觉得不太满意。

过了几天，亲戚们关心地问他："宝宝的名字想好了吗？"

那位商人说："想好了，这个名字相当富贵。"

亲戚们异口同声问："是什么名字啊？"

那位商人得意地说："大名叫韩金量，小名叫999。"

（陈福国）

（本栏插图：包丰一）

打　赌

两个吝啬的男人在一起打赌，胖男人说："我们来打个赌，输的人请客吃饭。"

瘦男人问："赌什么？"

胖男人指着远处，说："那边有一个喷泉。我们把头浸在水里，谁先把头拿出来，就谁输了。"

瘦男人答应了。

第二天，报纸上出现了这样一条新闻："昨天晚上，在市中心广场上的一个喷泉里，不幸淹死了一胖一瘦两个男人。"

（李冬梅）

医嘱

一位太太身体不适，到医院去做检查。医生告诉她："你的身体一切正常，只是平日要注意保养，夏天要多呼吸些新鲜空气，冬天要穿得暖和些。"

太太回到家，丈夫问她："医生跟你怎么说？"

太太回答："医生说，我必须夏天到海边度假，冬天穿貂皮大衣。"

（张　涛）

换车的结局

有个年轻人开车去上班，路上接到朋友的求助电话。

朋友说：“我的表弟最近有点急事，需要去外地，可他的车不能跑长途，你看能不能跟他换几天车用用？”

年轻人听了，爽快地答应了。

下班后，年轻人与朋友的表弟见了面，他大方地把车钥匙交给对方，问：“你的车是什么牌子的？”

那人不好意思地说：“什么牌子的都有。”说完，他塞给年轻人一张公交卡。

（郭卫阳）

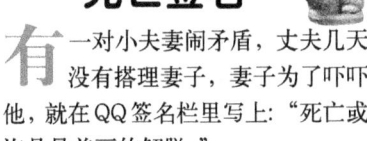

有道题出错了

一次数学测验，试卷上有这么一道题：1的100次方是多少？

有个学生数学特别差，所以想不出答案，只能在草稿纸上，一遍遍演算起1乘以1来。

当他乘到第83次的时候，数学老师走到他身后，看了看他反复演算的草稿纸，于是叹了口气，快步走向讲台，说：“同学们，有道题出错了，现在更正一下，那个1的100次方的填空题，现在请把它改成1的1000次方。”

（肖　进）

死亡签名

有一对小夫妻闹矛盾，丈夫几天没有搭理妻子，妻子为了吓吓他，就在QQ签名栏里写上：“死亡或许是最美丽的解脱。”

签名更改后，引来无数亲朋好友的劝慰，却迟迟不见丈夫来关心。

于是，妻子不满地对丈夫说“你没看到我的QQ签名吗？”

丈夫回答：“一上网就看到了。”

妻子气得哭起来：“那你看到了也不来安慰我？”

丈夫指着电脑里的QQ农场，笑着说“你如果想寻死，还会来偷我的菜？”

（王　伟）

·笑话·

不来不行

三个女人在一起打赌，每个人写上“老公快来救我”的短信，发给各自的老公，并附上地址，然后关机，看看谁的老公来得最快。

在相互监督下，她们三人发完了短信。然后，其中两个女人忐忑不安地等待着，唯独第三个女人很平静，她确信自己的老公不会来的。

但是她的老公最先来了，那女人惊喜地问道：“我的手机中毒了，你又不是不知道，怎么就过来了？”

老公委屈地掏出手机让她看，那女人大吃一惊，只见自己刚才发出的短信地址没变，内容却变成了另外一句话：“老公，想离婚就快来找我。”

（蓝昌科）

老总送客

有一个小职员去客户的公司洽谈生意，临走时，客户经理热情地把他送出门外。

小职员有些受宠若惊，忙把经理请回了办公室，满脸堆笑地说：“经理，您忙，我告辞了。”

小职员走了几步，回头发现经理又跟了出来。小职员很感动，忙说：“外面热，您就别送了。”于是又把经理拉进了办公室。

小职员继续往回走，不料经理又跟了出来。

只见经理神色紧张，一路小跑到了小职员面前，小职员激动地拉住他的手，说：“您别送了！”

只见经理涨红了脸，尴尬地说：“兄弟，人有三急，我要去上厕所！”

（百合花）

咱俩不般配

蚂蚁对大象说：“我爱你！”

大象激动得喘着粗气，仰天狂呼：“我是世界上最幸福的象！”

大象兴奋地想要拥抱蚂蚁，却发现蚂蚁不见踪迹了。

十年后，衰老的大象看到一个熟悉的身影，原来是蚂蚁。

蚂蚁拄着拐杖走到大象面前，说：“你一喘气竟然把我吹出了十万八千里，我不畏艰险走回来就是想告诉你，咱俩不般配！”（科　荷）

搞不懂

放暑假了，妈妈担心女儿在家每天玩电脑，就设置了一个开机密码。

一天早上，女儿打电话给爸爸，说："爸爸，我急着要上网查学习资料，电脑的密码是什么？"

爸爸担心其中有诈，故意说"我不知道，你得问问妈妈。"两分钟后，女儿又打电话给爸爸，说"我已经把电脑打开了。"

爸爸惊讶地问："你是怎么打开的？"

女儿得意地说："我自己琢磨出了密码。真搞不懂你们，既然反对我玩电脑，为什么还把我的生日设为密码呢？一点技术含量都没有。"

（江水碧）

足疗

有一个青年升职了，同事们让他请客，青年很小气，却答应请大家去足疗。

下班后，同事们跟着青年来到一个街心公园，围着一个小池塘转圈子。

同事问："足疗的地方在哪里？"

青年指了指池塘，说"这个不就是吗？"

同事一脸惊讶："你不会想让我们下塘泡脚吧？你以为足疗只有泡脚吗？"

青年指着地面说："其实脚踩这种石子路，也会起到很好的按摩作用。"

（王　伟）

情场高手

有一个情场高手，为了在朋友面前显摆自己的实力，于是群发手机短信，给他认识的四个女孩，约她们明天出来看电影。

一天过去了，朋友问他："高手，那四个女孩中，有哪个答应陪你看电影啊？"

他沮丧地说"别提了，我群发短信时，那四个女孩刚好在一起打麻将，然后我就'糊'了！"（建　平）

神通广大的公司

□杨沁仪

丁亮工作几年后，在怡景小区买了一套房子。这原本是一件高兴的事，可是，入住没几天，丁亮就遇到了麻烦，原来丁亮的房子位于小区边缘，对面是另一个小区，中间只隔一条不宽的小路。小路的一边停满了轿车，经常有车堵在这里，不耐烦的司机们便竞赛似的按喇叭，一到晚上，这车鸣声实在是令人烦不胜烦!

这天晚上，扰人的车鸣声又响了，丁亮辗转反侧，干脆起床打开电脑，挂上了QQ。嘿，真没想到这半夜三更的，"怡景业主"群里却是热闹非凡，全都是在抱怨这"夜半车鸣"。有人说市区里是不能鸣笛的，前几年就有规定，可怡景小区外面这条小路没有交警，也没有标识牌，那些司机才敢肆无忌惮。丁亮立刻想到了向交管部门反映。第二天，他拨打交管热线1234567，把怡景小区噪音扰民的情况一五一十地说了个明白，建议有关部门在路边树个"禁止鸣笛"的标识牌，对方听了后，踢起了皮球:"噪音的问题您可以向环保局反映，他们的电话是7654321。祝您愉快!"丁亮还想说什么，电话"啪"地挂了，他愣了半晌，干脆拨起了环保局的号码。

环保局一听是因为噪音想树交通标识牌，立马表示这是交管局的事，干净漂亮地把皮球又踢了回来。

丁亮火冒三丈，他咬牙切齿地瞪着电话却无计可施，只好登上微博，把自己的遭遇全都写了下来。没过一会儿，网上的评论就过千了。丁亮浏览着网页，突然被一则回复吸引住了——“您好，神通广大公司对您的遭遇深表同情，其实您的问题很容易解决，详情请点击www.stgd.com。”

丁亮的第一反应是“广告党”，于是他随手就把回复删掉了，可没过多久，类似的回复又出现了。丁亮看了一眼，又把它删掉了。

又过了一会，丁亮又收到一条消息——“救命啊！别删了！据神通广大公司精确统计，您删除上述两条信息的平均耗时是13.7秒，您点击本网站却只需要0.2秒。绿色地球，节能减排，请您节约宝贵的时间！”

丁亮“扑哧”一声笑了，不由得轻轻一点，进入了网站，果然，他很快就被这家公司吸引住了。

“神通广大公司”原来是家网络策划公司，专门根据客户的需要定制服务。主页上有不少他们的成功案例，丁亮点进去一看，嗬，各种稀奇古怪的委托还真不少，最令人惊讶的是最近红得发紫的“龙哥”和“荷叶妹妹”，就是“神通广大公司”一手策划包装的。丁亮惊叹之余，抱着好奇的心态点击了客服的QQ号，把怡景小区的噪音问题和盘托出。

“神通广大公司”的客服还真有点“神通广大”的意思，了解完详细情况之后，很快做出回复：“本次的策略是一个字——‘秀’。”

丁亮觉得有些莫名，客服却没有急着解释，只是承诺帮助丁亮在两周之内解决问题，给怡景小区外装上禁止鸣笛的标识牌，所需支付的酬劳是八千元。对方再三强调，酬劳是在事后支付的，如果没有成功，丁亮不需要付一分钱。

八千块买一份安宁的睡眠，实在是不贵，况且受苦的可不止丁亮一个人，好几百户呢，平摊下来才十几块钱而已，丁亮有信心说服大家。

见丁亮没有反对，客服对“秀”做出了更详细的说明：“秀”就是做戏的意思。“神通广大公司”打算以怡景小区为舞台，围绕噪音扰民的主题，排

演一出精彩的“秀”。届时，导演、摄影师和主演由“神通广大公司”负责，群众演员和剧务等则需要怡景小区居民们的配合。

第二天晚上，“神通广大公司”就派来了三名工作人员。丁亮帮着把摄像机抬上楼顶，又找来十几个邻居一起助阵，大家都是QQ群里共同抨击噪音的“老战友”，从丁亮那里听说了此事，人人击节叫好，个个摩拳擦掌，兴奋不已。

按照“剧本”要求，主演是个不到二十岁的年轻小伙子，据说是演艺学院的学生。他的角色是一位高中生，因为长期遭受车笛声骚扰，无法正常睡眠导致高考失利，登上高楼要寻短见。丁亮和邻居们饰演劝阻的亲友和围观群众，在“神通广大公司”工作人员的组织下，一部精彩的DV短片很快就顺利完工了。接下来是后期制作，包括剪辑、配音、文字、网上发布等等，一下子就忙到了深夜。

这一觉丁亮睡得十分香甜，起床的时候已经快中午十二点了，他赶紧打开电脑浏览新闻。

嗬，果不出所料，不，应该是比原先预计的还要好很多，本地新闻的头条位置赫然是——“怡景小区噪音扰民，落榜学生欲寻短见。”相关评论已经有两千多条，点击率更是有十几万了，网络的力量真是超乎想象啊!

丁亮一边浏览一边感慨，“神通广大公司”这招还真毒！帖子写得极为煽情：先是详细描述了“高中生跳楼未遂”事件，附上了图片和视频记录，视频里脸部被“马赛克”的“高中生”痛不欲生，声嘶力竭地讲述自己的遭遇，咒骂“夜半车鸣”，“亲友们”则泣不成声、苦苦劝阻，场面十分感人。帖子的末尾还向有关部门提出了申述：居民们已多次向有关部门反映，却一直未得到有效处置，从而导致该次事件的发生。我们在呼吁广大司机自觉遵守交通管理规定的同时，强烈要求交管等相关部门切实采取有效措施，避免悲剧再次上演……

不愧是专业级的啊，丁亮暗想。

看着不断增长的点击率他十分满意，原来网络炒作如此简单。招是发出去了，就看交管局和环保局怎么接了。

这个答案很快便揭晓了：交管局和环保局分别在官网发言高度关注该次事件，承诺将积极做出应对措施。视频播出的第四天，怡景小区外的那条小路上就竖起了“禁止鸣笛”的标识牌，还不时有交警过来巡逻，平日里飞扬跋扈的车鸣声听不见了，丁亮和邻居们终于能睡个好觉了。他们对“神通广大公司”佩服得五体投地，爽快地支付了酬劳。

三个多月后，丁亮把父母接过来住了一段时间，二老对怡景小区十分满意，一家人商量之后决定由父母出资再买一套在建的小户型，方便以后常住养老。丁亮兴冲冲地去售楼部咨询，却被浇了一盆冷水：四个月前丁亮来咨询时均价才一万两千块的房子，现在已经涨到了一万五千块啦，这也太离谱了吧！

售楼小姐却笑眯眯地说：“自从‘禁止鸣笛’的标识牌竖起来之后，怡景小区唯一的软肋都没了，房价自然是水涨船高了。”

丁亮不信，又跑了几家二手房中介，可都是如此，想不到“神通广大公司”解决了噪音的同时竟然推高了房价。丁亮咽不下这口气，登上“神通广大公司”的主页，找到客服要求解决这个新问题，这次他愿意付几万元的高价。“神通广大公司”的客服沉默了许久，没有回复，丁亮的心一个劲儿往下沉，难道这次连他们都无计可施了？

就在此时，“滴滴”声响起，客服回复终于来了：“本次的策略是一个字——‘等’。”

不愧是“神通广大公司”，真是没有他们办不到的事啊，丁亮心头一喜，紧盯着电脑屏幕，充满了期待。接下来的一条回复却让他傻了眼——“此事难度系数太大，超越了本公司的运营范围。关于该问题，最新的房产国八条已经出台，请您拭目以待……”

（**题图、插图**：安玉民　梁　丽）

谁会说真话

□王兴菜

皇朝大酒店是市里最豪华的酒店，酒店非常重视厨艺，每个季度都要搞一次菜肴评比，评为“季度最佳”厨师的就能晋级为副厨师长，工资涨一大截。尹大为是皇朝大酒店的一名厨师，他的厨艺一流，所做的几道招牌菜很受食客好评，但奇怪的是，酒店每次评比，尹大为都没能得奖，这是为什么呢？说到底，这是酒店里的潜规则：酒店的厨师们有个不成文的规定，大家互相拉帮结派，支持自己派系的人，排挤别的派系的人。尹大为是从外省过来的，自然要受到排挤。

再过几天，又到了季度评比的时间。这天晚上，酒店打烊后，厨师们陆续走了，尹大为换好衣服，望着黑乎乎的后厨，心事重重地叹了口气。他刚要转身离去，身后突然有人说道：“尹师傅，黑灯瞎火的，您干吗叹气？”

冷不丁有人开口说话，尹大为不由吓了一跳，他连忙转身一看，发现说话的人居然是饭店的洗碗工“小盘子”。

两个月前，饭店招了个临时工，专门负责刷盘子洗碗。这个临时工年龄不大，平日不怎么说话，但干活很卖力，大家都叫他“小盘子”。

见是小盘子，尹大为和气地笑笑，说“没什么，干了一天活，累了。”说完，他转身就要走。

小盘子几步跨上前，拦住了尹大为，说："尹师傅，我猜您叹气是因为明天的季度菜肴评比，对吗？"

尹大为一听，心中不由一惊。没等他开口，小盘子又补了一句："我知道尹师傅菜做得好，如果您想得到'季度最佳'厨师的话，也许我能帮得上忙。"

尹大为一听，差点笑出声来，心想："这个洗盘子的可真是自不量力，在酒店，厨师的地位是最高的，就连大堂经理也不敢招惹厨师，你个洗盘子的却大夸海口，去和这帮抱成团的厨师斗？"

小盘子似乎看出了尹大为的心思，说："尹师傅，您一定以为我是夸海口，您不相信我就算了，我还是洗我的盘子去吧。"

自己心里想的啥，居然接连被小盘子识破，尹大为开始重视起眼前这个临时工来了，他看了看周围，一把扯住小盘子的胳膊，低声说："小兄弟，这里不是说话的地方，咱们到外面找个喝酒的馆子，边喝边聊。"

于是，两人来到了不远处的一个小酒店，要了点花生毛豆，弄了瓶白酒，边聊边喝。

小盘子毫不客气，捏了粒花生米，开门见山地说："尹师傅，您的厨艺在咱们酒店，不是数一，也得数二，但咱们酒店风气不好，互相拉帮结派，糊弄咱们大老板，结果您虽然厨艺高，但上层一直不知道，所以就一直被埋没了，您被咱们酒店的潜规则给压制了啊！"

一句话说到尹大为的心坎里去了，他喝了口酒说："可我是一个外来户，没帮没派的，没有办法啊！"

小盘子不以为然地说："尹师傅，这事包在我身上了。"

尹大为不由乐了："你人不大口气倒不小哟！"

小盘子说："不是我口气大小的问题，而是我们酒店业是有规则的，您要是知道了酒店业的最高规则，那您就能成为最优秀的厨师了。"

尹大为一听，顿时懵了，他可从来没听说过酒店里有什么最高规则，他示意小盘子继续说下去。这时，小盘子反倒故意卖起了关子：“尹师傅，好饭不怕晚，这个最高规则得等到明天才能告诉您。”

就这样，尹大为无论怎么套小盘子的话，小盘子就是不松口，两人一直聊到半夜才散。回到住处，尹大为居然失眠了，躺在床上，他想：瞧小盘子口气这么大，难道他真有什么了不得的手段？

第二天晚上，酒店打烊后，所有的厨师都没走，来到酒店二楼的大会议室开会，评选“季度最佳”厨师。

尹大为坐在会场里，一直魂不守舍，心里老在琢磨着小盘子昨天那番话，巴不得这个名不见经传的洗碗工真的能有点法子，让奇迹发生一次。可会都开始了，也没见到小盘子的人影，很快投票也结束了，还是没见小盘子的人影，尹大为想到自己居然把命运寄托在一个洗碗工身上，难为情地笑了笑。

不大一会儿，投票结果统计出来了。主席台上，酒店总经理笑眯眯地拿着张卡片，打开后刚要读出来，就在这一刻，会场后边响起了一个略显稚嫩的声音：“总经理，您不用读了，我猜结果一定是18号厨师孟长山。”

这话一说，整个会场的人全都回头往后看：居然是小盘子！

酒店总经理也愣住了，沉默了片刻，他饶有兴趣地问道：“你是谁，你怎么会知道结果的？”

小盘子大声说：“我是洗盘子的临时工……”

话刚落音，整个会场的人都笑出了声。总经理在笑声中觉得自己被嘲弄了，他手一挥，不满地说：“保安呢，怎么组织会场的？这是评‘季度最佳’厨师，洗碗工干吗放他进来？”

谁知小盘子更加来劲了，他针锋相对地说：“总经理，这次‘季度最佳’厨师，我觉得应该评尹大为。”

小盘子话一落音，会场所有的厨师都盯着尹大为看，接着，全场笑得更厉害了。尹大为哪里能想到小盘子居然会当众提自己的名字，他感到自己的脸如同被人当场抽了几耳光，心中又急又恼，恨不得在地上找个缝钻进去。

总经理早不耐烦了。小盘子旁边的几个厨师见总经理生了气，赶紧起身，要过来赶小盘子出去。这时，小盘子突然一手举起几张纸，高声喊道："总经理，您看完这纸，再赶我走也不迟！"说完，他径自走向主席台，把纸递到了总经理手中。

总经理迟疑了一下，还是伸手把纸接了过来。他先是略微看了看，看着看着，原先的恼意消失了，接下来是眉头紧锁，最后又意味深长地看了看小盘子，赞许地点了点头。

总经理这番表情，顿时使会场安静了下来，就连刚才羞得不行的尹大为也紧紧盯住了主席台前方。在总经理的示意下，小盘子站到了讲台上，不急不慢地说道："人在职场，有利益也有竞争，有了竞争大家就不会说真话，在这个酒店里，'季度最佳'厨师是个香饽饽，大家都想争，争来争去就没人说真话了，所以我想说说真话……"

这时，台下一个厨师不耐烦地说"你就是个洗盘子的，能说什么真话？"

小盘子笑笑说："我刚才递给了总经理一张纸，那张纸会讲真话。"

一句话让台下所有的厨师都摸不着头脑。

小盘子接着说："这张纸记录了我两个月来总共洗的盘子数，因为最后一道洗刷都要经过我的手，这两个月我一共洗了二十多万个盘子和碟子，每天多的时候要洗近万个盘子，两个月的盘子一个不拉地都被我统计下来，我发现尹大为师傅做的菜，被点的次数最多，排前十的菜里，有他做的三个菜……"

刚说到这里，一个厨师不服气地问："凭什么从洗盘子上就能断定尹大为做的菜被点得最多？"

小盘子立刻驳斥道：“你也知道，咱们饭店是高档饭店，比较讲究，每一种菜品用的盘子形状都不相同，就连凉拼的菜盘子也形状各异，所以，只要查清有多少这样的盘子，就知道有多少客人点了这道菜，厨师们可以拉帮结派，但盘子不会拉帮结派，盘子会开口说实话。”

小盘子说完这番话，台下顿时沉默起来，尹大为激动了起来，他没想到这个小盘子的心居然会这么细！

这时，总经理微微带笑，说：“没想到咱们饭店还有这样的人才，好啊，要是没有他，我想我们今天的评比也许会埋没了一个好厨师啊……”

总经理话还没说完，又一个厨师站起来，不客气地说：“即使真的像这个洗碗工说的那样，但谁又能证明他统计的数字是真实的？或许是他和尹大为串通一气、浑水摸鱼呢？”

没等小盘子反驳，总经理主动举起手中的另外一张纸和一张照片，动情地说：“这些东西能证明他不会浑水摸鱼，这张是小盘子——不，是张鸣的大学录取通知书——他刚刚被北京一所重点大学数学系录取了，这张照片是张鸣的全家福，他的爷爷可是我们饭店的老员工。最初也是做洗盘子的活，老人一生最大的理想就是成为一名出色的厨师，最终他成了我们饭店第一代的厨师长。不久前，老人去世了，他生前最大的心愿就是能回饭店，看看过去工作的厨房。所以张鸣是带着爷爷的遗愿来的，他也想了解爷爷过去的工作，我相信他说的一切都是真的。”

片刻，台下响起了热烈的掌声，尹大为的双眼顿时模糊了。

那天晚上，尹大为第一次被评为了“季度最佳”厨师，顺利晋级为副厨师长。散会后，尹大为再次请了小盘子，哦，不，请张鸣吃饭。尹大为喝醉了，但他还是清晰地记住了张鸣说的那句话：“厨师行业的最高规则是——让盘子开口说真话……”

（题图、插图：安玉民　梁　丽）

·新传说·

新领导来了

□刘祖光

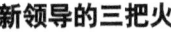

新领导的三把火

最近，洪武市突然爆出一个大新闻：本市明星企业“星光集团”的副总徐远征离开“星光”，到“朝阳福利院”担任院长。

“星光集团”是洪武市唯一一家在A股上市的企业，“星光”待遇丰厚，徐远征的年薪达一百多万，而“朝阳福利院”是洪武市有名的“穷人单位”。市里拿不出多少钱支持，“朝阳”的员工们拿的工资不高，徐远征从富庙来到穷庙，能拯救“朝阳”吗？

大家都觉得徐远征在“朝阳”停留短暂，因此对他既不抱希望，又远远地躲离，生怕跟他走得太近，惹得副院长秦大海不高兴。这次秦大海本来有望升任院长的，徐远征过来了，他的愿望就落空了，但大家普遍认为，徐远征走后，秦大海会转正，所以，大家都不愿得罪秦大海。

而作为办公室主任的高金梅却不同，徐远征一上任，她就热情迎接。徐远征需要了解院里的人事以及经济状况，她就一五一十、事无巨细地汇报。了解到院里职工只有基本工资，没有奖金，节假日也没什么福利，徐远征摇头叹息：“这样可不行，照顾孩子又费心又费力，再没点经济补偿，谁愿意干？”

高金梅很苦恼地说“可是，咱这福利院没什么项目能赚钱啊！”

徐远征摇摇头，忽然笑了起来：“你等着吧，我一定要让‘朝阳’变成咱们市待遇中上的单位。”

就这样，徐远征开始了大规模动作。首先是将人员分类，比如将懂电脑的人组织到一起，文笔好的组成一组，交际能力好的组成一组，然后是频繁开会。徐远征是个工作狂，白天黑夜地跟他们谈工作，布置任务。不久，网络运营部成立，那些懂电脑的人负责建立网站，院里每一位儿童的资料都上网，文笔好的人则管理院里的微博，发一些呼吁资助的文字，懂摄影的人拍摄孤儿们的生活状况，会交际的人则被派出去组织策划一些慈善活动。

一个月后，院里的财务一盘点，收到的各项捐款高达百万元，而和企业联合组织的慈善活动，收到企业赠送的礼物以及资金也令人瞠目结舌……

高金梅成了徐远征的左膀右臂，徐远征想的事，她挖空心思找关系也要办成。

年末，职工们破天荒地收到了奖金，那天开职工大会，员工们纷纷拥护起徐远征来，徐远征讲话时，会场纪律出奇地好。

他对大家说："我们所从事的是一项高尚的事业，在别单位的人面前，我们要挺起胸膛做人，我向大家承诺，咱们的待遇最起码得赶上'星光'……"

员工们用热烈的掌声回应徐远征的讲话。

徐远征继续说："明年我们福利院要成立外联部，部长由高金梅来担当。希望大家主动出击，搜寻孤儿，特别是街头的残疾儿童以及乞讨和偷盗的儿童，争取将他们归到院里来。"

大家听了疑惑不解：这不是给自己找事吗？

会场顿时鸦雀无声，徐远征见状，拍了拍桌子，说："你们都将人当作负担，却没想到，人也是重要资源。你们想想，如果世界上没有了孤儿，咱们不就失业了吗？没有他们，咱们拿什么觍着脸跟领导要便宜的土地呢？"

一语惊醒梦中人，大家豁然开朗，马上积极行动起来。

好领导不易当

不久，福利院收养的孤儿大增，网站上及时更新和公布孤儿的信息，福利院的行为，得到了社会各界的广泛赞誉。全国各地的捐款蜂拥而至，没多久，市领导就来福利院视察。

领导们听取徐远征的工作汇报。徐远征说："孤儿增多造成居住拥挤，需要改建和扩建，同时，院里还想利用现有的资源，建设养老院和托儿所，为社会分忧解难，这样，养老院的老人们可以跟孩子在一起，又解决了年轻人的托儿问题，一举两得……"

领导马上表示支持。果然，院里

用很便宜的价钱购得一大块好地，首先建了职工宿舍，到了年终，普通员工的年终奖达到三万元。这下，福利院一下子成为市里的高薪单位，无数人托关系走后门要到福利院来。

因此，徐远征启动了大规模的招聘工作。随着招聘工作的展开，徐远征也越发高调起来，每天西装革履，那西装价值三万多块，坐的车也值二十多万。不少人猜测徐远征在招聘中捞了不少钱。一天，市里派来了调查组，说有人举报徐远征贪污，调查一番后，却什么问题都没发现。福利院的人都真心拥护徐远征，并把怀疑的矛头对准了秦大海。有人说，举报者就是秦大海。秦大海非常被动，去解释吧，此地无银三百两；不解释吧，那就等于坐实了流言。

在年末饭局上，高金梅趁秦大海在场的时候，端起酒杯对徐远征说："徐哥，我先干了，祝你经受住了组织的检查。有人说是秦副举报了你，根本不可能，秦副不是那样的人……"

徐远征哈哈大笑，说："是秦副让你帮着说吧？其实，就是真举报了也没关系，这是监督我嘛，应该的。有秦副在，我也少犯错误，我应该敬秦副一杯呢！"

这番话说得秦大海羞愧难当，他咬咬牙，站起身说："徐远征，你刚来时，我确实对你有意见。但这一年来，你有作为，敢想敢做，能力超强，就是十个我也比不上你，我甘心接受你的领导。举报你的事，不是我做的，你不信我也没办法，我也不想解释那么多。今儿个我敬你一杯，请你允许我提前退休……"

说罢，他一饮而尽，甩手出门。徐远征想说什么，却叹了口气，坐了下来，跟大家吃喝了一阵后，徐远征忽然说："老秦这个人，是个老实人。"大家听了，不知道怎么应对。

第二天，秦大海来找徐远征，递

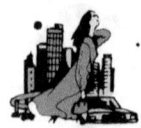

交了报告，请求提前退休。徐远征很痛快地批了，秦大海就拍屁股走人了，之后，徐远征将高金梅提拔为副院长。

不久，福利院的养老院和托儿所都已经建成，客源不断。入住的老人在托儿所找了个看孩子的差事，能减免一些费用，跟孩子在一起，他们也年轻了许多。这两个机构是福利院最大的盈利部门。新的大楼落成后，福利院收养了更多的孤儿，规模更宏大。

可是，由于徐远征成绩显著，不久，他以“经营型人才”被调到另一家濒临倒闭的棉纺厂任总裁，前去救火。

“朝阳”职工一片哀叹：“好不容易遇上一个好领导，咋就调离了？”

领导不是谁都能当的

徐远征临走前，推荐电脑部的主管来担任院长，但市里任命书下来，由高金梅任院长，大家知道后大吃一惊。徐远征得知消息后，特意打电话给高金梅：“小高，得知你高升了，我首先是祝贺，看在同事一场的份上，我想说，你的能力，最多当个副院长，当正院长，一是会害别人，二是会害自己。话不好听，但是真话。”

高金梅却笑呵呵地说：“徐总，感谢你的忠告。其实，你当领导的招数我都学会了，不就是给职工多发钱收买人心吗？我的能力，你只是看到了冰山一角，很多事，你都不清楚。”

徐远征还想说什么，高金梅却挂了电话。

高金梅任院长后，处处学习徐远征，高调做事，穿昂贵的服装，戴几万块的钻石戒指，但她很快发现，福利院的发展已经达到顶峰了，往后就只能走下坡路。因为养老院和托儿所无法扩大，而由于福利院名声在外，不少人将看到的孤儿都送到这里来，收养的孤儿越来越多，吃穿住用等消费与日俱增。

高金梅愁眉莫展，她想到了利用特殊关系“炒地”，于是，她降低奖金，又将福利院的资产抵押给银行，买下一块地，然后“囤积”下来，等待升值。没想到国家大力打击“囤地”行为，而且房地产调控使得开发商都不敢拿地了……

这下，不仅拿不到高利息，连本金都拿不回来了，职工们见高金梅整天穿金戴银，却发不出奖金，都不干了。情急之下，高金梅发现了一条新财路：向渴望收养中国孤儿的外国友人提出条件，三万美元收养一个孩子。福利院成了“人贩子”，没多久，卖孤儿的事情浮出水面，高金梅进了局子。

高金梅进局子后，她请求跟徐远征见上一面，徐远征答应了。见面后，高金梅主动说：“老徐，我向你道歉。在‘朝阳’举报你的，不是秦大海，是我。我想把祸水引到秦大海头上，逼他走人，好空出位子……”

徐远征笑笑说：“哦，是吗？其实，这个事我根本不在乎。”

高金梅又说：“你在‘朝阳’干得好好的，也是我把你给弄走的。”

徐远征看着她，叹了口气，说：“任何地方，都有这样一种人——有能力把别人挤走，却没能力掌控全局。我早就知道是你了，我还知道你是让某位政府领导把我弄走的。”

高金梅没想到徐远征对这一切了如指掌，问道：“你提拔我做部长、副院长，一方面，是想让我帮你干活，另一方面，就是那个领导掌握了批地的权力。而这次调任，却不推荐我做院长，就是因为你知道是我把你挤走的？”

“我确实利用了你的人脉关系，但是从福利院的长远考虑，我不想推荐你掌控福利院，那些孩子们太可怜了，我不想让他们遭殃。”徐远征知道，这个女人外表柔美，其实心思缜密歹毒，表面上，她对自己笑脸相迎，其实背后却狠插了一刀又一刀。他接着说：“另一方面，以你的能力也不适合做院长。你看，你刚升为院长，就穿着奢侈，负面影响一大堆。”

高金梅疑惑地问：“你穿好衣服为啥没事？而我穿了就不行？”

徐远征笑答：“虽然我是要为福利院‘化缘’，但参加一些商务活动，总要穿得体面一些，不然穿着寒酸就真成讨饭了，不是？这样一想大家就理解我为啥那么高调了。”

高金梅咬咬牙，又不甘心地问：“假如你现在仍做院长，你恐怕也会想办法挣钱吧？也许，你也会卖孩子，因为你没被逼到那条路上。你倒好，聪明地将担子扔了，让我顶包……”

徐远征叹息一声，说：“你干了坏事，就把责任推给别人。我假如还是院长，一方面，我会将托儿所发展成幼儿园，这个太容易了；养老院往高端发展，组建最好的医疗队伍，为大款老头儿服务。另外，降低职工们的心理预期，将实际情况告知他们，他们会理解的。同样，我也会将目光投到孤儿们身上，但是我不会卖他们，而是为他们争取更多的捐助。我甚至可以和那些老外达成协议，组成‘一帮一’对子，由他们资助孩子到国外留学，监护人是他们，但孩子又不是归他们收养，这样对孩子的未来发展也好，咱们也减轻了负担，节流也就意味着挣钱……”

高金梅听了，半天没有说话。徐远征走后，她喃喃自语道：“不是谁都能当领导啊！没能力的人当领导，只会死得更快！”

（**题图、插图**：谭海彦）

·新传说·

误会到底

□高菁

瞄了不该瞄的

高飞是一家公司的老板。这天他来到温馨咖啡馆，与约好的合作方见面，在经过一排卡座时，高飞不经意地朝旁边卡座上的人瞄了一眼，这一眼使他吃惊不已。

卡座上的男人高飞认识，是他多年的朋友安东，安东的身边坐着一个陌生女人，两人看似关系密切，这时，一个念头突然在高飞脑中闪过——安东在偷情!

面朝外的安东也看见了高飞，他愣了两秒后，一把推开怀里的女人。高飞见状，立刻转身，直奔预订好的位子。安东不由郁闷起来:天不见，地不见，偏偏让他高飞撞见了，唉，这回自己是喂进人家嘴巴里去了。

高飞和安东本是一对好朋友，当年高飞对阿敏很有好感，他托安东帮自己给阿敏送花，哪知安东一见漂亮的阿敏，动了贼心，不但不说花是高飞送的，还对阿敏甜言蜜语一番进攻。安东回来时，手里拿着一条漂亮的领带，对高飞支支吾吾，高飞问他阿敏究竟是啥心思，没料到安东说:“我送花给她，没想到她误会了，以为花是我送的，她说她也中意我很久了，还买了一条领带准备送给我，喏，就这领带……”

见事情成了这样，高飞气得不行，但一想人家中意的人是安东，也不好强求。安东娶了阿敏后，两个好朋友一度互不理睬。五年前，却又鬼使神差地在同一小区买了房，成了低头不见抬头见的邻里。

安东心里想:高飞过去对他就有成见，撞见这样的事，不正好可以报

复吗？不行，虽然自己有钱在外面鬼混，但家里的后院是不能起火的，再怎么说，阿敏是个很不错的女人。

安东在路边等着高飞，见他出门，忙迎上前说："高哥，难得碰到，一起走吧！"高飞见他那样子，明白他的意思，心想应该跟他把话说开，免得他心里有负担，但是，自己还要跟合作方开会，只好婉拒了。

于是，安东把高飞拉到一旁小声说："哥，拜托高抬贵手，那事千万得帮我保密，我记得您的大恩大德。"

看到安东恭敬的样子，高飞有些解气，他开玩笑地说："有贼心做，没贼胆担当啊？怕什么，你夫人是通情达理的，再说，这年头这事儿算个啥呀？别怕。"

看见高飞钻进车里扬长而去，安东惶惶不安地想：这家伙，到底要告密还是要保密呢？

借了不该借的

话说高飞这边有一个重要的生意，对方提出条件，要求高飞一周内出资50万，就可以合作。

可是高飞手头并不宽裕，目前只能拿出10万元，剩下的去哪儿筹啊？这年头，谁都不傻，有一份钱的都要凑出两份钱去投资，去钱生钱，手里哪会捏着现金啊！

果然不出高飞所料，他找几个朋友一说，都没现钱。思来想去，他想到了安东。安东生意做得大，抽个50万应该不在话下，再说，那天撞见的事也会促使安东借钱给他。高飞稳操胜券，找到安东一说，安东果然满口答应，并说三天里给高飞打电话。

其实安东手上并没有现钱，但他知道高飞得罪不得，既然人家找上门了，正好借此改善关系，再说他虽没现钱，但他一哥们比他更有钱，别说50万，500万都拿得出来。为了保险，他开车登门拜见，哪知那哥们一听，为难起来，说自己刚买了一块地，手上没有余钱了，这让安东为难起来。

三天过去了，安东迟迟没给高飞打电话，高飞按捺不住了，打电话问他，安东支支吾吾地说："再等两天，我这儿有10万，要不你先拿去用？"

高飞着急地说"10万？安总，开玩笑吧，我拿这10万不如不拿，好歹你得帮我筹40万啊，你生意做得那么大，不至于拿不出这点钱吧？"

眼看合作期限一天天逼近，钱却还没踪影。高飞急了，给安东打电话，想不到安东竟然关机了，气得高飞大骂道："不借就不借，干吗拖着我啊，早知这样我上别处借去！"

没筹到钱，合作的事泡汤了。高飞对安东恨得牙痒痒的，可是过了几天，安东拿着50万元来找高飞了。

高飞生气地说："耍我吧？要钱时你拿不出，现在人家另找人合作了，这钱还有个屁用？哼，你不义也别怪我无情，告诉你吧，我昨天已经把咖啡馆那事跟阿敏说了。”

看见安东的脸由红转白，又由白转红，高飞心里升腾起一缕报复的快感。

说了不该说的

当天晚上，安东早早地回到家，阿敏看了有些意外，问：“今天怎么这么闲呀？”

安东说：“我专门抽空回家陪陪你啊，免得你不高兴。”

阿敏心里挺高兴，可嘴里却开玩笑说：“在外陪小蜜腻了，又想起我这个黄脸婆啦？”

“哪里有什么小蜜？你听别人乱说什么了？”安东试探地问道。

平日里，阿敏对安东不是没有过怀疑，只不过她没有察觉异常。今天见话顺口，就想借机“诈一诈”安东，于是，阿敏故意说：“自己有了小蜜还怕别人乱讲啊？”

安东一听这话果然觉得不对劲，该死的高飞果然当了告密者，他立即辩解说：“这是什么话，我这辈子对你的真心你还不了解吗？即便我在外跟哪个女人有接触，那也是为了生意需要啊……”

阿敏打断了安东的话：“好了好了，我才不管你有没有小蜜呢，新生活，各管各的。”说完她扭进卧室。

见阿敏今天反常的态度，安东确定高飞已经把事情告诉了她。从此以后，他特别留意阿敏的一举一动。

一天晚上，安东有个应酬，很晚才回家。打开家门后，发现屋里黑灯瞎火，阿敏还没有回来。过了一会儿，阿敏粉面桃花，意气风发地进了屋。

安东黑起一张脸，问：“你去哪儿了？”阿敏见安东质问自己的去向，心里有些不乐意，她想：自己难得被闺蜜们叫出去玩，他就有意见，平日里，他可常常玩到深夜才回家啊！阿敏越想越气，便没好气地对安东说：“管我去哪儿了，你能玩我也能玩。”

安东恼羞成怒："什么意思？你在报复我吗？"

就这样一来二去，两人吵了个翻天覆地。从此，两人三天一大吵，两天一小吵，吵来吵去，吵到要离婚的地步了。

帮了不该帮的

这天，阿敏从菜场回来，在小区门口摔了一跤，正好高飞路过看见了，忙将她扶起，可是让高飞惊讶的是，一个月没见阿敏，她竟然变得憔悴不堪。高飞不由问道："你生病了吗？"这一问，勾起了阿敏的伤心事，她的眼泪扑簌簌地掉下来。高飞不知所措，只好送她回家。

进了门，阿敏问他："高哥，安东是不是在外面有人了？也许外面的人都知道了，就我还蒙在鼓里吧。"

高飞愣了一下，说："没有的事。"

阿敏说："既然没人，他为什么总是跟我找茬儿，还要跟我离婚啊？"说到这儿，阿敏又大哭起来。

高飞心里气愤极了：安东怎么能这样啊，自己在外拈花惹草，不但不愧疚，反而回来找阿敏的麻烦，真不是个东西！于是他怀着一腔怜悯，拍着阿敏的背说："你别哭，我去找他说说，这浑账小子，真不该……"

话刚说到这儿，门开了，来人不是别人，正是安东。安东看到这一幕，咆哮着扑过来，抓住高飞大吼道："好啊，从被你撞见的那一刻起，我就知道你会坏事儿，你不但成了告密者，还借机吃我老婆的'豆腐'，你太狠了！"

高飞忙说："安东，你误会了，我从来没把你的秘密说出去……"

"去你的！"安东根本不听高飞解释，一拳打在高飞的脸上，打得他一个趔趄，头撞上屏风角，撞了个口子，鲜血直流。

这时，阿敏疑惑地看着高飞，问道："你没把他的'秘密'说出来？什么秘密？敢情你们合伙来骗我啊？"

顿时，高飞在他们面前里外不是人了，夫妻俩因为这事吵了起来。

从安东家出来，高飞到医院包扎了伤口。他懊恼极了，早知道有今天，他当初就不该对安东说那些狠话。如果在看见安东犯浑的时候，能够坦诚相见，批评几句，事情也不会演变成现在这样。

从医院出来后，高飞便回家了，当他回到家时，发现屋里空荡荡的，老婆居然不知去向。高飞换了鞋，刚要坐上沙发，忽然看见茶几上有张纸条，上面写着：安东把什么都跟我说了，想不到你居然是这种人！

看完纸条，高飞长叹一声，沮丧地说："黄泥巴落进裤裆里，不是屎也是屎了，我真是搬起石头砸自己的脚啊！"

（题图、插图：谢　颖）

安锁子下矿

□刘 源

最近，韩乡煤矿发生了安全事故，市安监局加大了对附近煤矿的安全检查力度，大庄煤矿虽然顺利过了审，但是，工人们还是担心安全隐患，不愿意下井。于是，集团领导派下来一个叫安锁子的副矿长，主抓安全。

安锁子人矮粗，皮肤黝黑，很不起眼。矿长罗金泉得知他只是中学学历，挖了二十多年的煤，一直是个挖煤工，如今却一下子成了副矿长，罗金泉认定他走的是旁门左道，这样一个人来担任最重要的安全矿长，能放心吗？

工人们对安锁子也不尊敬，有个叫薛大蛮的矿工对安锁子说："听说安矿长以前跟咱一样，是个'煤黑子'，现在当上副矿长了，肯定是顶替领导下矿来的。"

大家"哈哈"大笑起来，罗金泉黑了脸：国家规定矿领导跟工人一起下矿，他曾经也让人替自己下矿，可偏偏他对薛大蛮奈何不得，因为他的大哥是大庄村的村长。

面对薛大蛮的挑衅，安锁子笑嘻嘻地说："兄弟，你猜对了。我安锁子就不是领导，咱这副矿长的帽子，就像这位兄弟所说的，是领导硬塞给咱，让咱替他下黑窑的。"说完，安锁子便下井了，他走在最前面，幽深的巷道里面犹如迷宫一样，不时出现横梁立柱，不注意就会撞到。

安锁子步伐极快，不时地偏头和弯腰，跟在他后面的薛大蛮不禁佩服起来：就冲这么老练的步伐，安锁子就是一个资深的"煤黑子"。

这时，作业区里开始放排子炮，这声音震耳欲聋，矿井里的煤灰被震得簌簌落下，蹲在暗井里的众人纷纷抱起头来。

等安静之后，安锁子忽然开口说："这里石顶水泥的强度不够，刚才的雷管标度太高……"

一句话，令大家激动起来。矿工老张说："你小子真是精了，没来就知道情况。咱头顶上的水泥质量，跟你说，还没我家垒猪圈用的水泥好。而且不管是多深的煤层，他们就爱用高强度雷管，光想多出煤，就没考虑过俺们的感受。强度高一分，塌方的危险就增加一分，这就不说了，光这声音就让人受不了。"

薛大蛮凑到安锁子身边，亲热地掏出一根烟递上说道："安哥，给，来一根。"

老张马上惊讶地说："咦？老薛今儿个咋了，平日矿长来了还够不着你一根烟呢。"

薛大蛮不在乎地说："矿长算什么？一个刚从学校毕业两年的毛孩子，井没下过几次，就知道'效益'，眼里没咱，咱也不用巴结他。"说完，他把烟递到安锁子手里。

安锁子却把烟夹在了耳朵上，一张嘴，却骂开了："你个薛大蛮，不想活了，还怕咱这里的瓦斯浓度不够高吗？井下吸烟，万一爆炸了，怎么办？"

敢骂薛大蛮的人，除了他哥，还没出现过别人。安锁子一顿骂，大家都瞪大了眼睛，谁知，薛大蛮却一副很舒服的表情，"嘿嘿"笑着说："好，老安，我老薛没看错你。你骂咱，是拿咱当兄弟。"大家听了乐和起来。

此后，大家都把安锁子当成了兄弟。安锁子做事很认真，把矿井考察了一遍，标示了几十处需要改进的地方。然后着手设计安全设施的方案，凡是不合格的产品，一律拆除换装。他又提出，所有设施，不通过矿里的设备科，而是由他负责。

这个提议，理所当然地被罗金泉给否定了。

罗金泉对安锁子早就不满了，因为他的妹夫小金原本是抓安全工作的，现在工作被安锁子抢走了，不但如此，安锁子还抢了他的风头，说话比他罗金泉还管用，这让他心里很不舒服，但为了生产，他都忍了。现在，安锁子居然敢染指设备了，众所周知，这可是最肥的地方，那安锁子真不愧是个资深"煤黑子"啊！

没想到小金却鼓励他同意安锁子的提议：正因为油水多，才好抓把柄嘛。罗金泉豁然开朗，在集团会议上，他表态支持安锁子的意见，于是方案顺利地通过了。

之后的一个月，安锁子顺利完成了设施更换的工作。

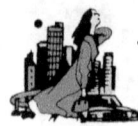

这天，小金兴冲冲地跑进了罗金泉的办公室，叫道："罗矿长，审计结果出来了，有将近七万块钱的出入哩。"

罗金泉有些失望："你还好意思说，这次光设备总额就有几百万，安锁子才拿了七万，这些钱算什么啊……"

小金却笑嘻嘻地说："罗矿长，七万块钱不算多，但足够集团把他弄回去了。贪一块钱也是贪，七万块钱不多，但安在安锁子头上再好不过。"

罗金泉觉得有些道理，马上给集团打报告，两天后，集团领导居然来大庄煤矿了。

那天，领导问安锁子："那七万块钱是怎么回事？老安，你们几个人不会把那几万块钱私分了吧？"

安锁子咧开嘴笑了起来："私分了，那也应该——他们每天干着重活，出了井还得干设备的事儿，多拿一分钱不应该？不过，这钱，给他们他们也不拿，这钱，被换成另外一样东西了。"

说罢，他带领导向井口走去。坐电梯下井，首先入眼的，是一根大钢梁。

罗金泉揉揉眼睛，这根钢梁好像是才换上去的，他不禁叫道："安矿长，井口的钢梁标准不用多高，原来的钢梁足够使，你怎么给换了？你这不是浪费吗？"

安锁子一挥手，薛大蛮等人顺梯子上到钢梁上，将灰尘擦去，上面几个洋文字母显了出来，安锁子笑嘻嘻地说："领导，这是德国进口的钢梁，那七万块钱就花在这上面了。刚才罗矿长说，好钢要使到刀刃上，这么好的钢梁，放在井口，确实有点大材小用。"

领导盯着安锁子，罗金泉心里有点小得意，以为他会道歉，谁知安锁子却仍笑嘻嘻地说："我放这根好家伙在这里，不是让它起安全作用的。"

领导“哦”了一声，感兴趣地说：“那起什么作用？”

安锁子一字一顿地说：“心理作用！工人们下井，见到的第一个安全设施，就是这根钢梁。这根好东西，就是‘安魂汤’，让他们心里知道，连井口的钢梁都这么好，可想而知，巷道里的材料会更好。”

领导笑了起来，罗金泉目瞪口呆。

安锁子继续说：“同时，它还是个形象工程。”

领导又愣了，安锁子转向罗金泉，说：“我要把这根好钢梁放在井口，让领导们都看看，让他们也放心，也能放心地跟工人们一起下井。啥时候我安锁子当不上领导了，工人们的安全也就能保障了。”

集团领导一阵尴尬。罗金泉知道，安锁子这几年交上了好运，其实就是薛大蛮所说的，部分领导不愿意下井，就提拔一些普通矿工做领导，替他们下井。而安锁子被提拔上去后，在安全生产方面有特殊才能，脱颖而出，成为集团的“救急队”，哪个矿的安全有问题，就把他往哪儿派……

集团领导出了矿井，对罗金泉说：“安锁子确实是个能手，最近韩乡煤矿又出问题了，我准备把安锁子派到‘韩乡’去。你就安心当矿长吧，不过我得说说你，你既要有学问，又要会用人，小金是你妹夫，让他干啥不好，偏让他干安全，这工人们能放心吗？你呀，既然干煤矿了，就放下身段，先做个‘煤黑子’，然后做矿长。”

领导准备带安锁子去“韩乡”上任，离开前，安锁子跟矿工们一一握手，每个人给安锁子一根烟，薛大蛮说：“安哥，井下不能吸，井上的烟，一定得吸。咱处的时间不长，但俺们都拿你当兄弟，拿兄弟们命当回事的领导，就是好领导。”

安锁子的左右耳朵上夹了好几根烟，手里也握了一把，他将烟小心翼翼地放到一个铁盒里，然后挥挥手，说：“兄弟们，咱们都是‘煤黑子’，我送给兄弟们一句话，这句话大家都听出茧子来了，但我还是要说，虽然安全设施更换了，但再好的设施，也不如自己对自己命的珍惜——安全生产，这四个字，就等于是老婆和孩子！”

轿车里，领导一边点头，一边感叹：“老安这个‘煤黑子’不简单，这句话，比啥口号都管用。以后咱们安全生产的标语，就改成‘老婆孩子，安全生产’，不响亮，但管用。”

（题图、插图：黄全昌）

·我的故事·

拼 租

□左文萍

我和老公大海是一对“北漂”小夫妻，毕业后在北京找了工作，因为买不起房，就租了一套两居室。两居室的租金也很贵，于是我提议出租一间房，这样租金可以平摊。现在租房的差不多都是年轻人，大家住在一起可以相互照应，说不定还可以交到朋友呢。

周末，我在小区的宣传栏里贴了出租信息：“出租两居室中的温馨卧室一间，合租的是一对80后小夫妻，真诚热情、很好相处，想拼租的朋友请与我联系，租金面谈。”信息下面留了大海的手机号。

出租信息贴出去后，很快就有了回音。中午时，大海就接到了想拼租的电话，约好晚上看房。到了晚上，我家的门铃响了，我兴高采烈地跑去开门，见着门外的租房客，我不由愣了。来租房的是一位老太太，六十岁左右，穿得很朴素。

我狐疑地问：“大妈，您找谁？”

“不是说租房吗？我想看看。”老太太口音里带着比较浓重的乡味，忽然，她目光落在了大海身上，愣了一下，似乎自言自语地说“这孩子跟我儿子长得真像。”

我感到有些意外，随即又笑了：“您是来替儿子租房的吧？”

老太太不置可否地笑笑，于是我便请老太太随便看看。趁着老太太参观房间的空儿，大海悄悄对我说“现在的老人真不容易，啥事也得替儿女张罗。”我庆幸地说“幸亏是这样，我

可不愿意跟一位老太太住在一起，什么都不方便，麻烦着呢！”

这时候，老太太看完了房间，觉得很满意，便询问租房的价格。我说“押一付三，一个月一千六。”老太太很爽快，从布包里数出一沓现金交给了我。我立马拿出合同让老太太签了字，签完后，我问道：“大妈，您儿子什么时候来住啊？”

老太太乐呵呵地说：“是我住。”

我和大海有点傻眼“您住？”老太太点点头，拿起合同走了，说第二天就会搬进来。

老太太一走，我就对大海发起了脾气：“这老太太看着身体就不好，万一有啥事怎么办？你也不问问清楚！”大海也有些无奈：“人家房钱都交了，急着找房，也推不掉啊！这老太太也真是的。”

第二天，老太太就正式搬了进来，她的行李很少，就一只箱子和一个布包。老太太收拾好自己的屋子，就直奔厨房。

这时候，门铃响了。大海去开门，一个打扮入时的女孩走了进来，问：“请问这里是不是有房出租？”

我撇撇嘴，说：“不好意思，已经租出去了。”

女孩很着急：“不管您多少钱租的，我再加五百，在这里我上班很方便。”我露出了心动的表情，和大海对视了一眼，又同时把目光转向了老太太。

没想到，老太太大咧咧地对女孩说“加多少钱也不租，你加五百，我就加一千，你还是快走吧！”

女孩被噎住了，气呼呼地转身就走。出了门后，女孩给我发了条短信“姐们，对不住，这老太太真顽固，戏演不下去了。”我捏着手机，在心里暗暗生气。老太太倒很自在，若无其事地在厨房忙活。

从此之后，老太太成了我们的拼租客，我和大海经常要加班，为了避免和老太太生活上有冲突，我们每天都吃完晚饭回家。一天晚上，我上完夜班回家，还没开门，就听到家里传来吵闹的电视声，还有老太太的笑声，这大半夜的，老太太还在客厅里看电视，万一吵到邻居怎么办？

我气冲冲地开门，质问老太太：“怎么还不睡？”

老太太说“年纪大睡不着了，不像你们年轻人，吃得饱睡得着，闺女你这几天可又胖了！”

我正减肥呢，听了这不入耳的话，没好气地把包一扔，回屋睡觉了。

一连几天晚上，老太太都很晚睡觉，而且把电视声音开得很响，我忍不住了，只得和老太太说明情况，当天晚上，客厅的电视声真的没了。

之后的一个星期都相安无事，可是一天周末，我正在睡懒觉，隐约听到房里有窸窸窣窣的声音，我微微睁开眼，只见一个人影在房里走动。

我惊恐地大叫一声，却惊吓到了那个人影，她一下子跌坐在地上，我睁大眼睛一看，原来是老太太，于是没好气地说：“大妈，你偷偷摸摸来我房间做什么？吓死人了。”

老太太一脸委屈地说：“闺女，你有没有看到我的金戒指呀？昨天还在我房间的呢，可是今天不见了。”

我腾地站起来，难不成老太太的金戒指掉了？不对呀，她掉了戒指，为何来我的房间找呢？莫非她以为我们拿了金戒指？

我忍着怒气，说“我和大海昨天都很晚回家，见都没见过你的金戒指，更何况是拿了。你想想是不是误放在哪儿了？”

老太太也急了：“是的，我也没说戒指是你们拿的，只是我年纪大了，记性不好，忘记这戒指放哪儿了。”

见老太太一脸着急，我决定帮她一起找戒指，这样也好洗刷我和大海“拿”戒指的罪名。

我翻箱倒柜，把屋子翻了个底朝天，也没见金戒指的踪影，我累得趴在沙发上。老太太却端来一碗汤，说：“闺女，别忙活了，也就是一个金戒指，丢了就算了，来喝碗汤吧。”

“那可不行！这屋子里就住了我们三个人，戒指掉了，我和大海脱不了干系，为了证明我和大海是清白的，我一定要把戒指找出来。”

老太太耷拉着脑袋，说：“别找了，那金戒指在我这呢，我找到了！”

老太太的话让我气不打一处来：“找着了，你怎么不跟我说一声呢？害我忙活了半天。”

之后的几天，我都没有搭理过老太太，而且我把我们房间的门锁起来了，避免又生出掉戒指的事。

可是老太太的事情平息了，租房的麻烦就来了，由于房租飞涨，原来的房东打电话给我，要求每月加一千

元房租，不然的话就把押金退给我们，然后走人。我很生气，但也没有办法。每个月加一千元房租，对我们来说是个不小的数字。于是我和大海一筹莫展，决定搬家。

那天，老太太再次敲响我们的房门，她进屋后，一脸兴奋地说：“闺女，别搬家了，我已经把房子重新租下来了。你和大海还是承担原来那么多的房租，剩下的由我来付。”这让我意外之余，又很感动，我这才发现老太太也有可爱的一面。

周末的时候，我请了好友小娟来家里做客，并亲自下厨做了一桌饭。小娟在一个别墅区做客服经理，用我的话说，是每天跟有钱人打交道。我也邀请老太太一起来吃，奇怪的是，老太太看了一眼小娟，显得很不自然，搪塞着说自己吃过了回了屋。小娟显然也很吃惊，我很纳闷，问小娟怎么了。小娟吐吐舌头，说：“老太太可是我们别墅区的业主，标准富婆啊！怎么跑到这里来租房子了？”

我也吃了一惊，百思不得其解。晚上，我推开了老太太的房门。老太太见我进来了，并不意外，笑了笑，从床头取下一个相框递给我。

相片上是一个英俊的年轻人，眉宇间跟大海有几分相似，看来是老太太的儿子了。

老太太讲述了自己的故事。她的老家在东北乡下，丈夫很早去世，她一个人把儿子拉扯大。儿子很争气，挣了大钱，给她在北京买了别墅，可是飞来横祸，儿子在一场空难中去世，儿媳很快分了家产改嫁，丢下了她和这一栋别墅。从此，老太太过上了空巢老人的日子。她也请过保姆，可是勤劳惯了的她不习惯人伺候，就都辞退了。久了，连个说话的人都没有，老太太觉得越来越寂寞，索性到外面去转悠。一天，她偶然看见了我贴的拼租广告，忽然动起了心思。来看房时，她发现我和大海都很热情，充满活力，大海长得又很像儿子，让她觉得很亲切。于是，她才决定当一个时髦的拼客，有年轻人做伴，让她觉得生活充实很多。

老太太笑了笑继续说：“我是好心办坏事。你们晚上加夜班，我就想等你们回来。你们不理我，我只好说自己掉了戒指，让你陪我一起找。”她边说边难为情起来，我感慨地问：“大妈，您要孤单的话，也可以找人来租您的大房子，没必要跑出来拼租。”

老太太说：“房子是儿子买的，儿子不在了，我一个人住在那里，见到什么都会想起儿子，想起来就伤心。”说罢，她黯然地垂下了头。

我见状，赶紧说：“现在这房子是您租下的，只要您不赶我们走，我跟大海就永远赖在您这了。”

老太太抬起头，两人相视而笑。

（**题图、插图**：刘斌昆）

会解梦的蛇

一天，国王做了一个奇怪的梦，梦到有一只红狐狸倒挂在自己金权杖的上方。

国王醒来后，召来了自己的智囊团，问这个梦到底是什么意思，但他们不是摇头就是耸肩，没有人知道答案。无奈，国王只好命令王国里所有成年的男性和女性都必须到宫殿里来。他坚信，肯定有人可以解开这个梦。

人们开始从四面八方赶来，其中包括一位农夫。他在穿越山谷的路上，遇到了一条盘踞在山路上的蛇。当他走近这条蛇的时候，蛇突然开口说话了："嘿，过路人，你要去为国王解梦吗？"

农夫感到非常吃惊，回答道"是呀，不过我只是一个普通的庄稼人，哪里懂得什么梦呢？"

"是这样啊！不过我倒是可以告诉你这个梦的意思，你可以讲给国王听，并能得到奖赏。"

农夫一脸兴奋："那快告诉我吧，好心的蛇！"

蛇想了想说："但你要知道，没有天上掉下来的馅饼，我可以告诉你，不过你要把得到的奖赏分我一半。"

农夫毫不犹豫地同意了，他蹲下身子听蛇说话，还不时地点点头。

几天后，农夫终于赶到了国王的宫殿前，说能解国王的梦，他很快被带到了国王的面前。

农夫施了一个礼，毕恭毕敬地说"陛下，您的梦是这个意思——如今是一个充满了狡诈和背叛的年代，没有人值得信任，您的王国就像是一

个狐狸窝。”

国王点了点头，若有所思：“嗯，说得很好。”国王取出了两袋金子，送给了农夫。

农夫得到金子后开始起身往回赶，但是他小心地避开了来时路过的山谷，绕了很远的路才回到了家。就这样，两袋金子全归了他自己。

一天晚上，国王又做了一个奇怪的梦，梦到在自己权杖上方的天花板上悬着一柄长剑。醒来后，国王唤来了自己的侍卫：“去，把那个来自北部山区的农夫找来。”

农夫得到国王的命令后心里一沉，但他明白，如今只有一个办法可行，于是他奔向了曾经走过的那个山谷。

“好心的蛇，好心的蛇。”农夫拼命喊道。山谷里空荡荡的，根本没有回声。

“好心的蛇，我还需要你的帮助，求求你了。”

“过路人，我在这里。”蛇终于出现了。

“我知道你为什么而来，我可以告诉你这个梦的意思，但这次你一定要发誓把一半的奖赏分给我。”

农夫一脸真诚地说：“好心的蛇，我发誓，这次我决不食言。”

蛇又向农夫耳语了一番。农夫继续赶路，几天后他来到了国王的面前。

“陛下，您的梦的意思是——如今是一个充满了愤怒和战争的年代，您的敌人正在预谋发动战争，整个王国都将刀光剑影，血雨腥风。”农夫一字不漏地将蛇的话说给了国王听。

国王点了点头，面色凝重：“很好，我知道了。”他送给了农夫四袋金子，然后开始为迎接即将到来的战争而准备了。

这一次，农夫原路返回，他来到了山谷，看到了盘踞在山路上的蛇，暗暗拔出了匕首。

蛇欣喜地说道：“哈，过路人，你一定是带来了我的那份奖赏。”

农夫面目狰狞：“哼，你什么也不会得到，因为今天是你的末日。”

蛇夺路而逃，但农夫却在后面穷追不舍，最后砍掉了蛇的一段尾巴。那些金子又都归了他自己。

时光飞逝。一天晚上，国王又做了一个梦，梦到自己权杖上方的天花板上悬着一只屠宰后的羊。醒来后，他又派侍卫去寻找那个会解梦的农夫。农夫知道自己别无他路了，于是他收起了所有的自尊和骄傲，再一次向那山谷走去。

他一声声地喊着：“好心的蛇，好心的蛇。”

山谷里静悄悄的，还是没有任何回声。

“好心的蛇，我还有事相求。”

“过路人，我在这里。”蛇终于出现了。

农夫恳求道：“好心的蛇，您一定要宽恕我，国王又做了一个梦。”

“我知道，我可以告诉你这个梦的意思，不过你这次必须发誓要和我一起分享奖赏。”

“我发誓，一半的奖赏都会归你。”

“国王梦到了一只肥羊在自己权杖的上方，这个梦的意思是……”听完蛇的话，农夫重新上路了。

几天后，他又一次站在国王的面前：“陛下，您的梦的意思是——如今已经是一个充满了安逸和慷慨的年代，您的臣民都安居乐业，享受太平的生活。一只肥羊预示着太平盛世的到来。”

国王点了点头，开心地笑了：“很好，你解得不错。”他给了农夫六袋金子。农夫得到金子后，毫不犹豫地向山谷走去。

他高兴地喊道：“好心的蛇，好心的蛇。”

当蛇出现时，农夫双膝跪地，眼里含着泪水：“好心的蛇，您一定要收下这六袋金子，我心里非常愧疚，真后悔当初那样对待您。”

蛇抬起了瘦长的头，左右摇摆了一下，说：“过路人，这不是你的错，你不过是这个王国中的一员。当整个王国像一个狐狸窝的时候，你也变得狡猾起来；当整个王国血雨腥风的时候，你也无法抑制内心的愤怒和狂躁，挥刀砍了我的尾巴；而现在整个王国一片祥和，你也学会了感恩和仁慈，送给我所有的金子。但是，你不明白，对于一条像我这样置身世外的蛇来说，金子毫无用处。你拿去，好好过日子吧！”

说完，蛇就钻进了石缝里，转眼间消失得无影无踪。

农夫只得把装金子的袋子搭在了肩上，继续赶路，但这时，他突然感到肩上的金袋重了许多。

（**编译**：木成舟；**推荐者**：郭卫阳）

（**题图、插图**：佐　夫）

爱情买卖

□杨还珠

对于“80后”的结婚族来说，要想成家，就先得有一套房子。杨浪和张薇恋爱一年，到了谈婚论嫁的阶段，买房自然成了他们的头等大事。

股份制

杨浪和张薇是平坦镇出来的大学生，靠自己的本事，在城里的外资公司工作，这几年，两人手上都有些节余。不过男人花钱厉害些，杨浪手头上只有十万，比张薇节余的钱少了五万。

杨浪跟张薇商量：“爸妈把我们培养成大学生不容易，现在我们也是大都市的白领，‘啃老’的事不能干。我意见是，婚礼从简，用这二十五万按揭个小户型，咱们也算是有房一族了。”

张薇没意见，又补充道：“感情的归感情，市场的归市场。这房子咱们是股份制，这二十五万房款里我有十五万，我是大股东，这在婚前的财产公证中要说清楚。而且房产证到手后，在处理房子的出租、买卖问题上，我的意见是主导意见，没问题吧？”

杨浪知道，现在做婚前财产公证的很普遍，张薇出的钱确实多一些，她的要求没问题，所以就答应了。

不啃不行

几天后，杨浪回到平坦镇，把买房的事告诉了父母，起初父母很赞成他们的想法，可是说到“股份制”时，杨浪父母的神色严峻起来，杨妈说：“儿子，你真是糊涂，如果你在家庭的股份没有儿媳的股份大，以后在家的地位就低了，要受儿媳一辈子的气。

你看在我们家里，因为你妈没有工作，家里的股份比你爸少，所以被你爸欺负了半辈子……”

“你少打岔！”杨爸脸色一板，对儿子说：“一个男人在家里没有地位，这哪成？明天我就去银行提六万块钱，把你的股份加大，让你控股。”

杨浪忙说：“爸，这钱我不能要。你们已经把我培养出来了，我也‘奔三’了。按理说应该是我孝敬你和妈的时候了，可惜儿子还没做到，怎么能‘啃老’呢？”

杨爸说：“儿子，你不啃也得啃，为什么？因为关乎到你一辈子的幸福。好了，事情就这么定了，明天陪我去提钱。”

杨浪没办法，只好收下父母给的六万块钱，回到城里。

平坦镇就巴掌大的地方，杨爸杨妈给钱让儿子加大股份的事情，很快传到张爸张妈的耳朵里。张爸是镇政府“民政办”的资深办事员，他知道股份制这个概念，而且深刻体会到不控股的弊端。想当年，张爸是镇政府“以工代干”的聘任人员，是张妈的一个亲戚疏通关系，才让他有了正式编制。因此，张爸在家庭中的地位一直处在弱势，受够张妈的窝囊气。

张爸可不想让女儿重蹈覆辙，那天回家后，张爸就把事情的来龙去脉跟张妈说了，他建议出资，把女儿控股的优势再夺回来。

张妈当然也明白控股的好处，当机立断道：“我这就打电话给女儿，给她汇钱！”

那天晚上，张薇接到张妈的电话，听完张妈一番陈述后，有点不情愿地说：“妈，谁控股还不都一样，至于这么折腾吗？”

“完全至于！”张妈语重心长地说，“妈是过来人，知道婚姻的本质，你就听妈的吧。”

张薇喃喃地说：“妈，这么说来，你和爸要是不被‘啃’还不舒服了，是

吧？”

“是！”张妈斩钉截铁地说，“赶快把银行账号发过来，妈资助你两万块，快加到股份上去！”

破釜沉舟

杨爸很快了解到：张薇的股份又比儿子的多了一万块。他恼羞成怒，甚至没有征询杨妈的意见，借了两万块钱给儿子汇去。

杨爸又一次加大股份的事情，张妈很快也知道了。张妈也是恼羞成怒，她决定不和杨家拖泥带水，要干就干一票大的，令杨家无力还手。

那天晚上，张妈问张爸：“现在政府干部提前退休，可以一次性拿到八万块的补偿吧？”

张爸点点头说：“是有这样一个特殊政策，每年想进政府的人数不胜数，为了留出编制，政府给提前退休的人员提供八万块钱的补偿。不过政策再优惠，也很少能打动在职的人。”

张妈想了想，对张爸说：“老张，要不你提前退休吧？咱用那笔八万块钱的补偿金给女儿加股份。”

张爸愣住了，张着大嘴不说话。

张妈火了：“张着嘴想吃我啊！快写申请啊！”

张爸这辈子就怕老婆发火，他虽然有些不舍，但还是老老实实地拿出纸笔。张妈见状，有些不忍，缓和了语气开导道：“老张，这也是没办法的选择。咱们不就一个女儿吗？咱们活着不就是为了她能过上好日子吗？我知道你提前退休受委屈，可为了女儿，这值得啊！”

张爸明白事情不可逆转，索性摆出高姿态，说：“为了你和女儿，提前退休算什么？我这就写申请！”

张爸提前退休的事情办理得一帆风顺，没几天，批复下来了，补偿金也到位了，张妈立刻把钱打到女儿的卡上。

这下张妈洋洋自得起来，她自言自语道：“老杨家，我这招‘破釜沉舟’，看你还怎么跟我玩？”

杀 手 锏

张妈的“破釜沉舟”，还真让杨家束手无策了。眼看着儿子即将成为小股东，杨爸杨妈仿佛看见儿子成了受气的小媳妇，他们心里难受。怎么样才能避免儿子将来受委屈？杨爸杨妈绞尽脑汁，终于想到了一个办法。

第二天，杨爸和杨妈登门拜访了亲家，张爸和张妈觉得此次来访有些突然，不过还是热情招待了他们。

杨妈在沙发上坐下后，寒暄了几句，就直奔主题：“听儿子和张薇说，亲家也支持小两口买房了。说来惭愧，我们男方出的钱还没有女方出的钱多，实在是委屈了张薇，也让咱们家挺没面子的。我和他爸商量着，现在他们俩都在忙事业，而且感情稳定，要不让杨浪再打拼几年，等经济好了后再结婚？”

张爸张妈不是傻子，立刻就明白了亲家的真实意图。他们都清楚，女儿的岁数已经不小了，结婚的事拖不起，于是张妈好言相劝：“小两口也恋爱那么久了，我们倒不在乎这点钱，还是让他们早点成家吧。”杨妈笑了笑，很坚决地说：“我们觉得太亏待你们家闺女了，还是等儿子再稳定一点吧。”

见杨妈那么坚决，张妈只好认输，说：“亲家你们太客气了。为了让你们有面子，买房的钱你们家占

大头，孩子们还是赶快结婚吧。你们盼着早一天抱孙子，我们也盼着早一天抱外孙不是？”

杨爸杨妈听了，大喜而归。

回家路上，杨爸打电话给儿子，喜气洋洋地叫他赶快买房，马上结婚。杨浪说“爸，房子我们已经买了，婚期定在国庆节。”

“买了？”杨爸惊呼，“你不是让张薇控股了吧？”

杨浪说：“为了不让老人家们上火，我和张薇每人出十万，谁也不控股，谁都能控股。”

“那你以后在媳妇面前说话就不硬气了啊！”杨爸心有余悸地说。

杨浪说：“爸，你们这么较劲，我和张薇都理解，不都是爱子女的表现吗？不过，你们爱得有些多虑了。我和张薇婚前财产公证那是以防万一，这也是现代婚姻走向理智和文明的表现。其实，爱情和婚姻不是买卖，不是谁控制谁。如果婚姻里真的有一方想控制对方，这样的婚姻肯定走不下去，至少不幸福。爸，你明白我的意思吗？”

“有点明白了。”杨爸顿了顿，又说，“我都‘控股’你妈大半辈子了，下半辈子，我‘撤点股’出来，和你妈平起平坐。对了，你叫张薇给她妈打个电话，叫她妈也‘撤点股’出来。她爸这半辈子，够憋屈的！”

（**题图、插图**：刘斌昆）

·新传说·

一块砖头引发的血案

□黄　云

死在精神病院附近的人

林伟是市公安局刑警队的副队长，由于他的思维敏捷，观察力敏锐，连破了几个大案。这天，林伟接到一通报警电话，说三台路发生了一起命案，他立刻赶往案发现场。

据现场了解，受害人叫于茂刚，是市内某家医院的内科医生。他的后脑有很明显的致命创伤，初步判断，他是被砖头类的东西敲击致死。

林伟首先对于茂刚生前工作的医院进行调查，据医院领导反映：于茂刚是一位优秀的医生，没有复杂的人际关系。

林伟问：“会不会因为医患纠纷，或者医疗事故纠纷而导致报复？”

医院领导说：“我们医院是发生过一起医疗事故。几个月前，有一个女患者，因为阑尾炎发作，送到医院来，本来这只是一个小手术，也不存在什么伤亡的可能，问题是，在手术过程中，那名女患者突然死亡了。患者的家属立即怀疑是医院的问题，跑到医院来大吵大闹。”

医院领导接着说：“院方对女患者做了尸检，怀疑她是体质异常而死，但至今还查不出真相，所以我们还是赔偿了死者家属不少费用，才把这事平息下来。而于茂刚，后来就一直在探求这方面的原因，想查出女患者的真正死因，他不想背负着一个杀手医生的罪名，但是，他还没来得及调查出结果，人已经死于非命了……”

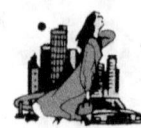

林伟专门对这起医疗事故进行了调查，也没查出异常，死者家属拿到赔偿后，也就罢休了，因此，不存在家属报复的可能性。之后，林伟把于茂刚周遭的关系调查了一遍，基本排除情杀、仇杀的可能。

林伟陷入了困惑中，他现在只能从案发地点入手了。林伟想到案发地点附近最知名的单位，莫过于青山医院，青山医院是市精神病院，而青山医院北面在修一座职工宿舍楼，建筑材料堆放在工地上。于茂刚死于砖头袭击，现在物证还不知下落，但显然，很可能就是来自于工地。

林伟有一个推测，只是感觉太过荒唐了，那就是——一个精神病人从医院里跑出来，无意识地杀害了于茂刚。现在无论如何，只能从现场的蛛丝马迹进行调查了，当然，精神病院也纳入了调查范围。

凶手是精神病患者？

第二天，刑警小余从青山医院回来，对林伟说：“我到医院时，觉得很奇怪，由于我穿着警服去的，护士们见了我就下意识地躲开了，我要求见他们院长，护士说院长出差了，刚走，还说要很久才回来。这未免也太巧了吧，刚在他们医院外面出了人命，院长就出差了？”

林伟心里不由得一动，他带上小余再次去了精神病院，不过，这次他们穿的是便服。他谎称是熟人推荐，找院长有急事，很快有人把他们带去了院长办公室。

见了院长，林伟亮出了真实身份，院长大吃一惊，无奈之下，不得不说出实情：案发那天晚上，值班的护士发现5号病人和8号病人失踪了，几个小时后，那两个病人又回到了医院。只是，当他们出现后，护士发现，在药品库房里，有沾满血的鞋印，鞋印一直延伸到了走廊上。医院员工立刻查了住院区，发现5号病人的被子下放了一块砖头，上面居然还有明显的血迹。

林伟皱了皱眉，问：“那你之前为什么要回避我们呢？”

院长擦了擦头上的冷汗：“我听说出了命案，又想到案发当晚医院的情况，猜想很有可能就是医院的病人干的。虽然说精神病人杀人不犯法，但是，作为医院，有缺乏监管的责任，我是怕自己被牵连，干脆让人把5号病人床上的砖头扔了，床单也换过了，还把库房到走廊的血迹也拖干净了。然后吩咐员工，只要有警察找上来，都称自己出差了……”

林伟气不打一处来，问：“你让谁

把砖头扔了？扔在哪儿了？”

“让李护士扔的！”院长叫来了李护士，李护士说她直接把砖头扔在病理科后面的草坪里了。林伟让她带路去找砖头。

草坪上有很多废弃用品，林伟他们找了很久，根本就没有李护士所说的那块砖头。李护士还在不可思议地挠头皮：“怎么会这样？我确实是丢在了这里的。”

林伟想：这里是精神病院，随便来个病人就可能把砖头拿走，于是他让李护士带路去5号病人的病房。

来到病房，李护士指了指靠窗的一个铺位，说那就是5号的床位。林伟来到床位前，仔细查看，当他掀开被子时，一块砖头赫然出现在他的面前，上面的血迹已经干了。

李护士惊叫起来：“怎么会这样？我明明把这砖头丢到了草坪里的，而且今天早上，我还给这个床铺叠过被子，没发现什么砖头，怎么现在砖头又回来了呢？”

林伟思索着：看样子，李护士不像在说谎，有可能是5号病人杀了人，把砖头拿回来，后来看到李护士把砖头扔了，又把砖头重新找了回来放在被子下，他有精神方面疾病，做出再离奇的举动，也是正常的……

林伟让小佘把砖头包了起来，随后又去了库房取样，最后去隔离间看了5号和8号病人。

林伟发现，8号病人一直坐在墙角，也不抬头看他们。他的头发又油又脏，还有不少头皮屑，而5号病人，一见到林伟，原本涣散的眼神，突然亮了起来，并朝林伟扑了过来，还大叫着：“涨了……涨了……”林伟注意到，5号病人手上有拉扯的痕迹。

不合常理的出牌

回到局里，林伟把证物交给了鉴定科检验，然后认真地看着两个精神

病人的资料。

8号病人，名叫袁内明，家里有老母亲，还有个妹妹，已经出嫁了，叫袁娟。林伟看到这个名字，觉得有些熟悉，但又想不起哪里不对劲，他想可能因为这个名字过于普遍了，于是接着往下看。袁内明的公司破产后，他精神上受不了刺激，他的母亲只得把他送往精神病院，而当时他一再咬定自己没有精神病，但据他平时生活中的表现，还是被断定有轻微的精神分裂症，治疗半年就出院了。就在半个月前，他再次入院。

而5号精神病人，叫王科，因为炒股失败，欠下了巨额债款。这些年一直待在精神病院，他的反应尤为奇怪，看到红色就兴奋、狂躁，医生判定与股票红盘有关。林伟想起刚才在精神病院，他恰好穿了一件红色T恤，怪不得王科要向他扑过来。

林伟在思考的时候，小余已经把鉴定结果送过来了，鉴定显示：砖头上的血迹确实是于茂刚的，库房里的指纹与王科完全吻合，此外，王科的鞋底还沾有于茂刚的血迹。

小余说“一切的证据都表明，王科就是这起案件的凶手。”

可林伟老觉得哪里不对劲，他若有所思地说：“你不觉得奇怪吗？王科专程跑到三百米外的工地上捡砖头，当时工地上住着不少民工，他为什么不敲击别人，恰好只对于茂刚？”林伟接着说：“如果是攻击头部，按常理，受害者脑皮层的血管隔着相对厚的头皮和头发，血是不会一瞬间溅开的，更不可能溅在鞋底上。那么，鞋底沾上的血怎么解释？”

小余说：“可能是在于茂刚死后，从脑里流到地上的血，不慎让凶手的鞋子给沾上了。”

林伟顺着他的话说：“但是从重创到血流出来，这个过程需要一定的时间，应该是30秒到一分钟左右，凶手完全有时间逃离现场，而他的鞋底却沾上了，这说明了什么？还有，王科把于茂刚杀害了，看到红色的血迹却没有引发狂躁症，他是怎么无声无息地从现场消失了呢？”

小余陷入了困惑中。林伟推测说：“这不是一起简单的精神病人无意识致人死亡的案件，整个作案过程显得那么有条不紊，一个精神病人能做得这么完美吗？”林伟一时苦恼起来，他感觉案子似乎要陷入死胡同，因为许多证据都被那院长给清理掉了。

畸形的计划

这时，于茂刚的单位来了电话，让警察去医院一趟。林伟赶了过去，医院领导拿出一叠单据来，说是现在发现，于茂刚所调查的那个死亡女患者除了有阑尾炎外，肾脏功能特别差。她临死前，身体里有一些胆盐、胆

酸等有毒物质。应该是这些物质引发她中毒，诱发了肾功能衰竭而死亡的。林伟看着资料，才注意到死者名叫袁娟，他突然明白了，为什么“袁娟”这名字让他熟悉。

同时，鉴定科又有新的检验结果。在库房里取到了王科的指纹，而更令人惊讶的是，在取证物中，还发现了一个人的头皮屑，这个人就是袁内明！

林伟的大脑飞速运转着，立即作出判断，马上让小余去医院，暗中监视袁内明，就在当天下午，袁内明就露馅了，小余在他身上查到了偷配的库房钥匙。

袁内明被带到了警局，他一直装疯卖傻，林伟拿出钥匙，问他：“这钥匙在哪里配的？一个精神病人，会懂得跑出去私配医院的库房钥匙？”

袁内明愣住了，他问：“你怎么会查到我身上的？”

林伟说：“我查了你的家庭资料，你的妹妹叫袁娟，而袁娟不就是死在于茂刚手下的那个女患者吗？”

林伟继续说：“砖头是你早就准备好了的吧？那天晚上，你先把王科连哄带拉地拖到了库房，脱了他的鞋子，自己穿上，把他锁在库房里，再跑出医院，把于茂刚杀害了，你故意踩上于茂刚的血迹，回到库房，再换回了自己的鞋。把沾血的鞋子给王科穿上，再把他放出来，然后把砖头也放在他的被子下了。也因为这样，王科的手腕和脖子上留下了拉扯的痕迹。当然，这一切是你戴上手套做的，你的目的就是让我们以为，是王科精神病发作，杀害了一个过路人。你确实做得很高明，但你忘了一点，你不爱洗头，头皮屑又多，很容易掉落，这就把你的证据给留下来了。”

铁证如山，袁内明不得不承认是他谋害了于茂刚。因为他妹妹就死在于茂刚的手里，妹夫拿了巨额的赔偿金，一条命换一笔钱，自在乐意，根本不想节外生枝，可他忿忿不平，他不想妹妹就这样冤死，于是设计了一个报复计划……

林伟想了想，说：“医院已经查出，根本就不是于茂刚害的你妹妹，你妹妹生前是不是服过蛇胆？”

袁内明愕然了，说“妹妹的肝脏一直不太好，上次我高价买了蛇胆，给妹妹服用。”

林伟忍不住说：“你妹妹是被你害死的，是生吃蛇胆而致命的。完整的蛇胆，会促进肠胃道对胆汁的吸收，而蛇胆中含有很多有毒物质，生服蛇胆会加剧毒性，产生副作用。”林伟把于茂刚的调查结果给袁内明看。

袁内明恍然大悟，他不由得捂脸痛哭起来，不知道是因为自己的无知害死了妹妹，还是谋害了于医生，或许二者兼有！

（**题图、插图**：谭海彦）

·阿P系列幽默故事·

经济头脑

□路　华

这几天，阿P很郁闷，为什么呢？因为小兰整天埋怨他没有经济头脑，不会赚大钱，阿P听多了也来气，于是和小兰大吵了一架，吵到最后，小兰回了娘家。阿P憋了几天闷气，决定出去散散心。

这天，阿P坐车来到了旅游名城燕都市，经过一家名叫绿荫的宾馆。这宾馆门边挂着“转让”的牌子，显然经营不善。

阿P要了一间80元的标间，洗完澡后，他躺在床上，顺手拉开了床头柜的抽屉，一看乐了，原来抽屉里有矿泉水、方便面，还有塑料袋包装的老猫牌内裤。

有这么多东西送，80块钱的房费看来不贵啊！阿P把身上穿了五年的内裤扔进垃圾桶，换上了那条新的内裤，正高兴呢，一看却傻了眼，原来柜子上还有一个“顾客须知”的牌子，牌子上写着：矿泉水10元一瓶，方便面8元一包，内裤38元一条！

老猫牌内裤，阿P刚才在对面服装店里问过价了，老板说吐血价3.8元一条，阿P觉得老板吐的血还不够多才没买。看那质量，要说冒牌，也只能说这宾馆里的才是冒牌货，可宾馆老板这么放进抽屉里，立马翻了十倍的价，真是坑人啊！

这可怎么办呢？阿P想了想，忽然一拍大腿，马上打电话给服务部，问服务员房间里装没装摄像头，如果装，现在马上退房不住了。服务员说没装，阿P一听就跑到那服装店里，花3.8元买了一条一模一样的老猫牌内裤，回来照原样叠好装袋，放进抽屉里。

阿P做完这些，刚想把服务员叫来，忽然一个激灵：裤子上不会有什么记号吧？阿P赶紧把身上的内裤脱了下来，一看乐了，果然裤子的铭牌上有用钢笔写着的两个字：“绿荫”！

阿P只得重新打开包装袋，在自己买的那条裤子上照猫画虎写上了“绿荫”两字，一切完成之后，这才把服务员叫来，拉开抽屉，指着里面的东西，说：“服务员，你们这些东西好像有人动过了，你来确认一下，否则等下别怀疑我！”

服务员盯着抽屉看了半天，灿烂一笑，说“先生您多虑了！这些东西没人动过。不过就算您动过了，只要您不使用，不会多收您钱的！”

看来没问题了，等服务员一走，阿P学着时装模特走起猫步，得意地笑了，谁说我阿P没有经济头脑，看我这么两下子，九倍差价就到手了！

绿荫宾馆在城北区，第二天早上起来，阿P在城北区内的风景点转了一圈，中午回来打算退房，到城南去找地方住，然后再逛城南的风景点。

退房时，没想到宾馆的张老板却板起了脸，说这房不能退，阿P问为什么，张老板把两条内裤往他面前一扔，说：“你呀，看起来像个好人，可没想到竟敢狸猫换太子！”

阿P一听头嗡地一响：我搞得天衣无缝的，你怎么还看得出来？八成是吓唬我，想让我不打自招！阿P这么一想，就死鸡撑硬颈，说：“老板，没根据不要吓唬人，我阿P可不是吓大的！”

张老板一听扑哧一笑，说：“你呀！是聪明，可是还没出师，你想阴我，还得做我三年徒弟才行！”说着，他摊开那两条内裤，指着铭牌上的“绿荫”两字，说：“你仔细看看，这两条裤子上的‘荫’字，有什么不同？”

阿P仔细一看，不由得脸涨得通红，连声说“对不起！我确实是换了裤子，可是它们的质量是一样的！”

原来那“荫”字，张老板故意在“月”中间多划了一杠，马大哈的阿P愣是没看出来！

张老板哈哈大笑，说：“质量一样？一样你还换个啥呀？别说了，你赔我38块钱损失，要么报警，让警察处理。你自己选择吧！”

这3.8元的裤子就成了38元，这岂止是坑人，简直是抢钱！如果把钱罚了，自己岂不是很没脸面？不行，小兰一直说自己没有经济头脑，我阿P一定要想个办法，让大家看看，自己的经济头脑有多强！

阿P想到这里突然灵机一动，说"老板，我曾经是商业咨询公司的首席策划师，我有经济头脑，我现在给您出个点子，如果您觉得可行，就把罚款减一减，算是我的点子转让费，怎么样？"

张老板抬头看了阿P半天，点点头，说："我这人，吃的就是没文化的亏，行，你说说看，合适的话就依你！"

阿P拍拍脑袋，想了想说："这样吧，你的店叫绿荫宾馆，你可以在'绿荫'两个字上做文章，比如你可以找一些花草树苗，免费给住店的客人一人一株，让他们回去种，这样你的店名不久就传遍大江南北，到时你还愁什么没有客人，我只怕……"

张老板一听立马打断了他的话："原来是这样的狗屁点子！等宾馆出名，我的头发也白了，还有个屁用！我现在要的是实际效益，没说的，交罚款吧！"

这冤枉钱真要交出去，小兰知道了，这婚也离定了！不行！阿P想了想又灵机一动，说"好！我现在就给你点实际效益看看！我看你今天顾客也挺少的，这样吧，在六点钟之前，我帮你拉五个客人来住店，如果拉不到，到时我再交罚款，怎么样？"

张老板一听嘴咧到耳根，笑着说："你还挺有能耐的，好吧，六点钟前你给我拉五个客人，你自己可不算在里面，不行就交罚款，就这么定了！"

拉五个客人还不简单，阿P来到街上，看着匆匆过客，不久就拉来了四个客人，可接下来不管阿P如何巧舌如簧，就是拉不到最后一个客人。

张老板搬了张马扎坐在门口看阿P，心想：这下黔驴技穷了吧？只要再过三个钟头，罚款还是老子的！哈哈！

过了没多久，那阿P竟然不拉客了，坐在树下，一边抽烟一边拿着手

机乱摁。看来阿P八成也泄了气，玩起手机游戏来了呢！

张老板看着看着眼皮耷拉下来，竟然打起了呼噜，也不知睡了多久，等醒过来时，已经五点五十五分了，张老板从马扎上蹦了起来，四处张望却不见阿P的身影，这家伙莫非跑了不成？

张老板正想着，就见阿P拉着一个女人火急火燎地跑了进来，把80元钱往前台一扔，说："马上给这位女士开一间房！80块的！"

等服务员开好了房，阿P又向服务员伸出手，命令似的说："也给我一把钥匙，我跟她一起住！"

张老板本来看阿P拉来了人，正一肚子气没处撒，此时听他这么说，心想这女的八成是阿P情人，就想刁难他解气，说："你跟她一起住，凭啥呢？按规定没有结婚证不能男女同住，你要住也行，再交180块钱！"

没想阿P一听把皮夹里的结婚照亮了出来，笑道："凭啥，就凭这个，她是我老婆，我几天前刚跟老婆闹矛盾，她回娘家了，可为了完成你的任务，我刚才发了一条短信，她就立马去车站，坐了三个钟头的车赶来了，怎么样？哈哈！"

"什么短信这么厉害，竟然能把老婆叫来了？"张老板一听眼直了，急巴巴地问。

阿P把手机一扬，说："这个，明天再告诉你！"

原来，张老板前两年因为包养情人而跟老婆闹矛盾，老婆离家出走了，他打电话叫她回来，老婆说他整天给情人发短信，现在让他也给自己发一个，如果能打动她，她就回去，不能打动的，那就离婚。结果张老板到网上找，自己编，找人写，总共发了九十九条情意绵绵的短信，也没能打动老婆的心。此时，他倒想看看，这家伙有什么本事，竟然用一条短信把老婆拉来了。

张老板等了一夜，第二天早上，阿P刚起床，张老板就把他的房门敲开了。看了短信，张老板大摇其头，说："原来是这么条烂短信，你这不是损我吗？我简直就是短信里的那人啊！"

原来阿P发的短信是："人家有别墅，可那人的老婆在别墅里哭；人家有名车，可那人的老婆在名车里哭。我没有别墅名车，但明天就是我们五周年结婚纪念日了，我在绿荫宾馆开了一间房，我今晚要在这里，看到你当年那样灿烂的笑容！"

张老板说完掏出80元钱递给阿P，说"看在你俩这么恩爱的份上，你昨晚这房费免了！"

阿P一听乐得差点蹦了起来：没想到这也能省钱，看来夫妻恩爱，才是真正的经济头脑啊！

（**题图、插图**：顾子易）

邪门的秤砣

□于　强

早年间，东城门外有家参药铺，里面人参、草参、洋参、须参应有尽有。掌柜姓索，祖上都是参商。

索掌柜为人精明，善于投机，是个老鼠嘴里也能掏米粒的主儿。年轻时，他第一次外出买参，身上只有两块银元本钱，同行的参商都讥笑他，两块银元连根参须也买不到，可索掌柜却胸有成竹。

用那两块银元，他只买了半根红须参，这红须参外号“钓魂勾”，人得了重病快咽气时，只要给他灌下半碗红须参汤，就能让病人多活半炷香、多喘几口气。揣着这半根红须参，索掌柜啥事也不干，整天在城里瞎转悠。大约半个月后，当地一个姓牛的富户突发急症，快不行了，可这牛老爷子还没告诉家人他的三千块银元埋在哪里，牛家人都快急疯了。这时，索掌柜瞅准时机，立即上门兜售那半根红须参，牛家人问多少钱，索掌柜晃着一个指头：“一百块银元。”

牛家人吓了一跳：“你这是讹人啊！”索掌柜揣起参，说“不买拉倒，你们去药铺买便宜的吧。”从牛家到药铺，来回最少一个时辰，到时候牛老爷子早该挺尸了。牛家人没法子，只得乖乖掏了钱。半碗参汤灌下，牛老爷子果然醒了过来，告诉家人，那三千块银元就埋在南屋炉灶底下，随后才咽了气。

两块银元换了半根红须参，半根红须参又换了一百块银元，这让初出茅庐的索掌柜在同行面前大出风头。

凭着一肚子精明算盘，多年下来，索掌柜赚下了万贯家财，可他只有一个女儿，这一肚子生意经，该传给谁呢？索掌柜把眼光落在了参铺里的几个小徒弟身上。

徒弟们里有精明的、有厚道的，索掌柜想：精明的徒弟，自己教会他本事，说不定会反过来坑自己；厚道的徒弟嘛，又太老实，被人家卖了，反而帮人家数钱……到后来，一个叫小五子的徒弟让他看上了。

这小五子没爹没娘，长得英俊魁梧，人老实却不傻，正好符合索掌柜的择人标准。那天，索掌柜把小五子叫到跟前，说想把自己的本事教给他，问小五子愿不愿意学。小五子赶紧趴在地上，磕头如捣蒜：“愿意，愿意。”

参铺里买卖，无非买进卖出，虽然简单，却要察言观色，用尽心计。索掌柜教小五子如何砍价、如何识货、如何渔利，小五子听得频频点头。随后，索掌柜又把铺子交给小五子打理几天，自己从旁观察。

观察了几天，索掌柜看出了问题：这小五子目光短浅，有时候为了蝇头小利，经常干些捡了芝麻、丢了西瓜的糊涂事。索掌柜教训了小五子几次，效果却不大，后来，索掌柜眼珠子一转，计上心头。

这天，索掌柜叫来小五子，问他：“在做买卖时，你是不是时常拿不定主意？”小五子点头说是。于是索掌柜拿出了一根秤杆，这秤杆两头各有一个秤盘子，左边的秤盘是红色的，右边的秤盘是黑色的，商家俗称为“太平秤”。

索掌柜说“买卖嘛，无非是为了获利，生意如果获利大，就做，获利小，就不做。”随后他又拿出一些秤砣，告诉小五子：以后做生意拿不定主意时，就拿这根秤杆出来，想一下这个生意能带来什么利益，想到一件利，就往左边的红秤盘里放一颗秤砣；再想做这个生意有什么弊病，想到一件弊，就往右边的黑秤盘里放一颗秤砣。最后，如果红秤盘里秤砣多，秤杆子被压得低向左边，就代表生意利大于弊，反之，就是弊大于利。“这样一来，这件生意该不该做，不就一目了然了吗？”

小五子恍然大悟，一下子明白了师傅的秘诀。从此，只要遇上大买卖，小五子就把那根太平秤搬出来，计较利弊，结果买卖越做越精明。索掌柜见自己的教导大见成效，心里不免洋洋得意。

一天晚上，索掌柜见小五子瞅着那杆太平秤发呆，就问他有什么心事。小五子挠着头问："师傅，这秤能称出生意的利弊，不知是否能用来称其他事呢？"

索掌柜哈哈大笑："天底下不论啥事，都可以称一下。"小五子不明白，索掌柜告诉他，凡事都有利有弊"打个比方，我正在给女儿找婆家，这也要称一下利弊。找个有权有势的，还是找个老实厚道的？找个有权有势的女婿，吃喝不愁，光耀门楣，身傍大树好乘凉，这就是利；那老实厚道的有啥用，贫贱夫妻虽然恩爱，不如一筐金银实在，这就是弊，明白了吗？"

小五子想了一下，猛然点头："徒弟明白了。"

索掌柜拍着小五子的肩膀："小子，要用心学啊！"

过了几天，一天深夜，索掌柜内急，起来方便，经过小五子窗前，发现徒弟屋里的油灯还亮着。索掌柜奇怪，这么晚了，这小子在干什么呢？他凑到门缝前一瞧，小五子正在那杆太平秤前，不停地搬动秤砣，还不时在纸上写着什么字。索掌柜心里高兴，小五子这么晚还在忙着算计生意，孺子可教啊！

没想到第二天一早，没等索掌柜起床，几个丫环婆子就风风火火冲进来，大叫："不好了，小姐不见了！"

索掌柜跳起来，问怎么回事。丫环婆子说，昨天晚上睡觉时，索小姐还好好的，今天早上起来一看，发现人去楼空，只在墙角发现了一把爬墙的梯子。

索掌柜气晕了，自己已把女儿许配给了城中首富做填房，今日就要送聘礼，这可怎么好！他来到梯子前，发现地上有两行脚印，一行是女儿的，另一行是男人脚印！他气得大叫："肯定是有人拐跑了我的宝贝女儿。"他立即召集所有徒弟，里面唯独少了小五子。

索掌柜气急败坏地来到小五子屋里，发现人早没了，只有那杆太平秤还摆在桌上，只见黑秤盘里堆满了秤砣，里面还压着一张纸。索掌柜抓起纸，只见上面胡乱写着：若与小姐私奔，弊——浪迹天涯、居无定所、隐姓埋名、前程尽毁……

"这小子肯定昏头了，这么多弊，他还敢做！"索掌柜气得胡子乱抖。这时，他发现在红秤盘只有一颗秤砣，下面同样压着一张纸。索掌柜一把捞起来，说："我倒要看看，是什么利让那臭小子狗胆包天。"

展开纸，上面只有四个字：情意无价。

索掌柜一愣，随即"哇哇"怪叫了几声，一屁股蹲在了地上。

（题图：黄全昌）

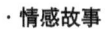

“的哥”奇遇

□老　三

痛苦到要自杀

凡是上夜班的“的哥”，最怕遇到两种人：第一种是小混混，第二种是醉酒汉，可就在前几天，的哥阿强就遇到了一个举止特别、行踪怪异的醉汉！

那天午夜，阿强的出租车停在“大富翁”夜总会前的路边。阿强二十来岁，留着两撇漂亮的小胡子，剃着小平头，叼着根带烟嘴的香烟，一副吊儿郎当的样子。

这时，一个醉汉被两个服务生搀扶着，塞进了阿强出租车的后座上，服务生说了声“一路顺风”，就回去了。阿强发动了车，头也没回地问：“请问先生去哪儿？”后座的那醉汉含混不清地咕哝了声“往前开”……

“好咧！”阿强伸手按下计价器，驾着车，车子在路灯通明的街上行驶了几公里后，后座竟传来了打鼾声，阿强把车开到路边，用力一踩刹车板，“吱”地来了个急刹车，醉汉猛地醒了，睡意蒙胧地问道：“怎么了？”

“我这车可不是旅馆——你到底要去哪儿？”醉汉听阿强这么一说，明白了，他不满地掏出一大把钱，足有好几千，扔到副座上，然后干脆躺倒下去，半生气半央求地说：“求你了，让我睡一会儿，你开一晚上车多少钱？我付你双份。”

既然有这等好事，阿强乐得轻松，他把车停到树荫下，熄了火，下车打开后备箱，拿出两件军大衣，一件扔到醉汉身上，一件自己盖上，锁了车门，自己也躺下睡了。

这一觉睡得好舒服，天蒙蒙亮时，两人醒了，阿强仔细打量了醉汉，见他是个年轻人，面色苍白，身材瘦削，一身服装虽然皱巴巴的，但看得出全是名牌。阿强按一晚上的最高收入来计算，乘以2，扣下双份车资，把多余的钱交还给了醉汉。

对方把钱胡乱揣进怀里，说自己叫任得华，小名华仔，还尴尬地表示了歉意，说昨晚喝多了。“我喜欢你的小胡子。”华仔开起了玩笑，“另外，你的声音也蛮好听，挺温柔……走，去我家。”

阿强载着华仔，来到市郊的“明月豪庭”小区。这是个高档住宅区，传说能住进这个小区的，身家至少都得8位数。华仔领着阿强参观他的别墅，参观完后，他不肯放阿强走，一脸落寞的样子，可怜兮兮地央求道：“求求你了，别走，在这陪我一天好不好？”阿强说：“你应该是个富二代吧？我却是个穷光蛋，一天不工作一天没得吃。”

“那我租你的车总行吧？以后你的出租车就是我的专车，你就是我的专车司机，我每天付你双份钱。”阿强听了，心中暗喜，说：“好吧。”

华仔接着和阿强聊了起来，他说自己30岁，父母因为一次意外事故，在国外商务考察时不幸飞机失事，都去世了，他们给他留下了一大笔钱。他从小娇生惯养，衣来伸手饭来张口，除去吃喝玩乐，就是醉生梦死。华仔叹了口气，问：“你呢？”

阿强说：“我23岁，小康人家。”

说到这里，华仔的神情中充满了痛苦和绝望，他说自己觉得活着没意思，昨晚从夜总会出来，他原本准备回家后就自杀的……阿强吓了一大跳，脱口而出：“你疯了？”

华仔痛苦地摇着头，两只眼睛中竟然全是泪水，阿强心肠软，看到华仔这样子就安慰道：其实，一个人要想快乐起来是很容易的。

“真的？”华仔抹去了眼泪，仿佛揪住了一根救命稻草，死死盯着阿强：“你能让我快乐起来？那种真正的快乐？”

“你就瞧好吧！”

快乐其实很简单

下半夜，阿强开车载着华仔，悄无声息地在马郎村村口停了下来。这是个城中村，一式的砖瓦平房。村里人早搬楼房住了，在这租房的全是些收破烂的、卖菜的外地人。

阿强领着华仔下了车，华仔背着个鼓鼓囊囊的帆布包，里面全是百元新钞，是他白天才从银行取的。他不清楚阿强让他取这么多现金干什么用，又为什么带他到这里来，但为了得到阿强说的“快乐”，他只好听从。

阿强带着华仔蹑手蹑脚地摸到村口第一户人家院门外，对他耳语道：“从门缝往里塞100块钱。”

“原来你是让我……”

“嘘——”阿强低声说，“你说只要得到快乐，花多少钱都愿意，你得听我的。”

华仔长这么大，从小到大都是别人给他钱，头一次听说把钱给人家能得到快乐，反正阿强说这个村只有三百来户人家，满打满算也就三万块钱，他决定用这笔钱试试，看能不能得到快乐。于是，华仔跟随着阿强，从村口第一户人家开始，挨家挨户，从门缝往里塞钱，每户一张百元钞票。等干完这一切，天放亮了，华仔坐进出租车里，气喘吁吁地说：“好了，钱发完了，咱们走吧——我没觉得快乐啊，就觉得累。”

“少安毋躁，少安毋躁！”阿强要华仔等等，就在这个时候，宁静的村庄逐渐喧闹起来，街上很快挤满了人。阿强拽着华仔下了车，往人群里钻，耳朵里听到的，全是人们在议论那从天而降的100元钱“这到底是咋回事啊？谁给我们家里丢了100块钱？这钱我看八成是菩萨显灵，是菩萨在救苦救难呢！”“好人啊，拜托老天爷，让这样的好人得好报，长命百岁吧！”

阿强再瞅瞅华仔，见他笑得合不拢嘴，嘴角几乎扯到了耳朵根子，他说：“今天太快乐了，明天咱们干什么？”

阿强没有说，他只让华仔好好休息，明天一早开车来接。这一天，华仔吃得很多、睡得很香。

第二天早晨，阿强来接华仔。他们开车来到一条小马路旁停了下来，这条小马路有一百多米长，被两家单位的围墙夹在中间，路两旁丢满了垃圾袋，有几处几乎堆成了小山。

阿强介绍说，小区里的居民上街，这是条近道，路边本该设个垃圾箱的，但因为小马路在小区范围外，因此物业不管，天长日久，垃圾越积越多，成了老大难问题。今天，他们要做做好人好事，帮忙清理。

华仔难以置信：“帮人家清理垃

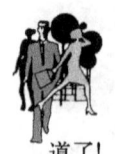

圾也能快乐？”

阿强笑道：“你试试就知道了！”

华仔说：“好。”附近有个建筑工地，阿强去租借了一辆独轮小推车和两把铁锹，两人把垃圾装上车，送到几百米外的垃圾站。他们一车车地推，热火朝天地干着，小区里的一些居民渐渐围拢上来，一个老太太问：“你俩是谁呀？”阿强答非所问：“这里太脏了，我们没事，帮着清理清理。”

“他俩是环卫的？”有人自言自语，旁边的人立即否定：“不可能，找环卫多少次了，白搭；你们也不可能是物业的！”大家一边议论，一边帮着清理垃圾。阿强又找来了一个蹬三轮捡破烂的男子，给了他钱，叫他用三轮车拉来了两只铁制垃圾桶，让居民们以后把垃圾扔进桶里。这时，阿强问那个捡破烂的男子：“今天是几号？”

有人抢先替他回答：“20号。”

阿强拿出500块钱，给了那个捡破烂的男子，说：“我替我的朋友雇用你，以后只要垃圾桶里的垃圾满了，请你及时清理，送到垃圾站去。往后每个月20号中午，我都会来这里，给你发500块钱的工资。”

捡破烂的男子喜出望外，一个劲地表态：“您放心，我不光清理桶里的垃圾，从今往后，这条小马路也归我打扫了！”

阿强从人堆里拉出扭扭捏捏的华仔，高举起他的一只手，大声嚷道：“我只是个干活的，真正的好人、雇主在这里，好事是他做的！”

人们热烈鼓掌、叫好，有人拿着手机不停地拍摄着，再看华仔，简直臊成了一个大姑娘。当天下午，清理垃圾的视频就发到了网上，引发了热议，当天，华仔吃得更多、睡得更香了。

无法想到的最浪漫的事

半年后的一天下午，华仔给阿强打了个电话，让他到市第一人民医院6楼肿瘤科来。可是，当阿强走到华仔面前，微笑着，轻轻叫了声“华仔，你好”，这个时候，华仔吓得差点跌倒了——站在面前的“阿强”，竟然是一个女的：身穿连衣裙，略施粉黛，细长白皙的小腿下是一双时尚的高跟鞋，她从一个“愣小伙”，变成了一个漂亮姑娘！

阿强羞涩地告诉华仔：她家三个姐妹，她最小，从小父母把她当男孩儿养，她也习惯了当男人，还粘上小胡子去当出租车司机。其实，她的名字不叫阿强，而是叫阿蔷，蔷薇的蔷。

“那你今天为什么不想当男人了？”

“因为……因为我喜欢上你了。”说完，阿蔷害羞地捂住了脸颊，闭上了眼睛。

华仔冲动地拥抱了阿蔷，对着她的耳朵说：“我也有一个好消息，天大的好消息要告诉你……”

半年前，医院给华仔下了“死亡通知”：他患有严重的淋巴癌，最多还能活半年。那个晚上，他酒后准备自杀，却邂逅了“的哥”阿强。为了能在死前得到快乐，这半年来，他跟着阿强做好事，每天忙得四脚朝天，累得半死不活，他却变得能吃能睡，心情快乐无比，充满了朝气，天天都盼着出去。

半年时间到了，华仔怀着忐忑不安的心情来医院复查，医生却惊讶地发现，他身上的癌细胞竟然奇迹般地消失了。刚才一帮大夫围着他，逼问他到底用了什么“秘方”，他说他的“秘方”是“阿强”，说完就跑了出来，留下一帮大夫在那里上网查资料，想知道“阿强”是什么名贵药材。

阿蔷为心上人高兴，流着泪激动地说“善有善报，这是你应该得到的报偿！”

又过去了半年，华仔和阿蔷步入了婚姻的殿堂，与此同时，以两人名字命名的“华蔷慈善基金会”也宣告成立……

（**题图、插图**：杨宏富）

· 本刊信息传真 ·

故事会■新浪 微故事大赛

10 月征集主题：收 藏

让你的脑细胞兴奋起来，一起跳个舞吧！

这是一次对灵感、睿智、情感和文字驾驭能力的挑战——

用 1 条微博，讲完 1 个故事。

《故事会》杂志和新浪微博（weibo.com）联合主办 2011 微故事大赛，邀请各路故事名家、草根英雄和世外高人展开较量！活动持续全年，每月产生一名金奖得主。

本次大赛所有作品通过新浪微博平台征集，分为“命题故事”和“自选题故事”两部分，命题故事每月一个主题，当月设金奖 1 名，奖金 1 字 10 元（字数低于 120 的按 120 字计），银奖 2 名，奖金 1 字 5 元；自选题故事由作者自由命题，全年评出金奖 1 名（5000 元），银奖 2 名（2000 元）。优秀作品将在《故事会》上刊登，并结集出版。更多详情请登录新浪微博页面搜索“故事会微故事大赛”或故事中国网(www.storychina.cn)了解。7 月微故事（主题：情书）金奖得主：男儿国。8 月获奖作品（主题：领导）名单已在网上公布。

本月微故事主题：收藏 请您根据该主题构思一篇微博故事，力求情节出人意表，立意隽永深远，文字鲜明生动，本月的微故事达人或许就是你！

（本期刊物特别选登 8 月微故事大赛优秀作品，详见 P94）

·法律知识故事·

祸从天降

□裴一璞

王老汉养了两头小乌克兰猪，他对这两头小猪的感情简直比对亲生儿子还亲，不仅精细喂养，每天傍晚，还要领着它们围着村庄散散步。这在村里也是人们茶余饭后的谈资，都说人家有遛狗、遛猫的，还没听说遛猪的。王老汉有时也听见这些议论，但他不以为然，说："俺家的猪可是金猪咧！每天陪俺散心，给俺解闷，才使俺老来有乐，就是给座金山也不换哪！"

王老汉这样说也有道理，自从老伴走得早，子女也都分家另过，只有自己孤身一人守着这冷冷的炕头，成日没个人说说话。自从养了这两头小猪，王老汉的人生就像焕发了第二次青春，成天围着小猪唱啊笑啊的。

这两头小猪被他养得白白胖胖，皮肤红通通的，人见人爱。更令人喜爱的是，两头小猪还与老汉感情颇深，善解人意，每当王老汉心情不好的时候，就在老汉的腿下蹭来蹭去，瞪着黑溜溜的小眼睛，不时哼哼几声。王老汉看着小猪们滑稽的动作，心情也就变好了。

这天傍晚，又到了王老汉领小猪外出遛弯的时间了，正是阳春三月的好天气，王老汉来到村外，有一片桃树林，红艳艳的桃花满树绽放，散发着浓浓的芳香。成群的蜜蜂在花丛中飞来飞去，忙着采粉酿蜜。王老汉便领着小猪过去观赏，他知道蜜蜂是村里的养蜂专业户李有财家的，养了有三四十箱。

王老汉想跟李有财打个招呼，便喊了几声："有财，有财！在忙啥呢？"但李有财搭好的帐篷内没人回

应，王老汉心想可能是回家做晚饭去了。

快到天黑的时候，村里有人高喊："快来人哪！王老汉死了，就在桃树林里。"

消息如同惊天霹雷一般，迅速传遍了全村，人们纷纷往桃林跑。跑去一看，王老汉直挺挺地躺在地上，已经没有了呼吸，只有养的两头小猪还在围着他转。

桃林与蜜蜂都是李有财家的，这下他脱不了干系啦，很快王老汉的儿子便报了警，告他蓄意谋杀。这个罪过可是不轻，警察不敢大意，进行了认真的侦查。李有财哭喊冤枉，说案发那天他的确在家里做晚饭，没去桃林，人真不是他杀的。警察又寻访了村里，村民都说王老汉平素性格和蔼，爱与人说笑，与村民的关系很好，没有什么仇家。

在进行了周密的外部排查后，警察们一无所获，只得对王老汉的遗体进行尸检。通过法医细致检查，王老汉身体没有利器造成的伤痕，皮肤无破损，只是脖子上有一道道痕迹。通过放大镜检查，法医们意外发现了尸体脖子上有十几根蜜蜂的刺，这下情况几乎大白了，王老汉是被蜜蜂蜇死的。

法医介绍说一些蜜蜂的体内含有毒液，人被蜇后很容易引起过敏反应，在数分钟后就会头晕目眩，而后血压降低，导致心脏功能衰竭，最后诱发死亡。王老汉已是75岁高龄，遭受蜜蜂毒刺，致使心脏衰竭而死，但王老汉的儿子坚决不答应，说父亲平素为人老实，不会平白无故去招惹蜜蜂，一定是有人故意使坏，驱赶蜜蜂去蜇人。

焦点再次集中在李有财身上，但他一口否定会做这种伤天害理的事，并指天发誓，如说假话不得好死。案情又一度受阻，这时有个村民插了一句："王老汉平时最爱的就是他养的两头小猪，去看看他的小猪，或许能找到线索。"

一句话提醒了现场的办案人员，他们找到了这时已被圈在王老汉家里的两头小猪。通过仔细检查，发现小猪的嘴巴上、耳朵上和身上也有不少

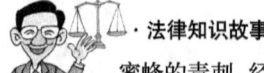

蜜蜂的毒刺。经过办案人员的缜密推断，最终揭开了这起离奇案件的谜底。

原来那天傍晚，王老汉领着小猪来到桃林散步观赏，小猪们活泼好动，用嘴巴不时在地上拱来拱去，不久就拱到了蜂箱上，把蜂箱拱倒在地上。这下可惹恼了蜜蜂们，于是群起而攻击，把小猪蜇得“嗷嗷”直叫。王老汉爱猪心切，没有多想就奋不顾身冲入蜂群去救小猪，随即被蜜蜂蜇到脖颈，重伤而死。

事情终于真相大白，但王老汉的儿子认为李有财虽然刑事处罚不够格，可这蜜蜂毕竟是他饲养的，民事赔偿难免，所以就一纸诉状告到了法院。最后，法官根据庭审及调查作出了宣判：依据《中华人民共和国民法通则》有关规定，饲养动物造成他人损害的，动物饲养人或者管理人应当承担民事责任；由受害人过错造成损害的，动物饲养人或者管理人不承担民事责任……本案中，王老汉之死自己负有一定责任，但是，李有财作为动物饲养人明知饲养蜜蜂会对他人造成攻击，却未能采取任何有效防范措施，在无人看管情况下，导致了在王老汉遭受蜜蜂攻击后未能被及时发现、施救，显然有疏忽大意之责，故判李有财承担50%赔偿责任。

宣判后，原、被告双方均未提起上诉，至此，王老汉离奇死亡之案最终告结。

律师点评：

《祸从天降》故事主要表明一个法律方面问题，即特殊侵权民事责任中关于动物损害赔偿有关规定。一般情况下，应当由饲养人承担赔偿责任，然如有证据证明是受害人的过错造成的则饲养人免责。但因为此案中显然双方均有一定过错，那么就可以相应减轻饲养人的赔偿责任。

（**题图、插图：**谭海彦）

· 本刊信息传真 ·

法律知识故事征文

本刊推出的“法律知识故事”，通过发生在我们身边的、短小而具体的、在法理上容易混淆的个案，生动、形象地宣传法律知识。这些知识注重现实性、实用性，真正起到解剖一个案例、明白一个道理的作用。

为把这个栏目办得更好，我刊决定面向全国征文。

来稿方法：1. 从邮局寄发，请在信封上注明“法律知识故事”字样，本刊地址：上海市绍兴路74号《故事会》杂志社，邮编：200020。2. 从网上传递，可寄以下信箱：wulun@vip.sohu.net，请在主题上注明“法律知识故事”字样。凡已和我刊编辑有联系的作者，稿件可继续投给原编辑。

楼上的弹珠声

□马少华

林平从小就很独立，上了高中后，就在外面租了一间房子住。一天晚上，林平听到楼上好像有人在往地上扔弹珠——“砰、砰、砰……”开始他也没在意，不过之后一连几天晚上都有弹珠声，这让林平很受不了。

这天深夜，林平气愤地上楼，敲响楼上那户人家的房门，可敲了好久也没人应答。这时，对门一个男子说“别敲了，这房子都两年没人住了。”

林平一愣：“什么？没人住？那我怎么好几天晚上都听见有人往地上扔弹珠？”那人笑着说“扔弹珠？你没事吧，除非见鬼了。”

林平头发一下子竖了起来，他突然想起了以前听过的一个鬼故事：

有一个小孩儿很喜欢玩玻璃弹珠，可是家里太穷，父母没有钱给他买弹珠玩，于是，这个小孩儿就去超市偷了一大把，结果被人发现了，小孩儿一急，把弹珠全都吞下肚里，最后医治无效，一命呜呼。从此之后，小孩儿的父母经常会听到弹珠的声音，那就是小孩儿在阴间玩弹珠。

林平越想越怕，赶紧跑出门打了个车，到同学王大鹏家过了一夜。

第二天，林平坐在教室里发愣，他开始回想，这段时间快考试了，压力太大，是不是出现幻听了？于是他让王大鹏晚上来自己家复习功课，顺便住下，想看看王大鹏是不是也能听到弹珠的声音。

到了晚上，复习完功课，林平准备睡觉。这时，他又听到楼上扔弹珠的声音——“砰、砰、砰……”

林平看了一眼王大鹏，王大鹏往床上一仰，像是什么事也没发生，林平问：“你有没有听见什么声音？”

王大鹏看着林平一脸神秘的样子，笑道：“没有啊，什么声音？”

林平松了口气，看来真的是自己幻听了，这世上哪儿来的鬼啊？林平不禁笑了笑，说：“没事儿。”

这时，王大鹏问：“你是说楼上扔弹珠的声音吗？”林平大吃一惊，使劲儿盯着王大鹏，声音都有点颤抖：“你也听到那个声音了？”

王大鹏笑道：“这有什么奇怪的，哪个小孩儿不喜欢玩弹珠？”

林平脸色苍白，颤抖着说：“可、可楼上根本就没人啊！”

王大鹏也吃了一惊，叫道：“你说什么？你别吓我！”林平哆嗦着嘴唇，一句话也说不出来。

第二天，林平开始搬家。这次他特地找了个顶楼，心想这下总不会再听到楼上的弹珠声了吧！

然而，弹珠像是跟他干上了，在刚搬进去的当天晚上，林平又听到了弹珠声！这下林平彻底崩溃了，整天神情恍惚，被王大鹏送进了医院。

过了几天，林平正在床上躺着，王大鹏带了一个人来看他。他睁开眼一看，原来是初中时的陈老师，林平忙问：“陈老师您怎么来了？”

陈老师笑着说：“来给我不合格的学生补补课啊！”

林平一愣。王大鹏在一边笑道：“你的事我在QQ校友群里说了，结果你猜怎么着？全班没有一个担心你的，全都在批评你！”林平更加迷惑了。王大鹏接着道：“因为这样的事，陈老师早就在课堂上讲过了，谁让你上课走神了？”

这时陈老师说：“其实这种现象很普遍，不是小孩儿玩弹珠，更不是什么闹鬼，而是霉菌在作怪。”

林平问：“霉菌？”

陈老师说：“对，就是霉菌。为了让你消除疑虑，

咱先来做个实验，小王，你去楼上吧。”

王大鹏应了一声，转身跑上楼，过了一会儿又跑了回来，问：“听到没有？”林平问：“听到什么？”

王大鹏说：“弹珠的声音啊，我刚才去楼上病房扔了几个弹珠，你一个都没听见？”

林平摇了摇头。

这时陈老师说：“看到了吧，其实楼层之间都是很厚的，一颗小小的弹珠掉在地上，楼下的人根本就听不见。那为什么我们经常会听到楼上有扔弹珠的声音呢？因为楼层之间都是钢筋支撑的，在重量的作用下，钢筋会产生弯曲的应力，而天花板上一般都有灯线管道，霉菌会顺着这些缝隙进去，特别是钢筋和水泥接触的地方是它们最理想的生活场所，时间长了，霉菌就会把钢筋周围的水泥侵蚀掉，有了足够的空间，在应力的作用下，钢筋就会来回弹动，听上去就像是弹珠掉在地上的声音。”林平听到这儿，长吐了一口气，笑了起来。

陈老师接着道：“至于为什么弹珠的声音都是从上面传下来而不是地板下面，是因为地面上一般都放了很多家具，下面传来的声音都被家具分解掉了，而且地板上没有线路通过，传出来的声音就更小了。”

这时，在一旁的王大鹏问：“那为什么周围的墙上也听不到呢？”

陈老师刚想说话，林平抢着说：“这都不懂？因为墙里都是砖和水泥，根本就没有钢筋，又哪儿来的弹珠声？是吧，陈老师？”

陈老师笑道：“不错，看来我教的还没全白费。”

林平又叹了口气，说：“我这个立志于建筑行业的高中生，竟然被一个小小的霉菌吓成这样，传出去还不让人笑掉大牙？都是上课不用心听讲的教训啊！”

陈老师正色道：“被人笑话倒没什么，可要是建筑质量出了问题，就不是几句玩笑能过去的。”

林平和王大鹏低下了头。

陈老师接着说道：“现在的学生上课不认真听讲已经不是个别的例子了，当然这里面也有学校的原因，教材太陈旧，跟时代脱节，教师又只会照本宣科，毫无创新，别说你们年轻人了，就是我去听课也听不下去，但是我要正告你们，以后在工作上再也不能稀里糊涂了，要学会在实践中学习，这比在课堂上学得更方便，意义更重大，而且责任也更重大，来不得半点马虎。这就算是我给你们上的最后一堂课吧，希望你们能多记住一点时间。”

林平和王大鹏齐声道：“我们不会让您失望的！”

（题图、插图：谢 颖）

·外国文学故事鉴赏·

根据东野圭吾的同名短篇小说改编而成

新婚照之谜

□杨 君 改编

新婚之谜

智美和典子是大学同学，毕业后，典子回了老家金泽，两人少有来往。一天，智美收到典子的来信，信上说典子结婚了，丈夫是她父亲公司里的员工，喜欢收集蝴蝶标本，他们现在在金泽租房住，欢迎智美到他们家里玩。信封里还附上了一张合影，智美取出照片，却“啊呀”一声叫了出来，照片上的女子不是典子，这是怎么回事？

智美苦心思索，却想不出合理的解释，于是她打电话给典子，可是电话那头无人接听。第二天一早，智美又给典子打电话，却依旧无人接听。智美担心起来，决定去金泽找典子。

她按照信上所说的地址，来到典子家，按响了门铃，却不见有人应门。正在不知所措之际，一名身材消瘦的男子走过来，他在典子隔壁那家门前停下，朝智美瞥了一眼，便掏出钥匙开门。智美向他招呼道：“您好，您知道住在这里的夫妇到哪里去了吗？”

男子粗鲁地回答：“这种事情我怎么知道？”

智美又问：“那么您与这对夫妇见过面吗？”

男子皱了皱眉，说：“这个嘛，他们刚搬来的时候，到我家来打过招呼。”

智美把那张照片递给男子，问：“是这两个人吗？”

他瞅了一眼便道：“是啊，没错。”

智美有些诧异，又说道“请您仔细看看，应该不是这个女人吧？”

男子变得很不耐烦：“你这个人，到底想说什么？就是这个女人，没错！”说着，他粗暴地把门关上。

智美没有找到典子，于是在她家附近的旅馆住下，等到晚上，她又给典子家打了电话。这时电话居然通了，接电话的是典子的丈夫昌章，智美自报了家门，昌章似乎对智美并不陌生。他听说智美特地来到金泽，“啊”地一下叫出声来。

智美问：“典子在家吗？我本想来见见她的，可是白天你们都不在家。”

昌章说，自己前几天在公司加班，典子出门旅游去了，要三天后才回来。智美觉得有些奇怪，问他要典子的联系方式，昌章却支支吾吾地说不出来，然后就把电话挂了。

之后，智美往自己家里打电话，查看电话留言，留言里却出现了典子的声音，典子说自己来东京找智美，可惜智美不在家。智美一脸愕然，她打了大学同学的电话，终于在一个同学那儿得到答案。原来典子今天去东京，和大学同学碰面了。智美让那位同学告诉典子，尽快与自己联系。

第二天清晨，智美房间的电话响了，是典子打来的。智美从床上一跃而起：“我找你好长时间了！”

典子说“是啊，咱们总是擦肩而过呢。”智美小声说：“典子，我有事想问你，我收到你那封新婚喜报了，可是有点蹊跷呢！”

“新婚？”典子的声音沉了下去，随即说道“智美，你怎么知道我结婚的事？”

智美有些茫然：“嗯？你不是给我寄了封信吗？信里说的。”

“信？”典子顿了顿，接着说“我没有寄过什么信啊！”

顿时，两人都说不出话来。

照片之谜

智美和典子约在宾馆见面，智美把信和照片放在桌上，问典子：“你说没有给我寄过信？”

典子看后，睁大了眼睛：“你怎么会有这些东西？这可不是我寄的，

信倒是我写的。”

智美有些茫然：“这是怎么回事？那这信究竟是谁寄出的？”

典子侧过脸，说“我想大概是那家伙吧。”她向智美耸耸肩。

智美一脸惊讶“不会吧，那你先生可真是个冒失鬼，居然把不相干的照片附在信里。”

典子的眼睛开始湿润了：“我怎么知道他是怎么想的？那女人可是我丈夫的前女友，或许他们俩现在还好着呢。上周五，我正在给你写信，连收信人的姓名和地址都填好了，这时，那个女人上门来了。她叫秋代，说是昌章的女友，于是把那张照片摆到我面前。她说昌章本来是要和她结婚的，因为怕拒绝我，会让他在公司里不好做人，所以才被迫和她分手，她还把昌章送她的金戒指拿给我看呢。”

智美问“为什么不和你结婚，他在公司就不好做人了？”

典子说：“大概因为我爸爸是经理吧。反正那天把我气得半死，我刚想把那女人撵出家门，就接到昌章的电话，说是外面下雨了，让我到车站接一下。所以我就让她在屋里呆着，自己到车站接昌章。我倒要听听他有什么话说。结果昌章一听说那女人找上门来，脸一下子就青了。”

智美又问：“接下来呢？”

典子说“等我们回到家里，那女人已经走了，但是我咽不下这口气，我盘问昌章跟那女人是怎么回事。昌章开始还支支吾吾的，后来总算说了实话。他们曾经是恋人，后来分手了，不过，两人现在还有见面呢。”

智美听了也是一脸愤怒：“真是个卑鄙的家伙啊！”

典子突然握紧拳头，说“是呀！我实在气不过就从家里跑出来了，星期五晚上就回了娘家。”

“原来是这样啊！怪不得你家的电话老是没人接听呢。”智美突然想到了什么，对典子说“你那个邻居也挺古怪的，他一口咬定照片上的女人就是你。”

典子皱了皱眉，说：“奇怪，我和隔壁那个人又没见过面。刚搬来的时候，是我丈夫去跟邻居打招呼的。”

智美心想：那个男人可能只是随口答应一声吧。

不一会，典子又抱怨起来“跟昌章结婚以后，我们经常有矛盾，他是个工作狂，而且喜欢收集蝴蝶标本，家里堆满了他的标本。我这次来东京，主要想物色一份新的工作，我准备和他分手，打算搬回东京去。不过现在，我得先把照片的事弄明白！”

失踪之谜

智美和典子来到公寓，昌章出来迎接。典子面无表情地进了屋，智美跟在典子身后，一进屋就发现成堆的蝴蝶标本。她们并排坐着，智美拿出了那封信和照片，对昌章说“请问这信是您寄给我的吗？”

他瞥了一眼，微微摇头说“不是我寄的。”

典子不满地说：“不是你是谁？”

昌章黑着脸，说“我干吗要寄这种东西？这绝对不是我干的……”

典子声嘶力竭地叫道：“我知道了，肯定是你和那女人玩的把戏。她就是要故意找茬，是她干的！”

昌章说“秋代不会那么做的，而且我跟她已经分手了，没有关系。跟我分手后，她的精神状态差得很，前一阵子还企图自杀，幸好没有生命危险，她打电话找我，说是见不到我就要去死，我只好跟她见面。”

“骗人，全是骗人的！”典子哭了起来。

智美开解道：“我们还是先问问那位秋代小姐吧，既然不是你，也不是昌章先生寄的话，除了她之外，再没有旁人可想了。”

昌章点点头，站起身来说“就照你说的做吧。这样下去，我也洗刷不了冤枉啊！”说着，他就走到厨房打电话去了，过了一会儿，他一脸惊惶地走出来，说：“秋代失踪了，上周五开始就下落不明了。”

下午，警察来到典子家调查情况，听完典子的陈述，警官话里有话似的说：“到目前为止，你可能是最后一个见到秋代的人。”接着，警察又刨根问底地问了很多，典子和昌章一一作答。然后，警察取走了三人的指纹，还有那封信和那张照片。

等警察们走后，典子委屈地说：“警察不会是在怀疑我吧？他们肯定认为是我害了那个女人！”

智美安慰道“你别这么想。搞清楚事情的来龙去脉也是他们的工作嘛。他们估计秋代大概已经……”

“自杀身亡了。”昌章突然破口而出，三人同时陷入了沉默。

第二天早晨，典子家门前停了好几辆警车，典子他们看到，隔壁的那

个男子被警方扣押，进了警车。他们刚想出门，想问清真相，这时，几个警察走进房间，直奔卧室调查起来。

“怎么回事？”典子一脸疑惑，“我们家好像就是杀人现场呢。”

其中一个警察对典子说：“辛苦你了，秋代的案件已经查出真凶了，住在你们隔壁的樱井已经交代了自己的罪行。上个星期五，樱井听到你出门的声音，误以为房里没人，便偷偷溜了进来。”

典子问：“他干吗要偷跑到我家来？”警察指了指蝴蝶标本说：“因为他看中了那些蝴蝶标本。樱井也很喜欢蝴蝶，他看到你先生的收藏，就老打算着要把它们弄到手。”

典子又问：“那他又是怎么进来的呢？我可是把门锁好才出去的。”

警察说：“那家伙去房地产公司付房租时，趁着老板不注意，偷走了你们家的备用钥匙。他偷进你们家后，秋代突然从卧室里走了出来。他大惊失色，怕她叫嚷，便掐死了她。”

典子他们听着，冷汗直冒，警察接着解释道：“樱井杀了秋代后，早已顾不上蝴蝶标本了。他忙着处理尸体，还得给自己制造不在场证明。就在这个时候，他发现餐桌上的信和照片，他把信通读一遍之后，误以为秋代就是典子，于是就把信和照片一起装进了信封，寄了出去。随后他就处理了尸体，然后第二天就和朋友出门旅游了。”

智美说：“接着我就收到了这封信，樱井的目的就是让收到信的人以为，死者周五的时候还活着，是后面几天被害的，而他那段时间在旅游，有不在场证明，在他看来，这个方法是天衣无缝的。”

昌章听了，说：“太可笑了，如果失踪的真是典子，我在周五就会向警察报案的。”

警察幽幽地说道：“可是据樱井说，他很少看到你回家，所以才觉得自己的考虑万无一失呢。”

“都怪你啊，老是深更半夜才回来。”面对典子的指责，昌章不吱声了。

警察走后，典子开始检查梳妆台上的首饰，她打开首饰盒，看见里面有一张白纸，白纸里裹着一枚金戒指。那是秋代的东西，白纸上用口红写着：“对不起！再会了！”

智美说：“她似乎不想打扰你们生活了。如果她再早一点走，也不会惨遭杀害了。”典子沉重地点了点头。

那天傍晚，智美回到东京。临行前，她对典子夫妇说“你们一定要好好过哦，再有什么问题就跟我联系。”

典子有些害羞地说：“已经没事了，有空来我们家玩。”

智美终于安心地吐了一口气。

（**题图、插图**：佐　夫）

一场浪漫而富有想象力的交换，换回了梦想，换回了良心，更换回了人生真谛……

世界是个万花筒

□杨　格

1．奇思妙想

长假期间，周圆满一家进行了一次大扫除，把一些长期不用的东西清理出来。在整理抽屉的时候，妈妈突然笑着说："嘿！我们家这里藏着一笔巨款呢！"

一旁的周圆满惊喜地问："真的？"

妈妈手拿着一张纸币，笑了笑说："一毛钱巨款！可以买两根猪毛呢！"说完，她随手把那张纸币搁在桌上。

周圆满看着那张被冷落的一毛钱，心里忽然一动。此前，他在网上看过一个新闻，一个老外用一美分做道具，通过和别人交换的方式，最后居然换到一份价值不菲的地契。周圆满也想学学老外，来一场充满想象力的交换。

周圆满把自己的目标定为，用这一毛钱换来一部心仪的"苹果四代"手机。想到这里，周圆满把那张一毛钱的纸币拿起来，跟妈妈说了自己的计划。

妈妈摇摇头说"圆满，你真是个书生啊，现在这社会，人人想占别人的便宜，你还指望有冤大头？一毛钱换一部手机，不可能！"

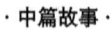

周圆满对妈妈解释说："这样的交换有过先例，也有理论基础。因为世界上的人和事情是复杂的、多样的。有的物品对一些人来说没有丝毫价值，但对于某一个特定的人来说，就是珍宝。正因为如此，奇迹或许真能发生。"

妈妈听得半懂不懂，不再多言。

随后，周圆满忙活起来，他把这张一毛钱纸币拍成照片，发到微博上，附上如下文字：我想来一场浪漫而有想象力的交换，以我的这张纸币为起点，通过N次交换，换得一部我心仪已久的"苹果四代"手机，奇迹

会发生吗？梦想会实现吗？期待您的参与！

为了方便联络，周圆满还附上了自己的手机号码。

周圆满是个老资格的"微博控"，微博上聚集了不少粉丝和关注者。他的微博发出后，粉丝们和关注者都有了反应，纷纷转发了这条微博。

几天后，奇迹开始启动！

这天上午，一个姓张的男子打来电话，想和周圆满做一个交换，并且，他就是东城人，住在周圆满家附近，马上就可以过来进行交换。

周圆满欣喜若狂，小心翼翼地问："你愿意用什么东西交换。"

张先生说："我愿意用一部手机来交换。"

周圆满心里一热，难道真的是老天有眼，这么快就让自己达到目的了？于是他脱口问道："手机？什么牌子的？'苹果四代'的吗？"

张先生呵呵笑道："那倒不是，我这手机的牌子是'波导'的。"

周圆满心里一凉，有一点点失落。这"波导"手机已经停产了多年，即便这个老古董还可以使用，恐怕连彩铃都发不了，实用价值不及现在的手机，但是他转念又想，人家的东西毕竟是手机，就算是铁疙瘩，也值一毛钱。于是周圆满答应了张先生的交换！

两人约定了见面的地点，半个小

时后，他们在小区门口会合。张先生居然是开着车过来的。双方验货后，周圆满把那张纸币交给张先生，张先生把一部银灰色的“波导”手机交给周圆满。

交换仪式结束后，周圆满问张先生：“张大哥，有个问题我想请教，你为什么愿意和我交换？要知道，你的这部手机当废品卖也不止一毛钱，况且你还是开车过来的，成本更大了。”

张先生呵呵笑道：“周同学，我是个小老板，不是太缺钱。我喜欢有想法、有创造力、相信奇迹的人。看到你的微博后，我觉得你就是这样的人。所以呢，就支持你一把，这大概是你的‘处女换’吧？”

周圆满连声说是。

张先生又说：“万事开头难，有了第一次交换，接下来的交换就容易多了，祝你成功！”

周圆满连声道谢，两人分手。

2. 梦想成真

回到家里，周圆满把“波导”手机拍成照片，放到微博上，简述了“处女换”的经过，并明确了下一个步骤用这部“波导”手机做交换的筹码。

粉丝们很快有了反应，连连称奇，并转发了周圆满的微博。不过，也有不少网友表示了担心：有没有那么多像张先生那样的好心人呢？如果没有，那么这部已经淘汰的手机就无人接手，接下来的交换难度不比“处女换”小。

周圆满也有此担心，但他还是抱着相信奇迹的心理等待奇迹发生。

奇迹再次的发生是在一个星期后。

打来电话的是一个自称姓王的女士。王女士说她在好友的微博上看到周圆满的微博，她愿意和周圆满做交换。

周圆满试探着问：“王女士，你愿意用什么东西和我交换呢？”

王女士说：“只要你的要求不离谱，这个我们可以谈。”

周圆满心想有戏，他稳稳神，一咬牙，狮子大开口道：“如果你愿意，我说的是如果啊，你愿意用一部‘苹果四代’来交换吗？”

电话里的王女士想也没想回道：“没问题！”

周圆满几乎不敢相信自己的耳朵，实现梦想的过程如此快速和简单？这太不可思议了！

正沉思着，王女士说：“我现在在深圳工作，不方便到东城来，不过我可以马上快递一部‘苹果四代’手机过来，等你拿到手机后，再把‘波导’手机快递给我。”

周圆满唯恐王女士变卦，连声保证：“没问题！没问题！其实我可以先把手机快递过去给你的。”

王女士说“不必了。我相信你不会骗我，就这么办吧！”

挂了电话，周圆满还是不太敢确信这是真的，他心想：王女士不是骗子吧？或者她在跟我开玩笑？但是不管怎么样，我都没失去什么，抱着一颗平常心等明天看吧。

第二天下午，周圆满接到一个快递，是王女士寄来的。他压抑住激动，颤抖着双手打开包装盒，看到一部闪烁着黝黑光泽的“苹果四代”手机！

周圆满手忙脚乱地拿出他梦寐以求的手机，又手忙脚乱地将准备好的迷你卡插进手机后座，经过一番调试后，可以确定这是一部货真价实的“苹果四代”手机！

周圆满激动得几乎哽咽，这是他梦寐以求的宝物啊，奇迹来得太快，幸福来得太突然，他有些承受不住了！

周圆满让自己平静下来，把自己的“波导”手机快递给王女士。

第二天，周圆满估计王女士收到了“波导”，打了电话给她。不出所料，王女士已经收到了交换物品，听起来她很高兴，很激动，还连声向周圆满说着谢谢。

周圆满疑惑地问：“王姐姐，有一件事情我不太明白。你为什么要和我做这么一桩划不来的交换？你应该知道，我的‘波导’和你的‘苹果四代’根本就是人间和天堂的区别，它们不在一个档次的。”

王女士说“周同学，很多东西的珍贵与否，不是用钱来衡量的。这样吧，我说一个故事给你听，或许你就会明白，我为什么要和你交换。”

王女士说了这么一个故事——

多年以前，有一个女孩，怀揣梦想到深圳打拼，可是她好长时间都没有找到心仪的工作，迫于生计，只好委身于一个工厂里，在流水线上当操作工。女孩整日劳累，收入却少得可怜，只够填饱肚子。她不敢买漂亮的衣服，更买不起一部体现城市人身份的手机。现实和理想相差万里，她非常苦闷。

在这段时间里，女孩的生活也有一丝亮色。这抹亮色是同为打工一族的一个男孩带来的。男孩爱上了女孩，女孩呢，似乎也爱上了男孩。男孩知道女孩期望得到一部手机，暗下决心，一定要给亲爱的女孩送上她最喜欢的礼物。

男孩节衣缩食，攒着钱，可是攒到情人节前的一天，男孩为了给女孩买部手机，还差两百块钱。男孩请了假，跑到地下卖血站，卖了两百块钱的血。然后，他迈着飘忽的脚步，来到东门，给女孩买了一部当时号称“手机中的战斗机”的银灰色“波导”手机。

当女孩接到男孩的礼物后，激动得不行，她依偎在男孩的怀里，一遍遍地说着“我爱你”。男孩幸福地笑着，说他会用他的一切爱女孩。后来，男孩升了职，给自己买了一部同款的“波导”手机，两人一人一部情侣机，生活得很幸福。

可是，爱情敌不过世俗，一个有钱的老男人看上了年轻貌美的女孩。他可以给她更昂贵的“诺基亚”手机，还可以给她手提电脑，给她房子，给她银行卡。而这些，都是男孩不能给予的。最终，女孩把“波导”还给了男孩，就此断绝了来往。

绝望的男孩离开了深圳，从此音讯全无。

许多年过去了，女孩变成了女士，又变成了富婆。她的人生起起落落：“小三”终没有变成“正宫”，她被男人抛弃了。此后，女孩结识了一个又一个男人，被人抛弃，也抛弃别人。不知什么时候开始，女孩发觉，这么多年来，她没有真心爱过任何一个男人——除了那个送她“波导”手机的男孩……

这个女孩就是王女士。

讲完了故事，王女士说：“周同学，现在你应该明白了吧，这部同款的‘波导’手机对我来说，不是一件物品，虽然它已不是我原来的那部手机，但至少可以让我有一个念想，那是一段珍贵的记忆，一段感情的结晶。你说，它有价吗？说实话，当初你就是提出来要我用十万块钱来交换，说不定我也愿意。”

周圆满被这个凄美的故事感动了，但很快，他又有些后悔，假如当初知道内幕和底细，自己开口十万，那现在……

周圆满简直不敢想下去。

3. 超越梦想

周圆满当初的计划是换到一部“苹果四代”，他已经实现梦想，可谓功成名就，可现在，他收不下心。他决定：超越梦想，将奇迹进行到底。他要继续在网上做神奇的交换，搞不好自己真的能抓住机会，摇身变为十万

“富翁”也未尝没有可能。

周圆满把“苹果四代”手机的照片贴到微博上，简述了交换的过程。网友们兴奋了，纷纷转发，周圆满微博的粉丝和关注者倍增，这让他更坚定成就奇迹的信心。

半个月后，奇迹再次发生。一个自称黄先生的人打电话来，愿意用一件颇有吸引力的东西和周圆满交换。

在此之前，有很多人愿意用物品交换周圆满的“苹果四代”，但周圆满都付之一笑。这些交换者，有的愿意用山地车来交换，有的愿意用二手笔记本电脑来交换。这些交换相对于周圆满来说，是亏本的，他追求的是利益的最大化，亏本的买卖他周圆满不干!

而和黄先生的交换划算，黄先生要交换的物品是一把威猛的“AK47”仿真步枪。

这把仿真步枪完全按照“AK47”的外形和内部结构制造的，和真家伙像一对孪生兄弟。并且，这把仿真步枪用的是高档铝合金材料制造，外面是镀金的，光灿灿的很炫目，沉甸甸的有手感。

黄先生是前几年从一个地下市场里买到这把“AK47”的，花了一万多块钱。黄先生一直把它视作心爱之物，拿它来交换，是迫不得已：就在今天，黄先生要永远离开东城，人到机场时，忽然想起，带着这把即便是山寨的“AK47”是上不了飞机的，而且还会被没收。就在黄先生思忖着该如何处置这老伙计时，远在老家的妹妹打来电话，要哥哥带一部“苹果四代”手机给她。黄先生手头没有“苹果四代”，而且这东西也不是随时随地想买就能买到，怎么办呢？

黄先生也是个微博控，前几天还关注过周圆满的微博，知道周圆满搞交换的事情。他忍痛作出决定：和周圆满做个交换，用他的“AK47”换周圆满的“苹果四代”。

听完黄先生在电话里的讲述，周圆满立刻作出判断，如果情况真如黄先生说的那样，这是个极其划算的交换。放下电话后，周圆满就打车赶往机场，和黄先生见了面。

在机场的卫生间里，黄先生从旅行包里抽出那把仿制的“AK47”全自动步枪，周圆满的眼睛一亮，他一下子就被这把威猛的“AK47”给征服了。

换！周圆满在心里对自己说。

候机室的广播里播报着登机的消息，黄先生依依不舍地把“AK47”递给周圆满，周圆满也果断地把“苹果四代”手机交给黄先生。

黄先生一步三回头地走了，周圆满握着沉甸甸的“AK47”，爱不释手，乐得合不拢嘴。“这单赚大了！一定要将奇迹进行到底！”周圆满快活地对自己说。

回到家里，周圆满将“AK47”的照片挂到了微博上，静等更大的鱼儿上钩。

图片刚放上不到两小时，周圆满接到黄先生的电话，黄先生说“小兄弟，我刚下飞机。我后悔了，我舍不得我那老伙计，我得要回它！”

周圆满不答应，说“现在是市场经济社会，大家都要遵守公平交易的游戏规则。而且，即便我同意把它还给你，你也带不走啊！上飞机国家要查扣，托运也会被没收。”

黄先生说“我开车回东城，把它藏到车里带回来。”

周圆满想，这黄先生可够下血本的啦，既然这样，那就有戏！

果然，一番谈判后，黄先生说：“我愿意用2万5千块钱赎回我的老伙计，三天后开车过来接货。”

周圆满快活地说：“成交！”

就在周圆满准备撤下“AK47”的图片并删除交换信息的时候，他又接到一个让他兴奋的电话。

电话是一个自称姓高的男人打来的。高先生说，他就在东城，刚刚看到周圆满的微博，非常激动，他想买下那把仿制的“AK47”。

周圆满心里一动，说：“不好意思，已经有人和我谈好要买了，他出价3万块人民币。”周圆满故意把黄先生出的价格提高了5千，目的不就是利益最大化吗？

“那我就出3万5千！”高先生说。

周圆满乐得差点笑出声来，努力低调下来后，说“好吧，你等我消息，我先和第一位买家沟通一下，买卖不在仁义在，我得先征求人家意见是不？”

挂了高先生的电话，周圆满打通了黄先生的电话，开门见山地说“黄先生，非常抱歉，有人联系我，愿意出4万块钱买那把‘AK47’，请原谅我改变了主意。”

“你怎么能言而无信呢？你——你——”黄先生气愤得说不出话来。

周圆满一本正经地说："不好意思，我就想利益最大化，这是市场经济社会的本性。请你理解，除非你出更高的价钱。"

黄先生似乎平静了些，说："好吧，我愿意出4万5千块钱。"

"好的！那我和那位买家沟通一下。"周圆满挂断电话，又接通了高先生的电话"高先生，我怀着遗憾的心情告诉你，第一位买家发飙了，他愿意用5万的价格买下那货，我只好收回我对你的承诺。"

"你——你——你他妈的在搞拍卖啊？你是不是骗我，把我当冤大头耍？"高先生高声骂道。

"你可以不信，你退出就是。"周圆满像一个操盘手、拍卖师，不卑不亢地说。

高先生服软了，向周圆满求饶："好好好！小兄弟，我向你道歉，我收回我刚才说的话。这样吧，我出价6万！"

周圆满挂断电话又打黄先生的电话……

如此几番下来，周圆满把山寨"AK47"的价格抬到了9万。

再一次接通黄先生的电话时，黄先生说"你让我考虑一下，半个小时后，我给你答复。"

周圆满又打通了高先生的电话，说第一位买家志在必得，愿意出9万5千块钱的价格。高先生喘着粗气说"小兄弟，算你狠！谁让我喜欢这东西呢？我给个一口价，10万！兄弟你要是愿意出手，我就接；你要想再高的价，我他妈的忍痛割爱，放弃！"

周圆满觉得差不多了，他觉得自己的欲望就像一只气球，不能无限地吹大，不知足，否则气球就会爆了。于是他答道："成交！高先生，我也不是贪得无厌的人，既然大哥如此爽快，我再食言就不地道了。我马上回绝第一位买家。"

随后，两人商定了交易的时间和地点。高先生说："小兄弟，这事得小心啊！政府对这块控制得非常严，有的地方菜刀都实名制了，塑料手枪都属于违禁物品。这么逼真的'AK47'更是属于'严打'对象，你出来时要把它伪装好，要是被警察发现没收了，咱们都落个鸡飞蛋打。"

"明白！"周圆满说，"我现在就出门，半个小时后，咱们廊桥公园野人谷见！"

4. 梦断廊桥

东城有一座公园叫廊桥公园，有山有水，树木茂密，工作时间里游人不多。选择在那里交换，安全系数大。

周圆满在打的前往廊桥公园的时候，接到黄先生的电话，黄先生气恼地说他放弃了。

周圆满惊出一身冷汗——幸亏高

先生接盘了，否则还真是鸡飞蛋打了。

半个小时后，周圆满来到廊桥公园一个叫野人谷的地方，看见已经有一个高大的男子在等待他了。

男子迎上来问：“是周圆满小兄弟吗？”

周圆满回答道“是我，你是高先生吧？”

男子点头称是，问：“东西带来了吗？”

周圆满前后左右看了一遍，见没有旁人，从旅行包里抽出那把黝黑锃亮的仿真“AK47”步枪，用力一晃说“高先生，你验货吧。”

高先生四顾周围后，接过“AK47”，里里外外把玩着，满意地点着头说：“好东西！这货我要了。”

周圆满彻底松了口气，笑嘻嘻地说：“大哥，该你拿货出来了。”

高先生的眼光忽然阴沉下来，他盯着周圆满问：“小兄弟，我问你，这家伙能打死人不？”

周圆满愣了一下，答道：“当然不能，这是假枪啊！”

“那它能砸死人不？”高先生依旧阴冷地盯着周圆满说。

“大哥，你什么意思？”周圆满有些恐慌。

高先生忽然冷笑一声，说“我的意思是，我可以用它砸死你，明白不？”说着，他举起了枪托，向周圆满砸来。

周圆满吓得转身就跑，高先生在后面紧追不舍，眼看就要追上周圆满。

这时，忽然从周围的树林里跳出几个全副武装的警察，几管黑洞洞的枪口对着周圆满和高先生。

警察们吼道：“警察！不许动！缴枪不杀！”

这是怎么回事呢？

原来，刚才周圆满的狮子大开口惹恼了黄先生，他决意要报复一下这个贪得无厌的年轻人。黄先生假意让周圆满给他半个小时的考虑时间，实

际上，黄先生放下电话后，就立刻向东城的“110”和网警报了警。为了让警察去抓捕周圆满和那个买家，黄先生故意语焉不详，说周圆满和一个神秘人物进行武器交易。警方闻之，立刻高度紧张起来。武器交易，这可是大案啊！警方宁可信其有，不可信其无，他们以最快速度监听了周圆满的电话，并通过周圆满微博的IP地址，查实了他的住址。周圆满和高先生的一言一行、一举一动都在警察的控制之下……

从刑警队出来后，周圆满还是后怕。虽然那把“AK47”不是真家伙，他和黄先生的交换不是货真价实的武器买卖，他无需承担任何刑事责任，但是，那个所谓高先生的交代让他出了一身冷汗。

高先生当然不是那个男人的真实姓名，他的真名叫宾家牛，是个潜逃多年的罪犯。迫于公安的强大的心理攻势，宾家牛交代，他之所以要抢周圆满的假“AK47”，是为了抢劫银行时有威吓人的工具。而且，为了确保不走漏风声，他原本要除掉周圆满的……

5. 完璧归赵

周圆满回到家里，关门大睡了几天。几天里，他也在思考着一些问题。

这天上午，周圆满接到一个电话，是和他做第一次交换的张先生打来的，张先生说要见见他，请他吃饭，还有样东西当面还给他。

周圆满已经被这场交换游戏吓得心惊胆战，他说：“不必了，我不想见任何人。”

张先生急了，说：“周同学，我就在你们家楼下，请开门。请相信我，我没有任何恶意。”

周圆满的父母还没上班，家里人多势众，放一个人进来也没什么危险。于是，周圆满答应了张先生。

不一会儿，张先生和一个漂亮的少妇出现在防盗门前。周圆满和父母让两人进屋落座。

张先生说：“周同学，我登门拜访，一是向你致谢，二是向你道歉，三是有件东西还给你。”

周圆满疑惑地问：“张先生，我不明白你的意思。”

张先生笑着指了指旁边的女士说：“周同学，你猜猜，她是谁？”

周圆满摇摇头，说：“我没兴趣猜，也猜不到！”

张先生说：“她就是和你做第二次交换的人，给你‘苹果四代’手机的那位王女士。”

周圆满惊讶地“哦”了一声，他若有所思地看着眼前这对男女，问：“让我往下猜可以不？”

张先生和王女士微笑着点点头。

周圆满说：“张先生就是当初送

‘波导’手机给王女士的男孩吧？”

张先生和王女士都幸福地笑着，算是回答。

“和你做了交换后，我时不时关注你的微博。有一天，我看到你的微博说，有位女士用一部‘苹果四代’手机交换你的‘波导’手机，我就有了疑惑，这部‘波导’对那位女士意义不凡，而且那位女士生活在深圳，我突然有了一个猜想，或许她是我多年前深爱过的女孩。抱着这么一点希望，我一步步寻找着，通过你的微博，终于找到了她的微博，我们联系上了。是的，她就是我还牵挂的女人！我知道她还爱着我，而我也爱着她。我们决定抛弃所有世俗的标准和束缚，走到一起。”张先生动情地说，“如今我们走到一起了，所以我们要感谢你。”

周圆满和父母听得入迷，好半天，周圆满问：“张大哥，道谢的缘由我知道了，你说的道歉和还东西是怎么回事？”

张先生说：“这两个是一回事。你知道你用来交换的那一毛钱值多少钱吗？”

周圆满说：“一毛钱不就是一毛钱吗？还能值多少钱？”

张先生说：“你挂在微博上的那张一毛钱纸币，是第三套人民币，背面是绿水印。在收藏市场上，这张纸币与其面值相比，涨幅最少是100万倍。”

周圆满和父母目瞪口呆。

张先生站起来，把那张纸币还给周圆满：“小兄弟，对不起。当初我无意间看了你微博后，心生贪念，蒙蔽了你，我用自己的那部老掉牙的手机，换了那张纸币，还大言不惭地说是为了支持你鼓励你。在此，我要向你和你的父母道歉，请原谅我的一时糊涂。现在，完璧归赵。”

张先生和王女士走后，周圆满的父母高兴得搂作一团，他们庆幸天上掉下来个金元宝。而周圆满，却很冷静，这些天来的经历让他成熟了许

多，他在思考着。

几天后，周圆满沉寂已久的微博有了更新。一条接一条的微博，写着他的人生况味：

在这个世界里，有绝对的好人和坏人吗？

没的！

当年的张先生那么善良，可一个月前的他却骗了我。而最终，他又回归到善良中来；当年的王女士看起来薄情寡义，可十几年沧海桑田后，她明白了感情的真谛。由此看来，那个要抢银行的宾先生，有一天会变成好人吗？

在这个世界里，有奇迹吗？

有的！

有人愿意用10万换一个废铁疙瘩，这不是奇迹吗？有人愿意用4万块钱赎回一把仿制的玩具枪，称呼这冰冷的玩意儿为老伙计，这不是奇迹吗？

欲望有止境吗？

没的！

曾几何时，我最大的欲望不就是一部“苹果四代”手机吗？为什么渐渐变成了10万块钱？有了10万块钱后，欲望会消停下来吗？当然不会的！

这个世界里，有一些说不清道不明的事情吗？

有的！

当我以一种癫狂的姿态，希望得到10万块钱时，差点为之送了命。其实，那10万块钱就在我身边，它不知不觉离开了，又在不经意间回来了。

这个世界，真是一只万花筒！

（**题图**、**插图**：杨宏富）

母鸡为啥下谎蛋

□金　波

金泽宇是一个文人，原本在一家乡镇小报社里任职。年初，他从报社辞职，打算到大城市的出版社施展才华。可是，现在的出版社都要看文凭，金泽宇不是科班出身，他的知识全是自学的，每次去出版社应聘，金泽宇的心窝里就像揣着一只惊兔，他手上只揣着一张简历，上面写着：“我没有您希望的学历，但我有您希望的经验。”除了这个，他什么文凭也拿不出来，于是眼睁睁地看着自己的简历被扔在一边。

这天，金泽宇漫无目的地在大街上走着，一个盯他多时的年轻人神神秘秘地接近他，压低声音说：“哥们儿，要不要办证？”

金泽宇笑道：“暂住证？早办了。”

那人左右瞄了瞄，说：“是毕业证。看出来了，哥们儿是外地人，进城发财还没找好门路。看您的表情，一定是没来得及考研、读博，却赶上了文凭时代。不过不要紧，我能为您解决燃眉之急。”

“你能为我办一张文凭？”金泽宇来了兴致，“职称呢，你能不能为我搞一张？”

那人得意地说：“这些都是本人的业务范围，不真不要钱。”

金泽宇的眼睛便“刷”地一亮。他花了500元钱，做了一本硕士证书和一张高级职称证明，这些证书几乎可以乱真。

于是，金泽宇挑了一个待遇高的金梦出版社去应聘，出版社正在招聘资深编辑一名，金泽宇昂首挺胸地敲门进去了，把证书往桌子上一拍，发出一声脆响，人事部经理的眼睛随即放起光来，再看看简历，马上就打破常规地说："我们等候多时了，就是你了。"

金泽宇进了金梦出版社，如鱼得水，似鸟冲天。三个月的试用期里，他已经硕果累累，总编对他赞不绝口。

然而，公司人事部很快就查出他的文凭是假冒的。总编闻讯大惊失色，立即和人事部经理一起商讨处理意见。两人一合计，认为金泽宇提供假文凭与不法商人制假贩假一样，属道德败坏，这种人纵使有天大的本事也不能用。于是总编把金泽宇叫进办公室，准备让他卷铺盖滚蛋。

金泽宇却乐呵呵地进来了，若无其事地说："总编，我正好向您汇报呢。我新策划了一个中长期的图书编撰项目，迎合市场，肯定大有卖点。"

总编冷笑一声，说："怎么，你还打算继续蒙混下去呀？"

金泽宇很有底气地说："看您说的。像我这样出活儿的人，除非我自己辞职，您还能撵我走不成？"

总编不和他废话，单刀直入地问："你的文凭是从哪里来的？"

金泽宇回答道："是花500元买来的呀。"

总编对金泽宇的直言不讳感到意外，他和人事部经理对视了一眼，说"你应该知道，我们一向反对弄虚作假的员工……"

金泽宇不慌不忙地说："可这是您让我买的呀！"

"是我让你买的？"总编搞糊涂了。

金泽宇解释道："确切地说，是您逼我买的，正像母鸡被逼得下谎蛋一样。"

总编有些不解，金泽宇便跟他讲了一个"母鸡下谎蛋"的故事——

有一只母鸡成年了，长了一肚子

卵，一看就是下蛋的好坯子。如果好好进补一下，很快就会给主人创造财富。可是，它的主人却是一个眼光短浅的家伙，只给正在下蛋的母鸡喂饲料，而对没下蛋的母鸡则不闻不问，让它们自生自灭。所以，这只母鸡的营养老是跟不上。

母鸡想：不行啊！照这样下去，自己的蛋卵就会被身体吸收掉，下蛋那是遥遥无期的事，很有可能，自己将会成为一只永远下不了蛋的母鸡！

母鸡非常着急，眼看别的母鸡一个劲地“咯哒咯哒”叫着，产下了蛋，得到美餐，它灵机一动，也“咯哒咯哒”地叫起来。主人一听，非常高兴，以为它也开始下蛋了，立即送来了营养丰富的好饲料……各种营养进入它的五脏六腑后，母鸡很快就发育成熟，肚子里的蛋卵一个接一个地长大，并被顺利地产了下来。

但是，谎言很快被戳穿了。到了月底，主人发现这只母鸡下的蛋很少，与它叫唤的次数相去甚远，他认定母鸡下了谎蛋。

主人气愤地骂道：“这个骗子！如果不看在你正在下蛋的份上，我立即杀了你！”

没想到这时母鸡也开口了，说：“主人，这还不是给您逼的！”

金泽宇接着说“总编，我就是那只曾经下过谎蛋、现在正在产蛋的母鸡。您肯定不会把正在产蛋的母鸡杀掉吧？”

听了金泽宇的话，总编板着面孔，忍了又忍，还是忍不住“哈哈”大笑，说：“好你个金泽宇！巧舌如簧、能说会道。这么说来，你使用假文凭还是我的错咯？好！我今天可以放你一马，但是，你今后如果再下一次‘谎蛋’，我定杀不饶。”

“是，您就瞧好吧。”

从此，金泽宇越发勤勉自律，果然没下过一次谎蛋。

（题图、插图：安玉民　梁　丽）

语录

· 快乐辞典 ·

- 幸福来敲门的时候，我偏偏不在家。
- 我很不愿意主动敲打别人的心门，一怕里面没人，二怕里面的人装作不在。
- 总有这样的一种人，我们称之为“井” ——就是横竖都二的意思。
- 人哪，一定要好好活着，才能对得起你交的那些养老保险。
- “特别能吃苦”这五个字，我想了想，我只做到了前四个。
- 最快变成哲学家的是老公，最快变成经济学家的是老婆，最快变成战略学家的是丈母娘。
- 就算再冷，别人裹成粽子，咱们也要把自己打扮成甜筒！

（**推荐者**：樱桃之远）

心想事成

- 考大学时，我希望能够到清华去。结果真的灵验了：我到了清华附中补习班。
- 期末考时，我希望我能考100分。结果真的灵验了：四科总分加起来100分。
- 毕业后，我希望能到很凉快的单位去上班。结果真的灵验了：我被分到渔船上捕鱼。
- 工作劳累，我希望能在床上悠闲地吃早餐。结果真的灵验了：我出了车祸，躺在医院中。
- 住院期间，我希望能有个好气色。结果真的灵验了：我不小心撞到墙上，护士小姐给我涂上红药水。
- 出院后找工作，我希望能过上每天数着大把钞票的生活。结果真的灵验了：我来到了银行。
- 在银行工作不太顺利，好希望有人能助我一臂之力。结果真的灵验了：下楼梯时，无缘无故被人从后面推了一把。
- 后来辞职另找工作，希望能找到只需举手之劳的工作。结果真的灵验了：我在街道上做清道夫。
- 最后我狠下心来，希望别人能主动给我钱，我什么事也不用做。结果真的灵验了：我变成了乞丐。

（**推荐者**：张金平）

你要嫁给男人还是超人

看征婚节目，总是很纠结——

◆ 男嘉宾很年轻。女嘉宾：我不跟小朋友玩。男嘉宾很成熟。女嘉宾：你好像我爸爸哟。

◆ 男嘉宾经济条件不错。女嘉宾：有钱不安全。男嘉宾是工薪族。女嘉宾：没钱不安稳。

◆ 男嘉宾跟前女友没联系。女嘉宾：你不重感情。男嘉宾跟前女友做朋友。女嘉宾：你喜欢玩暧昧。

◆ 男嘉宾对提问都一一回答并作解释。女嘉宾：喜欢狡辩。男嘉宾沉默。女嘉宾：是不是可以理解你是个喜欢逃避的人？

◆ 男嘉宾表示喜欢美女。女嘉宾：幼稚。男嘉宾表示更喜欢内在美。女嘉宾：虚伪。

男嘉宾实在无法忍受，问：你确定要嫁个男人而不是超人吗？

（**推荐者**：江水碧）

太太体重“涨停”之后

◆ 一夜之间，一向待人和善的太太便多出了两个仇人，一个是穿衣镜，另一个是体重秤。

◆ 当我和太太坐在一起看电视的时候，我家原本平整的沙发变成倾斜度极高的梭梭板了。尽管太太在那头，我在这头，但不一会儿的工夫，我便会被“梭”到太太那头。

◆ 家里的伙食费就像这段时间的股市一般，持续走低。原因是，太太只吃素，不吃肉了。不仅是不吃肉，而且压根儿不允许肉类在她的瞳孔里成像，甚至不允许家里的空气里沾染上油荤的气息。

◆ 太太的零食花销越来越大，零食买来不是给自己吃，也不是给我吃，而是给她那几个闺中密友吃。太太给出的理由超级有才：高处不胜寒，不想自己一个胖得如此孤单，需要尽快将几个好友长肥肉的潜能培养出来。

◆ 过去，我做错了事，太太会罚我洗碗，我阳奉阴违地笑；现在，我不听话，太太会罚我抱起她悬空一分钟，我痛不欲生地哭。

◆ 以前，我不知“稳重”一词究竟是什么意思。现在，我用手推太太的时候，我知道了什么叫做“稳”，而太太命令我抱起她的时候我知道了什么叫做“重”。于是，我就顺理成章地理解了什么叫做“稳重”。

◆ 从视觉上看，太太的体形越来越有立体感了。从触觉上说，太太的拳头对我的肉越来越有压迫感了。

（**推荐者**：郭卫阳）

（**本栏插图**：安玉民　梁　丽）

孙悟空的虎皮裙

唐僧最近办了家公司，这天，他要请刘总吃饭，让孙悟空接待。

刘总好奇地问孙悟空："你扎个围裙，咋这打扮呢？"悟空笑着说："这是虎皮裙，是我们花果山风格。"

唐僧介绍说："刘总，这是我徒弟孙悟空。"刘总上下打量了一下，说："你就是那个大闹天宫、被太上老君烧了九九八十一天都烧不死的孙悟空呀，穿得挺委婉的。"

酒过三巡，菜过五味，刘总对唐僧说："我看悟空的围裙挺不错的。"

悟空不乐意，唐僧说："你没看有人收藏贝克汉姆的鞋、乔丹的裤衩吗，人家要收藏你的东西，说明你的名气大，再说我求人办事，这点面子要给！"

这么一说，悟空没办法了，只好乖乖地解下围裙白送给了刘总。

刘总高兴地对唐僧说"唐总，明天你到我公司来，我们把合同签了吧。"送走刘总，悟空起了好奇心，他想看看刘总家里都会有哪些名人的珍藏品，于是，悟空变成了一只蜜蜂，跟着刘总来到他的家里。

只见刘总走到厨房，对一个汉子说："王厨子，谁说孙悟空的毫毛摸不得？老子连他的裙子都给脱了下来，以后炒菜穿这条围裙，听说是三昧真火都烧不坏的。"

（**作者**：李大勇）

咱家大米没有了

赵局长正在给下属开会，突然老婆打来电话，说："咱家大米没有了！"

会议室很安静，赵局长老婆的话下属们听得一清二楚。

晚上，赵局长刚回到家，单位里的小王来拜访，只见他扛着一袋大米进了屋。不一会儿，小李又来访，他也扛来了一袋大米；紧接着，陆续又有几个人来送大米。

这时，赵局长的老婆用手帕捂着哭肿了的眼睛出来，说"你们这是干

什么呀，我是说我们家的小巴狗‘大米’没有了。”下属们你望我，我看你，神色尴尬地起身告辞。

次日，他们又纷纷抱着各色各样的小巴狗进来了，都说是自己找到了局长家走失的狗。局长的老婆大吼道：“什么呀，我是说咱家的狗狗‘大米’在马路边让车撞死了……”

（作者：张金圣）

复仇

兔子带着家族复仇的重任，来找农夫，因为那个蠢笨的农夫，将她先祖作为战利品，使她的家族千年蒙羞。

她辗转奔波，打听到了那农夫的第N代后人，又用了三天三夜的工夫，用了善造“三窟”的技术，在那农夫后人的地头上，制造了一个陷阱，要把宿敌置于死地。

那天，她以虚张声势的速度，巧妙地跃过陷阱，撞向陷阱后的那棵老树。她猜测，那农夫的后人必然会顺着她奔跑的路线追来，就会掉落到自己的陷阱之中。可是，只听“砰”的一声，农夫的后人从树后走了出来，他吹吹冒烟的枪管，瞟了一眼用草叶覆盖的陷阱，轻蔑地说：“小样，想让俺上套？俺转业了！”

临死时，她才知道，老树的周围良田尽失，都已成了开发商筹划中的未来楼盘的地基，而农夫已转行为猎人，他捕获猎物，再也不会用“守株待兔”的原始方法了。

（作者：无字仓颉）

浮生一盏灯

鲁大爷有福，儿女孝顺，可惜老伴过世得早。有人提议找个后老伴，老爷子摇头：“让晚辈笑话。”那天，他指着阳台上的吸顶灯，对儿子说：“给我换上100瓦的灯泡。”

儿子说“这么亮，要招蚊子的。”鲁老爷子眼睛一瞪，媳妇马上说：“灯泡在储藏室，我去取。”

从此后，鲁家的阳台亮如白昼，每天亮到夜里十点。鲁老爷子不理会邻居的抱怨，每天晚上坐在阳台上。

有一天，灯突然不亮了。儿子换上新灯泡，晚上灯还是没亮。

几天过去了，邻居记得清楚：鲁家的灯是在隔壁吴老太太过世那天熄灭的。吴老太太命不好，老伴瘫在床上，儿子进监狱了，媳妇离家出走，她弄个小吃摊，每天晚上都是十点收摊。

阳台一片黑暗，鲁老爷子依然坐在那里，不远的楼角处有一辆废弃的破推车，任风吹雨淋。

一盏灯因为一盏灯亮，一盏灯因为一盏灯熄，浮生一盏灯……

（作者：九　斗）

（本栏插图：安玉民　梁　丽）

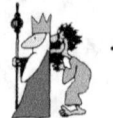

“岳阳杯”幽默故事创作大赛征文选登

本活动由上海市松江区岳阳街道与本刊共同举办

情感需要

□阳光海岸

大明上大学时谈了个女朋友，叫小丽。小丽是美术系的高材生，两人感情好的时候，小丽给大明画了很多肖像画。不过，大明很爱往女生堆里钻，小丽因此和他分手了。

一年后的一天，大学室友打电话给大明说“小丽现在开了家网店，专门卖手绘的服装。透露个秘密，小丽还把你的肖像画在了衣服上呢，哥们你可真是有魅力啊！”

大明有些得意，看来，小丽心里还想着自己呢。于是，大明给小丽打了个电话，很深沉地说：“小丽，你是个好姑娘，你还是忘了我，好好生活吧！”

那头的小丽有点莫名其妙，不耐烦地说：“大明，你吃错药了？”

大明叹了口气“我都知道啦，你还把我的肖像画在衣服上。”

小丽冷笑一声：“这是为了表达我的情感需要！”说罢，她挂了电话。

表达情感需要？看来，小丽是以这种方式来纪念他们的这段感情呢！大明上网找到小丽的网店。小丽的网页做得很漂亮，衣服都是手绘的，评价都不错。在众多商品中，大明一眼就看见画着自己肖像的衣服，那是一幅多年前的肖像画。他记得，那时自己经常充当小丽的模特，还半开玩笑给小丽颁发了证书，承诺小丽拥有对大明的肖像权。还没来得及感动呢，大明忽然觉得哪里不对劲。

一琢磨，在众多一百元的服装之中，大明的肖像服装标价是十块钱，煞是醒目。还没等回过味来，大明发现，这件衣服下面还赫然标着两个黑体的大字：甩货！

大明傻眼了。

□胡东海

你喜欢什么礼物

阿明在一次相亲大会上，对一个叫小兰的姑娘一见倾心。下个月就是小兰的生日，阿明想给小兰买个礼物。也是凑巧，小兰正好托人给他送来一幅亲手做的画，暗示要他买啥。

画上，一个女子手里举着一把绿色的油纸伞，身着一身合体的白色旗袍，走在蒙蒙细雨中。周围的车流如织，女子的脸上带着淡淡的忧伤。

阿明把画研究了一遍，忽然，脱口而出："油纸伞！"于是他特意买了一把画里的油纸伞，亲手交给了她。小兰勉强说了句谢谢，走了。

小兰明显不喜欢油纸伞，阿明又捧起那幅画看了起来，这幅画里最显眼的就是美女身上的白色旗袍了。阿明灵光一闪，去奢侈品店里订做了一件白色旗袍，送给小兰，小兰看了看旗袍，说"我觉得你对我不够了解。"

看来又猜错了，回到家，阿明没事就捧着那幅画看，几天后，终于领悟出了真谛。

在一个美丽的夜晚，阿明把小兰约到了湖边，在小兰期待的目光中，他深情地说："小兰，我仔细看了你的画，画上的那个女孩很孤单，需要保护，我不会再让你孤单了，请你接受我吧！"说完后，阿明都被自己感动了，没想到小兰的脸一阵红一阵白，说了句"神经病"，便扬长而去。

这回恋爱还没开始就结束了，阿明委屈地对朋友说："就这么一幅破画，小兰到底什么意思啊？"

朋友拿画看了一下，乐了："笨蛋，亏你还是学金融的呢，连这都看不出来？你没看到这下着雨，人家都开着轿车，就美女一个人在步行，人家小兰的意思是，也想要个车……"

阿明一听愣住了。

·幽默世界·

算你准

□张维超

张大强望子成龙，对儿子小虎的学习要求那可不是一般的严。

礼拜天这天，张大强外出办事，路过花园路拐角那片算卦摊时，突然吃惊地发现，小虎正让一个瞎子给他算卦呢。张大强走过去，站在小虎的身后，就听瞎子说："就这两块钱了？你再找找，看还有吗？"

小虎说："不用找，没有了，我一个星期就两块钱的零花钱。"

瞎子叹了口气，说："那我就告诉你吧，你语文考不好，不过，数学能考好。"

看到这里，张大强鼻子一酸，险些落下泪：小虎怕知识竞赛得不到名次，都来算卦了！孩子这样，都是我逼的呀。这次小虎参加知识竞赛，即便考得再差，我也不会打他了。

四五天后，竞赛成绩出来了，小虎还没把卷子递给张大强，就吓哭了。张大强赶紧说："孩子，不用怕，成绩再差，我也不会打你了。"

小虎不敢相信这是真的，哭着说："爸爸，这次竞赛，我——"

张大强拿过卷子一看，语文80，数学99 ——怎么？还真让算卦的瞎子说准了？语文考不好，数学能考好，这也太巧了吧？这么想着，张大强就安慰小虎说："儿子，这一次数学还是考得蛮好的嘛。"

小虎哭着说："爸爸，这次我考数学闹笑话了。"

张大强疑惑地看着小虎，说："闹啥笑话了？"

小虎说："考试前我去算卦了，算命先生说我语文考不好，考语文时我太紧张了，结果考得一塌糊涂；等到考数学时，我更紧张了，上楼时我少爬了一层，没去我们三年级的竞赛考场，而是去了二年级的考场，所以数学才能考99分嘛。"

（**本栏题图、插图**：顾子易　包丰一）

497 2011 SEMIMONTHLY 下半月刊 10月

欢迎登录本刊主办的“故事中国网”（www.storychina.cn）

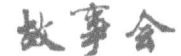

故事会

STORIES

2011年10月

下半月刊·绿版

何承伟：社　长、主　编

夏一鸣：副社长

吴　伦：常务副主编（兼绿版负责人）

姚自豪：副主编（兼红版负责人）

本期责任编辑：黄美舟

电子邮箱：piggybank81@sohu.com

绿版发稿编辑：

朱　虹　刘迎曦　颜轶超

美术编辑：李宝强

电脑制作：郭瑾玮

本社办公室电话：021-64375030

上半月刊编辑部电话：021-64332325

下半月刊编辑部电话：021-64336469

（上海市绍兴路74号　邮编：200020）

主管、主办：上海文艺出版（集团）有限公司

出版单位：《故事会》编辑部

发行范围：公开

出版、发行总监：张　凯

电话：021-64313938

广告业务：上海故事会文化传媒有限公司

广告总监：张　淮

广告业务：021-34010383

广告投诉：021-64333738

广告经营许可证

沪工商广字3100320080016号

发行：中国图书进出口上海公司

· 笑话 ·

法官重要

有个擦鞋匠去为法官擦鞋。擦鞋过程中，法官傲慢地问擦鞋匠："很多人都搞不清楚，究竟是法律重要，还是法官重要。你认为哪个比较重要呢？"

擦鞋匠毫不迟疑地回答："当然是法官重要啦！"

法官听了，非常高兴，给了擦鞋匠很多小费后，他又追问说："能告诉我，你为什么这么认为吗？"

擦鞋匠真诚地回答："因为法律不需要我为他擦皮鞋。"

（牛　牛）

（本栏插图：包丰一）

特　征

有位女士的丈夫失踪一周了，这天一大早，她就接到了警察打来的电话。

警察说"我们发现一具男尸，很可能就是你的丈夫。请问，你丈夫有什么可供辨认的特征吗？"

这位女士先是尖叫一声，然后回答说："他的特征是走路总是慢吞吞的……还有，就是经常放屁。"

（郝芭姿）

赔不起

女佣人干活时不慎打碎了一个花瓶，她非常害怕，低声对女主人说："太太，您千万不要生气，我赔。"

女主人大发雷霆地说："你一个月的工钱，还不够赔这花瓶的。"

女佣人想了想，说："太太，那您给我再多加一倍的工钱，应该就够了吧！"

（黄蓓蕾）

吵　架

小丽和男友吵架，两人越吵越激动，最后，小丽怒不可遏道“就算全世界只剩下你一个男人，我都不会搭理你！”

男友也怒吼着：“告诉你，如果全世界真的只剩下我一个男人，我还用得着搭理你吗？”

（梅美乐）

武松他哥

电视剧《水浒传》播出后，大家都很喜欢，经常在办公室讨论里面的人物。小杨特别欣赏武松，某日，他又在办公室里说武松如何英雄，还说自己也要做武松。同事听得不耐烦了，说：“武松有什么了不起，你要是武松，我就是武松他哥！”

（夏天的原味）

电炉功能

小陈去实验室，一进门就看见师兄正捧着个煤气炉，将脸凑得很近。小陈大惊，叫道：“你要干什么？有什么想不开的？”

只见师兄一脸茫然地回过头来，嘴上叼着根香烟，嘟囔着说了一句：“在点烟！”

（泽　鲁）

正确对待

学生向系主任抱怨，说食堂做的饭菜一点也不好吃，完全不对他们的口味。

为此，系主任把食堂的大厨找来，狠狠批评了他的工作，并严正警告说：“如果不马上改进，就等着被解雇吧。”

“尊敬的系主任，”大厨辩解说，“您知道吗？他们还常常在食堂里抱怨您的课讲得不好呢。所以不管那些年轻人说什么，您都不必上心！”

（刘文文）

·笑话·

童子蛋

小马去乡下玩，那里有个风俗，就是喜欢用童子尿来煮鸡蛋，据说小孩子的尿是最干净的，非常养生。

晚上，主人拿出童子尿煮的鸡蛋请小马吃。小马百般推辞，可主人十分热情，一直劝小马吃。

无奈，小马只好说：“我不爱吃鸡蛋。”

主人想了想，说：“那你喝点汤吧。”

（刘自召）

一稿多投

女儿是个文学爱好者，她对爸爸一稿多投的行为，非常不理解，便对爸爸说：“你可是老师啊，是副教授呢！你不是经常教育我不能一稿多投吗？”

爸爸苦笑着说：“文学作品当然不能一稿多投了，可爸爸写的是学术论文。学术期刊大都要收版面费，爸爸不一稿多投，怎么知道哪家期刊收费最低啊？”

（唐伟立）

礼服的代价

著名诗人带着夫人参加晚宴，夫人穿着一套华丽的晚礼服，艳惊四座，成了一道引人注目的风景。文友对诗人赞赏地说：“老兄，你太太今天太美了，简直就像你写的一首诗！”

诗人叹了口气说：“岂止一首诗，她的衣服花了我半部诗集的稿费！”

（郝翠英）

触屏电视

现在手机、电脑都流行触屏，手指一点，指令就发出了。某同学感慨说：“现在科技发展这么快，说不准哪天电视都全是触屏的了。”

另外一个同学说：“你傻啊？有遥控器不用，非走过去用手指头戳。”

（刘　牛）

傻子才会买

一个女孩子买了台电脑，但电脑隔三差五地发生故障，她便打电话到售后服务部门：“你们的电脑怎么这样，烂得要死，只有傻子才会买你们的电脑。”

客服回答：“很抱歉给您带来不便。也请您不要这样批评自己，您的问题我们会尽快解决……”

（余　笑）

磁性不行

上午，一个男职员站在办公室门外，他的胸卡打不开办公室的门了。

这个男职员大声抱怨道：“估计磁性已经不行了。”

恰好一个女职员走了过来，听到后马上停住脚步，生气地说：“你们雄性也不怎么样！”　（吴本慧）

今天我生日

一个乞丐来乞讨，对女主人说：“大嫂，我两天没吃饭了，能给点蛋糕吗？”

女主人瞥了乞丐一眼，说：“我这儿只有米饭，没有蛋糕。乞丐还这么挑剔。”

乞丐失望地说：“要搁平时就算了，可今天是我的生日！”

（汪　杰）

说谎之人

一对情侣逛商场，女孩很胖。一名推销员看见了他们，于是上前介绍新品，对女孩说：“这位小姐，您身材苗条，我们的这款产品正适合您。”

女孩心花怒放，又觉得推销员也很辛苦，便叫男友买一些。谁料男友却回绝说：“她虽然辛苦，但爱说谎的人，不值得同情。”

（陈　燕）

（本栏目欢迎原创作品、翻译作品，来稿可从邮局寄发，也可从网上传递。如为电子邮件，请发以下信箱 piggybank81@sohu.com）

· 开卷故事 ·

名画可以是经典的瞬间，也可以是凝固的历史。这里讲述一组名画背后的故事。

祈祷的手

15世纪，在纽伦堡附近的一个小村子里住着一户贫苦人家。

尽管家境困苦，但这个家庭有两个兄弟都梦想当艺术家。经过无数次私议之后，他们议定掷硬币——输者要到附近的矿井下矿四年，用他的收入当兄弟的学费，而胜者则在纽伦堡就学四年，毕业后用他卖画的收入支持矿井下的兄弟也去学习。最终，弟弟丢勒赢了，而大哥艾伯特则下到危险的矿井，为丢勒赚取学费。

丢勒在学院很快引起人们的关注，他的成就很快超过了自己的教授。到毕业的时候，他的收入已经相当可观了。

年轻的画家回到村子，全家人在草坪上祝贺他衣锦还乡。吃完饭，丢勒从桌首荣誉席上起身向他亲爱的兄弟敬酒，他说：“现在应该倒过来了，艾伯特，你可以去纽伦堡实现你的梦，而我应该照顾你了。”

大家都把企盼的目光转向餐桌的另一端，艾伯特坐在那里，泪水从他苍白的脸颊流下，他连连摇着低下去的头，呜咽着重复道：“不……不……不……”

最后，艾伯特起身擦干脸上的泪水，把手举到额前，柔声地说：“不，兄弟。这对我来说已经太迟了。看，四年的矿工生活使我的手发生了多大的变化！每根指骨都至少遭到一次骨折，我的右手被关节炎折磨得相当痛苦，甚至不能握住酒杯来回敬你，更不要说用笔、用画刷画出精致的线条。我每天为你祈祷，愿我的绘画才能都添加给你。”

为了报答艾伯特所做的牺牲，丢勒苦心画下了他兄弟那双饱经磨难的手。他把这幅动人心弦的画命名为《手》，整个世界几乎立即被他的杰作折服，把他那幅爱的贡品重新命名为《祈祷的手》。

蛙声十里出山泉

齐白石是我国当代的一位国画大师。有一次，大作家老舍先生为了考考齐白石，于是就给齐白石出了这样一句诗：“蛙声十里出山泉。”他希望齐白石根据这句诗的意境画出一幅画来，前提是画中不能出现蛙。

在一般人看来，这句诗是个很难画的题目。因为在一幅画上，既要表现出蛙声，又要表现出十里山泉的景象；既要有声响的效果，又要有空间的距离。最苛刻的居然是不能出现蛙。

老舍先生岂不是在难为这位老画家吗？究竟怎样才能画出这样的画呢？

然而经过几天的构思，齐白石竟然按照老舍出的题目把画完成了。只见齐白石落笔简练，在一座远山的映衬下，从山涧的乱石中泻出一道急流，六只蝌蚪在急流中摇曳着小尾巴顺流而下。人们可以从那稚嫩的蝌蚪联想到远处的青蛙，也可以想象出蝌蚪长大的样子。虽然画面上没有出现一只青蛙，却使人联想到蛙声阵阵。

当这幅画展现在老舍面前的时候，老舍一边欣赏着画面，一边连连称赞，对齐白石的艺术才华赞不绝口。从此，这幅画就成为齐白石的一张名作了。

夜巡

伦勃朗是荷兰的大画家，即使如此天才的人物，也在世俗的倾轧下走向穷困潦倒，而其命运的转折，就是这幅《夜巡》。

这幅作品绘制于1642年。当时，有几位火枪手希望伦勃朗给他们画像，并且付了钱。但是，伦勃朗并不是一个俗人，他并没按当时的惯例把这几位火枪手“等价摆放”，而是根据现实情况，加上画家的个人理解，把这几位画成了巡查中的景象，如同戏剧构思一般，画面高潮迭起，有中心人物，也有配角，甚至还有普通的老百姓和快乐的小狗。因为要如此布局，所以，处在最前端的那位上尉成了中心人物，后面的几位，也就必须暗淡下去，就不可能过于强烈了。

但是，他们每个人出的钱却是一样的。这样安排人物，显然有了主次，庸俗的世人如何能接受？于是，他们就要求索回画金，伦勃朗不同意，于是，他们就上了法庭。最终，画家败诉，事业就此走向衰落。而世俗的人又联合起来攻击他，他就越发潦倒，加上妻子病故、孩子夭亡，伦勃朗就此走向了艰难的生存环境，再也没有当初的风光了。

数百年之后，历史证明伦勃朗是正确的。　（**推荐者**：张　乙）

（**本栏插图**：安玉民　梁　丽）

·阿P系列幽默故事·

阿P捉贼

□梁兆松

阿P曾经在大街上被人扒窃，回家以后还被小兰数落了一番。自此，阿P对小偷怀有深仇大恨，发誓要像猫对老鼠那样，遇见一个抓一个，遇见一对抓一双！

这天，阿P正在大街上闲逛，忽然听到身后有人大喊“抓小偷！”阿P回头一看，只见一个瘦小的男人偷了一个漂亮美眉的包包。

阿P见状，怒不可遏，真是岂有此理！我阿P此时不挺身而出，更待何时！于是运足中气，大喝一声：“住手！”同时卷衣捋袖，三步并作两步冲上前去，要将那瘦猴擒获。

瘦猴见势不妙，不顾一切夺路狂奔。阿P读中学时曾在校运会荣获万米赛跑冠军，只见他健步如飞，穷追不舍。瘦猴在大街上跑了几百米，见无法摆脱阿P，便钻入横街窄巷，像捉迷藏似的左穿右转，试图将阿P甩掉。但阿P紧紧咬住不放，把瘦猴追得气喘吁吁，双腿发软。

眼看走投无路了，瘦猴猛然发现路旁有一个废弃的建筑工地，便一闪身从大门的缝隙间窜了进去。

阿P追到工地门前，探头一看，只见工地里面杂草丛生，空无一人，也不知被开发商弃置了多长时间。再细细一看，工地四周被木板团团围住，有两人多高，瘦猴恐怕插翅难逃。

阿P心里乐翻了天，哈，这回来个瓮中捉鳖，生擒小偷立个大功，就可以在小兰面前神气一回了。

瘦猴没想到躲进这个工地后竟然上天无路，入地无门，想翻围栏身材不够高，想硬拼又打不赢这个对手。眼看着阿P喘着粗气，一步一步逼近，心中不禁暗暗叫苦。就在瘦猴几乎快要绝望的时候，他猛然发现山坡旁边的草丛中有一根废弃的水泥管，水泥

管大约十几米长，横躺在地上，一头粗，一头细，细的那头又埋在土里。哈哈，真是天无绝人之路，瘦猴喜出望外，不管三七二十一，一头便钻进水泥管。

阿P追到水泥管前，弯腰瞪着里面的瘦猴，厉声喝道："你，给我滚出来！"

瘦猴对阿P眨了几下眼睛，说："我才不出来哩，出来让你抓呵？"

"你以为不出来我阿P就抓不到你是不是？"阿P说罢，就蹲下身子要钻进水泥管，可是管口太小，加之最近他又发福了，不容易钻进去。

阿P本想打110报警，让警察来抓这小偷，但一掏口袋，发现手机没带，他一气之下，脾气上来了，把身上的厚外衣和毛衣脱了，看看还不行，又把衬衫，背心都脱了，然后收腹提臀，硬是把自己那身肥肉塞进水泥管里。

瘦猴见阿P动了真格的，吓得又朝里挤进去。阿P艰难地钻到离小偷还差两米的地方，这时身躯竟然被管壁紧紧卡住，进不去，也退不出来。嘿，这水泥管的质量怎么了，连管壁的圆周也不均匀？

瘦猴看见阿P被卡在中间，忍不住又忘了危险，放声大笑起来，把阿P气得咬牙切齿。

两个人就在水泥管里耗着，从上午一直耗到中午，从中午一直耗到下午，又从下午耗到晚上。把两个人的肚子都耗得咕咕叫了起来。

这时候，手机铃声忽然响起，原来是从瘦猴偷来的包包里传出来的。瘦猴掏出手机一听，正是被他偷了手机的那个美眉。美眉对瘦猴说，包里别的东西她可以不要，但求瘦猴把手机还给她。

瘦猴没有答应她，嘟囔了一句"想得美"，便挂了手机。

阿P见状，试探地问瘦猴："借你的电话让我用一下行不？"

瘦猴说："我傻呀，借手机给你报警来抓我呀？"

阿P一想，这样耗着也不是个办法，得吓唬吓唬他，于是就说："你不肯借电话让我搬救兵，那你死定了，而且死在我前面！"

瘦猴产生了好奇心，问："为何我会死在你前面？"

阿P玩起心理战："不知道了吧，我是科学家，专门研究人体健康的。根据我的研究，发现胖人脂肪多，能扛饿。像你这种瘦猴样，不用三天就会去见阎王爷。"

瘦猴有些怕了，看这个样子，一时间还真没人会来相救。他也玩起了心理战："你这个死肥仔，真是多管闲事。"

阿P豪气万丈地说"社会治安无闲事，我阿P不管，谁管！"

就这样，两人你一句，我一句，又熬了几个小时。到了第二天天亮时，瘦猴饿得实在受不了，开始大声喊“救命”，可是喊了好久也没见有人来。瘦猴更加心慌了，把美眉的手机掏出来，按下回拨键。电话一通就喊:“对不起，姐姐，我不该偷你的包包，你快来救救我吧。”

可没想到电话里传来一个女人破口大骂的声音:“你偷了我女儿的包包，还想跟老娘玩！叫鬼来救你吧！”

阿 P 看见瘦猴饿得快要哭出来了，便试着劝他:“打 110 报警吧，现在只有警察能救你了。”

“那，那，那我不是自投罗网吗？”

阿 P 见瘦猴口气松动了，又开始心理战:“喂，偷个包饿死也太不值了吧。”

说了半天，瘦猴无奈，只好拨通 110。电话里传来一个女警察的声音。

瘦猴有气无力地说:“警察同志，快来救救我吧，我实在受不了了。”

“你是谁？你在哪里？”

“我是小偷。我在一根水泥管里。”

“你是小偷？有小偷打电话给110的吗？同志，我警告你，110电话可不是让你闹着玩的。”

“我真的是小偷。”瘦猴带着哭腔求道，“警察姐姐，快来救救我吧，你们再不来抓我，我可就要饿死啦。”

只听女警察严厉地警告:“如果你再继续恶搞，骚扰110，我可就要告你妨害公务罪了！”

瘦猴把手机扔给阿 P，哭丧着求阿 P:“你打 110 吧，他们不信我是小偷。”

阿 P 接过电话，把自己和小偷被困在水泥管里的事告诉了女警察。

警察很快就开着警车赶到，费了九牛二虎之力，才把阿 P 和瘦猴从水泥管里拖了出来。

由于在水泥管里蜷缩太久，阿 P 的身体僵硬如虾米，虽然满身伤痕，但后来捧着公安部门颁发的那张印着“见义勇为”的奖状回家，赢得小兰一番称赞，阿 P 便感到倍儿值了。

（**题图**、**插图**: 顾子易）

山神庙旁的鸡舍

□汪培君

很久以前，山上住着一个张老汉，喜欢养鸡，因为时常有野兽来偷鸡，张老汉就想建一个结实的鸡舍。正巧不远处有一个破旧的小山神庙，于是他就将庙上的好砖好瓦拆下来建成鸡舍。

那天，张老汉发现少了一只鸡，他心里暗想，一点动静也没有听见，肯定是狐狸偷的！于是他就在鸡舍内下了一个绳套，只要狐狸一进门，就能把它牢牢套住。

到了下半夜，明亮的月光下，张老汉真的看到一只狐狸出现在墙头，接着无声地跳下来，大摇大摆地走向鸡舍。

奇怪的事发生了，那狐狸还没有走近鸡舍，几只最大的公鸡就跑了出来，张老汉以为它们一块斗狐狸，没想到它们跑到狐狸面前，全都趴在地上，等待狐狸挑选。狐狸自然是毫不客气，挑了一只最大最肥的，咬住脖子，叼起来跑了。张老汉几乎看呆了，这是怎么回事？鸡是最怕狐狸的，见了没命地跑没命地藏，怎么会主动迎上去送死？就在他纳闷的时候，狐狸早已无影无踪。

这事真是太怪了，张老汉决定哪怕是再丢上几只鸡，也要揭开这个谜。

第二天夜里，张老汉不仅在鸡舍内做了绳套，还在院子里也做了好多绳套，心里想只要狐狸跳下墙来，就等于进了天罗地网，再想出去是不可能了！张老汉藏好身子，单等着剥狐狸皮了，可是他万万没有想到，到了半夜，大门轻轻一开，进来了一头老黄牛。那些绳套自然是挡不住老黄牛，被它踢了个七零八落，老黄牛喘着粗气，直奔鸡舍。这一下张老汉更纳闷了，牛又不吃鸡，它跑过去干什么？正这样想着，只见又出来几只鸡，趴在地上任其挑选。老黄牛竟然真的咬住一只鸡，扭头而回。张老汉想这也太不可思议了，狐狸吃鸡是天性，谁听说过牛吃鸡？他忽然想起要追上去看看，可等他跑出大门，已经没有了牛的影子。

张老汉百思不解，到了第三天夜里，他不仅下了绳套，还在院子里挖了个坑，上面盖上杂草，心想，狐狸来了有绳套，老牛来了有陷坑，不管它俩谁来，都是有来无回。哪知道这次来的“客人”，更让他目瞪口呆。这次进来的是个人，而且还是张老汉“自己”。也就是说，进来的人与张老汉一模一样。张老汉惊恐万状，简直不敢相信自己的眼睛。就在他愣怔的工夫，那人已经提着只鸡走了。

张老汉慌忙追出去，使出吃奶的力，一直追到已经残败的山神庙跟前，只见那人点燃草木，把那只鸡烤得香味四溢。看看熟了，那人撕下一条鸡腿，大嚼起来。待那人吃饱了，摇身一变，竟成了一尊山神塑像。

原来是鬼神在作怪呀。张老汉这下可来气了，竟然不知厉害地上前几步，手指着塑像说：“你哪里是一个神仙，就是一个偷鸡贼！”塑像眨眼间又变成人形，山神毫无羞愧地说：“你把我的房子都拆了，我吃你只鸡算什么？按我们仙界的规矩，凡是被神仙吃掉的鸡，来世就可以变成凤凰呐。”张老汉这才明白是自己闯的祸，但嘴里还在埋怨：“那你也不该变换身形，这就是偷嘛！”山神苦笑一声说：“神仙也是要面子的，万一被人撞上，岂不是坏了名声？”

张老汉一想事情因自己而起，那就还是自己解决吧，第二天就紧挨着鸡舍，新建了一座山神庙，把塑像供在了里面。

时间长了，后人只当那个鸡舍是山神庙的一部分，所以现在不少地方，山神庙旁都有鸡舍。

（**题图、插图**：安玉民　梁　丽）

到底谁糊涂?

□谷永庆

老憨今年六十多岁了。每年冬天,他都会在路边烤山芋卖。这天,老憨正在烤山芋,从大路那边过来一条短腿小狗,赖着就不走了。就这样,小狗每天跟着老憨早出晚归。

过了两个星期,大家和往常一样都在做生意,一辆黑色轿车停了下来,从车里走出来一个三十多岁的妇人,指着老憨说:"就是他!"然后从车里又出来两个男人,不由分说就把老憨推倒在地上。那个妇女指着老憨说:"敢偷我家的狗!"老憨被人们扶起来后辩解说:"不是我偷的。"那妇人说:"那我家的狗为什么会在你这里?"旁边一起做生意的人忍不住了,大伙纷纷为老憨作证,人们都围了过来,七嘴八舌地指责那个妇人和两个打人的男人。他们见势不妙,赶忙钻进车里,关紧了车门。

妇女躲进车里打起了手机。十来分钟后,又来了辆黑色轿车,从车上下来了一个四十来岁的男人,对老憨说:"这位大爷,实在对不起,车里是我老婆,她刚才没弄清楚情况。我立即送您去医院。"老憨推辞道:"就是衣服刮破了,也没伤到哪儿,用不着去医院。"那男人赶忙到路边店里买了一件新外套给老憨披在身上,又拿出五百元钱递给他:"大爷,真对不起,您别跟她一般见识。"老憨推开他的钱,说:"有你这句话就行。以后做什么事啊,问清楚了再动手。这狗要是你们家的,你就把它带走吧。"男人从钱包里拿出一张名片:"我叫王其立,这是我的电话和地址,有事尽管来找我。"

过了几天，儿子进城来看老憨，见父亲穿了一件崭新的外套，就问了来历，老憨就把那件事跟儿子说了，又把名片拿给儿子看。儿子听了后，埋怨道：“爸，你真是糊涂啊。这种有钱人，动手打了人，少说也要赔个三五千。你倒好，到手的钱给人退回去了。”老憨说：“本来就没咋地，哪能拿人家的钱。”儿子说“我这次来，想跟你商量件事儿。你孙子就要初中毕业，按分片要读三十二高中。你知道，这个学校不行，我打算让他跨区读附中。”老憨说“这个想法对，我孙子一定要上好学校。”儿子接着说：“可赞助费要一万八，我借遍了亲友，只凑够了一万一。”老憨张大了嘴巴，搓着手说“我这只有三千六。”儿子指着名片说：“爸，你放着财神爷在这，咋不知道拜呢。我来给这个王财主打电话，就说你现在腰疼，要几千元钱去医院检查。”老憨拦住了儿子：“还是我明天去找他吧。”

第二天，老憨没生炉火烤山芋，他在心里斗争了半天，觉着还是孙子的前途重要，自己一张老脸算个啥。他拨通了名片上的电话，对方一听说是捡到狗的憨大爷，非常热情地说：“大爷，你好！”老憨张了张嘴，“要钱”俩字怎么也说不出来。王其立问：“大爷，您有事吗，现在身体还好吧？”老憨赶忙顺着话头说“我好像有点，有点腰疼……”王其立说：“正好我现在有空，你就在平时出摊的那个路口等我，我带你到医院看看。”

几分钟后，王其立开着车带着老憨去了医院，挂了专家号。老憨经过拍片子、化验后，除了骨质增生的老毛病外，没检查出其他问题。王其立让医生开了些药，又在门口买了些营养品给老憨拿上，然后递给老憨一百元钱：“憨大爷，我有点急事先走了，您打出租车回去吧，路上当心。”

老憨把这一切告诉了儿子，忍不住夸奖人家还算仁义。谁料儿子气得跺着脚

说："他那么有钱，扔一点到医院算什么。你应该直接找他要钱！学校赞助费要提前半年交，我好不容易求人弄了一个名额，拿不出钱，怎么跟人家回话？"老憨低着头说："明天，我再想想办法。"儿子说："后天就是最后一天了。你要是拉不开脸，就等着孙子念差的学校，出来跟着你烤山芋吧。"

晚上，老憨又找出名片，拨打了那个电话，王其立说："憨大爷，有事吗？"老憨吭哧了半天，说："我想，想找你，借点钱……"说到最后几个字，声音低得都听不见了。王其立在电话那头说："我估计您也是这个事。大爷，这就是您的不对了。您想要钱，可以明说，何必让我白跑一趟医院呢，花钱又浪费了时间。不过咱丑话说在前面，您拿了钱后，必须立个字据：您以后的身体状况和我们家再没有关系。免得以后再有瓜葛。您看行吗？"

第二天一早，王其立又开着车过来，从包里拿出一叠钱和一张打印好的纸。他先把纸递给老憨："这是协议，您先看一下，签个字。"老憨不敢抬头，低着头在纸上写下了自己的名字。王其立收起那张纸，把钱递了过来："这是四千元钱，您数好了。以后咱们再也不用来往了。"说完话，开着汽车走了。

老憨赶回老家，把钱交给了儿子。儿子得意地说："我说吧，他肯定会给钱的。我刚才和附中的领导通过电话了，他说附中高一有电脑课。你孙子在初中没学过电脑，从现在就要开始突击。我问过了，电脑不算贵，有个三千元就够了。你趁热打铁，再找这个王财主一次，就跟他说，以后再也不找他了。"老憨好像没听见一样，呆呆地点点头，回城里烤山芋去了。

这一走，老憨再也没能回到村里。据卖鸭脖的老彭说，老憨这几天老是心神不宁，跟他开玩笑他也不笑，不知道在哪儿把魂丢了。这天收摊时过马路，快到家了，没留神，被车撞了。

老憨在医院被抢救了三天，最后还是去世了。老憨儿子并不是太难过，盘算着应该找肇事司机要多少钱才合适。据司机讲，自己当时并没有违反交通规则。但那个路口很偏僻，没有安装摄像头，车祸时也没有行人路过，所以没人能证明司机的话是真是假。当老憨的儿子说出自己的要求时，却被告知：肇事司机已经主动承担了老憨生前的医疗费，因此不用再赔偿任何费用。因为老憨在抢救期间曾清醒过一次，他口齿清楚地对医生和护士说："是我闯了红灯。"儿子又恼又气，跺着脚大叫："我的糊涂爸爸呀！"

（题图、插图：张恩卫）

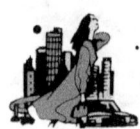

·新传说·

血缘的疑惑

□廖 静

血 疑

张静是个白领，有一个让人羡慕不已的家，公婆都是高级知识分子，老公赵鹏是个公务员，儿子冬冬活泼可爱。这天，张静刚下班回家，电话铃就在急响，公公在电话里口气严肃："马上过来一趟！"

听公公的口气，一定是出了了不得的大事。张静一头雾水，急匆匆赶往离此不远的公公家。婆婆不在家，公公面色铁青，把一摞纸丢到张静跟前。

公公向来和善可亲，张静从没见过他这个样子，等张静看清纸上内容，后背都凉了，那是份亲子鉴定书。原来，公公带着孙子散步，路上偶遇在生命科学院工作的旧友，旧友正好要做科学试验，就免费为公公和孙子冬冬做了一次亲子鉴定，没想到：居然查出冬冬跟赵家一点血缘关系也没有。

"你到底在外面做了什么亏心事？我的朋友是权威专家，他压根不会搞错。"公公气得脸部肌肉都在哆嗦。

张静感觉自己头顶有几百只苍蝇在飞，隐约听到公公说："为了这个家，我可以把这些话烂到棺材里，但你自己要清楚自己干过什么！"

自己到底干过什么对不起赵鹏的事呢？张静想起了黄北群，和赵鹏结婚不久，他们吵了次架，张静又

恰巧遇到初恋情人黄北群，借着酒劲就有了冲动行为。那件事发生大约就是冬冬出生九个月前，当时张静想着只不过就一次，不会出意外，没想到……

想着黄北群居然会是儿子的亲爹，张静百感交集，如果当年不是父母嫌他家庭条件不好，他们也不会分手。回到家，张静看着冬冬的小脸，越看越像黄北群。

张静再也忍不住了，给黄北群打电话过去，那边传来炒菜的“嗞嗞”声，黄北群不耐烦地说：“什么事啊？我岳母来了。”

张静说：“有时间吗？我有些事想找你。”

“空了再说吧……好嘞！酱油来了！”听声音，黄北群活得很滋润。

张静失落极了，但她突然有个大胆想法：如果黄北群知道冬冬是他的骨肉，他会怎么选择？毕竟他结婚三年了还没孩子。张静想纸总是包不住火的，还不如和赵鹏离婚，让他早点找其他女人生个自己的孩子，这样也不至于太亏欠他。

张静决定采用迂回策略，探探黄北群的口气。

黄北群这几年开了家装潢公司，生意挺好。那天，张静就守在黄北群公司附近，想制造偶遇的情况。等啊等啊，天都要黑了，黄北群才出来，他急急忙忙打车就走了，张静来不及冲上去打招呼，黄北群的车已上了大街。张静不甘心今天落空，也打辆车跟在其后。

不一会儿，黄北群在一家私人诊所门前停了下来，四处望望，就走了进去。难道他得了什么病？张静悄悄地跟进去，花了不少力气，这才惊讶地发现，黄北群竟是在检查生育方面的疾病。

这是张静万万没想到的。回到家，她用另一个网名加了黄北群的QQ。张静编了一个谎话，向对方诉说因无法生育被丈夫抛弃的不幸。果然激起了黄北群的同情，他们聊着聊着，黄北群就向张静吐露了秘密：结婚三年，他一直没有孩子，问题在于自己生育功能上有些毛病。

张静茫然了，这么说，冬冬不是黄北群的！难道公公的化验单是错的？可他说他朋友是专家啊，公公也不是没事找事、无中生有的人，何况是血缘这样的大事。

纠 结

张静被冬冬的血缘问题困扰着，茶饭不思、精神不振，一天，张静灵光一闪：莫非冬冬是被抱错了？

张静立刻去找给自己接生的凌姐，凌姐从小和张静一个院子长大，关系很好。凌姐对张静十分热情，顺着张静的话题，聊到当年张静分娩的那一天，凌姐说：“你真是幸运，那天妇产科出生了十一个孩子，只有你一个生的是男孩呢。”

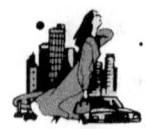

“你确定吗？”

“确定啊，好像我当时就对你说过的。”

张静心里又打起了小鼓，只有自己一个人生了男孩，那被换的可能性就不存在了，公公的亲子鉴定书不会有错，那到底冬冬是谁的孩子？

张静思想斗争了半个月，还是决定自己带冬冬去做亲子鉴定。

这段时间，张静神思恍惚，赵鹏看出来了，他关切地问：“你到底出了什么事？有什么事一定要告诉我，我们一起想办法。”

张静感动极了，赵鹏是个好人，在选择张静前，他有个女友，是电台主持人，后来去了美国留学，两人才因此分手。张静和赵鹏结婚前，赵鹏父母一直反对，只是由于赵鹏的坚持，两人才得以成婚。

这几年就这样平静地过去了，冬冬的出生让张静的地位稳固了不少，可现在公公发现他居然不是赵家的骨肉，此后，张静要怎么在这个家站稳脚根呢？

化验结果出来了，冬冬和张静确系血亲，看来孩子没有抱错，可他的父亲到底是谁呢？

张静被儿子的血缘问题折磨得快要疯了，赵鹏忍不住了：“你到底有什么事？快告诉我。”

张静抱住丈夫放声大哭，赵鹏追问不出结果，也不敢再问，只能爱抚地拍着张静的背：“不管出了什么事，我会一直是你坚实的后盾。”

张静更加自责，她想出最后一招，用赵鹏的血和冬冬做鉴定，张静不敢让赵鹏知道，悄悄采了他的血样。

鉴定的结果大出张静的意外：冬

冬和赵鹏也系血亲。

大松一口气的同时，张静又迷惑了，为什么公公的鉴定上说：冬冬不是赵家的血亲呢？这到底是怎么一回事？

真 相

冬冬还是经常跑到爷爷奶奶家玩，公公还和以前一样疼爱他，也许他想通了：母亲犯的错，跟孩子没有关系。只是，公公对张静横鼻子瞪眼非常冷漠。

过年前，张静帮着公婆洗衣服收拾房子，公公见了张静，就避开带着孙子出去玩了。

收拾东西时，张静无意中发现婆婆的相集，是她的许多旧照，张静拿着相集端详，婆婆突然闯入尖叫道："谁叫你看我的照片的？怎么这点规矩都不懂？"

张静慌忙收起来，一张照片从相集缝里掉出来，钻进了床下。婆婆紧张地把相集锁了起来。婆婆离开后，张静再去收拾那张床下的照片，她发现那是张男人的照片，照片后面写着字：赠亲爱的兰。

这是婆婆的恋人？仔细看：那人居然那么像赵鹏。

前后的疑惑串在一起，张静有了大胆的设想：莫非，赵鹏不是公公亲生的？

婆婆父母都是高干，自小接受过良好教育，婆婆仗着条件优越，趾高气扬，曾一直瞧不起张静，现在张静抓到了婆婆的把柄，她扬眉吐气了。

张静把那张照片，还有公公、自己、赵鹏和冬冬的三份亲子鉴定书丢给婆婆，婆婆的脸一下变了，继而放声大哭。原来，婆婆年轻时也因一时冲动做过错事，现在真相就在眼前，想着经营了几十年的家就要塌了，婆婆五内俱焚。

张静心软了，婆婆曾经犯的错，自己也犯过啊，只不过自己幸运，没有让冬冬的血缘出问题。

窗外楼下，公公、赵鹏正逗着冬冬嬉戏，多美多和谐的天伦画面啊，赵鹏脱下衣服披在公公肩上，两人笑得那么幸福，赵鹏那么孝顺、那么爱他的家，公公自小那么疼爱他、付出所有心血，还有，公公由于判断失误，以为冬冬不是他亲生的孙子，可还是爱如己出……

亲情怎能只限于血缘和那张薄纸？那可是岁月和爱的积累。张静对泪流满面的婆婆说："妈，这件事天知地知，你知我知，再不会有别人知道。"张静把那三张化验单当着她的面，撕成了粉碎。

婆婆激动地拉住张静的手："怪不得小鹏当初一定要娶你，因为你有颗金子般的心啊。"

（题图、插图：谭海彦）

·新传说·

我心里有数

□滕建军

老蒋是一名驾校教练，最近新带了三个徒弟，大徒弟和二徒弟聪明伶俐，只有三徒弟有点木讷。

因为现在学车的人太多，学员都在排队考试，所以驾校规定，学员通过交规、倒桩和小路考后，把最后参加大路考的名额分给教练，教练觉着哪个学员学得好，经过他推荐，学员才有资格参加考试。

这次老蒋只分到了一个考试名额，为了公平起见，老蒋把三个徒弟叫到跟前，开门见山地说：“这次大路考，你们当中只有一个人能参加考试，其他的要排到下次考试。我做人很公平，到时候你们谁练得最好，这个名额就给谁。”三个徒弟都点头同意，为了能争到这个名额，他们暗地里较上了劲。

大徒弟的年龄要大一些，考虑事周全一点，他想：我们三个人练车的时间差不多，恐怕到时候很难分出个高低，如果教练每次能让我多练一会儿，那情况就不一样了。于是，大徒弟悄悄地找到老蒋，求他关照一下。老蒋既没有答应他，也没有说不同意，只是不动声色地望了望另外俩徒弟：“看看再说。”

过了一会儿，老蒋单独带大徒弟到路上练车，经过一处超市时，他装模作样地摸了摸口袋：“咦！没烟了。”大徒弟心领神会，赶紧识趣地去买了一包好烟给他。老蒋很高兴，夸他：“这段时间练得不错，我心里有

数。”回到练车场以后，老蒋就让大徒弟多在车上练一会儿，这下二徒弟有意见了：“凭啥他要比我们练的时间长？”老蒋不慌不忙地抽出支烟点上，深深吸了一口说：“他的年龄大，学东西比年轻人慢，要多练一会儿才公平。”二徒弟马上明白了，大徒弟肯定是给了教练好处，所以教练才会偏袒他。

等到老蒋和二徒弟到路上练车时，二徒弟也央求老蒋多关照关照，让他也多练一会儿。老蒋起初一声不响，路过一处超市时，他忽然念叨说家里的酒快喝光了，二徒弟二话不说，赶紧去买回来一瓶酒送给他。老蒋点点头：“最近练得也不错，继续努力。”回去以后，老蒋就让二徒弟也多在车上练一会儿，这样一来，三徒弟练车的时间就被他俩占得差不多了，他不解地问老蒋：“他这么年轻，为啥也要练这么长时间？”老蒋想了想，说：“年轻人学东西比较浮躁，得多练会儿才能记得住。”三徒弟翻了翻白眼，似懂非懂地点了点头。

轮到老蒋和三徒弟上路练车时，三徒弟只顾着练习开车，一路上一句话也不说。又路过一个超市时，老蒋看了看他，自言自语道：“家里好像没茶叶了。”三徒弟很木讷地继续开车，就像没听到一样。老蒋很不高兴，又开了一会儿，看到路边有个西瓜摊，老蒋就说天气太热，买个西瓜解解渴吧？于是三徒弟把车停下来，却傻头傻脑地坐在车上一动不动。这下可把老蒋气坏了，心想这个家伙到底是真呆还是装傻？人家送烟的送烟，送酒的送酒，他却连个西瓜都舍不得买。于是老蒋没好气地让三徒弟坐到副驾驶座去，自己亲自开车回去，心里打定主意，这段时间你甭想练车了！这时候三徒弟却不知道从哪儿摸出一本小册子，聚精会神地看起来，边看还边傻乎乎地念出了声：“……不得吃、拿、卡、要……一经查实，立即开除……并通报各驾

校……”

老蒋被他吓了一跳，仔细一看，原来三徒弟正捧着本《教练守则》看得津津有味，老蒋心里这个气呀！这不明摆着是在给我上眼药吗？看来这小子一点儿也不傻，弄不好还能去告我一状。这么一想，老蒋不敢再偏袒那两个徒弟了，回去以后，老蒋就说三徒弟的脑子太笨，他也得多练一会儿才公平，于是三个徒弟练车的时间又一样了。

可是老蒋总觉着心里头不痛快，一看到三徒弟那装痴带憨的样子他就来气，他就想故意找三徒弟的别扭出出气。这天，三徒弟上车以后，老蒋对他是横挑鼻子竖挑眼，终于逮到一点小毛病，凶巴巴地对着他骂个不停，惹得大徒弟和二徒弟在旁边捂着嘴直乐。老蒋越骂越起劲，唾沫星子都溅到了三徒弟脸上，三徒弟拿手抹了一把，一声不响地把车停下，打开车门就走。老蒋正骂得解气，哪肯轻易放过他“回来！干啥去？”三徒弟一脸苦相：“我这么笨，老惹你生气，万一把你气出个好歹可咋办？我干脆去退学吧！”老蒋一听吓坏了，要是让驾校知道他把学员骂得要退学，他不挨处分才怪呢！要是再调查到他是故意的，说不定饭碗不保！想到这儿，老蒋赶紧换了一副嘴脸：“这小子，刚才我是跟你闹着玩呢！你还当真了，真是的，快回来练车吧！”三徒弟不满地嘟囔道：“你不让我退学，要是被气死了可别怨我。”

这样练习了些日子，快到考试的时候，三个徒弟都达到了考证的水平，可只有一个考试名额，该让谁去呢？大徒弟知道决定权在教练手里，于是晚上偷偷地来到老蒋家，又送上一条烟，让教练务必要关照关照。老蒋亲热地拉着他的手说：“你放心，我心里有数。”大徒弟刚走，二徒弟又抱着两瓶酒送上门：“教练，上次的酒喝光了吧？我又给你送来两瓶。”然后请教练一定要照顾照顾他。老蒋眉开眼笑地拍着他的肩膀表态：“放心吧！我心里有数。”

二徒弟走后，老婆见他两个徒弟的礼全都收了，还都答应下来，就不放心地问：“你光说心里有数，到底想让他俩谁去呀？”老蒋先瞅了瞅大徒弟送的那条烟，又看了看二徒弟送的那两瓶酒，嘿嘿一笑说：“当然是让三徒弟去啦！”老婆说：“你没毛病吧？送烟送酒的你不让去，啥也不送的，你倒要白白便宜他，你到底是咋想的？”老蒋得意地一笑：“你懂个啥！大徒弟和二徒弟这么识趣，他们走了，我吃谁喝谁去？”接着又叹了口气，“三徒弟就不同啦！这家伙不仅属铁公鸡的一毛不拔，还动不动就拿出本《教练守则》来吓唬我，不早点把他送走，我心里不踏实啊！”

（**题图、插图**：谭海彦）

·新传说·

领导的关怀

□辛春华

李炜是个业余作者，专门从事官场小说的创作。最近，他的一篇文章在某个征文比赛中获了奖，为本地争了光。文化局特意举办了一场庆功宴，还邀请了主管文化工作的李副市长出席。

李炜作为主角，当然也收到邀请。当他得知自己要跟副市长一桌吃饭后，就有些自我膨胀，用征文比赛的奖金买了一件风衣，用来装点门面。

出门前，老婆小丽亲自数了十张百元大钞装进老公的风衣口袋，体贴地说：“今天跟你一起喝酒的都是大人物，认识了，说不定以后咱们会求人家，你多带点钱，该花钱的地方别小气，让人笑话。”

李炜立刻表扬了小丽，说“你挺有觉悟，想得比我还周到。”小丽又叮嘱说：“领导到时候说不定会问你有什么困难，你千万别客气，该提的就提，你的工作、咱儿子上重点高中……”

李炜伸手摸了摸老婆的脑门：“没发烧啊？你是不是看电视看多了？异想天开，哪有这种好事啊？”

“那可不一定，现在不是到处都说重视人才吗？你为他们争光长脸，他们还不该关怀一下你？”

李炜懒得跟她多说，整整衣领，兴冲冲地出了门。

晚上六点，李炜准时来到酒店。服务员将他领进包间，只见里面开了一桌牌局，有七八个人，文化局长、作协主席、文化馆馆长等领导都在。作协张主席一一为李炜介绍，完了对他说：“今天这个庆功宴，你是主角，我们这些都是陪客。”他看看表，“你们先坐下等一会儿吧，李副市长很忙，他今晚要先去应付另一个饭局，完了才来咱们这儿。”

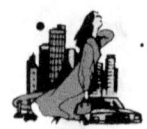

李炜忙说不着急，掏出刚才在路上特地买的香烟，挨个双手敬烟。文化局长瞟了眼李炜手里的烟盒，赞道：“大作家，你档次不低嘛，比我平时抽的档次可要高多了。”

张主席插话说：“他们作家当然抽得起好烟，笔头一动稿费就来了，有时候一篇文章就抵得上我们一个月的工资呢。”

李炜心中羞愧，忙说哪里，现在稿费很低的。

文化局长笑道：“别谦虚，今天又不让你花钱请客，烟也不抽你的。”回头吩咐服务员，“再上两盒中华。”

随后，大家打牌的打牌，聊天的聊天，等候李副市长过来。屋里暖气开得足，不一会儿李炜身上就冒汗了，就脱了风衣，挂在衣架上。

一个小时后，李副市长的大驾终于到了。他年龄跟李炜差不多，身材也相仿，穿的风衣颜色也跟李炜穿的那件一样。李副市长和蔼可亲，平易近人，一进门，就先问李炜来了没有，顺手把自己的风衣脱下，放在了衣架上。李炜激动地走到他跟前，李副市长握住他的手，高兴地说：“久仰大名啊！大作家，大才子，你是我们市的骄傲呢。等会儿，我一定敬你一杯。”

酒还没喝，李炜几乎就醉了，浑身轻飘飘的，幸福得脸儿都红了，一个劲地说谢谢，谢谢领导关怀。

接下来，众人入座，酒宴开始，此时酒宴上的中心已转移到了李副市长身上，众人一门心思关注领导，李炜成了边缘人，没人再关心他。一席的人都敬了李副市长，这个时候，李副市长说：“各位，真的不好意思，市里面有急事，我先走了，你们要尽兴啊！”

李副市长走后，李炜依旧没成酒宴上的中心人物，他最后无趣地出了酒店，拦下一辆出租车，上车说了声去梨园小区，就不胜酒力，昏昏睡了过去。等他醒过来，头疼欲裂，仔细辨别了一会儿，发现自己站在梨园小区的大门外，付没付车钱都不记得了。

李炜踉踉跄跄地走到自家门前，防盗门紧锁，浑身上下摸了半天，却没摸出钥匙来，看来是忘带了。别看他酒醉，平常习惯还保持着，怕深更半夜敲门惊扰邻居，就掏出手机，要给家里打电话。手机掏出来后，他去按号，却按了个空，嘴里“咦”一声，大是奇怪，自语道：“这手机怎么没按键啊？”原来，他拿出来的是一部高档触屏手机，没有那么多按键。

正想不明白，手机叮叮咚咚响起来了，铃声以前根本没听过，他一拍脑袋：嘿，肯定是刚才拿错了手机。他想接电话，却根本不会用，找了半天也没找到通话键，拿手在屏幕上乱点，试了几次也没接起电话。

外面的手机铃声响个不停，小丽在家里听到动静，透过猫眼，发现是李炜，于是打开门，立刻闻到一股浓烈的酒气，不由埋怨说：“你怎么喝成这样啊？快进来，站在外面干什么？”伸手将他拉进屋内。

李炜扬扬手机：“看，高科技。快帮我接电话。”

小丽更是从没见过这种手机，也不会接，鼓捣了半天，依然没接起电话，两人瞅着手机干瞪眼。

好在瞅了一会儿，铃声终于停了。小丽抬头看了李炜一眼，发现了疑点，一把拽起他来，上下一打量，问：“你是不是穿错风衣了？这件根本不是你的呀。对了，那一千块钱呢？”

李炜一吓，摸了摸口袋，没有钱，只掏出几张购物卡，都是新的。另外，他还掏出张照片，上面是李副市长搂着一个年轻貌美的少妇，他明白了：“肯定是穿错了，衣服架上那么多衣服……”

小丽急得跺脚：“你呀……那一千块钱要是丢了，我……你现在马上回去换回来！”

李炜浑身软塌塌的，眼睛都睁不开，根本不想出门，说“人家早散了，明天再说吧，睡觉！”说完，将风衣一脱，往床上一倒，呼呼大睡。

睡到半夜，只听“咚咚”有人使劲拍门，很凶。小丽紧张地推醒李炜，李炜嘟囔着说谁呀，这么粗鲁，强盗呀？出去开门一看，门外站着四五个人，有小区保安、作协张主席，还有一个陌生的年轻人。

李炜惊讶道“张主席，你怎么来了？”

张主席盯了他一眼，先打发走两个保安，然后和那个年轻人进了屋。关上门后，他拽着李炜走到里间，沉着脸问：“你怎么回事？是不是把李副市长的衣服穿回来了。”

李炜顿时松了口气，笑道：“原来是为这事呀。我是穿错衣服了，本来准备明天去和李副市长换回来的。”然后，冲外面喊，“小丽，快把那件风衣拿给张主席。”

张主席脸色稍微缓和了一点，问："刚才打电话你为什么不接？"

"那手机我不会用，不会接啊。"

张主席埋怨道："你呀，差点惹了大祸，李副市长以为你故意不接，以为你是故意穿错风衣，差点要报案呢。

李炜一怔，气愤地叫起来："什么意思？他以为我偷他的衣服是不是？嘿，我那件风衣也不便宜啊，是新的不说，口袋里还有一千块钱呢。他这件有什么？口袋里就几张破购物卡，还有张照片……"

张主席突然脸色一紧，伸手捂住他的嘴，凑到李炜耳边说："你小子要是不想惹事就少嚷嚷，外面那人是李副市长的秘书，你在外面千万别说你看到照片的事，明白没有？"

李炜摇摇头，眨眨眼，表示不明白。

张主席松开手，叹口气，低声说"你不明白也好，总之，这事我是为你好，你以后对任何人也都不要提起此事。"

李炜此时酒已醒了大半，心里隐隐约约有些明白：为几张卡半夜三更追上门来，显然照片里面有见不得光的事情。

两人从里屋出来，秘书正在打电话，看到他俩，就收了电话，笑着对李炜说："原来是场误会，大作家，这件是你的风衣，完璧归赵，里面的钱一分不少，你数一数。"

"不数了，肯定错不了。"李炜见自己穿回来的那件风衣此刻已在秘书的手上，手一指，随口说，"你也查一查，口袋里面的卡和照片也……"猛然想起张主席的嘱咐，想收口却来不及了，只好硬着头皮说下去，"……也一张没少。"

秘书脸色一变，旋即恢复正常，他从口袋里取出一张购物卡，递给李炜，"这是李副市长的一点心意，半夜三更跑来打搅你休息，实在是不好意思。"

李炜哪里敢收啊，刚想推辞，却见张主席冲自己连使眼色，好像是让自己收下，就接在手里，随即明白对方给这张卡的用意是封自己的嘴，让自己不要出去乱说，忙表示："谢谢，请放心，今天酒喝多了，给李副市长添了麻烦。"

离开前，秘书又说："以后有什么困难或者什么要求，你可以去找我，对你这样的人才，李副市长是非常关心和爱护的。"

"谢谢领导的关怀。"

李炜说完，不由看了小丽一眼，心说还真被你猜到了，领导还真要关怀自己了。不过，这关怀……一时间，他心里说不出是啥滋味，看来自己又有新素材了。

（**题图、插图**：张恩卫）

有的话不能说

□吴帮国

在村里，老陈头就是个嘴上没把门，爱管闲事的人，村里人遇事就会找他去说。

最近一家房地产公司看中了村里一片好地，已经同乡里谈好，决定征了建度假村。一听这消息，村里人就左一个右一个来找他。老陈头一听，脚不停嘴也没停，走这串那，到处说：“咱农民没地了，还吃什么呀？”

乡里来人谈补偿，谈来谈去尽帮着房地产公司，大家自然不干。房地产公司就想先斩后奏。这消息让村里人知道了，他们一串联，决定背水一战，操家伙与强拆的人干！

这天，为征地的事村里又来了一大帮人，小车来了好几辆，听说有房地产公司的老总，还有县城的大官。

村里人知道了，又一个个往老陈头家里钻。

老陈头一听急了，拔腿就出了门，边走嘴里还边念道：“不好了，要出事了！不好了，要出大事了！”

“出什么大事？就你多嘴！”老陈头正走着，背后突然传来一个声音，他一回头，见是村长。

“你一张嘴成天捣鼓个啥？什么不好了不好了？哪里要出事了？”

老陈头一见是村长，声音更响了：“你是没看见还是没听见？村民们豁出去了，要出大事了！”

“你……你可不要火上添油，你没见来了那么些领导……”

老陈头上下左右打量着村长，冷不丁冒出一句：“你莫不是得了那开发商的好处吧？”

村长脸色变了，说：“老陈头，你

怎么越说越没影了？跟你说，有的话不能说。”

老陈头还就是这样一个倔脾气的人，你越是说不能说的东西他越是觉得这里面有鬼，他还越是要说：“什么话不能说？就要说就要说……”

村长转身离去，一边走，一边莫名其妙地吐出了这三个字：“你儿子……”

“我儿子……我儿子怎么了？”就这三个字，让老陈头心里一“咯噔”。儿子就是老陈头的命。一听村长说到他儿子，老陈头脸色刷地变了，要紧追上村长问：“是不是我儿子来电话了？”

村长没说是也没说不是，最后说了句：“有些话不能说。”

老陈头说：“哎呀，我儿子的事有什么不能说的？”

原来，老陈头为了省钱，家里电话也不装，村长家在他前面，平时在城里的儿子有事，就把电话打到村长家，喊一句就成。此时，见村长这个样子，老陈头真急了。

村长等老陈头跳够了，才不冷不热说道：“你儿子要你现在就进城。”

老陈头松了口气，但又觉得奇怪，好好的要我进城干吗？说心里话，自从儿子在城里工作，老陈头从不往城里跑，那是怕给儿子添麻烦。所以他就说不习惯。为了让父亲习惯，儿子把房子买到了市郊，而且是一楼，屋外有院子做菜地，可以让他没事折腾。可老陈头还是不去，说这里连水都要钱买，还是没家里方便。

见老陈头不太着急了，村长又扔出重磅炸弹：“你儿子在电话里说，他找到对象了，今天姑娘上门呐。”

一听说儿子找对象了，老陈头脸上有笑容了。他立马回家将门一锁，就往村外去赶车。走着走着，他突然发现后面有人紧跟着他，还追着喊：“哎，老陈头，等等我！”

老陈头奇怪了：“等你干吗？”

“你不是进城吗？等等，让我们跟你一块去，人多力量大。”

“人多力量大？”老陈头一听懵了，“我进城去看儿子，要人多力量大干吗？又不是上山打老虎。”

“看儿子？”跟着他的人一听都呆了，随即有点泄气，“我们还以为你进城是去告他们呢！原来你是去看儿子，这个时候你还有闲心去看儿子？这征地的事，你不管呐？”

老陈头说：“管，当然管！不过现在看儿子要紧。”

那些人赌气说道：“好好好，你去吧去吧，你走了，他们要动工，我们就叫他们从你家动起！”

老陈头无奈地摇摇头，直朝车站走去。

老陈头辗转坐了两三个小时的车来到城里，已是下午三点了。这会儿子肯定不在家，于是他决定省钱不坐车，走路。

走着走着，前面围了许多人，老陈头凑了过去，他看见屋顶上站着一人，手里拎着只桶，听旁边人在议论，说这里在搞拆迁，这家主人不同意拆，于是就与拆迁人员扛上了。说你们敢拆我房，我就点火自焚。

一见这情景，老陈头算是傻眼了，没想到城里人也强拆，双方对立，那人竟用汽油烧自己？哎呀，你再傻也不能烧自己呀，命都没了，还要房子干吗？于是他高声叫了起来："你傻呀老哥，哪有自己烧自己的，谁上你就烧谁呗！"

这话一出口，旁边就有好些人在咐和着："对，谁上就烧谁！"

这时，有个人在老陈头的耳边小声地说道"老哥，有的话不能说。"老陈头一看，原来是个戴眼镜的读书人。他笑了："不说他不明白，哪有这么傻的人？别人要拆他的房子，他还跟自己过不去？"

"唉！我是说，有的话……不能说。"这次那戴眼镜的把"有的话"三个字加重了语气。

老陈头还没弄懂是什么意思，正想反问，忽见有几双异样的眼睛在盯着自己，他把话又咽下去了。因为他想到这是城里，刚刚连走路都有红绿灯管着，这说话肯定也有人管。他望了望那戴眼镜的一眼，转身就走了。

老陈头来到儿子的住处，见门是关着的，估计儿子还没有回来。他就在门口那院子里坐了下来，见那准备给他种菜的院子已经长满了草，一想闲着也是闲着，就上前拔起草来。

拔着拔着，突然耳边传来一个声音："哎，这草不能拔！"

老陈头一抬头，见院子外走来一个人。开始他没在意，仔细一看，原来正是刚刚和自己说话的那个戴眼镜的。他奇怪了："这你也管……草怎么就不能拔？"

"这草是种的。"戴眼镜的笑道，又加重一句，"有的草，不能拔。"

一听到这，老陈头隐隐感觉到要

出什么事了。因为刚才口无遮拦说了几句，那人竟追到了这里来了。老陈头听说过“国家安全局”，难道他是……此时老陈头想到的不是自己，而是他儿子。这是儿子的家，千万不能给儿子惹来什么麻烦。于是，他埋着头什么也不说，抬脚就走。

岂知他刚出院子，儿子开车回来了。儿子一下车见到他就问：“爹，你怎么来了？也不提前告诉我一声，我好去接你呀！”

老陈头一听这话有点莫名其妙，心想：“不是你打电话给村长叫我来的吗？怎么……”他正要说什么，只见车里又下来一位姑娘，这下老陈头眼睛一亮，那姑娘下车后大喊一声“爸”，弄得老陈头还以为是喊他，正要答应时，只见姑娘直朝院子里那戴眼镜的人奔去。

这时，儿子和老陈头同时傻了眼。

真是不打不相识，大家进了屋，一番介绍过后，老陈头和那戴眼镜的算是认识了。这才知道他叫田丰，正是儿子女朋友的父亲。

这样一来，老陈头反而弄得不好意思了。当听说田丰在他那个乡下放当过知青时，两人距离一下就拉近了，老朋友般地聊了起来。

“咱那边现在变化怎么样？”田丰问。

“变化？”一说到变化，老陈头陡然想起了什么，脸色刷地又变了，满嘴又跑起了火车，“不好，要出事了，不好了，要出事了！”

一听父亲这样说话，儿子赶紧把他拉到了一边：“爹，你瞎说什么？有的话不能说！”

“不能说……”老陈头看了看儿子，又看了看田丰，尴尬地应道：“哦，不能说不能说，你看我这张嘴，老管不住。”

这时田丰笑道：“我刚刚说有的话不能说，在那个火候上，你怎么能说谁上就烧谁呢？”

“他要拆别人的房子，不烧他烧谁，烧自己呀？”

“自己也不能烧。”

“那咋办，拆房的不能烧，自己也不能烧……”老陈头想了想说，“俺老百姓可不管那么多，实话跟你说吧，乡里也要强征我们的地，村里人早就准备好与他们刀对刀地干了！”

“啊！”田丰一听站了起来，紧张地问：“还有这样的事？慢慢说，你慢慢说。”

老陈头想起儿子，有些为难地问田丰：“可以说吗？”

田丰连连点头：“说、说、说。”他似乎对这事很感兴趣，还要老陈头把来龙去脉详细说一遍。老陈头这下可爽快了，竹筒倒豆子一股脑儿全说了。

说完后，老陈头只见田丰板着个脸，一个人朝屋外走去。

老陈头以为是自己又说错什么，把目光投向了儿子。儿子把他拉到了一边：“爹，田叔叔是第一次来我这里看看，你就说个没完，还尽说些敏感的事。”

“什么叫敏感的事……我们种田的没了地，还种什么吃什么？”

儿子一听，也无话可说。

看儿子不说话了，老陈头忙转了口：“好好好，不说了不说了！说说你的对象、女朋友……”

儿子说“这也没什么好说的，她今天也就是叫她父亲来这里走走看看，我还在他们的考察中。”

“考察，那这事还没有完全定下来？”

“没有，定下来我不就告诉你了！”

“那，村长打电话说你叫我进城来……”

“他肯定是听岔了！我只是告诉他有这么一回事，因为村长也知道田丰。”

“原来是这么一回事，那我还得多谢村长了。不是他叫我来，我哪里能看到这姑娘啊！”老陈头说着笑了，“不错不错，爹看中了！”

“爹……”儿子一听又急了：“有的话、不能说。”

“咋又不能说了？”

“什么叫你看中了？”

“哦哦哦……”老陈头连打自己的嘴，“好好好，不说不说。”

老陈头在城里老老实实呆了几天后，回村了。

一走进村，村里人就把他给围了起来。有的给他作揖，有的给他磕头，有的还给他放鞭炮。

老陈头还以为是儿子找对象的事让村里人知道了，都来恭喜他。哪知大家开口都说：“谢谢你，活菩萨！谢谢你，活菩萨！”

“活菩萨……”老陈头一听有些莫名其妙，也学着官腔说，“哎哎哎！有的话不能说。”

“有啥不能说的？咱村里的地不征了，还不要谢谢你呀！”

"不征了？"老陈头大喜，"那可要谢天谢地，谢菩萨呀！"

大家齐说："你就是那个活菩萨，谢的就是你！"

"谢我？"老陈头又懵了，"我又没做什么？"

"你进城告了他们一状，第二天房地产公司就没来了！"

老陈头一听就奇怪了："我去哪里告了他们的状？"

"哎呀！这都是村长说的，告就告了，你还怕他个球！"

这时，只见村长站一旁乐呵呵地傻笑，"往后哇，大家有事就找老陈头，他的亲家是人大代表！"

又是一声响雷，不仅村民们呆了，连老陈头也惊了。忙问："你……你说什么，难道田丰他……是人大代表？"

村长仍望着他点头在笑。

老陈头挥手说道："你呀你，我差点让你给害了！我儿子电话里根本没说叫我去，原来这话是你编的！"

村长说"我要不那样编，你会去吗？我只知道田丰，知道他是个仗义的人大代表，但和他不熟。听你儿子说，田丰要去考察他，所以就鼓动你去见田丰。凭你这张嘴，一定会把咱村的事说出来的。"

老陈头弄明白了事情的来龙去脉，觉得自己真是做了一件大好事，不免有些洋洋得意："哈哈，以后你们有事找我，看谁还敢欺负咱！"

村长在一边提醒道："老陈头啊，田代表在电话里说了，以后有事，还得通过正常渠道反映，千万不能走极端啊。"

事情过后，老陈头还真有几分担心。像田丰这样有身份的城里人，他的女儿会嫁给自己的儿子吗？

村长看出了他的心事，故意吆喝道："走，咱们给田代表打电话去，就说咱们在他亲家家里等着喝他女儿的喜酒呢！"

老陈头一听急了，连连双手作揖道："哎呀！你这是害我呀！有的话不能说……"

村民们都大笑道："像这样的话，能说！"

（题图、插图：张恩卫）

疯狂游戏

□听那片海

游戏规则

迈克做生意不慎赔了钱，急需10万美元，他为此心乱如麻，天天靠酗酒来发泄。

一天傍晚，迈克照例来到酒吧，刚刚坐下，对面来了位衣着阔绰的中年男人，身后还跟着两个膀大腰圆的保镖。中年男人自我介绍说叫汤姆，也是经常光顾这里喝酒的，见他总是愁云满面的样子，猜测是遇到了什么为难事情，因此前来询问安慰他。迈克听了深深叹口气，无奈地道出了心中苦衷。不料汤姆不以为然地轻松一笑："不就是缺少资金吗，小菜一碟，只要你愿意陪我玩个小羊和狼捉迷藏的游戏，就可以得到10万美元报酬，怎么样啊？"

"小羊和狼捉迷藏？那是一个什么样的游戏呢？"迈克瞪大了眼睛，疑惑地反问道。

汤姆不紧不慢地解释："很简单嘛，就是把一个纽扣式微型定位仪安装在你身上，然后你扮作'小羊'，想方设法藏起来躲避我这匹'狼'的追捕，如果一个月内狼没找到小羊，那么你就赢到了10万美元。"迈克的心为之一动，却又担忧地问："既然你根据定位仪追踪我，还不是能轻而易举找到目标吗？"

汤姆笑着摇摇头："不，那是件极其普通的仪器，只能判断出你躲藏的大致方位，无法确定具体位置，再说我可以先给你两次机会，只有在第三次发现并开枪击中你这只小羊时，才算我们之间的游戏终结。请你放心，我使用的是打塑料子弹的玩具枪，绝对不会伤到你身体的。"

迈克为得到梦寐以求的10万美元，在对方预付了一部分订金后，郑重地同其签了合同。迈克深信凭着自

己的机灵，一定会扮演好游戏中的小羊，从而不让汤姆这条狼寻觅到一丁点行踪。

狡猾的狼

在起初几天里，汤姆带着两位保镖按照定位仪提供的方向不停地搜寻迈克，但是只晓得他躲藏在市郊一个贫民区里，却无法判明其具体位置。几天过去了，迈克居然得意地向汤姆打来电话“狼先生，我这只羊同你捉迷藏的手段还算高明吧，照此下去你依然找不到羊的话，依照合同这笔钱我可赢定了！”

汤姆对迈克的这种口吻不以为然，他吩咐两个保镖，找来许多贫民区的乞丐，每人分发一美元，一张迈克的画像，让乞丐去寻找，并承诺找到迈克，将再奖励500美元。

此时，迈克其实正化妆成流动小商贩走街串巷叫卖东西。为了不让汤姆找到自己，他频繁地变换着地方，从不在一条街巷中过多停留。

第一周的最后一天，迈克推着小货车刚拐进一条胡同，就听不远处“砰”地一声枪响，迈克感到肩部微微疼了一下，低头看后不觉吃了一惊，竟然是一颗塑料子弹。迈克再抬头四处张望时，只见汤姆和两个保镖就站在一棵大树下，朝着他露出不屑笑意，而身旁还有另一个乞丐用手指指点点说着什么。

迈克慌忙钻入胡同间来回穿梭，直到把汤姆等人甩得不见踪影，才定下神来仔细回想，晓得是那些乞丐被汤姆收买而不遗余力地帮助其寻找自己。迈克一边咒骂着那些乞丐，一边开动脑筋琢磨下一步该如何避开汤姆的追踪。

这回迈克吸取了教训，躲到了一处大型建筑工地处。尽管汤姆再次根据定位仪推测到了迈克所在的大致区域，但在数万名形形色色的工人中逐一寻找辨认是极其费力的，弄不好耗时一个月也难以达到目的。

又过了两个星期，头戴安全帽化装成工人的迈克盘算着再度过一周，自己就完全成为这场游戏的赢家时，不免又露出了志得意满之色。

他有意拨通汤姆的电话，讥讽道：“狼先生，你是不是打算把这里的所有工人都挨个盘查一遍呢？可是千万别忘了，属于你的时间只剩下七天了，哈哈哈……”

正在迈克说笑之际，冷不防听到身后响起枪声，未等弄明白是怎么回事，接连有多颗塑料子弹打在了他的后背上。等迈克惊诧地回过头时，见到汤姆站在一台混凝土搅拌机旁高声提醒道：“可怜的小羊，这可是你第二次被狼逮到了，记住，还剩下最后一次机会，如果一周内再被枪弹击中的话，那么你必须要退还订金了……”

听完对方的话，迈克这才知道汤姆派人在工地各处建筑物上张贴绘有自己头像的悬赏广告，自己是被某个贪图赏金的工友出卖了。

意外结局

迈克见两次藏匿都未能躲过汤姆的寻踪，再也不敢有半点大意。他仔细思索后认为汤姆是利用众人的力量帮助其找到自己的，要想摆脱汤姆就绝对不能再往闹市区里藏，唯有躲到人迹罕至的荒蛮之地才是上策。

迈克打定主意后，备足了水和干粮一路向北逃去，直至来到了渺无人烟的荒漠边缘。他靠着少量的灌木荆棘掩护，如同老鼠般昼伏夜出，总算度日如年地熬过了一个星期。当迈克按照游戏合同算准日期已满一个月时，不禁欣喜若狂，立刻返回城市寻找汤姆要求兑现10万美元报酬，不料怎么努力拨打对方手机都是杳无音讯。

迈克认定汤姆是在耍滑头欺骗自己，便恼怒地持着那份合同去找司法机关进行裁决。司法机关觉得事情蹊跷，于是联系警方共同寻找。根据迈克提供的线索，警方在那片荒漠里找到了一些被狼群撕扯吞咬后留下的残肢剩骨，经过辨认正是汤姆及其两个保镖留下的。显然是三个人根据定位仪追到荒漠后，不幸遭遇到狼群围攻而死。不过令迈克难以理解的是，警察在现场居然找到了一支真枪。

迈克为白白失去一笔巨款而懊丧不已，偏偏在这时，有人匿名汇给他

10万美元，并且在附寄的信件中写道：“迈克老兄，汤姆是个恶棍，他霸占我的产业不算，还指使人打伤了我。我时刻想报仇雪恨，但这家伙找来两个拳击手做保镖，旁人无法靠近一步。汤姆近年来迷上了一种小羊和狼捉迷藏的网络游戏，并把它演绎到现实生活中来。那就是用重金做诱饵雇人充当小羊四处躲藏，他则持枪追踪猎杀。这个嗜血的杀人狂魔在前两次使用玩具枪麻痹对方，而在第三次则偷偷换用真正猎枪……”

迈克读着读着，汗不自觉地流了下来。信中又说：“迈克老兄，我为了实现复仇计划，其实一直在秘密监视着汤姆和你之间的举动。当看见你前往荒漠地带，我也立刻动身，抢先在狼群容易出没的地方，安装了一台性能良好的高级定位仪。你身上的纽扣式定位仪在荒漠中的信号是很弱的，我安装的定位仪信号强大，因此汤姆误把那台高级定位仪的所在地当做是你的藏身地，这才抱着杀人目的跟踪过去。尽管他们有一支真枪，但是毕竟敌不过强大狼群的反复攻击……”

迈克看到这里，既兴奋又感到后怕。看来小羊和狼捉迷藏的危险游戏仅此一次而已，今后可万万玩不得啊!

（题图、插图：佐　夫）

· 本刊信息传真 ·

新浪微博 · 第二届“微小说”大赛特别征稿

在微故事大赛如火如荼之际，新浪微博 · 第二届“微小说”大赛时隔一年重燃战火，更大的平台，更多的挑战，邀请各位故事高手一展才华，争夺大奖。《故事会》作为新浪微博合作媒体，在现有的微故事大赛同时开辟微小说征稿通道，享有推荐作品直接入围的权利，并将从全部微小说参赛作品中评出“故事会特别微金故事奖”！

征稿细则：

一、微小说征稿主题：“一千零一夜”，以童话为题材，从童话里折射出生活的真谛，用简单活泼的语言传达最意味深长的寓意。正文字数不超过130字，征稿时间：10月10日-21日；二、投稿方式：1.登录新浪微博（weibo.com）发布包含关键字#微小说#+小说内容，并@故事会，或登陆大赛官方页面的作品发布栏进行参与；2.下载手机客户端，绑定手机后直接参与；三、本刊将在通过故事会平台投稿的作品中，推荐数篇佳作，直接晋级微小说大赛100强；四、优秀作品将在《故事会》刊物上刊登；五、10月故事会 · 新浪微故事大赛主题“收藏”继续征稿，截稿时间为10月21日，投稿方式不变；六、更多详情请登录新浪微博“故事会”页面或故事中国网(www.storychina.cn)了解。

（本期刊物特别选登9月微故事大赛优秀作品，详见87）

花匠的牡丹运

□赵守玉

寒冬牡丹开

贾老六是京城的花匠。那还是寒冬的时候，贾老六按照以往的惯例，中午去给荣王府送花。到了客厅外面，他像往常一样尖着嗓子喊了一声“盛世牡丹开，踏雪送花来”，可话音没落，王府负责外办的管家荣五便蹿了出来，一把捏住他的嘴，差点儿把他的槽牙捏掉了。就在贾老六不知所措的时候，客厅里传出一句话：“让他进来！”

直到这时，贾老六才发现荣王府与以往大不一样。还没等他仔细想哪儿不一样，便被推进了客厅。他跪在地上偷眼一看，正位上坐着一人，荣王爷陪在客座，其他人都垂手站在两旁。正位上的人看了看贾老六：“拿出你的牡丹来，否则就是欺君，死罪！”

贾老六只觉得从脊梁沟里往外冒凉气，他答应一声，小心翼翼打开用棉衣包裹的花箱，取出里面用宣纸包裹的牡丹，双手一抖一颤，顿时花枝摇曳，呈现在众人面前。

那人眼前一亮，可转眼便皱起了眉头：“干花？”

贾老六忙说：“小民可以让它开花。”

荣王爷的汗一下就下来了，他小声喝斥道：“卖花的，别信口开河。”

“不！”那人一摆手，“叫他让花开！”

贾老六取出一个精制的纸包，从里面倒出一些粉末，用水搅匀，然后把水猛地喷在了牡丹上。喷水过后，干枯的牡丹竟然一点点丰润了，像鲜花一样绽放，而且花瓣间传出了沁人心脾的花香。

数九隆冬，牡丹竟然真的开放。

“好！冬天能让牡丹开，你好本事呀！”那人说道。

贾老六跪倒磕头：“不是小民有本事，是万岁隆恩普照世间，才使干花重放！”

皇上见贾老六猜出自己的身份，微微一笑，刚要说话，刚才还在盛开的牡丹却开始萎缩。他一愣“它怎么枯了？”

“枯花重放是受皇恩浩荡，可在真龙面前，什么都是转眼浮云。”

“好一张巧嘴！”皇上极为兴奋，他看了看荣王爷，“王兄，隆冬花开，预示朕有鸿福呀！”

“陛下鸿福齐天，江山千秋万代！”荣王爷和众人跪倒在地。

皇上命众人起来，赏赐贾老六纹银百两，打发他下去了。

从王府出来，贾老六擦了擦冷汗，管家荣五跟过来，拍了拍他的肩膀：“老六，有你的！”

“荣管家，皇上来了你咋不事先告诉我呀，这太悬呀！”

“事先？我们都不知道皇上要来呀！”荣五这才说出实情。近来皇上龙体欠佳，心情不畅，今天只带了两个随从，突然微服来到了荣王府，偏巧被贾老六撞上了。也活该贾老六发财，他弄的枯花重放的把戏很让皇上受用，而且皇上对贾老六送给王府的那些在暖洞里养的鲜花也很认可，特别叮嘱他下次驾临荣王府时必须要有贾老六的鲜花。荣五说着满面笑容地看着贾老六：“老六，你的好日子来了！”

“多谢荣管家栽培关照！”贾老六一躬到地。

荣五翻了翻眼皮："怎么谢呀？听说皇上赏了你银子了，成色怎么样呀？"

贾老六这才恍然大悟，急忙掏出五十两银子，双手献给了荣五，又说了好些感谢的话，这才离开的王府。

"还得我点到鼻子上，看来传说的不假，这小子的确财黑！"荣五看着贾老六远去的身影，自言自语着。

名利滚滚来

贾老六原来是个普通的卖花花匠，后来和荣五搭上了关系，荣王府每年所需鲜花全由他提供，这下贾老六不用再为销路犯愁了。而现在皇上又喜欢上了他的鲜花，他更是信心倍增，每天精神百倍地去王府送花。

这天，贾老六刚到巷口，就见好几个人从身后飞奔过来，拦住他的去路："你是贾老六？"

贾老六刚点头承认，那几个人二话没说，老鹰抓小鸡一样把他抓到一个队伍里，竟然被带进了皇宫。原来皇上今天又想看贾老六的鲜花，所以命人把他直接带回宫里。

贾老六这才恍然大悟，他取出为王府精心挑选的几盆鲜花，皇上看后大为赞赏，又让贾老六去皇宫花房指点了一番。直到掌灯时分，皇上才赏赐百两纹银，命他离开了皇宫。

贾老六刚走到自己家胡同口，斜刺里冲出一个人来，一个扫堂腿就把他放倒在地，然后骑在他的身上，抡起拳头，劈头盖脑一通打，直打得贾老六眼冒金星，口鼻流血。最后那人收住拳脚，上气不接下气地骂着："他娘的，我差点儿让你害死！"

贾老六已认出对方正是荣五，急忙说道："贾老六把荣管家看成再生的爹娘，我怎么敢害管家呀！"

"放屁！说好今天给府上送鲜花，花呢？幸亏今天皇上有事儿没到，否则谁担得了？"

贾老六连忙把事情的原委说了一遍，又取出那百两赏银交给荣五，算是自己的赔罪钱。荣五又数落了几句，这才算了事。可贾老六送鲜花半路被皇上劫到宫中的事却不胫而走。皇上喜欢贾老六家鲜花的事也迅速传开，许多达官贵人纷纷到贾老六家买鲜花，贾老六家的鲜花价格也逐渐提升。没想到这个时候，贾老六却突然病倒了。

贾老六病了，这可不是小事儿，荣王府立即打发荣五前去探望。荣五来到贾家，只见贾老六脸色蜡黄，意识混乱，形容枯槁，眼见已是不久于人世。他问了半天，贾老六连他是谁都分辨不出来。没有办法，荣五劝慰了几句，转身要走。可就在他转过身的一刹那，他突然从怀里抽出一把尖刀，纵身上床，尖刀死死抵住贾老六的脖子："别他娘的跟我装这套，快说你的真实目的，再晚一点，爷就白刀子进去红刀子出来！”

“你是爷！”贾老六长叹一声，说出了实情。原来，看着众人全来购买鲜花，贾老六突然想到了一个主意。他家暖房里现存有几千盆花，他只要假装病重将死，那些鲜花就成了绝唱，这价格不就成倍的往上翻啊。贾老六瞒得了众人，却瞒不了老奸巨猾的荣五。

荣五听罢，气呼呼地问：“你怎么收场呀？难道你真的要死？”

“死什么呀！”贾老六摇摇头，说自己就想把花卖个高价，等这些花全部卖完，他就说得到奇人救治，捡了一条命，这就瞒过去了。说到这里，他看了看荣五，说：“既然被管家识破，那就见者有份，只要你不说破此事，利润你我三七分！”

“给我三成？”荣五一愣，“给我这么少，你就不怕我说破吗？”

“不说破你就有三成入账，说破了你什么都没有。”贾老六微微一笑，“其实荣管家比我聪明得多。”

荣五尴尬地一笑，说“好！就这么办！”荣五嘴上这么说，心里暗骂，这小子，比我还贪！

运势很难猜

贾老六病危的事很快传到了皇上的耳朵里，皇上立即派崔太医到贾老六家看望病情，这下子可把贾老六吓坏了，毕竟是瞒得了众人瞒不了太

医，万一这事露馅了，那将是欺君之罪啊。他急忙找来荣五商议，荣五一阵大笑，说有钱能使鬼推磨，只要银子花到了，石磨都能帮人推小鬼。贾老六接受他的建议，等崔太医来后，向崔太医行重贿，而荣五也帮着敲边鼓。就这样崔太医也被收买了。

崔太医走了，贾老六和荣五心头的一块石头才算落了地，他们命人弄来酒菜，对饮相庆。可酒没过三巡，崔太医又转了回来，两个人急忙站起来相迎。崔太医摆摆手，把荣五叫了出去："贾老六的事儿我在皇上那遮掩过去了。皇上说他喜欢鲜花，特别喜欢贾老六养的鲜花，他喜欢的东西怎么能让其他人乱糟蹋，所以叫你出面把众人买的花全部收集起来，一块儿送进皇宫。"

荣五眼睛瞪得跟包子似的："给皇上做事儿是我的福分，我一定办得漂漂亮亮的！"

荣五离开后，崔太医进屋看着贾老六，恶狠狠地说："我按你要求，对皇上说你已病入膏肓。而皇上大限也将至，皇上说他特别喜欢你的花，正好就让你陪葬，永生永世给皇上养花弄花！"

贾老六一听要让自己给皇上陪葬，脑袋"嗡"的一声，一下跪倒在地："崔太医，可我没病呀，我不想死呀！求你救救我！"

崔太医定定地看着贾老六："实话跟你说吧，我把你装病骗银子的事情全告诉了皇上，皇上说正好借你'病危'让你陪葬，免得你在世上坑人骗钱。其实这一切都是你咎由自取！"说完，命人把贾老六带出了家门。

不久，皇上去世，贾老六陪皇上入土。而继位的新皇上根本就不喜欢花草什么的，京城的花市也就不那么繁荣了，人们也都不再想什么贾家鲜花，一切都恢复了平静，就像什么都没有发生一样。

（**题图、插图**：黄全昌）

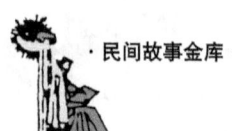

木匠王

□白艳平

胜者为王

明朝末年，辽东郡的守将邱逢道被后金人用毒箭射死。

邱逢道的遗体被送到了镇北县，镇北县的牛县令为了表示对邱逢道的敬意，准备在县城外的西山修建一座庙，可是谁能胜任庙的监工呢，牛县令决定张榜招贤！

牛县令的招贤榜刚贴出去，张神手和木匠王两个人就到县衙应征来了。这两个人都是本县最有名的木匠，他们说自己的手艺本县第一，都想接下这个任务！

牛县令一见这种情况，眼珠一转说道："二位，你们一人给本县制作一把椅子，谁制的椅子令本县满意，修建庙的监工便是谁！"

张神手听牛县令说完，他呵呵笑道："我六岁的时候，便会打制椅子了，不用比，这个监工一定是我的！"

木匠王冷笑道："俗话说得好啊——是骡子是马，拉出来遛遛，谁当监工，咱们手艺上见！"

牛县令取出木材，张神手和木匠王各自拿出了锛凿斧锯，随着锯末飞雪，刨花频落，一个时辰后，两把椅子便制作成功了。

张神手制作了一把时下流行的圈椅，这把圈椅制作精美，背板和搭脑皆为铆榫连接，接缝处紧密结合，不容行针。而木匠王制作的是老式的太师椅，这把椅子和张神手制作的椅子比起来，就显得有些老气了。

牛县令打心眼里喜欢张神手的手艺，他假装围着两把椅子转了一圈，然后说道："两把椅子比较起来，还是圈椅精致一点，我看修建庙的监工之职，就非张神手莫属了！"

木匠王却“嘿嘿”一笑道:“牛大人，您将这两把椅子放到卧室中，今晚仔细地看一看，听一听，明天一大早，再做决断如何?”

张神手瞧着胸有成竹的木匠王，心里很纳闷，难道木匠王真的有什么过人的手段?张神手看着木匠王那把古拙的椅子，他忽然想明白了。这个木匠王手艺不如自己，他一定想在晚上偷偷来到县衙，给牛大人送上一份厚礼，跟他抢夺那个监工的位置。

张神手越想越觉得是那么一回事，他当晚就搬了一把椅子，门神似的坐在了县衙的门口，要知道，一个木匠，在本地的名气再大，也不过是能多赚一些银子，养家糊口而已，但是修建邱逢道庙却不一样，因为，那毕竟是青史留名的大事。

张神手大瞪着两眼，一直坚持到第二天天光大亮。

天亮后，牛县令出来了，他郑重地说道:“经过本大人一夜的比对，还是木匠王的手艺略高，这个监工之职，就是他的了!”

张神手眼看着监工的腰牌落到木匠王手里，他气得脸红脖子粗，大声叫道:“牛大人，我不服!”

独门绝技

牛县令一说监工易主的原因，张神手当时就愣住了。原来，张神手制作的椅子，在一夜之间竟“嘎嘎”地连响了七八次，而木匠王制作的椅子，却安安静静，仿佛摆了很多年的老家具一样。

新制的家具，新修的房屋，木材的接缝处，经常会发出“嘎嘎”的响声，这个是无解的难题，木匠王有如此绝招，张神手没话说了。

木匠王接过了监工的腰牌，他对牛县令躬身说道:“县令大人，修建邱逢道将军的庙，工期紧，任务重，恐怕我一个人完不成!我木匠王想邀请张神手通力合作，共同完成修工的任务……”

张神手心高气傲，要在平时，他怎肯当木匠王的副手，但如今，他发现木匠王有独门绝技，就决定忍辱偷学了。

木匠王和张神手先到县外的西山上选址，然后领着一百多名工匠们，开始了施工建设。

经过一个多月的忙活，邱逢道庙的总体框架已经竖起来了。

张神手每天跟在木匠王身后，几乎目不转睛地盯着他干活，可是却没有发现木匠王有什么特殊处理木材的手段，他怕木匠王会利用夜晚在木材上做手脚，就把自己的一个徒弟秘密地派到木匠王身边，监视木匠王的一举一动。

这天半夜，张神手正呼呼地睡大觉呢，他那个徒弟跑了过来，把张神手推醒，急叫道:“师傅，你快看看去，那个木匠王，一个人爬到了庙的房架子上，正用斧子‘咚咚’地敲打梁坨檩木呢！”

张神手听徒弟讲完，他怪笑道：“狐狸尾巴终于露出来了！”他穿衣下地，急不可耐地向修建庙的工地上跑去。

张神手跑到工地，他怕惊动了木匠王，先是悄悄地靠在山墙上喘了一阵气，然后蹑手蹑足地踩着木梯子爬到了房架子上。

木匠王坐在过梁上，梁头还放着一个盛满木楔的盒子，他挥动斧子，正往过梁和檩子的接缝处钉木楔子呢。张神手张嘴一说话，倒把一心干活的木匠王吓了一跳。

木匠王一见张神手踩着檩子走了过来，他心知自己的秘密再也藏不住了，便从盒子里拿起了一个白色的木楔子，冲张神手一晃道：“张老弟，你不是想知道我的独门秘诀吗，我所有的秘密都在这木楔子上！”

张神手伸手接过木楔子，他惊奇地发现，这木楔子上竟有一股臭臭的气味，张神手善于治木，他知道，这种带有臭气的木楔子，便是臭椿木制成的！

臭椿木质柔软，不能做梁柱檩木一类承重的东西，更不能做家具，因为其味道不佳，就是烧火也没有几个人愿意用它。

新房子或者新家具制作完成，夜深人静时便会发出“吱嘎吱嘎”的声音，如果在榫头和榫眼之间夹上椿木做的楔子，它们就没声音了。其实说道理，也很简单，就是因为椿木楔子质地柔软，有缓冲其他木材热胀冷缩的作用。

木匠王讲出了自己的独门秘诀，他对张神手说道：“张老弟，你还愣着做什么，把这些椿树楔子钉到梁檩的空隙中，明天工匠们还得封顶铺瓦

呢！”

两个人“叮叮咚咚”地一起忙活，终于把中间过梁和檩子的接缝处全都钉上了椿木的楔子，眼看着红日东升，两个人还没等直腰喘上一口气，就见镇北县的方向浓烟滚滚……

木匠之王

原来是后金国的大帅多哲带兵杀到了镇北县。

木匠王和张神手担心自己家人的安危，他们两个刚从房架子上心急火燎地下来，多哲便领着一哨人马，杀到了邱逢道庙前的空地上。

邱逢道是抗击后金而亡，木匠王还以为多哲是前来拆毁庙的，哪曾想多哲跳下马来，面对邱逢道的泥像当众一念祭文，木匠王这才明白，敢情邱逢道竟是后金国的奸细。

原来，多哲很多的进军计划都是邱逢道制定的，邱逢道上次去给多哲送辽东郡的关隘图，可是他回来的时候，却被另一伙不明白真相的后金伏兵射了暗箭。

张神手听明白了情况，他走出人群，对着多哲一抱拳，道：“多哲大帅，邱逢道将军真是忠勇异常……这座庙，就是我领人修建的！”

多哲看着初具规模的庙，他走过来拍着张神手的肩膀，赞许地说道：“你要好好修这座庙呀！”

多哲临走，还赏了张神手一千两银子。现在的辽东郡，已经是后金国的天下了，木匠王不愿意为邱逢道再修庙，他转身回家，张神手摇身一变，就成了修建庙的总监工。

一个月后，后金兵入关。多哲又回到了镇北县，邱逢道的庙也已经修建完工了。

多哲走进了金碧辉煌的庙，他的手下点上了香烛，随着热气上升，就听庙顶的木檩子接连发出了一串“嘎嘎”的脆响，倒把多哲吓了一跳。

多哲转身对站在身后的张神手问道：“这庙不会倒吧？”

张神手也是纳闷，这可是自己亲手给梁檩之间钉上的椿树楔子呀，怎么木檩子遇热，又发出怪响？

随着多哲开始焚化纸锭，梁木的响声更甚，多哲两只眼睛紧张地盯着房顶，他生怕房顶会“忽”的一声塌下来，把他砸死在里面。

张神手眼冒凶光地说：“多哲大帅，房顶的梁檩都是木匠王安装铺设的，现如今热气一升，梁檩便‘嘎嘎’地怪响，一定是木匠王做了什么手脚！”

多哲叫道：“来人，把木匠王给我抓来！”

一炷香的时间，十几名士兵就把木匠王抓到了多哲的面前。张神手从士兵的手里抢过一把弯刀，他用雪亮的刀尖指着木匠王的咽喉叫道：“木匠王，你究竟在房顶施了什么妖法，赶快如实招来！”

木匠王看着狐假虎威的张神手，他淡然一笑道：“妖法？哪有什么妖法！”

往梁檩之间钉椿树楔子，得把房顶的梁檩空隙全都钉满，才有除音的效果，他们那日只是在主梁的上面钉了一排椿木楔子，中间的梁檩受到木楔子的挤压，一旦遇到冷热，两面的檩木收缩膨胀加剧，那“嘎嘎”的响声更甚。

张神手叫道：“快想个消声的办法，不然我一刀扎死你！”

既然庙已经上盖，再往两边的梁檩上钉椿木楔子已经不管用了，木匠王一伸手，从兜子里摸出了一个油松削成的楔子，要说补救的办法现在只有一个了，那就是用油松楔子，钉到两旁梁坨和檩子的接缝处，油松楔子富含油脂，它们一经檩子和房盖的重压，松树的油脂便会渗出，梁坨和檩子之间就会有了油脂当润滑剂，它们再遇到热胀冷缩，就不会发出“嘎嘎”的声响了。

张神手依计而行，果然庙的房顶便消声了。多哲大喜，便保荐张神手当了御用的大监工。可是没过半年，镇北县发生了一场并不太大的地震，地震过后，镇里其他房子秋毫无损，而邱逢道庙的房顶却“轰隆”一声，倒塌了下来，庙里邱逢道的泥像被砸得支离破碎。

再找木匠王，木匠王早已经逃得无影无踪了。张神手罪责难逃，被绳捆索绑下了大牢，就在牢门关上的一瞬间，张神手这才醒悟了过来——在梁檩之间，钉入油松楔子，无疑于是在梁檩之间抹上了滑油，一遇到地震，那极度不稳的庙房盖焉有不掉下来的道理？

张神手用脑袋把牢门撞得咚咚响，他大叫道：“上当了，上当了。木匠王，还是你厉害呀！”

（**题图、插图**：黄全昌）

行行有技巧

□顾文显

两年前，我大学毕业，没找到心仪的工作，只好应聘到一家不知名的小企业当宣传员，还是试用。宣传什么呢？该企业新研制了一种多功能玻璃刀，除了能随心所欲地切割玻璃外，还有其他二十多种功能。只可惜产品知名度太小，难以打入市场。我们的任务就是到各城市大街上当众做演示，同时低价售出以代宣传。

培训的第一天，老总先是过来给我们上了一堂课，主要说他只有小学文化，当年创业多么多么艰辛，如今大家好歹有份工作，一定要好好珍惜。

听了这话，我心里真不是滋味，你一个小学文化的土财主，居然对我这样的大学生指手画脚，真是“虎落平阳被犬欺”呀。

老总讲完话，就离开了，然后由师傅指点我们练习切割玻璃，刀子即使再好，不练习也难免当众出丑的。苦练了几天，我们先被派到本市街头试售。

我来到街上。见到围观的路人，心里不由有些紧张，同时也感到屈辱，我是大学生，学文学的，却跑来卖这个！比划了一阵，自己感觉宣传得也挺卖力，可是到了天黑，回那个所谓的总部一汇总，发现我的业绩最差，一天只卖出了两把！

那个小学文化的老总就在现场验收我们的成果。听过我的汇报，盯住我看了足足超过一分钟，然后，满脸不屑地说：“你求职感言写得倒是慷慨激昂啊。堂堂大学生，还学文学的，别看推销自己的话说得天花乱坠，却怎么连把刀具都卖不出去？”

“我真是手没停、嘴没住地做宣传，”我辩解道，“他们不买，我也不敢前去拽人家不是？”

“你那种宣传，还不是老和尚的帽子——稀松带平常，怎么可能吸引住路人？”老总一撇嘴，“老话讲得好，‘好人在嘴上，好马在腿上’，意思就是口才不济，话盯不上去，人就矮一半截子。知道不？”

我没敢吭声，心里却根本不服。这土财主满嘴土到掉渣的“庄稼嗑”，还自我欣赏呢，我学文学跟卖玻璃刀子挨得上吗？我有些怀疑那些同事，他们会不会自己认购了，却跑来报成绩，等于是小牺牲大收获，最后得到录用，这不是挤兑我吗？正琢磨着，就听老总又说：“看你的神色，好像不服气呀。明天我带你上街，看能不能卖出去。我还不信了呢。”

第二天，老总吩咐我背上宣传道具，他空手跟在我身后走。来到火车站前边选一空地，他吩咐，就在这儿吧。

这儿？昨天我就在这儿，只卖出去两把。我想，今天你一把卖不出去才好。

老总命令我把摊子铺开，玻璃什么的道具摆放在他脚下，然后，他拿起一块玻璃，一把刀子，清了清嗓子，朗声就喊：“停一停，看一看，过了这村没这站。”这一嗓子突如其来，吸引得几乎所有行人都下意识地停住了脚步。我想，你哗众取宠也没用，人家只看不掏钱，难道你会白送出去？

老总见有了听众，小眼睛立刻瞪圆起来：“10块钱，价不高，瞧一瞧咱的最新发明万能玻璃刀。你家中玻璃坏了甭请人，自己动手更称心。”

这时候，人越围越多。我想：这些听众大多是被他的油嘴滑舌吸引来的，以为你是春节晚会搞现场彩排呢。等人家看破没什么新玩意，就只是卖一把普通家什，那肯定散伙，哼。

只见老总把手中的刀子在半空中比划了一下：“不用投师，不用学艺，

我这个家什是老少皆宜。上自白发苍苍，下到裤子开裆。”我差点笑出来，果然是小学出身的人，瞧这档次，改不掉的“庄稼喀”，难怪他这么会对付！此时，老总嘴里说“你只要会写‘一’，这玻璃就给你出现个‘一’。”同时，刀子在玻璃上一划，玻璃齐刷刷应声而断；又说：“假如你连‘一’也不会写呢，那就写‘0’。”同时，拿刀子在玻璃上画了一个圈，伸手指往当中一弹，“铛”的一声，一只圆圈应声落地，玻璃上被挖出一个圆孔。这时，围观的齐声叫“好”！

听到夸赞，老总的嘴并没闲着：“李大姐，张大哥，10块小钱不算多。买回家，别搁着，帮助兄弟宣传着。我的产品销路好，大哥大姐有功劳。”

听了这一通忽悠，有两位男子大概是被感动了，一齐掏钱递过来：“听你的叫卖歌，真是一种享受。就冲这，我俩都买一件留念。”老总刚接过钱，就听有人在旁边“揭发”：“不会是托儿吧？”

“好产品，不用托，五湖四海有传说。”老总大脑真是敏捷，张口就接，不假思索，“产品若是质量差，传得越远越掉价。”

刚说完，旁边又有人小声说了句“这么点个小玩意儿……”这小声居然让老总捕捉到了，他转身又接上了：“小？客车大，轿车小，轿车里面坐领导；原子弹，小不小，炸得广岛不长草……”这番话逗得围观者笑响一片，估计是笑他狡辩得滑稽吧，一把小小的工具怎么能联系到轿车和原子弹上面？不管他怎么联系，效益却产生了，听众们你一把，他一把，搞得我这收钱的手忙脚乱，没到下午两点，我们带的百多件样品销售一空。

原来这花言巧语在某种情况下，真的有扭转乾坤的作用啊。

老总拍拍我的肩膀：“回去歇着吧，还愣什么。”

老总就近把我带到一家冷餐店，赏我喝了两瓶啤酒。我真是既感动又惭愧，我说：“老总，真不好意思，卖产品是您的功劳，您反过来请我喝啤酒……”老总哈哈大笑“我给我自己宣传产品，是分内的事哩。可你至少帮我收钱呢，我看见了，你刚才累出一脑门子汗。”

听听，这位老总不但嘴巧脑子活，更知道心疼人，难得。那一刻，我就暗下决心，非要干个样子给他看看不可，看我这大学到底是不是白念了？

老总意味深长地说：“货卖一张皮，货也卖一张嘴呀。你再好的东西，也得先把顾客揽住，他们才有发现产品的机会呢。就说你吧，若不是那份求职感言把我忽悠住了，咱俩也可能错过呢。”

（**题图、插图**：佐　夫）

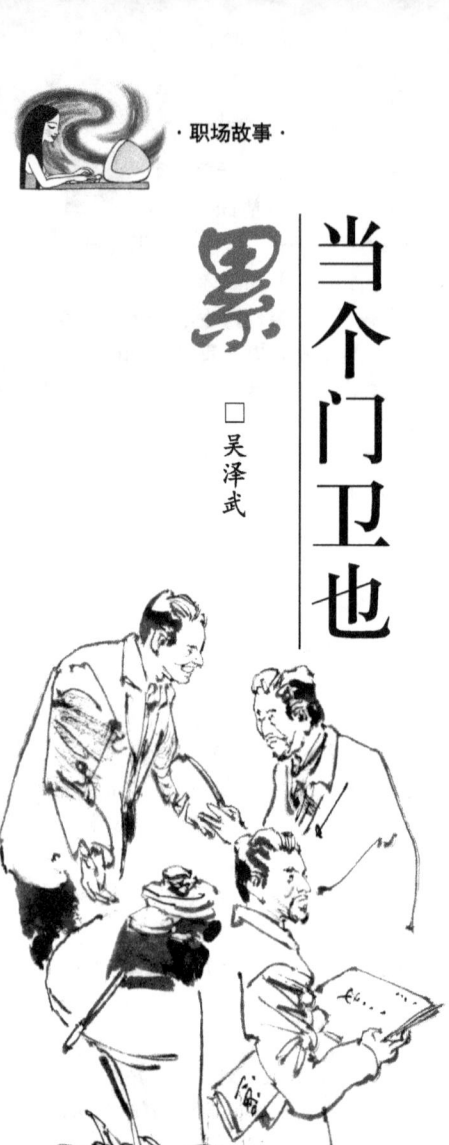

当个门卫也累

□吴泽武

老曹在造船厂干了几十年的电焊工，五十五岁一到，就办了退休手续。干惯了活的老曹在家闲不住，想找点事做，问了好几家单位，人家都不要这么大年纪的。于是，老曹打电话给在市里当副局长的哥哥：“哥，我退休了，在家闲得慌，帮我找点事做行不？”哥一听，当场爽快地说：“你快来吧！”

老曹第二天一早就赶到了他哥的单位，打他哥的手机，哥说正在开会，让他先在门房坐坐。

看门的是个老头，年龄大约六十多岁。老曹自报家门说是找曹局长的，还递给老头一根烟。老头热情地招呼老曹坐下，还给老曹倒了杯茶。

两人天南海北地闲聊起来。老头说，他在这看门房七八年了，现在年纪大了，不想干了，准备回家去带孙子。说话间，门卫室的电话响了，老头接完电话对老曹说：“是曹局长打来的，叫你到他办公室去。”

办公室里就曹局长一个人。哥俩见面来不及寒暄，曹局长就直奔主题“看大门的老头不愿干了，正好缺个人，你愿不愿意来？”

老曹一听乐了：‘我还以为是什么高科技的工作呢！看个大门谁不会？我当然愿意。”

曹局长却一脸严肃：“别以为看门房简单，在我们局机关看门房可有特殊的要求！”

“特殊要求？”老曹一脸疑惑。

曹局长乐了：“别紧张，就是一件要注意的小事。咱哥俩先去喝酒，酒桌上我再告诉你。”

虽然只有哥俩，曹局长点的菜却不少。酒过三巡，老曹忍不住又问起看大门的事：“哥，看个大门还有啥讲究？还有什么特殊要求？”

曹局长喝了口酒，很认真地说：“从现在起，你不能叫我哥，咱俩得换过来，我叫你哥。”

听了这话，老曹准备夹菜的筷子停在了半空，张大嘴望着哥，有点不相信自己的耳朵。但看他哥的神情，又不像是在开玩笑。

曹局长嘻嘻笑着，递过一面镜子。其实老曹不用照也清楚。哥哥虽然年龄比自己大三岁，但脸上饱满滋润，看不到什么皱纹，染了的头发乌黑油亮。自己呢，长期在户外作业，再加上电焊光的灼烤，脸上的皮肤早就成了棕褐色，顶上的头发也稀稀拉拉所剩不多，且大半都变白了。两人站在一块，大家一定会说自己比他哥大。

见弟弟还没明白，曹局长也不想说破，只是关照道：“记住了，你年龄比我大三岁。跟任何人都要这么说，当着局里的人你就得叫我弟，登记填表也得这么写，千万不能有任何闪失！”

老曹呆呆地望着眼前的哥哥，不知他唱的是哪一出。

看大门的工作真是非常轻松，早上打开大门，下班后待职工都走了就锁上大门，有来访者就登个记引个道，有报纸、杂志和信件就送到各办公室。

工作的第一天，来上班的人见门房换了人，很好奇，老曹冲他们点头微笑，按照哥的要求，一遍遍地解释：“我是曹局长的哥。”就一天工夫，全局里差不多都知道了新来的看大门的老头是曹局长的哥。从此

后，年轻人都叫他“曹伯伯”，年纪大的都叫他“曹哥”。

一天，邮递员送来一封信，是梁局长的。老曹来看大门这些天，梁局长每天上下班都是坐车进出，没和老曹搭过话，今天要把信送到他的办公室，看来两人不说话不行了。

让老曹没想到的是梁局长如此的和蔼可亲：“曹哥，坐，看你都上班这几天了，总想抽点时间跟你去唠唠。我跟曹局长呀工作上是好搭档，

生活上是好朋友，年纪也是同岁，他哥就是我哥，往后有什么困难尽管来找我。”梁局长说完递给老曹一包好烟，笑眯眯地把老曹上下打量了个遍，嘴里不住地念叨，“很好，很好，很好。”

老曹忐忑地离开梁局长的办公室，他对梁局长的热情感到受宠若惊，但最后那几声“很好”让老曹有点琢磨不透，莫非是他看出了自己和曹局长兄弟关系的破绽？想到这，老曹心里有点发虚。

这事一直窝在老曹心里挥之不去，梁局长那一脸神秘诡异的微笑和那几声莫名其妙的“很好”，让老曹一想起来就感到紧张。

那天是曹局长的生日，老曹把他约到一个小酒馆。酒馆门脸虽小，但整洁卫生，家常菜也做得不错。老曹点了几个家常炒菜，哥俩就喝起酒来。

尽管曹局长先前曾跟老曹交代过，两人在一块的时候不谈局里的事，但酒至半酣，老曹还是忍不住把那天进梁局长办公室送信的事说了出来：“我看梁局长那神情，八成是看出什么问题了。”

曹局长胸有成竹地说：“别瞎操心了，人家梁局长是好人一个，就算真知道我是你哥，也绝对不会对外人说的。”

“为啥？”老曹实在弄不明白官

场那一套。

曹局长觉得和当工人的弟弟讲这些，真是鸭同鸡讲，但不露点底，弟弟怕要睡不好觉了，于是诡秘地笑笑，说："我跟他共事这么些年，就好比坐在同一条船上划行，彼此十分了解，你就放心吧。"

曹局长说得没错，局里没有任何人对他的年龄产生怀疑。不久，局领导班子改选。按曹局长的实际年龄该退居二线了，但老曹看过公告栏里的公示，哥哥依然在副局长人选之列，而且年龄比自己小三岁。

此时老曹才如梦初醒，原来哥哥要委屈地当"弟弟"有他的良苦用心。哥哥在毫无背景的情况下混到现在副局长的位置也不容易，想多干几年也是情理之中的事。而局长的人选当然是梁局长，因为梁局长还年轻，公告栏里写着他的年龄，也比老曹小三岁。

这天，老曹到老工友黑哥家去喝喜酒。这黑哥是老曹在造船厂焊工班的班长，也是几十年的铁哥们，两个人年龄一样大，同一年进厂，又同一年退休，分手时两个人约定：儿女成家的时候，一定要请对方去喝喜酒，高兴高兴。

黑哥的家离市区很远，老曹转了两趟车才到。此时黑哥家里已经宾朋满座，喜气盈门。黑哥亲自到门口迎接老曹，老友相见，特别亲热。黑哥说："陪你的人都上酒桌坐好了，就等你一到就开席了。"说着直接把老曹往酒席上请。

酒桌上坐满了客人，只给老曹预留了个空座。黑哥逐个地给老曹介绍："这是我哥，孩子的大伯，在市里当局长。"老曹一看，顿时呆住了，眼前的人不是别人，正是天天见面的梁局长。老曹这才想起黑哥也姓梁，先前曾告诉过自己他有个大他两岁的哥哥。怪不得刚才看见黑哥门前停着的那辆轿车好眼熟。梁局长也感到很意外，但惊讶的神情只是一闪过后，很客气地跟老曹握了握手，仿佛两人之前谁也不认识谁。

这顿酒老曹和梁局长都喝得有点高了。梁局长说要赶回市里开会，临走时只对老曹留下一句话："我和你弟是一条船上的。"

过几天，老曹找了个安静的地方，给曹局长打了个电话："哥，看大门的事我干不惯，也不想干了，我打算在朋友家玩几天，你们再找个人吧。"

（**题图、插图**：刘斌昆）

绿版编辑部各编辑邮箱：

吴　伦：wulun@vip.sohu.net
朱　虹：zhong98305@sina.com
刘迎曦：liuyingxi1203@163.com
颜轶超：yanyichao1004@sina.com
黄美舟：piggybank81@sohu.com

□陈效平

怪病之谜

大发横财

明朝正德年间，扬州城内出现了一种怪病：患病者全身奇痒难熬，用手抓挠，抓挠处立刻现出梅花状的黑斑，不久黑斑开始溃烂，恶臭扑鼻。患者痛苦不堪。

这种怪病人们闻所未闻，历代医书上也找不到相关记载。郎中们将此病称为黑斑病，对它束手无策。

黑斑病除了病因不明、症状诡异之外，患病者的身份也很特殊：他们不是巨商富贾就是达官显贵，总之，都是有钱有势者。

黑斑病来势汹汹，病人们遍访名医，用尽了偏方、秘方都不见效。正当他们走投无路时，一家名叫“回春堂”的小药铺伸出了援手。

回春堂只有两间门面，是个默默无闻的小药铺。回春堂的掌柜叫严可喜，原是个江湖郎中。黑斑病爆发后严可喜潜心研究，居然配制出一种神奇的解药，叫作百毒散。黑斑病患者服了百毒散，七日内病体即可痊愈。

据严可喜称，配制百毒散需要大量稀有药材，这些药材来之不易，所以百毒散的药价高得惊人。短短七天疗程，患者至少要花五百两银子。好在黑斑病人大多家资丰厚，拿出五百两银子也不算难事。

来求诊的黑斑病人源源不断，严可喜所赚的银子堆成了小山。不过两年光景，回春堂就成了扬州一带首屈一指的大药铺。

其他药铺非常眼馋，纷纷仿制百毒散，但都没有成功。对此，严可喜

嗤之以鼻，他不屑地说“百毒散乃回春堂独家秘方，岂是尔辈可以仿效的？”

这日晌午，严可喜坐在大堂喝茶闲聊。正说到高兴处，忽然一个仆人急匆匆赶来通报，说知府薛大人有请严掌柜，迎接的轿子已等在大门外。

这薛知府名叫薛文魁，前一阵也患过黑斑病，后来被严可喜治好了。严可喜非但没收薛知府的药钱，相反逢年过节还不断给他送礼，所以两人有了交情。

听说薛知府有请，严可喜不敢怠慢，立刻坐轿赶奔知府官邸。

薛知府亲自出门迎接，把严可喜让进客厅。

客厅上首坐着一位气宇轩昂的中年男子，见薛知府对他毕恭毕敬，一旁的严可喜忙跟着打躬作揖。

薛知府指着中年人，向严可喜介绍道：“这位是赵昆赵大人，连夜从京城赶来，专程来找严掌柜。”

赵昆点点头，对严可喜说：“在下有位亲戚，前几日突发一病，症状酷似贵乡流行的黑斑病，多方治疗都不见效。后来我打听到严掌柜专治此症，所以特来相请。”

没等严可喜开口，薛知府接过话头说：“事情十万火急，赵大人即刻就要动身，严掌柜赶紧回家收拾一下，马上跟赵大人进京！”

赵昆频频颔首，又冲严可喜叮嘱道：“切记，把回春堂最好的百毒散带上！”

严可喜是察言观色的高手，从薛知府的态度上看，这赵昆一定来历不凡。于是他不敢耽搁，立刻回家收拾行装，不到半个时辰便跟着赵昆出发了。

神秘患者

几天后，严可喜和赵昆来到了京城。

赵昆把严可喜安顿到一家大客栈，嘱咐他不得擅自外出。严可喜满口答应，心里却七上八下，觉得此行蹊跷而且诡秘。

天黑时赵昆又回到了客栈，命令严可喜带上药箱跟自己走。

客栈外停着一顶遮得密不透风的轿子，旁边站着四个神色严峻的轿夫。赵昆和严可喜一同上了轿，轿子立刻朝北急行。

在轿子里，赵昆掏出一个黑眼罩，要严可喜马上戴好。

严可喜不解地问：“赵大人，我是去治病的，为啥要戴这个？”

赵昆板着脸说：“事关机密，不得多问！”

见赵昆态度生硬，严可喜不敢再多嘴，乖乖地戴上了眼罩。

轿子在夜色中悄无声息地走着，也不知过了多久，前面忽然传来一声断喝：“站住，出示腰牌！”

赵昆从怀里掏出一件东西，递到了轿帘外。片刻后传来了一阵吱吱呀呀的开门声，轿子继续往前走。

严可喜被蒙住了双眼，辨不清方向，但直觉告诉他，轿子在一座很大的院落里穿行。好一阵七拐八弯后，轿子终于落了地。

赵昆牵着严可喜下了轿，领着他一步步往前走。跨过许多道门槛，两人走进了一间大屋子。

屋子里很温暖，到处弥漫着浓浓的药香。这时，赵昆摘下了严可喜头上的眼罩。

严可喜睁开双目，发现自己站在一张红木大床旁，床上躺着个二十多岁的年轻人。这年轻人正龇牙咧嘴，双手不停地在身上抓挠。

赵昆指着床上的年轻人，对严可喜说：“这位就是朱公子，现在正患着怪病。”

说着，赵昆请朱公子宽衣。朱公子脱光了身上的衣服，一股腥臭味立刻扑鼻而来。严可喜凑近细看，发现朱公子全身都有梅花状的溃烂，溃烂处脓水淋漓。

“是黑斑病吗？”赵昆焦急地问。

严可喜点点头。

赵昆长舒了一口气，庆幸道：“这下好了，真是谢天谢地！”

犹豫再三，严可喜试探着问：“朱公子，一年前你可曾出过远门？”

朱公子刚要回答，赵昆忙抢上来说：“没有，绝对没有，朱公子一直呆在京城！”

一听这话，严可喜顿时皱起了双眉，自言自语道：“奇怪，这就奇怪了……”

“为何奇怪？奇在何处？”赵昆不解地问。

见自己说漏了嘴，严可喜赶忙掩饰道：“没，没什么，我是说朱公子的黑斑病来势凶猛，有点奇怪。”

听严可喜这么一讲，赵昆的心又提了起来，不安地问：“严掌柜，朱公子的病能治愈吗？”

严可喜连连点头，拍着胸脯说："没问题，包在严某身上，几副药下去，七天内便可康复！"

赵昆和朱公子都喜出望外，催着严可喜赶快用药。严可喜打开随身带来的药箱，取出了百毒散……

百毒散确有神效，朱公子连服七天后黑斑病果然治愈了。

这天早上，赵昆又来到严可喜下榻的客栈，手上提着一个沉甸甸的大包袱。

见到严可喜，赵昆打开了包袱，取出十锭鹅蛋大的金元宝。

赵昆笑着对严可喜说："这黄金是朱公子赏给你的。"

严可喜忙起身道谢，口里直说："岂敢，岂敢！"

等严可喜接过包袱后，赵昆忽然收敛了笑容，声色俱厉地警告道："严掌柜，此行你要守口如瓶，若有一字走漏，当心项上人头！"

严可喜吓了一跳，随即连连点头。

回到扬州后严可喜绝口不提进京之事，只说去外地进药材了。

尔虞我诈

光阴荏苒，转眼又过了一年。这个冬天的傍晚，回春堂正准备打烊，忽然一个面色阴郁的中年人闯了进来。

中年人默不作声，径直朝后堂走去。伙计忙伸手阻拦，两人起了争执。严可喜正在后堂查账，听见争吵声便走了出来。当他看清那中年人的面目时，不由大吃一惊。

"哎哟，是赵大人，哪阵风把您吹来了？快，快里面请！"严可喜满脸堆笑，作出一副又惊又喜的模样。

来人正是赵昆。他凑近严可喜，耳语道："找间密室，我有话要说。"

走进密室后，赵昆单刀直入地问："严可喜，你知罪么？！"

严可喜吃了一惊，反问道"小人何罪之有？"

赵昆盯着严可喜，一字一顿地说："为牟取暴利，你制毒又投毒，不仅戕害扬州乡绅，而且伤了皇上的龙体！"

"哪，哪有此事？"严可喜吓得面如土色，但仍故作镇定地说，"赵大人这是信口雌黄！"

赵昆冷笑道"严掌柜，你是不到黄河心不死，不见棺材不落泪……"

原来赵昆是太医院院使，专门负责皇帝朱厚照的医疗事宜。一年前朱厚照突然得了怪病，浑身奇痒遍体溃烂。由于朱厚照平日生活放浪，常到民间寻花问柳，起初他以为自己患上了花柳病。御医们也按花柳病为皇帝诊治，但毫无作用。朱厚照急了，责令赵昆另请名医。赵昆派人四处打探，获悉皇帝的怪病酷似扬州一带流行的黑斑病，于是他亲自赴扬州，请来了严可喜。严可喜治愈皇帝的黑斑病后，御医出身的赵昆起了疑心。给朱厚照治病时，严可喜无意中问起病人是否出过远门，当时赵昆替皇帝撒了谎。事实上，发病的前一年朱厚照曾私下江南，到过扬州。思来想去，赵昆觉得事有蹊跷，决定赴扬州暗访。

到扬州后，赵昆发现黑斑病患者都是有钱人。为啥穷人不得这种病呢？赵昆越想越纳闷。会不会有人故意制造了黑斑病？若真是这样，那幕后的黑手肯定是严可喜，因为他可以从中大发横财。皇上到扬州时只去过状元楼，难道黑斑病跟状元楼有关？顺着这个思路，赵昆开始了秘密调查。状元楼是扬州最负盛名的大酒家，这儿的菜肴价格高得离谱，普通人不会去。赵昆又发现，黑斑病患者都曾去状元楼用过餐，严可喜的女婿又恰好是状元楼的厨师……

听完赵昆的讲述，严可喜吓得浑身乱颤，豆大的汗珠不停地从额头滚落。

赵昆瞥了他一眼，冷冷地问："怎么，严掌柜还不肯从实招来？"

严可喜扑通一声跪到地上，磕着头说："我招，我全部都招！"

随后，严可喜供述了自己制毒、投毒的经过：

严可喜是个江湖郎中，几年前曾到过广西苗寨。在那儿，他意外发现了一种天然的蛊毒。这种蛊毒被人误食后要过一年才毒性发作，中毒者全身奇痒遍体溃烂。有位年近九旬的苗族老人会配制蛊毒的解药，严可喜千方百计找到他，向他学习解药的制作方法。然后，严可喜带着大量蛊毒回到了扬州。严可喜的女婿张顺在状元楼当厨师，他让张顺每天悄悄往菜肴里掺一点蛊毒……

等严可喜供述完毕，赵昆义正词严地说："姓严的，你犯了十恶不赦之罪，按《大明律》该诛灭九族！"

严可喜一把抱住赵昆的大腿，流着泪哀告道：“求赵大人饶命，求赵大人饶命！”

赵昆扶起严可喜，换了一副笑脸，压低声音说：“若严掌柜肯听我劝，我保你全家安然无恙。”

严可喜连连点头，感激涕零地说：“小的全凭大人做主！”

赵昆捻着胡须，对严可喜耳语道：“你先把蛊毒和百毒散的秘方交给我，然后远离扬州，把过去的事忘得干干净净，从此便可高枕无忧。”

严可喜听明白了，赵昆这是要接手自己的一切，继续用蛊毒牟取暴利。事到如今，自己只好惟命是从。

见严可喜答应了，赵昆又补上一句：“请严掌柜三天内离开扬州，我送你五百两银子作盘缠。”

三天后，严可喜带领全家来到了福运门码头。码头边泊着一艘事先雇好的客船。

等严家老小都上了船，船老大命水手们扬帆起航。不一会儿，客船便离开了扬州城。

掌灯时分，女婿张顺走进岳父严可喜的舱中，愁眉苦脸地叹道：“唉，我们白忙了这么多年，到头来竟替那姓赵的作了嫁衣！”

严可喜微微一笑：“赵昆只是空欢喜一场，最终一切都会物归原主。”

张顺听得一头雾水，不明白岳父话里的意思。

严可喜凑到女婿耳边，悄声说：“我在百毒散的药方里做了手脚，偷偷加了一种罕见的毒草，等赵昆配药时，那毒草熬出来的香味会让他一命呜呼……”

张顺乐得眉开眼笑，想了想又问：“万一赵昆没有亲自配药，那可怎么办？”

严可喜胸有成竹地说：“为了独占百毒散的秘方，赵昆一定会亲自配药！”

这下张顺放心了，一个劲地恭维岳父高明。严可喜摇头晃脑，正在得意时，忽然前舱传来一片撕心裂肺的呼救声。张顺和严可喜面面相觑，不知出了啥事。

就在这当儿，舱门砰地一声被踢开了，船老大提着一把血淋淋的鬼头刀闯了进来，后面还跟着几个杀气腾腾的水手。

“你，你们想干啥？！”严可喜战战兢兢地问。

船老大把鬼头刀一扬，狞笑道：“送你们上西天！”

严可喜和张顺大惊失色，结结巴巴地问：“为，为什么？”

船老大撇了撇嘴：“赵昆买通了我们，要结果你全家老小的性命，据说这跟一桩机密有关……”

说到这儿，船老大举起了手中的鬼头刀……

（题图、插图：谢　颖）

·中篇故事·

好人？坏人？一个个模糊的面孔，一桩桩离奇的案件，一张书签让这一切更加扑朔迷离……

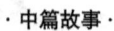

染血的书签

□黄 胜

1. 借钱

万众开锁公司的开锁工刘小伟到锦绣苑小区去跟老乡豪哥借钱。

昨天一早，他接到老家妹妹打来的电话，说妈妈的心脏病又犯了，医生说这次必须做手术，可住院押金就要两万块钱。

刘小伟东挪西借，一共才凑了五千块钱，想来想去，他就想到了豪哥，在这个城市里，除了公司的几个同事，他唯一认识的就是老乡豪哥了。豪哥在锦绣苑小区当保安队长，平常花钱也挺大方的，他手里或许有钱。不过，找豪哥也不太好开口，因为刘小伟上次借豪哥的五千块钱还没还呢。

但是没有别的办法了，母亲等着钱救命呢。所以转天一早，刘小伟就厚着脸皮去找豪哥了。

锦绣苑小区是个高档小区，一色的双层别墅。刘小伟来到小区时，豪哥刚好在保安室里。他见到小伟，非常高兴“小伟，好久没见你了，怎么，又来给人开锁？”

刘小伟就是来锦绣苑开锁认识豪哥的。半年前，锦绣苑里的一个业主丢了钥匙，防盗门打不开了，不得已给开锁公司打了电话。刘小伟来到后，当着众人的面，只用了一分钟，就用一根细铁丝轻而易举打开了锁，令在场的几个保安佩服不已。豪哥听出刘小伟的口音，一问，果然是老乡，两

人的村子相距不到十里。自此，两人就交上了朋友。两个月前，刘小伟的妈妈心脏病第一次发作时，刘小伟找豪哥借钱。豪哥二话没说，拿给他五千块钱，说先拿去用着，以后有钱就还我，没钱你就当没这回事。刘小伟很感激，豪哥也不是有钱人，能说出这种话来，显然是把自己当成了兄弟。

当下，刘小伟吞吞吐吐把母亲要住院做手术的事情说了。豪哥没等听完，就明白了他的来意，二话没说，问："小伟，需要多少钱？"

小伟难为情地说："住院押金要两万，我现在只凑了五千。"

"要这么多呀？"豪哥眉头一皱，为难地说，"要是缺个三千两千，我还能帮帮忙，缺一万多我就……小伟，你别怪哥，我跟你一样，也是挣死工资的，实在是拿不出这么多钱。"

刘小伟心中略感失望，不过，也在他预料之中。别看豪哥是保安队长，挺威风的，可一个月也就两千多块钱，他也要养家糊口，一万五可不是个小数目，是自己强人所难了。他忙说："大哥，我怎么会怪你呢？上一次借你的钱还没还呢。你别为难，我另外去想办法吧。"

豪哥关心地问："你还有什么办法？"

刘小伟苦笑着说："天无绝人之路，大哥，你就别为我操心了，我回去了。"起身告辞，心事重重地往外走。他本来长得就瘦小，被心事一压，背影更显得单薄无助。

豪哥突然喊住他："小伟，你先回来，还是我帮你想想办法吧。"

刘小伟一喜，问："大哥，你有办法？"

"老弟，你妈的病拖不得，这样吧，等我和保安队几个弟兄商量一下，让他们都伸手帮一把，无论怎样，也得给你筹到钱。"

刘小伟心中万分感激："大哥，你放心，我一定要想办法早早还大家的钱的。"

当下，豪哥让刘小伟先等一会儿，他出去筹钱。

一个小时后，豪哥回来将一个纸包交给刘小伟，说里面是一万五，弟兄们手头都没钱，我挪用了大伙的工资，先帮你把这一关过了再说。

刘小伟担心地问："豪哥，挪用工资没事吧？"

豪哥慨然道："只要早早补上就没事。现在也顾不得那么多了，救人要紧。"

刘小伟感激涕零："谢谢豪哥，我一定会想办法尽早还钱的。"

2. 入伙

刘小伟返回老家，送母亲住院做了手术。那两万块钱根本不够，他把家里能卖的东西都卖了，又求亲告友，才勉强渡过了难关。

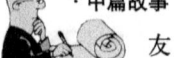

两个月后，刘小伟回到省城，先去找豪哥，想跟他打个招呼，说借的钱不能一下子还上，只能按月慢慢还了。

豪哥一见他，如释重负，说："老弟，你总算回来了。"

刘小伟忙问："有事？"

豪哥抱歉地说："实在不好意思，我挪用大伙工资的事情上头知道了，这几天逼着我还钱呢，再不还的话，我这饭碗恐怕保不住了。"

刘小伟一呆，期期艾艾地说："大哥，我……我妈做手术花了五万多……你能不能再想想别的办法？"

豪哥一脸难色："我也实在是没办法了。我的钱你还不还无所谓，可这是公款啊，还不上的话，说不定我还要吃官司。"

当然不能让恩人吃官司，刘小伟想了想，一咬牙道："大哥，要不，我去借高利贷，先把窟窿堵上再说。"

豪哥连连摇手，说"借高利贷绝对不行，靠你那点死工资，根本还不上，高利贷的利滚利能把你压死。"

刘小伟眼泪都要急出来了："大哥，我该咋办啊？"

豪哥长叹一声，道"一分钱难倒英雄汉，活在这个世上，没钱的日子难过啊。"他伸手指着窗外的别墅群，"你看看人家，住的是好房，开的是好车，日子过得潇潇洒洒，可咱们呢，区区一万块钱就快把咱们逼死了。这世界太不公平了！"

他转过头，眼睛盯着小伟，"老弟，我有个主意，只要你同意跟着我干，你不但能很快还上欠款，咱们也可以过上有钱人的日子。"

刘小伟将信将疑"豪哥，你说的是真的？咱们干什么？"

豪哥眨眨眼，压低声音，说："你有一手开锁的好手艺，为什么不好好利用呢？"

刘小伟一愣，不解地问："哥，你的意思是？"

豪哥又指了指小区里的别墅，

说：“小伟，这里面住的都是有钱人，对你来说，每一家都不设防，你轻轻松松就可以进去……”

刘小伟一听，连连摇头：“豪哥，犯法的事我不能干，被人抓住这辈子就毁了。”

豪哥微微一笑：“没人抓你，我是这里的保安，我不抓你，谁会抓你？”

刘小伟坚决地说：“不行，绝对不行，豪哥，我跟我师父学开锁手艺的时候，发过毒誓，如果用这手艺做违法的事情，就不得好死。”

豪哥看着刘小伟，脸渐渐沉了下来，冷冷地说：“既然你这么坚决，我也不勉强你。小伟，主意我给你出了，愿不愿意做是你的自由。可我也不能等着去坐牢啊，你别怪我不讲情面，两天内你必须把钱还给我！”

借债还钱，天经地义，刘小伟只好说：“行，豪哥，我回去想想办法。”

豪哥拍拍他的肩膀：“小伟，富贵险中求，你回去好好想一下，我等你的消息。”

刘小伟失魂落魄地走出锦绣苑小区，他没有回开锁公司，而是来到人工湖旁，坐在湖边的石凳上，呆呆地看着水面，心中如窝着一团乱麻。

不偷不抢，两天时间内，到哪里去弄一万五千块呢？

刘小伟家穷，父亲早逝，母亲多病，这些年家里本来就债台高筑，一切只能靠刘小伟自己。现在唯一的办法就是去借高利贷，可是，豪哥说的不假，借了高利贷，自己就甭想再翻过身来了，那帮人心狠手辣，到时候要是还不上钱，可是什么事都做得出来。

刘小伟想来想去，自己只有两条路，一条就是站起来走到湖边，跳下去，一了百了；再一条就是听豪哥的，跟他合作，这同样是一条绝路。可如果自己只做一次呢？把债还上就金盆洗手，神不知鬼不觉，也许，不会有事的。

刘小伟在湖边坐了一下午，终于下了决心。他拿出电话，拨通了豪哥的手机：“豪哥，我听你的，不过，我只做一次。”

豪哥高兴地说：“没问题，我也不想常做，咱们这是被逼上梁山，实在没办法啊。”

刘小伟问：“什么时候做？”

豪哥说：“先不着急，你等我的电话就行了。”

刘小伟心说，你怎么又不着急了？就问：“可是，那一万五不是等着要还吗？”

豪哥哈哈一笑，说：“只要你肯入伙，我就可以大胆地到其他地方借钱顶上，老弟，跟着哥，你就等着发财吧。哈哈。”

3. 夜盗

一个星期后，刘小伟接到豪哥的

电话，让他今晚十点，准时到达锦绣苑小区。

当晚，刘小伟忐忑不安地溜进锦绣苑小区，与豪哥会合后，却发现豪哥身边还有其他三个保安。豪哥得意地说："小区的所有保安都在这里了，你就大显身手吧，大家一起发财。"

刘小伟心里打了退堂鼓，看这些人的样子，个个显得很轻松，好像都是老手，绝不是第一次做这种事。俗话说上贼船容易下贼船难，自己要是加入进去，这么多人了解自己的底细，以后脱身就难了。他把豪哥拉到一旁，低声说："豪哥，我不想做了，我以为就咱们两个人，谁知……"

豪哥拍拍他的肩膀："放心吧，这几个都是好兄弟，绝对信得过。人多好办事，你只管按照我说的做就行了。"

刘小伟还想再说，豪哥面色一板，说："小伟，这几位可都是你的债主，我已经跟他们说好了，不管今晚收获如何，你欠的钱全部一笔勾销。"

刘小伟别无选择了，只好说："那好吧。豪哥，我先声明，我只做今晚这一次，绝对不做第二次。"

豪哥一笑："咱们一言为定。"

接下来，豪哥进行了布置：目标是18号别墅，一人负责在小区门口值班，一人负责在18号别墅外巡逻望风，豪哥、刘小伟和另一个叫大赵的保安一起进别墅动手。

十二点整，豪哥让刘小伟穿上一套保安制服，佯装巡逻，避开各处监控，来到了18号别墅门前。

别墅内黑黢黢的，一片寂静。刘小伟紧张得浑身发抖，颤声问："里面真的没人？"豪哥低声说："我们已经调查清楚了，今晚主人不会回来，你放心大胆地动手，动作快点，不要紧张。"

刘小伟定了定神，拿出开锁工具，伸进锁眼鼓捣了几下，"啪嗒"一声轻响，门开了。

刘小伟以为自己任务完成，说："豪哥，门已经开了。我就不进去了。"转身欲走。

豪哥却拉住他，"你的大活儿还在后面呢，快进去。"伸手一推，就将刘小伟推进了门。

外面路灯的灯光透过窗户，不用开灯，屋内的摆设就可以看个大概，装修极其豪华。豪哥已提前探过路，对别墅内的布置相当熟悉，他说："这是客厅，咱们上楼。"拉着刘小伟，上了二楼，径直走进了一间卧室。

进屋后，豪哥直奔窗前，放下窗帘，然后才打开手电，走到衣柜前，拉开门，将衣服扒拉到一旁。衣柜内的墙壁上，竟然有一扇小门。他对刘小伟说："把锁打开。"

刘小伟惊奇不已："豪哥，你怎么知道这儿有道暗门？"

豪哥得意地一笑："当初装修这

栋别墅的人告诉我的。嘿嘿，不瞒你说，这个小区内起码一半的别墅我都了如指掌。”显然，豪哥是早有预谋。

刘小伟轻松地将暗门上的锁打开，拉开门一看，里面赫然是一个保险柜，周边用水泥浇铸，镶嵌在墙内。看来房主煞费苦心，除非拆了房子，不然的话甭想搬走保险柜。

看来，豪哥口里的大活儿，就是这个保险柜了。

这个保险柜是进口货，刘小伟费了半天，才成功打开锁。疲劳加上紧张，刘小伟几近虚脱。

等得心焦的豪哥见锁已打开，一把推开刘小伟，拉开柜门，嘴里突然发出一声欢呼。刘小伟好奇地探看了一眼，顿时惊愕得张大嘴巴：保险柜分两层，上面一层是一捆捆的钞票，下面一层是亮灿灿的珠宝首饰，还有几张银行卡，一摞证件。

豪哥拿过一个提包，将钞票、首饰全部扫入包内后，拿起一张银行卡看了看，却又放下了。大赵忙问：“豪哥，银行卡你怎么不要？”

豪哥说：“银行卡有密码，要了也没用。咱们不能太贪，他要是见啥都没剩下，说不定就要去报案，那就麻烦了。”

刘小伟听了奇怪，忍不住问：“豪哥，难道这人不会报案？”

豪哥得意地一笑，胸有成竹地道：“以我的经验，咱们只要不斩尽杀绝，这人就不会报案。”

“为什么？”

“因为这栋别墅的主人是个当官的，你说，他家里怎么有这么多现金？”

刘小伟明白了几分：“你是说这些钱来路不正？”

“那是肯定的。你说，他会报案吗？所以他最明智的做法就是吃个哑巴亏，装作啥事没有发生。嘿嘿，说不定他还会烧香拜佛保佑咱们一辈子平平安安，免得出事把他牵连出来。”

豪哥边说，边拿起那摞证件，翻看了一下。里面有四本房产证，几张存单，还有一个硬皮本。豪哥好奇地打开硬皮本，刚一打开，就从里面掉出一样东西，飘落到地上。大赵以为是什么宝贝，忙拾起来，却是一张书签，随手又扔了。

刘小伟在旁边也扫了一眼书签，心中猛地一动，忙弯腰捡起书签，举到手电光前仔细看，只见这张书签是用枫叶压膜塑封而成，枫叶上还有字，正面写的是“快乐”，背面是“永相伴”。刹那间，刘小伟脸色大变。

这时候，豪哥已看了本子里的内容，突然双目放光，兴奋地喊道：“哈哈……伙计们，咱们这次要发大财了！”

大赵惊喜地问：“里面有什么？”

豪哥把本子摊开：“这家伙把谁给他送钱都记在里面，日期、姓名、金额，甚至地点都写得明明白白。你们看这张，”他读道，“六月五号，昨晚在盛世酒店跟黄大发一起吃饭，饭后洗浴一条龙，临走，黄在我口袋里放了一张卡，今早让阿芳去取款机查了一下，里面是十万。这小子就得敲打，不敲打他不知道出血。”又翻了一页，读道，“七月二号，今天开了一天会，腰酸背疼，去云都按摩，刘爱玲赶到埋单，并送了五万，意思是想把工作动一动，明天开会办一下这事。”

大赵有些失望“是日记啊，记这些破事有个屁用，怎么发财？”

豪哥瞪了他一眼：“你小子真是笨！这就是他受贿的证据，要是咱们公开出去，这小子就死定了。”

刘小伟神情紧张地问：“豪哥，你要交出去吗？”

豪哥嘿嘿一笑：“你以为我傻呀？只要这本子在咱们手里，咱们就拿住了这家伙的七寸，这辈子就吃定他了。”他吩咐大赵，“你快把银行卡和存折都拿了，然后让小伟把保险柜原样锁好。”

大赵说：“咱们没密码呀。”

豪哥扬了扬本子，“有这东西，你还怕他不告诉咱们密码吗？”

4.书签

清晨五点，刘小伟怀里揣着三万块钱，离开了了锦绣苑小区。

一路之上，他禁不住心惊肉跳，后怕不已，不像是怀揣巨款，倒像是揣了一颗威力巨大的炸弹。

刚才，在保安室，他们一起清点战果。现金一共是二十二万，豪哥拿了三万块钱给小伟，说这是你的。

刘小伟不要，说“我参加只是为了还你们的钱，其余一分不要。”

豪哥硬把钱塞到他手里：“你跟钱有仇啊？以后咱们就是一条船上的人，有肉一起吃，有钱一起赚。赶快拿着！”

刘小伟只得收了。

豪哥把剩下的钱分给几个保安后，将银行卡、日记本重新装进包里，说："这些东西先放到我家里，等风声过去咱们再进行下一步行动，嘿嘿，有了这本日记，咱们是老鼠扛木锨，大头在后边，发财的日子在后边呢。另外，这几天大家低调点，有钱了也不许乱花，别让人看出异常来。"

保安们个个眉开眼笑，齐声答应。

刘小伟一路狂奔，回到住处后，就一头栽到床上，用被蒙住头，大口呼吸。过了很久，一颗心才渐渐平静下来，他的身上，已是大汗淋漓。

平静了一会儿，刘小伟起身从床下找出一个旧鞋盒，将三万块钱放进去，盖好，重新放回了床底，他打定主意，这颗炸弹，不到万不得已，绝不能碰。

接下来，他打着肥皂洗干净了手，在床沿坐下，从口袋里掏出了一样东西——书签。

这张书签，正是从那个日记本中掉出来的那张枫叶书签。当时，他趁豪哥不注意，偷偷放进了自己的口袋——因为他认出来，这张书签，是自己当年去北京送师傅，爬香山时做的。

三年前，刘小伟在省城的一家五金厂的锁具车间打工。车间里有位从北京请来的老师傅，姓梁，生了一场重病，因为他孤身一人，厂里就安排刘小伟照顾他。两人朝夕相处，逐渐产生感情，梁师傅将一身开锁技术倾囊相授给刘小伟，并让刘小伟发下毒誓，绝不可以用这技术干违法的勾当。

后来，梁师傅身体状况越来越差，刘小伟把他送回北京。其间，刘小伟去爬香山，看到有用枫叶加工书签的小摊，就选了一张枫叶，为妹妹做了一个书签。因为妹妹爱笑，他就在枫叶正面写上"快乐"，反面写上"永相伴"。

他怎么都没想到，这张书签，竟然在他作案的现场出现了。

这到底是怎么一回事？书签怎么会出现在那人的保险柜里呢？

刘小伟反反复复看着书签，绝对

没错，枫叶上的字迹肯定就是自己的，当时写字时因为用力过大，在写“永”字的第一笔时，笔尖把枫叶都戳透了。手里的这张书签上，那个位置清清楚楚也有一个针眼大的洞。

刘小伟想不明白，就抓起手机，打到老家妹妹的学校，请老师喊妹妹接电话。

片刻后，妹妹接了电话，气喘吁吁地问：“哥，有事吗？”

刘小伟先问了妈妈身体的情况，然后问：“小妹，前年我送给你的那张书签还在吗？”

妹妹说：“哥，我把书签寄给那位资助我读书的叔叔了，他是我的贵人，我没什么礼物送他，上学期就把书签寄给他了，我希望他能永远快快乐乐。”

刘小伟脑子里“轰”的一声，哑了半晌，问：“那个叔叔姓什么？”

妹妹说：“姓王，哥，王叔叔前些日子给我寄钱时，还写信说了，让我好好学习，他会一直资助我读完大学呢……”

妹妹后面说什么，刘小伟一句都没记住。

他的脑子里乱成一团麻：没错，别墅的主人好像叫王建国。万万没想到，自己违背誓言伸出贼手，竟然偷到了恩人的家里。王叔叔是自己家的大恩人，妹妹从上初中起，就开始接受他的慷慨资助，到如今已经六年了……可是，王叔叔这样的好人，怎么会是贪官呢？会不会搞错了？可是……那本日记里写得清清楚楚啊。

一时间，刘小伟内疚、自责、后悔，忍不住埋怨：王叔叔啊，你收钱就收钱，记下来干什么呀？这不是自己给自己埋了一颗地雷吗？

此时，他心里已经很清楚，豪哥以前对自己那么好，不过是看上了自己开锁的手艺，后来他明知自己还不了钱，还慷慨地借钱给自己，那是为自己下了一个套，让自己一步步受制于他，最后不得不上了贼船。

他想：以豪哥的心机，有了这本日记，绝对不可能轻易罢休的，猎物已经入笼，只能任他尽情戏耍了。王叔叔若顺了豪哥，被他敲诈勒索，那肯定会没完没了，不得解脱；若不顺他，他把日记一公开，王叔叔肯定会身败名裂，锒铛入狱。无论顺与不顺，结局都会非常悲惨。

刘小伟看着书签，喃喃地道：“王叔叔，你一定要平平安安，我妹妹快要考大学了，你是她全部的希望啊！”

5.归还

一切都在豪哥的预料之中，失主并没有报案。

这些天，豪哥在保安室里，每天都密切注意着18号别墅的动静。头两

天，那位大腹便便的王建国还神色自如、气宇轩昂地出入，但第三天晚上，18号别墅的灯亮了一夜，次日早上，王建国经过保安室的时候，突然脸色灰白，眼圈青黑，虽然强作镇静，但满脸隐藏不住的惶恐和焦虑。显然，他已经发现失窃了。

这一天，豪哥心里七上八下，时刻担心警车会突然开进小区。但一天下来，平安无事。豪哥的心就放下了。

当天晚上，王建国一个人却突然来到保安室。豪哥暗自警惕，热情地问："有事吗？"

王建国把两条香烟放到桌子上，脸上带笑，说："不好意思啊，保安同志，我想麻烦你件事。"

豪哥看看香烟，问："什么事？"

"是这样，我能不能看一下前几天的监控录像？小伙子，这两条烟你分给大家抽抽，你们很辛苦的。"

豪哥说："谢谢啊，看监控？是不是出了什么事啊？"

王建国笑了笑，"一点小事，我家里丢了点东西。"

"这可不是小事。"豪哥表情顿时严肃起来，连声问，"请问丢了什么？贵不贵重？报案了吗？要不要报案？"

王建国慌忙摆摆手："没那么严重，我家里也没啥值钱的，只丢了两件小玩意儿，不值得报案。我就是想看一下，是不是有陌生人进了我家，亡羊补牢嘛。"

豪哥长吁一口气，庆幸地说："不严重就好，不然的话，业主家失窃，我们保安也有责任啊。"

随后，豪哥陪同他去监控室查看录像，当然没有发现任何线索。因为豪哥早已经反复检查了录像，做了手脚，确保不会出现任何纰漏。

接下来的几天，王业主出入小区大门的时候，依然是心事重重，神色憔悴，似惶惶不可终日。但一周之后，王业主渐渐恢复了常态，走起路来又四平八稳了。

豪哥看在眼里，心中暗喜：看来，对方已经自认倒霉了，而这些天也没人拿那本日记来勒索他，或许他以为事情已经过去，平安无事了。嘿嘿，时机已经成熟，现在该进行下一步行动了。

这天下班后，豪哥喊上大赵，一起到自己家去取偷来的日记本和银行卡，准备开始实施敲诈。

不料，当豪哥打开抽屉上的锁，拉开抽屉，双眼立刻瞪圆了：抽屉里面空空如也，银行卡和日记本都不见了！

大赵瞅了一眼抽屉，目光也直了："大哥，卡在哪儿？"

豪哥呆愣片刻，慌忙打电话找老婆，问她动没动过自己抽屉里的东西，老婆说你的抽屉不是锁着吗？我又没钥匙。豪哥气急败坏地怒声道：

“我是问你动没动，里面的东西很重要。”老婆干脆地说：“没动。”

豪哥关了电话，对大赵说：“不是我老婆干的，她不敢对我说谎。”

大赵看着豪哥，眼里渐渐露出怀疑的神色：“大哥，这事可就奇怪了，不会是你为了独吞……”

豪哥将眼一瞪，骂道：“你他妈的闭嘴，我是那种人吗？”

“那可难说。”大赵不服气地说，“不然的话，这抽屉有锁，你家防盗门有锁，楼下公用防盗门也有锁，锁都没被人撬过吧？要是没有钥匙，谁能把东西拿走啊？难道是自己长了翅膀飞走了？”

大赵的话提醒了豪哥，他心中猛一动，失声道：“是他，一定是他！一定是刘小伟这小王八蛋干的！”

大赵也跳起来：“没错，这几把锁根本挡不住他，一定是他想独吞啊！豪哥，我们怎么办？”

豪哥阴鸷地一笑，不像刚才那么着急了：“嘿嘿，知道是他拿走了就好办了，这小子跑不了，跑了我也能找到他的老窝去。哼，怪不得给他钱他不要呢，他是想独吞呢！走，咱们这就找他去。”

两人下楼，直奔万众开锁公司，到了后，刘小伟却不在，老板说我也正急着找他呢，这小子四五天不见影子了，打电话也关机。

两人立刻掉头出门，一路飞奔，杀到刘小伟的住处。大赵敲了敲门，里面没人应声，他一扭门把手，门竟然开了，里面却是一片狼藉，被人翻得乱七八糟。

大赵沮丧地道：“这小子肯定收拾东西跑路了！”

豪哥恶狠狠地说：“跑了和尚跑不了庙，我追到他老家去！”他让大赵继续在省城寻找，自己回家取了个提包，直奔火车站，登上了回老家的火车。

拿走银行卡和日记本的正是刘小伟。

他拿到本子后，怕豪哥发觉，立刻打电话给王建国，说东西在自己手里，怎样还给你？

其时，正是王建国发现失窃，寝食难安之时，他意外接到刘小伟的电话，又喜又怕，他喜的是日记本和银行卡有了下落，怕的是刘小伟有更大阴谋，于是就问：“你有什么条件？”

刘小伟说：“我没有条件，只是想把你的东西还给你。”

王建国哪里肯信啊？对方好不容易把东西偷走，现在平白无故还给自己，肯定另有阴谋。即便对方真的还给自己，自己在明，对方在暗，若对方留下日记的副本之类，自己这辈子就永无宁日，后患无穷。因此，当刘小伟询问他如何归还时，他打定主意，一定要见刘小伟一面，知道对手是谁，

然后再想对策。

于是，他推说送到家里不方便，快递邮寄的话也可能出意外，约刘小伟到人少的地方见一面，自己当面取回，顺便也好表示谢意。

刘小伟同意，说那就到东郊河边吧，那里人少，我在那儿等你。

当晚，王建国驱车赶到东郊河边，先远远观察，见河边只有刘小伟一人。王建国见他相貌稚嫩，像是个孩子，暗自松了一口气，在确定附近并没有其同伙后，这才将车停在刘小伟面前，打开车窗，问："是你约我的？"

刘小伟见过他相片，确认后，就把手里的一个塑料袋递进车窗，说："叔叔，您的东西都在里面，您看少没少。"

王建国打开袋子，见日记本、银行卡都在，心中狂喜。不过，他仍不敢相信对方如此轻易就把东西还给自己，忍不住问："你……真的没有其他条件？"

刘小伟摇摇头："没有。"

王建国："那我真走了啊？"

刘小伟挥挥手，说："走吧。"

王建国驱车就走，走出十几米，却越想越担心：自己这一走，恐怕后半辈子就别想安宁了。一念至此，他立即停下车，挂倒挡返回到刘小伟身边，问："小伙子，你到底为什么要还给我？"

刘小伟说："因为叔叔您是个好人，是我家的恩人，我不想您出什么事。"

"恩人？"王建国觉得莫名其妙，诧异地问，"你认识我？"

刘小伟伸手从兜里掏出那张书签，晃了晃，笑着说："叔叔，你看，这张书签就是我做的。"

王建国脸色立变，心说这张书签是我放在日记本里的，这孩子为什么要说是他做的？一时间魂不守舍，随口说："是吗？是你做的？"

刘小伟点头："所以，我希望叔叔您一辈子都平平安安。叔叔，您快回去吧，我也要走了。再见。"他冲王建国挥挥手，迈步离开。

王建国开车徐徐跟着他，问："你住在哪里？我送你回去吧。"

刘小伟摆摆手，说不用，大步走着。

看着他单薄的背影，王建国转头看看四周，空无一人，顿时就下了决心：此人知道自己的底细，留着肯定是个大麻烦，只有除掉，才能一劳永逸，永绝后患。杀心一起，他不再犹豫，脚下一踩油门，汽车便冲着刘小伟蹿了过去……

6.代价

回老家的豪哥刚刚走到半途，突然接到大赵的电话，说刘小伟找到了！

豪哥立马在下一站下车，掉头返回。

不料，回到省城，刚走出出站口，他就被两个人拦住，对方出示证件说是警察，请他去派出所协助调查。

豪哥以为事发，魂飞魄散，他强作镇定，问出了什么事。对方问你认识刘小伟吗？

豪哥不敢否认，说是我老乡，但不是很熟。警察说那就对了，我们发现了刘小伟的尸体，有些情况需要找你了解一下。

豪哥惊讶：“什么？刘小伟死了？”随即心中一喜，既然刘小伟已死，肯定不会供出自己，而姓王的又绝不会报案，自己大可无忧。

到了公安局，警察问他跟刘小伟是何关系，听刘小伟的老板说，你这几天在找刘小伟，为什么？

豪哥早已找好应对之策，说：“我是找刘小伟要债，两个月前我好心好意把保安们的工资借给他应急，谁想他赖着不还。”

两个警察交换一下眼神，一个警察又问：“那你去他家翻找什么东西？”

豪哥料想警察已经掌握自己去刘小伟住处的线索，连呼冤枉，说我们到他家时他家里已经被人翻过了，可能他还欠了别人的钱，是别的债主去翻的。

警察紧盯着他的眼睛，半晌没说话，而后突然问道：“你好像是在寻找银行卡吧？”

豪哥强压心中慌乱，矢口否认：“什么银行卡？没有的事。”

警察微微一笑：“是吗？可是你手下一个叫大赵的保安可不是这样说的，他说刘小伟到你家偷了你的银行卡，难道没有这回事？”

原来警察已经控制了大赵，怪不得在电话里他不告诉自己刘小伟已死的事情，豪哥心中大骂大赵笨蛋，心念急转，一拍脑袋“哦，我想起来了，是有这回事，刘小伟偷拿了我一张卡，不过卡里也没多少钱，所以我把这事早给忘了。”

他无辜地问：“警察同志，我真的跟刘小伟的死无关，他到底是怎么死的呀？”

警察考虑一下，说告诉你也无

妨。

原来，刘小伟的老板这几天联系不上刘小伟，怕出事，就报了警。刚好前天有人在郊区一处下水道内发现一具无名男尸，已死多日，警方把老板叫去辨认，正是刘小伟。

经法医鉴定，刘小伟是被汽车撞死的，他手里紧握着一张沾了血的书签，此外别无线索。刚开始，警方判断是肇事司机毁尸灭迹，将车祸受害人丢弃在下水道内。但刘小伟老板说刘小伟失踪前精神恍惚，前些日子还四处借钱，警方联想到死者从事的开锁的特殊职业，就觉得事有蹊跷。随后，警察赶到刘小伟租住处，发现被人闯入翻找过，认为里面定有隐情，遂立案调查。因豪哥和大赵正在到处寻找刘小伟，遂被纳入警方视线。

豪哥得知刘小伟已死多日，大呼冤枉:“警察同志，如果是我干的，怎么还会到处找他呢？前几日我都在小区值班，有不在现场的证据，不信你们去调查。”

警察说:“我们已经了解过了，肯定不会冤枉你的。”随后，警察瞅了一眼豪哥放在旁边的提包，问，“你不介意我们检查一下你包里的东西吧？”

豪哥身子不由一颤，额上冷汗冒出，强笑道:“我包里没有什么，就是……”他说不下去了，因为一个警察已经拿起包，打开，从里面取出了两捆万元大钞、一颗钻戒、两根金项链，一一摆放在桌面上。

警察冷冷地问:“看不出来，你还是大款呢！”他拿起那枚戒指，问道，“这颗钻戒少说也值两三万吧？你只是个普通保安，能解释一下这些东西的来源吗？”

豪哥脸色“刷”地白了:“我……这都是我买的，是想带回家交给我父母的。”后一句倒是实话，他这次回老家找刘小伟，临走特意从那堆首饰里挑了几件，想回去顺便献一下孝心，不料此行还没到家就又返了回来，刚下火车，就被警察带来了。

警察目光如刀，一拍桌子:“你别狡辩了！即便你不承认，你的同伙也会承认的。据我们了解，你们锦绣苑

的这几个保安平常花钱大手大脚，明显超出收入水平，而且小区内业主早有反映，说家中时常丢失贵重物品，是不是你们监守自盗？”

豪哥脸上冷汗涔涔而下：“没有，绝对没有，我发誓。”

警察冷冷一笑，指了指桌子上的钱物，道：“那你说说这些东西是从哪里得来的？买的？那么是从哪里买的？发票在哪里？”

豪哥张口结舌，无言以对，双腿控制不住地颤抖起来。

警察步步紧逼：“刘小伟是跟你们一伙的吧？我看一定是你们分赃不均，起了内讧，然后，你就杀了他，对不对？”

“冤枉，我真的没有杀他！”刹那间，豪哥心中的防线土崩瓦解，盗窃跟杀人相比，孰轻孰重他心里自然清楚，眼见赃物摆在桌子上，盗窃之事难以隐瞒，于是，他只得将盗窃经过以及被刘小伟偷走日记之事一五一十地和盘托出。

警察听完，又惊又喜，没想到盗窃案又牵连出了腐败大案。

接下来，警方根据豪哥的交代，很快将失窃却未报案的王建国控制，并在其轿车的底盘下，发现了未洗掉的几滴血迹。经检测，正是刘小伟的血。

随后，警察又在王建国的别墅内，搜出了那几张银行卡，但是，本子却已经被其销毁。

王建国见大势已去，只得如实供出撞死刘小伟的经过，并交代在撞死刘小伟后，他又找到刘小伟的住处，进去翻找一番，以免留下副本等证据，却一无所获。

警察忍不住问：“他都已经把日记还给你了，你为什么还要撞死他？”

王建国说“我跟他并不认识，他却口口声声称我是他的恩人，显然是在编故事耍花招，另外，他还拿出一张书签威胁我，说什么书签是他做的。那张书签是我插在日记本里的，他这是在提醒我，说他知道我做的事，所以我就……”

警察拿出一张带血的书签，问：“是这张吗？”

王建国肯定地说：“是，就是这张。”

警察问：“他说是他做的？那你这张书签是怎么来的？”

王建国想了半天，终于回想起来，说“这张书签是我从王兆伟那里要来的。”

“王兆伟是谁？”

“他是我的一个同事，我在他桌子上看到这张书签，觉得挺好看的，就拿了来。你说，怎么可能是他做的呢？”

（题图、插图：杨宏富）

乱坟岗的那片树林

□许尚明

来富夫妇住在蟒蛇河的拐弯处，他们勤劳憨厚，苦干两个冬春，把一片荒滩废塘整治成方方正正的良田，后来，村里在土地发包时，这片土地就成了他们家的承包地。

有一年，一个老板看中了这块风水宝地，要建一个垂钓休闲中心。来富夫妇经不住村干部软硬兼施的一哄二唬，让出了这块承包地。而作为补偿，村里给他们三间破旧的仓库房，还有村后一片无人耕种的乱坟岗。以前这块坟地谁也不敢承包，所以，乱坟岗里坑坑洼洼，到处是碎砖、朽木、杂树、野草。人们听说村里拿乱坟岗置换来富原来的承包地，许多人指着村干部的鼻子大骂，说他们柿子专拣软的捏，不该欺负来富这样的老实人。

来富夫妇倒是好说话，默默地认了。他们整整干了三个冬夏，挖坏了十多把铁锹，压断了七八根扁担，拆换了二十多个胶皮车胎，终于填平了大大小小的坟坑。后来，他们又拿出了全部积蓄，买来杨树苗，十多亩乱坟岗变成了郁郁葱葱的一片树林，五年后树干就有小盆粗。新上任的村支书给他们送来了烫着金字的《林权证书》，还发给他们一笔奖金。这时人们才大彻大悟：老实人归根到底不会吃亏呀！

秋去冬来，这天晚上，妻子对来富说“孩子渐渐大了，咱们家也该建新房子了。”来富点头赞同，但又说：“建房要钱，咱哪来那么多钱呀？”妻子似乎早有打算，说“那些意杨树都成材了，现在价格也不低，可以砍掉一批出售，再栽上小树苗。”来富觉得有道理。于是夫妇俩说干就干，他们请来几个亲友帮忙，将一百多棵第一批栽植的意杨树砍倒，然后找到集镇上的几个木材贩子，经过一番讨价还价，终于以满意的价格成交。

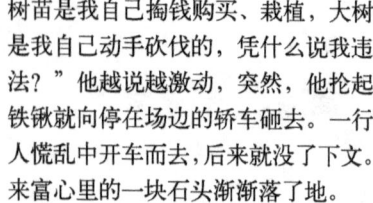

两天后，木材贩子开来几辆卡车，正要把树木装上车，却见几辆轿车呼啸而来。为首的大个子一下车就问来富："你们砍伐树木有批文吗？"来富一脸的疑惑："什么批文啊？我自己栽的树呀。"大个子让来富在一张纸上按了手印，然后宣布："你们未经批准，擅自砍伐大批树木，触犯了法律，决定给予罚款五万元处罚。"来富一听跳了起来，脸涨得通通红，他大声喊道："这乱坟岗是我自己平整，

树苗是我自己掏钱购买、栽植，大树是我自己动手砍伐的，凭什么说我违法？"他越说越激动，突然，他抢起铁锹就向停在场边的轿车砸去。一行人慌乱中开车而去，后来就没了下文。来富心里的一块石头渐渐落了地。

一个月后，来富被拘留了。消息惊动了全村，乡亲们一个个义愤填膺，要到城里为来富伸冤。三台手扶拖拉机装满了人，正要启动，村支书和几个穿着制服的人来到了现场。那个穿着制服的大个子亮着嗓子大声说道："乡亲们，听我说几句。"大个子拿出一本《森林法》小册子，宣读了其中的一部分内容，然后缓缓说道，"大伙的心情我能理解，来富的辛苦我们更理解，但是，国家的法律规定，除了居民的自留地、房前屋后的零星树木外，其他树木的砍伐都必须事先申请，取得县级林业主管部门的许可证，然后才能砍伐。"

"哦？我们自己栽植的树木也要经批准才能砍伐？"大伙一片惊讶。

"是的。来富违法砍伐树木数量较大，价值万元以上，按照森林法规定，砍伐树木在两立方米以上的，要按砍伐树木价值的五倍予以处罚，还要按照被砍伐树木数量的五倍补栽树苗。来福没有在规定时间缴纳罚款，而且砸坏执法车辆，所以才被拘留了。乡亲们啊，家有家规，国有国法，无论什么人触犯了法律都要受到处

·外国文学故事鉴赏·

赫布·凯莱特是美国专栏作家，本故事改编自其作品《手包罗曼史》。

上帝的杰作

□赫布·凯莱特

王致诚　编译

一个乌云密布的下午，大街上行人寥寥无几，一个叫卡尔的年轻人正急匆匆往家里赶，好躲过接下来的一场大雨。突然，他发现，自家门口不远处躺着个手包。卡尔三步并两步走上前去，把手包捡了起来。

进了家门，卡尔打量了下那只手

罚。”

村支书接过话头，说：“对于《森林法》我们过去宣传不够，我向大家作检讨。现在，大伙要帮助来富把罚款筹全，并要帮助他们夫妇把规定的树苗补栽上，这才是对来富的真正关心和帮助。”

“好，我们筹钱，我们帮助栽树！”人们纷纷回家取钱。

律师点评：

根据《森林法》有关规定，林权证犹如土地使用证、房产证一样，是权利所有人享受权利的法律依据，是国家法律给予权利人应该享有的法律保护。但基于“林木”特定性质，国家为了防止生态环境破坏和采伐比例失调，对于合法拥有森林、林木的权利人，仍需通过申请许可形式严格控制采伐量。由此分析，故事中来富行为确是触犯了法律。当然，考虑到来富主观恶意较小等种种因素，在处罚上可以酌情适当从轻。

（**题图、插图：**安玉民　梁　丽）

包。这是一只镶着鲜红花边的棕色手包，看上去挺普通。卡尔觉得打开别人的包不好，但他又想寻找失主的信息，迫不得已下，他还是打开了包。可挺遗憾，除了三美元零钱外，包里就剩一封皱巴巴的信，而且看上去有好些年头了。

卡尔心想，现在找到失主的唯一希望，就靠这封信了。于是，他开始仔细端详起来，看着看着，不由惊了一下——信封上的邮戳是1940年的！这竟是一封六十年前的信！再看看，信封上除了能辨认出寄信人的地址，啥也看不出了。

于是，卡尔决定冒昧地打开信封。只见里头是一张浅蓝色信笺，上面的笔迹纤柔隽永，显然出自一位女性之手。他再往下看，天哪，原来这是封绝交信！写信的是一个叫安吉丽娜的姑娘，她在信里告诉自己的男朋友劳伦斯，因为母亲不允许两个人继续来往，自己只好跟他分手了。尽管如此，安吉丽娜还是表白道："我仍然会永远爱你的！"

原来这封信背后，还有这么个忧伤的故事。可目前除了一个寄信人地址，和两位主角的名字之外，卡尔仍是两眼一抹黑。想来想去，他决定从地址入手，通过电话局先找出寄信人来。他想，自己起码要和寄信人通上两句话。

运气不错，电话局的工作人员告诉卡尔，有一位女士愿意和他通话。可当电话接通了后，电话那头的女士却并不是安吉丽娜。女士说："这房子是我三十年前从一户人家那里买下的，那家人的女儿好像是叫安吉丽娜。"

正当卡尔觉得被泼了盆冷水时，那女士似乎又想起了点什么，赶忙说："后来我听说安吉丽娜把她妈妈送进一个叫'绿荫'的养老院去了，你可以去查查看。"

卡尔喜出望外，赶紧找到了绿荫养老院把电话拨了过去，更让他兴奋的是，虽然安吉丽娜的母亲已经去世，可安吉丽娜本人现在竟然就住在这养老院里！这可真是柳暗花明又一

斯·麦克唐纳。当时我只有十六岁，我母亲觉得我太小了……接下来，听说他参军去了，我们彻底失去了联系……不过我现在还记得他的模样，那么英俊、那么温文尔雅……"说到这儿，安吉丽娜露出了激动又忧伤的神情，"如果你能找到他，请告诉他，我仍然爱他。"这时，她噙着泪说，"我一直都没有结婚，因为我觉得，世上没人比得上劳伦斯了……"

然而，线索到这里也就断了。卡尔没有办法，他安慰了老人后带着遗憾起身告辞。来到大楼门口的时候，先前的门卫热心地问卡尔："怎么样，那位老太太能帮得上您吗？"卡尔自我安慰般地回答："至少，现在知道失主姓什么了。不过，我还是暂时把这事儿搁在一边吧，为了找它的主人，我几乎花了一整天时间。"说着，卡尔顺手把手包从大衣口袋里掏出来，朝着门卫无奈地耸了耸肩。

可让他没想到的是，这门卫竟然失声喊道："嗨！等等！这不是麦克唐纳先生的手包嘛！瞧那鲜红色的花边，不论到哪里，我都能一眼认出来。他总是把他的手包弄丢。光是在走廊里，我至少就已经捡到过三次了，他真大意！"

听到这里，卡尔拿着手包的手竟开始颤抖起来。他追问道："谁是麦克唐纳先生？"

村啊！

于是，卡尔迫不及待地赶去了绿荫养老院。等到了那儿，已经是晚上了。门卫和夜班护士听说了卡尔的来意，破例同意了他的请求，护士还微笑着告诉卡尔："安吉丽娜女士正在娱乐室看电视呢，请跟着我来吧。"

卡尔跟着护士上了三楼，拐进了娱乐室，终于，他看到了安吉丽娜！老太太看上去那么温柔和蔼，满头银发像蚕丝一样光滑，笑容像天使一样慈祥。当听说了手包的事情后，安吉丽娜的双眼顿时闪出了光芒。接过信的时候，她的脸上竟露出了少女般羞涩的笑容。

少顷，安吉丽娜才长舒一口气，说道："年轻人，这确实是我写给初恋男友的最后一封信。"说完，她陷入了深深的回忆之中，"他叫劳伦

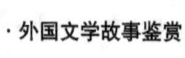

这时，门卫已经拿过那手包，一边检查，一边回答“是我们这儿的一位老人，就住在八楼。没错！就是他的包！准是前两天上街购物的时候弄丢的。”

这真是踏破铁鞋无觅处，得来全不费功夫啊！卡尔激动得几乎要跳起来，他一边向门卫道谢，一边奔向护士站。接着，他又一次跟着护士进了电梯，这次，他们来到了八楼的阅览室。护士告诉他，那儿坐的绅士就是麦克唐纳先生。当卡尔解释来意，把手包递给他时，麦克唐纳激动地站起来，感激道：“我已经在这里找它两天了，再找不着，就打算再进一趟城里去！我一定要好好感谢你，年轻人！”

这时，卡尔郑重地解释道：“先生，有件事我必须告诉您，为了找到失主，我读了手包里的信。”

麦克唐纳先生一听，仿佛被点中了心事，脸上的笑容顿时消失得无影无踪。

卡尔连忙微笑着补充说：“先生，我不仅仅读了信，而且还知道您的安吉丽娜在哪里。”

听到安吉丽娜的名字，老人情不自禁地大声说道：“安吉丽娜？你知道她在哪里？她现在怎么样？她还像以前一样漂亮吗……”

听完老人连珠炮般的问话，卡尔微笑着回答：“她很好……而且还像您曾经见过的一样漂亮。请跟我来吧。”说着，他扶着麦克唐纳来到了三楼，走向娱乐室，而安吉丽娜仍坐在那儿静静地看着电视。

卡尔扶着麦克唐纳来到她面前，问道：“安吉丽娜，您还认识这位先生吗？”麦克唐纳先生已经等不及了，情不自禁地说道：“安吉丽娜！是我啊！我是劳伦斯！”

此刻的安吉丽娜也激动地喘息着：“哦！劳伦斯！我简直不敢相信！劳伦斯！真的是你吗？真的是我的劳伦斯吗？”

就这样，两人执手相看，凝视了良久，最后紧紧地拥抱在了一起。看着眼前这激动人心的情景，卡尔和护士都不禁泪流满面，悄悄地离开了娱乐室。谁能想到，两个天各一方、分别了六十年的恋人，竟会住在一个养老院里，却彼此毫不知情。这是怎样一种千里来相会的缘分，又是怎样一种对面手难牵的无缘啊？不过，现在好了，这个跨越了六十多年的忧伤的爱情故事，现在终于有了一个完满的结局。大伙儿都情不自禁地感叹：“这真是上帝的杰作！”

就这样，三个星期后的周末，卡尔又来到了绿荫养老院。原来，劳伦斯和安吉丽娜就要在这儿举行婚礼了！而这一次，卡尔是来当他们的伴郎的。

（**题图、插图**：安玉民　梁　丽）

故事会■新浪 微故事大赛

9月优秀作品选登 （主题：舞台）

@蒹葭苍苍白露为霜 “众衙役，将这忘恩负义的陈世美铡了！”“着！”众衙役一声答应，将跪在台侧的陈世美放翻在地，塞入铡中。台下掌声雷动。包公率众演员再三谢幕。后台，尚未卸妆的包公打电话：“不离行吗？你有外遇我都忍了，为孩子想想吧！”团长问：“咋说了？”包公的黑脸花了：“嫌我穷，非离不可。”

@陈艳艳 这是一次专场演出：她的歌喉甜美，舞姿动人，摄影机一直追随着她的身影。演出结束，她赢得了男女观众热烈的掌声，还有鲜花和拥抱……一刻钟后，女观众对男观众说：“看女儿多开心啊，把床都快跳散架了。”男观众说：“是啊。亲爱的，你也早点休息吧，明天还要送女儿去幼儿园呢！”

@失业宅女 他是个活雷锋，可大家都说他在做戏，想升官出名得好处。直到有一天他勇救落水儿童遇难，大家才明白，不是他站在舞台上演戏，而是大家都把世界当成了舞台，在等着看戏。

@莫争 魔术师要表演本年度最精彩的魔术。他站在舞台上，突然一道闪电击中他的全身，烟雾腾起，观众们的心提到了嗓子眼。烟雾渐渐散去，人们以为魔术师会凭空消失，可是他还在那里，淡淡笑着。半晌过后，全场欢呼雷鸣——魔术师脚下的舞台不见了！

@正版无字仓颉 早年，他是红遍小城的角儿。没他上台，戏迷们就起哄。狂热的人群中，也有我，和我的客人。隔着那么远的距离，我无数次地看他躬身谢幕。后来，那场浩劫来了。他风光不再，被打翻在地再踏上一只脚。终于，他带着满身的伤痕来到我面前。我业已从良，做了殡仪馆美容师。这一次，我陪他谢幕。

@1045游戏人间 读幼儿园的女儿特别喜欢跳舞，可这次去表演没女儿的份，女儿很失落。就在演出的头天，一个孩子说有事不能参加，让女儿当了替补，女儿很兴奋。等我忙完赶去时表演已经结束，一路上女儿向我描述她在舞台上跳得多么好，我有些哽咽，因为在电话中老师已经告诉我那孩子来了，女儿没上台。

@风铃炸弹 我窝在小巷深处，仔细检查着刚才在公车上的战利品。钱包里现金不多，这让我有些懊恼，于是愤愤将里面的证件卡片扔了出去。我看见钱包的夹层里还有一张票，拿出一看，原来是一场钢琴演奏会的门票。忽然间，我想起小时候那个关于舞台的梦想，看着自己灵巧的双手，忍不住泪流满面。 （大赛启事见本期P42）

不同是为了相爱

黑人计程车司机载了一对白人母子，小孩问：“为什么司机伯伯的肤色和我们不同？”

母亲答：“上帝怕世上只有一种颜色太单调，所以创造很多颜色的人，让世界缤纷，让大家能相爱。”

到了目的地，计程车司机坚持不收车资。他说：“我小时候曾问过母亲同样的问题，母亲说我们是黑人，天生注定比别人低一等。若当时母亲可以像你一样说出爱的话语，我一定会有不同的成就。我不收你的钱，希望你能时时告诉别人，不同，是为了相爱。”

我们面对和我们不同的人和事物，最初的态度通常都是排斥，但这只会造成人与人之间更大的分化。

其实，接受一个人，便能学会一种新的人生态度；接受一件事，便能丰富自我的人生。试着去接受不同，所有的不同都是在教我们如何相爱。

（**作者**：林绣琬；**推荐者**：吴本慧）

鞋里的字条

楼下有一位修鞋匠，他是一位年过六旬的老人，每天坐在铁皮房子里，微笑地对着过往的行人，双手却从不停歇。

有一次，他为我的女儿修鞋子，女儿在修补好的鞋子里，发现了一张字条，这张字条，竟让女儿欢呼雀跃。那上面写着：“孩子，走路时一定要遵守交通规则，别让你的爸爸妈妈担心。”他也为我修过鞋，我察看修好的鞋子时，也看到了一张字条，上面写着：“踏踏实实，走好人生的每一步。”

后来，我每次去他那里补鞋回来，都能在鞋里面看到类似的字条，有节日的祝福，有对战胜困难的鼓励，更有人生的箴言。

后来，老人去世了。而在铁皮房子的墙壁上，不知是谁，留下了密密麻麻的文字，有怀念的话，也有感谢的话，其中有一句，让我至今难忘：“谢谢你，修补了我的灵魂。”

（**作者**：感　动；**推荐者**：黄蓓蕾）

受伤的船

英国国家船舶博物馆有一艘破旧的船，吸引着大批游客。这艘船于1894年下水，在大西洋上曾138次遭遇冰山，116次触礁，13次起火，207次被风暴打断桅杆，然而它每次都逢凶化吉，转危为安。

这艘船退役时，外壳已凹凸不平，船体变形，伤痕累累，在拍卖市场一年多也无人问津。

有一天，英国劳埃德保险公司的总裁看到这艘船，眼前忽然一亮，他在这艘船面前踱来踱去，脑子迅速转开了：这艘船有着如此传奇的经历，它形象地告诉人们，在大海上航行的船没有不受伤的。这艘坏了修、修了坏、坏了再修的船，若没有保险，早就亏大了。反过来说，这艘船在保险方面带来了可观的收益。参加保险，可以实现互利共赢，这艘船就是极好的例证啊。他最后决定把这“受伤的船”买回来捐给国家。

劳埃德保险公司借助这艘船，开展了广泛、深入、持久的保险宣传，使该公司声誉远播。许多在生意场上失意的人，都纷纷慕名前来参观。

这艘“受伤的船”蕴含着的人生哲理，打动了无数人的心灵。因此，劳埃德保险公司也声名远扬，生意兴隆。

（**作者**：鲍海英；**推荐者**：徐承旭）

重要的是心境

一位哲人单身时，和几个朋友一起住在一间只有七八平方米的小房子里。看他总是乐呵呵的，有人问他：“那么多人挤在一起，有什么可高兴的？”哲人说：“朋友们住在一起，随时可以交流思想、交流感情，难道这不是值得高兴的事吗？”

几年后，这位哲人成了家，搬进大楼，住一层，仍是一副其乐融融的样子。有人便问：“你住这样的房子还能快乐吗？”哲人说：“一楼有多好啊！进门就是家，朋友来访很方便……特别让我满意的是，可以在空地上养花、种草。这些乐趣真好呀！”

又过了一年，这位哲人把一层让给一位家有偏瘫老人的朋友，自己搬到楼房的最高层，他仍是快快乐乐的。他说：“每天上下楼几次，有利于身体健康；看书、写文章光线好；没人在头顶上干扰，白天黑夜都安静。”

决定一个人心情的，不在于环境，而在于心境。

（**作者**：阎书春；**推荐者**：黄蓓蕾）

（**本栏插图**：安玉民　梁　丽）

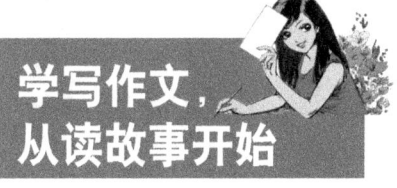

学写作文，从读故事开始

“岳阳杯”幽默故事创作大赛征文选登
本活动由上海市松江区岳阳街道与本刊共同举办

特价鸡蛋

□ 郭子健

幸福小区旁边新开了一家超市，超市打出了大幅广告：开业酬宾，特价鸡蛋，九毛一斤，售完即止！不一会儿，超市门口就排起了长龙。大家都是冲着特价鸡蛋来的。

“喂，你这个小姑娘，怎么这样？”突然，前面队伍里爆出一个“女高音”。只见，一个中年阿姨正对着一个年轻姑娘的背影，振振有词地教训着，“年纪轻轻，居然没脸没皮的，你看看人家广告上写的：每人限购一斤！瞧瞧你买了几斤啊？”

众顾客一看，果然，在促销海报的一角写着：每人限购一斤！而那个姑娘两手都提了鸡蛋，显然买了不止一斤。

这下，后面排队的人七嘴八舌，炸开了锅：“小姑娘，你这样不对啊！”“现在的年轻人也太自私了！”

闻言，那个小姑娘终于慢悠悠地回转过身来。嘿，只见她穿着一件防辐射的背心裙，挺着个滚圆的肚子，原来这是个孕妇。一见人家这状态都来排队买鸡蛋，众人也就没了声音。

好一会儿，那个中年阿姨也终于排到了，她接过营业员递给自己的一斤鸡蛋，轻轻地说：“营业员同志，你也多给我一斤吧！”

“不行，我必须照章办事。”营业员一脸正气。

“得了吧！刚刚我可看到了，那个孕妇买了起码三斤鸡蛋！”

营业员朗声说道：“我根本不认识她，不过人家可是有凭有据，能买三斤鸡蛋的。”说罢，她掏出一张纸，那是一张B超的复印件，上面白纸黑字写着：双胞胎！

特别佣金

□裴文兵

迈克在一条僻静的小街上开了家小超市，生意清淡。这天，一群全副武装的警察冲了进来，说是迈克故意伤人，要逮捕他。

迈克一听，立马向警察们解释起来。原来，迈克有位孪生弟弟，与自己长相相同，大家为了区分他们，便把开超市的迈克叫做大迈克，而把他的弟弟叫做小迈克。小迈克喜欢打架，常在外面惹是生非。

警察花了三个多小时，才证明大迈克所言不虚，临走时把一张通缉令贴在了超市的外墙上。

时间过去了大半年。这一天深夜，大迈克正独自一人在超市里算账，他听见有人敲门，打开门一看，居然是小迈克。

大迈克连忙将弟弟让进屋内，并问他冒险来到超市的目的。原来，半年前小迈克因为一件小事和别人争吵了起来，并将对方打成了重伤，所以逃到外地躲了起来。他实在承受不住压力，想向警方自首……

小迈克以为哥哥会支持他的想法，谁知大迈克一脸紧张道："那可千万使不得！"只见大迈克从怀里取出一大叠钞票，一把塞在小迈克的手里，"弟弟，看在这个的份上，你就不要去自首了吧。"

小迈克大惑不解："你这是干什么？"大迈克一脸急切："弟弟，这是我给你的佣金。"

大迈克又压低着声音说："大半年前，警察在我这里贴了张悬赏通缉令，许诺将给抓到你的人五万美元的酬金。从那一天起，大家都拥到我这个冷清的小超市，一边买东西，一边拐弯抹角地向我打听你的消息。这样一来，我的生意一下就好了起来，狠狠地赚了一笔。你一旦去自首，大家必然对我的超市失去兴趣。"

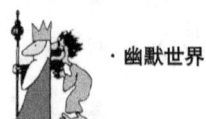

回扣真是害死人

□朱道能

科长准备装修新房，科里新来的小马就提醒他说“现在建材市场猫腻挺多的。装修师傅表面上是帮着你精挑细选，讨价还价，其实都是做戏给你看的。他们早就跟商家串通好了，拿质次价高的东西蒙骗客户，然后背地去拿商家的高额回扣……”

科长见小马讲得头头是道，于是就把买材料的事托给了他。

这天，小马领着科长，来到了建材市场。东家看看，西家瞅瞅，最后在一家品种齐全的门店停下了脚步。可小马看了老板的报价后，却把头摇得像拨浪鼓。老板急了，说：“一分价钱一分货！”小马也不多说，拿过单子，一项项地砍价。他每报一个数字，老板都牙疼似的咧咧嘴。等价格报完，老板的头也摇得像拨浪鼓。小马就对科长说：“买卖不成仁义在，那我们再到别处看看。”话音没落，老板就急忙说：“见面是朋友，进门是生意。这单生意亏本我也认了！”

趁老板出门叫工人的当儿，科长亲昵地拍拍小马的肩膀，说：“小马，你下半年转正的事情，我会认真考虑的……”小马一听，激动得连说了三声“谢谢科长！”

在小马的监督指挥下，工人们很快就把货物装上了车子。准备开车时，小马突然想起自己的手包还放在老板的桌子上，就转身过去了。

老板一见小马，就竖起大拇指说：“马老板可真会演戏啊。看得出，你的客户愣是没有一点怀疑。佩服，在下实在是佩服！”

小马一愣，问：“这是……”

老板拍拍小马的手包，哈哈一笑

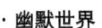

盗也有盗

□徐彦冰

阿强想在网上给儿子买件新衣服。网上店家繁多，正当阿强不知选择哪家时，他发现了一家店，叫做“盗亦有盗”。店家的网络标语是：无耐克，不开店；无李宁，准不行。阿强一看，来了兴致 名牌啊！于是，他就在网上和卖家开始了交谈。店主表示：“我们的店里有许多名牌，如耐克－阿迪、李宁－锐步等。欢迎进来看看，过冬上衣最低99元起。”

这一说，还真把阿强给打动了，心想：99元的名牌上衣，够便宜，买的话就赚大了！于是，在卖家“如有盗版双倍退款”的承诺下，阿强心满意足地交上了99元，成功地完成了这笔交易。

六天后，阿强就拿到了卖家发来的货，他一检查，在商标处，发现了猫腻：这件衣服居然有两处商标，一处耐克，一处阿迪达斯。阿强差点儿没气死，于是赶紧给卖家打电话：“喂，你们的破衣服，怎么还有两处商标？肯定是盗版货，不给我双倍退款，等着我上消费者协会举报你们吧。”

电话那头，卖家一点也不害怕，他不温不火地解释：“我们是自创的品牌，耐克－阿迪，中间是横杠，不是顿号。不信你可以查查聊天记录啊。”阿强一查，果真如此，他差点儿气昏过去：“我说这件衣服怎么这样便宜啊，原来是这样啊。”

阿强挂了电话，他现在知道了，盗亦有盗原来是盗版中还有盗版啊。

说：“我明白你留包的用意，我已经把1000元回扣放在里面了。马老板以后多带客户过来，回扣还可以再商量……”突然老板停下了话头，神情一下子尴尬起来。

小马扭头一看，科长脸色铁青地站在门口。

小马傻眼了，他急忙解释道：“科长，误会，误会啊……”科长冷冷地说了一声：“你以为我是傻子啊！”

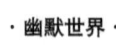

司机里的精英

□ 陈万创

大李是宇强货运公司的司机，最近，他辞职了。

这天，大李碰到了高中的同学陈磊。陈磊是富华物流公司的副总，了解到大李的情况后，眼前一亮，说：“真是巧了，我们公司眼下要招一批司机，你去试试吧。”

富华物流公司是一家大公司，好多人都争着往里面挤，大李想到自己的驾龄短，感到信心不足，但既然是陈磊介绍，大李还是抱有几分侥幸。果不其然，大李被聘用了。

于是，大李特意提了礼盒拜访陈磊，感谢他的帮忙。陈磊说：“大李，你不用谢我，你能进入我们公司，完全是因为你能力强，不比别人差。”大李听了，奇怪地问：“可我的驾龄短，他们都有十年八年的驾龄，我怎么比得上他们？”

陈磊说：“你在宇强每天要工作十多个小时，虽然你的驾龄比较短，但由于工作强度大，所以你的实际驾驶时间不短。”

确实有点道理，但大李转念一想，说：“不对，就算将我的驾龄再增加几年，还是有很多应聘者的驾龄比我长呀，这怎么解释？”

陈磊微微一笑，说“宇强的经济效益很差，为了尽可能节约成本，它们的货车很少保养，对吧？”

大李想了想，回答说：“确实如此，我们的车油门不稳定、刹车不牢靠、挡位切换不灵活，而且车子一开起来，驾驶室就会抖个不停！”

陈磊一拍大腿，说：“你想想，能将一辆破货车开得稳稳当当的司机会简单吗？老实告诉你吧，在宇强当司机的，一年内不出事故，那都是司机里的幸运儿；两年内仍不出事故的，那都是司机里的精英；你在宇强货运工作三年都没出事吧？”

（**本栏插图**：顾子易　王　俭）

www.ingramcontent.com/pod-product-compliance
Lightning Source LLC
Chambersburg PA
CBHW051936220626
47052CB00004B/678
9787545210484